T0276404

LAS SIETE LUNAS
DE MAALI ALMEIDA

LAS
SIETE
LUNAS
DE
MAALI
ALMEIDA

SHEHAN KARUNATILAKA

Traducción de Ankara Cabeza Lázaro

Ọ Plata

Argentina – Chile – Colombia – España
Estados Unidos – México – Perú – Uruguay

Título original: *The Seven Moons of Maali Almeida*
Editor original: Sort of Books
Traducción: Ankara Cabeza Lázaro

1.ª edición: septiembre 2023

ISBN: 978-84-92919-39-0
E-ISBN: 978-84-19699-47-3
Depósito legal: B-12.961-2023

Fotocomposición: Ediciones Urano, S.A.U.
Impreso por: Rodesa, S.A. – Polígono Industrial San Miguel
Parcelas E7-E8 – 31132 Villatuerta (Navarra)

Impreso en España – *Printed in Spain*

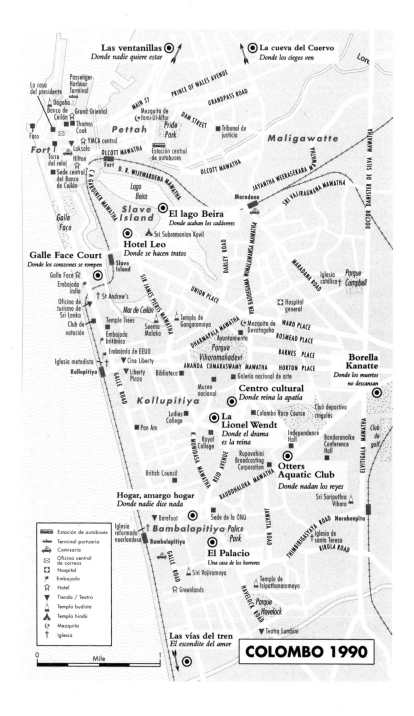

AGRADECIMIENTOS

Aadhil Aziz, Aftab Aziz, Amrit Dayananda, Andi Schubert, ARL Wijesekera, Arosha Perera, Arun Welandawe-Prematileke, ASH Smyth, Chanaka de Silva, Chiki Sarkar, Chula Karunatilaka, Cormac McCarthy, David Blacker, Daya Pathirana, Deshan Tennekoon, Diresh Thevanayagam, Diya Kar, Douglas Adams, Erid Perera, Ernest Ley, Faiza Sultan Khan, George Saunders, Haw Par Villa, Imal Desa, Jeet Thayil, Jehan Mendis, Kurt Vonnegut, Lakshman Nadaraja, Ledig House, Mark Ellingham, Marissa Jansz, Meru Gokhole, Michael Meyler, Nandadeva Wijesekera, Natasha Ginwala, Naresh Ratwatte, Nigel de Zilwa, Pakiasothy Sarvanamuttu, Patsy de Silva, Philips Hue, Piers Eccleston, Prasad Pereira, Rajan Hoole, Rajeeve Bernard, Rajini Thiranagama, Ramya Chamalie Jirasinghe, Ravin Fernando, Richard de Zoysa, Rohan Gunaratna, Rohitha Perera, Roshan de Silva, Russell Tennekoon, Shanaka Amarasinghe, Smriti Daniel, Stanley Greene, Stefan Andre Joachim, Steve de la Zilwa, Stephen Champion, Sunitha Tennekoon, Tracy Holsinger, Victor Ivan, William McGowan, www.existentialcomics.com, www.iam.lk, www.pinterest.com.

Un agradecimiento especial a: Natania Jansz, Eranga Tennekoon, Lalith Karunatilaka, Kanishka Gupta, Manasi Subramaniam, David Godwin, Andrew Fidel Fernando, Govind Dhar, Wendy Holsinger, Jan Ramesh de Schoning, Mohammed Hanif.

Ilustraciones de Lalith Karunatilaka.

Las siete lunas de Maali Almeida es una obra de ficción. Ninguno de los personajes que se mencionan son reales. Sin embargo, en ella también aparecen ciertas figuras políticas y de renombre que estuvieron en activo durante la época en que transcurre la narración (1989-1990).

Para Chula,
Eranga
y Luca.

Solo hay dos deidades dignas de adoración:
la suerte y la electricidad.

PRIMERA LUNA

Perdónalos, Padre,
porque yo no lo voy a hacer.

—Richard de Zoysa,
«Good Friday 1975».

RESPUESTAS

Al despertar, descubres la respuesta a la pregunta que todo el mundo se ha hecho alguna vez. La respuesta es «Sí» y también «Igual que aquí, pero peor». No te han dado más detalles. Casi sería mejor que te volvieses a dormir.

No te latía el corazón cuando naciste, pero te mantuvieron con vida dentro de una incubadora. Incluso entonces, siendo un feto fuera del agua, ya contabas con información privilegiada, la misma que Buda pasó tanto tiempo buscando, meditando bajo los árboles. Es mejor no renacer. Mejor no molestarse. Deberías haberle hecho caso a tu intuición; deberías haber estirado la pata cuando te metieron en aquella caja nada más nacer, pero no hiciste caso.

Por eso abandonaste todas las actividades a las que te apuntaron mientras crecías. Duraste tres semanas en clase de ajedrez, un mes en los Scouts y tres minutos jugando al rugby. Para cuando le dijiste adiós al colegio, odiabas los equipos, los deportes y a los idiotas aficionados a ellos. Dejaste las clases de dibujo, la venta de seguros y varios másteres. No invertiste ni una sola gota de esfuerzo en ningún proyecto. Desapareciste de la vida de quienes llegaron a verte desnudo. Abandonaste cada causa por la que luchaste. Hiciste muchas cosas que nunca te atreverías a admitir.

Si hubieses diseñado una tarjeta de visita, en ella se leería lo siguiente:

MAALI ALMEIDA
Fotógrafo. Ludópata. Putón.

17

Si te hubiesen dado sepultura, tu lápida rezaría:

MALINDA ALBERT KABALANA

1955-1990

Pero no tienes tarjetas ni una lápida. Y ya no te quedan fichas con las que seguir jugando. Además, has descubierto algo que otros no saben. Ahora puedes responder las siguientes preguntas: ¿hay vida después de la muerte? ¿Cómo es el más allá?

PRONTO DESPERTARÁS

Todo comenzó hace una eternidad, hace cientos de miles de años, pero será mejor que dejemos a un lado la infinidad del ayer y tomemos el pasado martes como punto de partida. Te levantas con resaca y con la mente en blanco, como casi cualquier otro día de la semana. Te has despertado en una sala de espera infinita. Miras a tu alrededor y llegas a la conclusión de que estás soñando, así que, por una vez, con eso en mente, estás dispuesto a esperar todo lo que haga falta hasta que despiertes. Nada dura para siempre y menos los sueños.

Vas vestido con una sahariana y unos vaqueros desgastados y no recuerdas cómo acabaste en este lugar. Solo llevas un zapato y de tu cuello cuelgan tres collares junto a una cámara de fotos. Es la Nikon 3ST de la que nunca te separas, aunque el objetivo está destrozado y la carcasa se ha resquebrajado. Miras a través del visor y todo cuanto ves es barro. Ya es hora de despertar, amigo Maali. Te pellizcas con ganas y el dolor se parece más a la sorda molestia de un insulto que al de un navajazo.

Estás acostumbrado a desconfiar de tu propia mente. Ya te pasó en 1973, cuando te pusiste hasta las cejas de LSD en el Smoking Rock Circus y pasaste tres horas abrazado a un árbol de flor de mayo en el parque Viharamahadevi. Igual que cuando participaste en esa maratón de póker de noventa horas en la que ganaste un millón setecientas mil rupias, antes de perder un millón quinientas mil. También cuando viviste tu primer bombardeo en 1984, encerrado en un búnker de Mullaitivu abarrotado de padres asustados y niños que gritaban. O cuando te despertaste en un hospital con diecinueve años sin recordar el rostro de tu *amma* o lo mucho que lo detestabas.

Esperas a que llegue tu turno en una cola y le gritas a una mujer vestida con un sari blanco que se sienta tras una ventanilla de fibra de vidrio. Eso de cabrearse con quienes están de cara al público es algo bastante típico, ¿no? Desde luego, para ti lo es. La gran mayoría de los esrilanqueses prefieren refunfuñar por lo bajo, pero a ti te encanta quejarte a voz en grito.

—No digo que sea culpa suya. Tampoco digo que sea culpa mía. Pero todos cometemos errores, ¿no? En especial en la administración pública. ¡Qué se le va a hacer!

—Esto no es una oficina gubernamental.

—Me da igual, señora. Lo que intento decirle es que no puedo quedarme aquí, necesito compartir unas fotografías con el mundo. Tengo una relación estable que mantener.

—No me llames «señora».

Miras a tu alrededor. Detrás de ti hay una cola que serpentea entre las columnas de la sala y continúa paralela a las paredes. Hay una neblina en el aire, aunque no parece que nadie exhale humo o dióxido de carbono. La sala te recuerda a un aparcamiento desierto o a un mercado vacío. El techo es alto y se sostiene por medio de una serie de columnas de hormigón situadas a intervalos irregulares a lo largo del extenso recinto. En la pared del fondo, hay una especie de ascensor por cuyas enormes puertas salen y entran multitud de figuras apelotonadas.

Incluso de cerca, aquí las personas carecen de nitidez; tienen la piel cubierta por una película de polvo blanquecino y sus ojos hacen gala de una gama de refulgentes colores, poco comunes entre la población de piel oscura. Varias personas visten con camisones de hospital o tienen la ropa manchada de sangre seca; a otras tantas les falta alguna extremidad. Todas le gritan a la mujer de blanco. Es como si estuviera hablando con cada uno de vosotros a la vez. Cabe la posibilidad de que estéis haciendo la misma pregunta. Si te gustase apostar (y te gusta), apostarías al tercio por estar sufriendo una alucinación causada, muy probablemente, por una de las pastillas de la felicidad de Jaki.

La mujer de la ventanilla abre un registro larguísimo. Te mira de arriba abajo con absoluto desinterés, pero sin desdén alguno.

—Primero tengo que verificar tus datos. ¿Nombre?

—Malinda Albert Kabalana.

—Cuatro letras o menos, por favor.

—Maali.

—¿Sabes contar hasta cuatro?

—Maal.

—Gracias. ¿Religión?

—Ninguna.

—Qué tontería. ¿Causa de la muerte?

—No me acuerdo.

—¿Hora de la muerte?

—No lo sé.

—*Aiyo* —refunfuñó la mujer en cingalés.

La muchedumbre de espíritus se acerca más al mostrador de la ventanilla para quejarse y encararse con la mujer de blanco. Tu mirada vuela entre todos y cada uno de esos rostros pálidos, entre cada par de ojos entrecerrados por la rabia, el dolor y la confusión, hundidos en cráneos rotos. El color de sus pupilas oscila entre aquel de los moratones y aquel de las costras. Marrones embarrados, azules y verdes... Nadie se fija en ti. Has vivido en campos de refugiados, has visitado mercadillos al mediodía y te has quedado dormido en casinos abarrotados. Las mareas humanas nunca son bonitas. Esta en particular se arremolina a tu alrededor y te aleja a rastras de la ventanilla.

Los esrilanqueses no saben hacer cola. A no ser que definas una cola como una curva amorfa con varios ramales, claro. Este parece ser un punto de encuentro para aquellos que tienen dudas sobre su muerte. Hay varias ventanillas y en todas hay airados usuarios que exigen respuestas a través de las rejillas y abusan verbalmente de las pocas personas que se encuentran tras las protecciones. El más allá es una oficina de la Agencia Tributaria a la que venimos a reclamar lo que se nos debe.

Una *amma* que carga con su hija pequeña en la cadera te empuja para que te quites de en medio. La niña te observa como si hubieses destrozado su juguete favorito. La madre tiene el pelo apelmazado por la sangre, que también le mancha el vestido y el rostro.

—¿Y qué hay de mi Madura? ¿Qué le ha pasado a él? Estaba en el asiento de atrás con nosotras y vio el autobús antes que el conductor.

—¿Cuántas veces se lo voy a tener que repetir, señora? Su hijo sigue vivo. *Don't worry, be happy.*

Quien le responde es el hombre que está tras la otra ventanilla; lleva una túnica blanca y el pelo a lo afro, y te recuerda a Moisés, el de ese librazo tan gordo. Su voz suena como el bramido del océano y sus ojos son del color amarillo pálido del huevo batido. Repite el título de la canción más insoportable compuesta el año pasado y abre su propio libro de registro.

Tú haces otra foto, porque es a lo que te dedicas cuando no sabes cómo actuar. Tratas de capturar la esencia de este aparcamiento del caos, pero las fisuras en la lente no te permiten ver más allá de ellas.

No es difícil distinguir al personal de los usuarios. Unos llevan libros de registro y nunca pierden la sonrisa; los otros están desquiciados. Pasean sin rumbo y se detienen con la mirada perdida. Algunos echan la cabeza hacia atrás y lloran desconsolados. El personal deja vagar la mirada sin un rumbo fijo y, ante todo, evita hacer contacto visual con las almas a las que está asesorando.

Este sería el momento perfecto para despertarte y olvidar lo que acabas de vivir. Casi nunca te acuerdas de lo que has soñado y, sea esto un sueño o no, la probabilidad de que se te grabe en la memoria es más baja que la de conseguir un color o un *full* en una partida de póker. Recordarás este momento tan bien como el de haber aprendido a andar. Te tomaste un par de pastillas de la felicidad de Jaki y esto no es más que una alucinación. ¿Qué iba a ser, si no?

Pero, entonces, te fijas en la figura apoyada contra el cartel que hay en una esquina; va vestida con lo que aparentan ser bolsas de basura y está totalmente fuera de lugar. Los ojos verdes de la figura, que evalúa a la muchedumbre, brillan como los de un gato cuando la luz de unos faros de coche incide sobre ellos. Clava la mirada en ti más tiempo del necesario y asiente con la cabeza sin dejar de observarte ni por un segundo.

Por encima del encapuchado, un cartel reza:

EVITEN ACUDIR A LOS CEMENTERIOS

Junto a él, hay un aviso acompañado de una flecha:

-> REVISIÓN DE OÍDOS EN EL PISO CUARENTA Y DOS

Te giras para hacerle frente a la mujer de la ventanilla e intentas explicarte una vez más:

—Ha debido de haber un error. Yo no como carne y solo fumo cinco cigarrillos al día.

La mujer te resulta familiar, igual que a ella le deben de resultar familiares tus mentiras. Por un segundo, parece que la muchedumbre deja de empujarte. Por un segundo, tienes la sensación de que la mujer y tú sois las únicas dos personas en la sala.

—*Aiyo!* —vuelve a refunfuñar—. Todas esas excusas ya me las sé. Nadie quiere pasar a mejor vida, ni siquiera los suicidas. ¿De verdad te piensas que yo quería morir? Mis hijas tenían ocho y diez años cuando me dispararon. ¡Qué se le va a hacer! Quejarte no te servirá de nada. Ten paciencia y espera a que llegue tu turno. Perdona todo lo que puedas perdonar. Andamos cortos de personal y estamos a la caza de nuevos voluntarios. —La mujer alza la vista y grita para que quienes hacen cola la oigan—: ¡Disponéis de siete lunas!

—¿Qué es una luna? —pregunta una chica con el cuello partido. Tiene la mano entrelazada con la de un chico con el cráneo fracturado.

—Siete lunas son siete noches. Siete atardeceres. Una semana. Es tiempo de sobra.

—Pensaba que una luna equivalía a un mes, ¿no?

—La Luna siempre está en el cielo, incluso cuando no la veis. ¿O acaso os pensáis que deja de girar en torno a la Tierra en cuanto se os para el corazón?

Nada de esto tiene sentido para ti, así que pruebas a enfocar la situación con otra perspectiva.

—Mira a toda esta gente. Seguro que han acabado aquí por culpa de las masacres que se suceden en el norte del país. Los Tigres y el ejército están matando civiles. Las fuerzas de paz indias están dando pie a nuevos enfrentamientos. —Miras a tu alrededor y te das cuenta de que nadie te escucha. Todas las miradas de distintos tonos verdeazulados te rehúyen. Buscas a la figura vestida de negro, pero se ha esfumado—. Y no solo es cosa del norte. Aquí abajo también hay conflictos. El gobierno está luchando contra el JVP y las montañas de cuerpos no paran de crecer. Lo entiendo de sobra. Debéis de estar saturados de trabajo últimamente. Es comprensible.

—¿Últimamente? —La mujer de blanco pone mala cara y sacude la cabeza—. Nos llega un nuevo fallecido cada segundo. A veces, incluso dos. ¿Has ido a que te revisasen los oídos?

—Mis oídos funcionan perfectamente. Soy fotógrafo. He dado testimonio de los crímenes que otros pasan por alto. El mundo me necesita.

—Esa mujer tiene criaturas a las que alimentar. Aquel hombre tiene varios hospitales que dirigir. ¿Y tú me hablas de fotografías? ¡Vaya, vaya! Impresionante.

—No son las fotos tontas que tomarías durante unas vacaciones. Hablo de fotografías que derrocarían gobiernos de un plumazo. Tienen el poder de detener guerras.

Hace un mohín. Alrededor del cuello luce un collar del que pende la misma llave de la vida que llevaba un chico que una vez te amó más de lo que tú lo amaste a él. La mujer juguetea con el colgante y arruga la nariz.

Es justo en ese momento cuando, por fin, la reconoces. Esa sonrisa digna de un anuncio de dentífrico apareció en todos los periódicos durante buena parte de 1989. Es la profesora de universidad que murió a manos de los extremistas tamiles por el mero crimen de ser una tamil de ideas moderadas.

—Yo te conozco. Eres la doctora Ranee Sridharan. No te había reconocido sin un altavoz. Tus artículos sobre los Tigres Tamiles me parecieron magníficos, pero utilizaste mis fotografías sin permiso.

El detalle que más te identifica como esrilanqués no es el apellido de tu padre ni el templo en el que te arrodillas y tampoco la sonrisa que esbozas para ocultar tus miedos, sino saber reconocer a tus compatriotas, así como a los compatriotas de tus compatriotas. Con solo saber el apellido y el colegio de alguien, ciertas mujeres mayores son capaces de encontrar el lazo de parentesco que une a cualquier par de esrilanqueses. Te has movido dentro de unos círculos que se superponían o incluso se solapaban por completo. Se te maldijo con el don de nunca olvidar un nombre, un rostro o una secuencia de cartas.

—Me dio mucha pena lo de tu muerte. Te lo digo de corazón. ¿Cuándo fue? ¿En el 87? ¿Sabes que conocí a uno de los Tigres de la facción del coronel Mahatiya? Me dijo que fue él quien orquestó tu asesinato.

La doctora Ranee levanta la vista del registro, te ofrece una sonrisa cansada y se encoge de hombros. Un color blanquecino enturbia sus pupilas, como si unas lechosas cataratas las cubriesen.

—Tienes que ir a que te revisen los oídos. Las orejas tienen un patrón tan único como el de las huellas dactilares. Los pliegues muestran los traumas del pasado, los lóbulos revelan nuestros pecados y el cartílago oculta nuestros remordimientos. Esos tres aspectos son los que te impiden avanzar hacia la luz.

—¿Qué es la luz?

—La respuesta rápida es que será lo que necesites que sea. Y no tengo tiempo de darte una respuesta más elaborada.

Te ofrece una hoja de *ola*. Se dice que, hace tres mil años, en una de estas hojas de palma secas, siete sabios dejaron por escrito el destino de todas y cada una de las personas que formaban y formarían parte de la humanidad. Si hubiesen empleado incisiones angulares, habrían desgarrado la granulosa superficie de las hojas, así que los escribas del sur de Asia idearon un alfabeto de curvas sinuosas para evitar ese problema.

—¿Hiciste fotos durante lo de 1983?

—Sí, así es. ¿Qué es esto?

Las palabras que aparecen en la hoja de *ola* están escritas en los tres idiomas de Sri Lanka. Ni las curvas cingalesas, ni los ángulos tamiles, ni los garabatos ingleses han dejado un solo desgarro en la hoja.

Oídos _____
Muertes _____
Pecados _____
Lunas _____
Aprobado por _____

—Ve al piso cuarenta y dos a que te revisen los oídos para que te hagan un recuento de muertes, te codifiquen los pecados y te registren las lunas de las que dispones. Y asegúrate de que te lo firme un asistente.

La mujer cierra el libro de registro para dar por terminada la conversación. Un hombre envuelto en vendas que no para de toser ocupa tu lugar al inicio de la fila.

Te das la vuelta y te enfrentas a la muchedumbre que hay detrás de ti, con las manos alzadas como un profeta. Siempre te gustó dar el espectáculo. A no ser que hicieses el esfuerzo de pasar inadvertido, siempre llamabas la atención.

—¡Ninguno de vosotros, espectros, existís! No sois más que un producto de mi imaginación. Le he birlado un par de pastillas de la felicidad a Jaki. Todo esto es una alucinación. No existe la vida después de la muerte, puñetas. ¡Si cierro los ojos, os desvaneceréis como pedos en el aire!

Te prestan la misma atención que el señor Reagan le presta a las Maldivas. Ni las víctimas del accidente de coche, ni las personas secuestradas, ni los ancianos que visten camisones de hospital, ni la añorada y difunta doctora Ranee Sridharan hacen caso a tu arrebato emocional.

La probabilidad de encontrar una perla dentro de una ostra es de una entre doce mil. La probabilidad de que te caiga un rayo es de una entre setecientas mil. La probabilidad de que el alma sobreviva a la muerte del cuerpo es de una entre nada, una entre *nothing*, una entre *zilch*. Está claro que debes de estar soñando. Te despertarás enseguida.

Pero un terrible pensamiento se te pasa por la cabeza. Es un concepto más terrible que esta isla salvaje, este planeta impío, este sol moribundo o esta galaxia adormilada. ¿Y si siempre has estado dormido? ¿Y si, de ahora en adelante, tú, Malinda Almeida, fotógrafo, ludópata, putón, nunca más vuelves a cerrar los ojos?

Sigues al gentío que recorre el pasillo entre tambaleos. Un hombre camina con las piernas rotas y una mujer oculta su rostro amoratado. Muchos llevan vestidos y trajes de boda, porque así es como los de las funerarias visten a los cadáveres. Sin embargo, muchos otros están envueltos en meros harapos y confusión. Bajas la vista y no ves más que un par de manos que no te pertenecen. Te gustaría saber qué color han adquirido tus ojos o qué facciones conforman tu rostro. Te preguntas si habrá espejos en los ascensores, pero resulta que ni siquiera tienen paredes. Una a una, las almas van entrando en el hueco vacío de los ascensores y salen volando hacia el cielo como burbujas en el agua.

Es absurdo. Ni siquiera el Banco de Ceilán tiene cuarenta y dos pisos.

—¿Qué hay en los otros pisos? —preguntas sin dirigirte a nadie en particular; te basta con que quien te oiga tenga oídos (revisados o no) para escucharte.

—Salas, pasillos, ventanas, puertas… Lo normal —responde un asistente de lo más servicial.

—Contabilidad y Finanzas —interviene un ajado anciano que se ayuda con un bastón—. Un chiringuito como este no se financia solo.

—Una y otra vez —solloza una mujer muerta que carga con su bebé fallecido—. En cada universo. En cada vida. Siempre lo mismo. Siempre la misma historia.

Pocas veces sueñas al dormir y rara vez tienes pesadillas. Flotas junto al límite del hueco de uno de los ascensores y algo te empuja. El viento te arrastra hacia arriba mientras gritas como la damisela de una película de terror. Con un sobresalto, te das cuenta de que la figura vestida de negro flota detrás de ti. Las bolsas de basura negras que lleva a modo de capa ondean con el asilvestrado viento. El encapuchado te observa en tu ascenso y te hace una reverencia mientras te alejas.

Pruebas a hacer otra consulta y preguntas por la luz. Pero todo cuanto obtienes por respuesta son encogimientos de hombros e insultos. Un niño asustado te llama *ponnaya*, un insulto cingalés que hace referencia tanto a la homosexualidad como a la impotencia, y solo estás dispuesto a confirmar una de esas dos acusaciones. Cuando le haces la misma pregunta al personal, cada miembro te ofrece una respuesta diferente. Unos dicen que es el camino hacia el cielo, otros aseguran que conduce al renacimiento y unos cuantos opinan que te lleva al olvido. Algunas personas, como la doctora Ranee, te dicen que la respuesta no importa. Ninguna de la opciones que te dan te atrae demasiado, salvo, tal vez, esa última.

En el piso cuarenta y dos, un cartel con una única palabra reza:

CERRADO

Varias de las siluetas que flotan por el vasto pasillo no se fijan en las paredes hasta que se chocan con ellas. La recepción está desierta. También hay una hilera de puertas rojas cerradas a cal y canto, tal y como ordena el cartel.

En el centro del vestíbulo, vuelves a encontrar a la figura vestida de negro, que no muestra ni el más mínimo interés por los errantes que colisionan a su alrededor. A ti no te quita ojo de encima y te hace señas para que te acerques. Cuando decides alejarte, sigue cada uno de tus movimientos con la mirada; esta vez, sus ojos tienen un brillo amarillo.

En lo que tardas en llegar a la ventanilla de la doctora Ranee, el universo bosteza. Afuera, la noche se carga de corrientes de viento y susurros. En este lugar no hay más que ventanillas y confusión.

La doctora Ranee te ve y sacude la cabeza.

—Necesitamos más asistentes y menos quejicas. Todos nos estamos esforzando por hacer las cosas lo mejor que podemos. —La mujer clava la mirada en ti—. Bueno, casi todos.

Esperas un poco a que acabe su frase, pero no parece tener nada más que decir. La doctora saca un megáfono de debajo del mostrador. Esta sí que es la doctora Ranee que conoces, la que iba vociferando de campus en campus cuando había cámaras de por medio.

—Por favor, no pierdas el rumbo. Y no vuelvas aquí hasta que no te hayan hecho la revisión de oídos. El piso cuarenta y dos abrirá mañana. Vuelve para entonces y recuerda que tienes siete lunas. Tienes que alcanzar la luz antes de que salga la última.

Estás a punto de lanzar una perorata cargada de groserías cuando te fijas en que, una vez más, la figura envuelta en bolsas de basura negras te invita a que te acerques. Los ojos le brillan como la llama de una vela, y sostiene lo que parece ser la sandalia que te falta. La doctora Ranee sigue la trayectoria de tu mirada y pierde la sonrisa.

—Sacad a esa cosa de aquí —ordena—. Maal, ¿a dónde vas?

Dos hombres vestidos de blanco saltan desde detrás de la ventanilla y corren hacia la figura de ropas negras. El hombre del peinado afro que se parece a Moisés levanta los brazos y brama en una lengua que no reconoces. Junto a él, un gorila ataviado con una bata blanca se abalanza sobre ti.

Te mezclas con la multitud y serpenteas entre las personas rotas de aliento con olor a sangre y te acercas a la figura que sostiene tu zapato.

Te dejas arrastrar por la órbita de esa parca vestida con bolsas de basura igual que, en ocasiones anteriores y en contra del buen juicio, te dejaste engatusar por casinos, zonas de guerra y hombres atractivos. Aunque oyes la penetrante reprimenda de la doctora Ranee, la ignoras como hacías con tu *amma* justo después de que tu *dada* os abandonara.

La figura esboza una sonrisilla de suficiencia y saca a relucir unos dientes tan amarillos como sus ojos.

—Salgamos de aquí, señor. Se aprovecharán del papeleo para lavarle el cerebro, igual que todos los organismos de este estado opresor.

La silueta encapuchada y tú quedáis cara a cara. Aunque su rostro está oculto por las sombras, es evidente que es el de un chico mucho más joven que tú. Uno de sus ojos es amarillo y el otro, verde, y empiezas a cuestionarte qué tipo de pastillas de la felicidad podrían desencadenar una alucinación tan elaborada. A juzgar por su voz, el chico parece tener la garganta irritada.

—Le conozco, señor Maali. No pierda el tiempo en este sitio y, por favor, no camine hacia la luz.

Lo sigues hasta el hueco del ascensor, pero, esta vez, flotáis hacia abajo. El iracundo falsete de la doctora Ranee y los bramidos de barítono de Moisés y He-Man se convierten en poco más que ecos en la distancia.

—Incluso la vida después de la muerte está diseñada para asegurar que la población no piense por sí misma —asegura el chico—. Hacen que nos olvidemos de nuestra vida anterior y nos obligan a ir hacia la luz. Es todo una táctica de opresión burguesa. Nos dicen que las injusticias son parte de algún gran plan maestro. Y esa explicación es justo la que nos impide rebelarnos contra el sistema.

Cuando llegáis abajo y salís del edificio, el viento te apalea desde todas direcciones. Los árboles gimen en el exterior, los contenedores de la basura escupen su peste y los autobuses secretan un humo negro. Las sombras corretean por las calles y, al atardecer, la ciudad de Colombo oculta su rostro.

—¿Dónde encontraste mi sandalia?

—En el mismo lugar donde encontré su cuerpo. ¿Quiere recuperarla?

—Me da bastante igual.

—Me refería a su vida, no a la sandalia.

—Ya lo sé.

Las palabras abandonan tus labios con facilidad a pesar de que no te ha dado tiempo a considerar su pregunta. ¿Quieres ver tu cuerpo? ¿Quieres volver a la vida? En realidad, la verdadera pregunta que deberías estar haciéndote es la siguiente: ¿cómo demonios has acabado aquí?

No te acuerdas de nada; no recuerdas haber sentido dolor ni sorpresa, y tampoco sabes cuándo o dónde tomaste tu último aliento. Y, aunque la idea de volver a sentir dolor o de respirar no te atrae en absoluto, decides seguir al chico vestido de negro.

LA CAJA BAJO LA CAMA

Naciste antes de que Elvis lanzara su primer éxito. Y moriste antes de que Freddie diera a conocer el último de los suyos. Entre medias, tú sacaste miles de fotografías. Inmortalizaste a uno de los ministros del gobierno cuando contemplaba, impasible, cómo los bárbaros del 83 prendían fuego a hogares tamiles y asesinaban a sus ocupantes. Retrataste a los periodistas y activistas que aparecían maniatados, amordazados o muertos en las cárceles después de llevar un tiempo desaparecidos. Cuentas con fotografías que, a pesar de estar borrosas, demuestran que un comandante del ejército, un coronel de los Tigres y un traficante de armas británico compartieron una jarra de agua de coco alrededor de una misma mesa.

Tienes pruebas gráficas que incriminan a los asesinos de Vijaya, el reconocido ídolo cinematográfico, y también capturaste el accidente de avión de Upali, el famoso magnate. Guardas todas esas fotografías en la caja de zapatos blanca que escondiste entre los antiguos discos de vinilo de Elvis y Freddie: el rey, Queen, monarcas del *rock*. La ocultas bajo la cama que la cocinera de tu madre comparte con el chófer. Si estuviese en tu mano, harías cientos de copias de cada foto y empapelarías todo Colombo con ellas. Quizá todavía estés a tiempo.

UNA CONVERSACIÓN CON EL ATEO FANTASMA (1986)

Ya habías visto cadáveres antes, más de los que te gustaría, y siempre has sabido dónde acababan sus respectivas almas: allí donde va a parar la llama de una vela cuando la apagas o adonde terminan las palabras una vez que las pronuncias. La madre que fue enterrada bajo una lluvia de ladrillos junto a su hija en Kilinochchi, los diez estudiantes de Malabe a los que metieron dentro de neumáticos en llamas para que se abrasaran vivos, el agricultor al que ataron a un árbol con sus propios intestinos… Ninguno fue a ningún sitio. En un momento estaban vivos y al siguiente no. Y al resto nos ocurrirá lo mismo cuando nuestra vela se quede sin mecha.

El viento te arrastra y el mundo vuela a tu alrededor a la velocidad de un *rickshaw*, dejas atrás numerosos rostros y siluetas; algunas personas parecen menos asustadas que otras y la gran mayoría no tocan el suelo. Ahora ya tienes una respuesta para quienes aseguran que Colombo está superpoblada: que se preparen para cuando la vean llena de fantasmas.

—¿Está siguiendo a esa cosa?

Quien te habla es un anciano de nariz ganchuda y ojos como canicas que parece estar viajando dentro de la misma corriente de aire. No tiene la cabeza sobre los hombros, que es donde estas acostumbran a estar. El hombre la sostiene con ambas manos delante del estómago, como si fuera un balón de rugby.

—Yo no lo haría si fuera usted, jovencito. Se quedará aquí atrapado si lo sigue.

Según vais dejando las cabezas de los árboles y las mejillas de los edificios, el anciano te cuenta que lleva en el Mundo Intermedio más de mil lunas.

—¿Qué es el Mundo Intermedio? —preguntas.

Te explica que una vez fue profesor en el Carey College y que solía ir desde el barrio de Kotahena al de Borella en bicicleta todos los días. Sus ropas están ajadas y manchadas de sangre.

—¿Sufrió un accidente de coche? —inquieres.

—No sea maleducado.

Dice que todos los fantasmas llevan la misma ropa que en su vida anterior y que es mejor que andar por ahí desnudo.

—Esos panfletos de la ventanilla aseguran que, al morir, vestimos nuestros pecados, nuestros traumas o nuestro sentimiento de culpa. Si una cosa he aprendido en estas mil lunas es que, si algo te huele raro, es mejor que no te lo tragues.

Asegura que te ha reconocido porque te había visto en varios mítines políticos y te llama «mentiroso» cuando le dices que no sueles frecuentar ese tipo de eventos. Dice que vio su propio cadáver decapitado en una de tus fotografías, pero que no incluiste su nombre en el pie de foto y que los periódicos describieron su asesinato como un homicidio político, aunque no lo fue.

—Casi ningún homicidio político tiene algo que ver con la política —sentencia.

La criatura encapuchada vigila vuestra conversación desde una azotea. Todavía no te la has cruzado en una corriente de aire, pero siempre se las arregla para ir un par de pasos por delante de ti.

—Si se está planteando seguir a esa cosa, es que ha perdido usted la cabeza. —Clavas la mirada en su propia cabeza, la que sostiene entre las manos, pero no consigues encontrar una respuesta ingeniosa que darle—. Le hará promesas que no tiene ninguna intención de cumplir.

Entonces es igualito a los chicos a los que he besado, piensas, pero no dices nada y el anciano continúa:

—Esa cosa prometió darle caza a mi asesino. El tipo se acababa de comprar una casa con mi dinero, pero eso no viene a cuento ahora mismo.

En el Mundo Inferior, las personas parecerían hormiguitas si estas fueran torpes y poco avispadas. Te aferras a la corriente al notar que el aire estancado de Colombo sopla bajo tus pies.

La cabeza te dedica una sonrisita desde la cara interior del codo del anciano.

—¿Creía usted en algo?

—Solo en tonterías.

—¿Como en el cielo, por ejemplo?

—De vez en cuando.

—Paparruchas. —Tú te encoges de hombros—. Seguro que pensaba que la vida después de la muerte era como un anuncio de Air Lanka: con playas doradas, elefantes disfrazados y recolectores de té que sonríen a cámara.

No se equivoca al tacharte de mentiroso:

No creías en nada.

Sí que te acuerdas de él.

Es el profesor de primaria que se presentó a las elecciones de la diputación provincial y que murió por órdenes del mafioso de su hermano para así ganar en su lugar. No quedaba mucho de su rostro cuando lo fotografiaste, pero lo reconociste de igual manera.

—¿Esperaba que el más allá fuese una tierra que mana leche y miel de palma donde las vírgenes se dedican a chupársela día y noche? ¿O acaso ansiaba un más allá plagado de misterios, acertijos y preguntas prohibidas?

—¿Sabe usted por qué los hombres que más se engañan a sí mismos siempre buscan acostarse con vírgenes? —repites una de las estúpidas teorías de DD y remates el chiste apresuradamente—:

Porque son las únicas personas que no tienen forma de darse cuenta de lo malas que son en la cama.

El viento te arrastra y te hace dar piruetas sobre los parapetos y los techos de los autobuses. El mundo presenta bordes difuminados, tonalidades fuera de lo común y espíritus allá donde miras. Más adelante, la silueta encapuchada sobrevuela el rostro del lago Beira y aterriza como un cuervo sobre el monumento funerario que hay a la entrada del templo, ese que representa a un elefante, una vaca y un pavo real que se persiguen alrededor del círculo descrito por el paso del tiempo. Sus bolsas de basura ondean como un par de alas y chocan contra la talla de cemento. Te observa sin ninguna vergüenza con los brazos cruzados y una expresión que eres incapaz de descifrar.

Tu compañero de viaje te estudia mientras tú mismo observas a la otra figura y se acomoda la cabeza sobre la clavícula. El encapuchado se da la vuelta y se lanza en dirección a la costa del lago Beira. Las motas ambarinas del amanecer convierten su superficie en un espejo y las ramas torcidas de los árboles y los edificios de oficinas contemplan su propio reflejo en las ondulaciones del agua.

El anciano suspira.

—A lo mejor usted pensaba que el más allá era una sala de tortura. ¿Imaginaba que los civiles quedaban aquí encerrados bajo una lluvia de bombas del gobierno y minas de los tamiles? ¿Esperaba que, en el más allá, le apalearan dependiendo de su apellido? Estamos metidos en el mismísimo infierno y se nos está juzgando en estos precisos momentos. —Se coloca la cabeza sobre uno de los hombros y la gira sobre su eje como si fuera un periscopio—. Yo, por supuesto, solo creía en la nada. Creía en la ausencia de vida después de la muerte; no imaginaba un área de servicio. ¿Por qué habría de esperar algo del más allá? ¿Qué hay de malo en no esperar nada? En mi opinión, eso tiene más sentido que lo de ir al cielo, lo de volver a nacer o lo de repetir las mismas experiencias de mierda una y otra vez. —Inclina la cabeza en tu dirección—. Desde luego, no habría imaginado encontrar un puñetero desastre como este ni en un millón de años.

—¿Quién es el encapuchado?

—Escoria comunista del JVP. No abandona sus ideas radicales ni aun estando muerto, pero no es más que otro asesino que acabó siendo asesinado. No debería hablar con él; vaya a buscar la luz y abandone este lugar mientras pueda. Se lo digo por experiencia.

El ateo fantasma contempla el lago Beira como si reflexionase acerca del más allá y de sus asuntos sin resolver.

—¿Qué ha estado usted haciendo durante esas mil lunas?

—He ido a todas y cada una de las casas de oración de la ciudad para ver a la gente rezar.

—¿Y eso por qué?

—Me hace gracia ver lo tontos que parecen.

—Suena divertido.

—Siete lunas se pasan más rápido de lo que piensa —dice—. Si deja de perseguir a ese engendro, él hará lo mismo. Si no se marcha, terminará por quedarse sin cosas con las que entretenerse.

Apuntas a la silueta del anciano decapitado con la cámara y le sacas una foto con el lago y el sol naciente de fondo. Su voz se esfuma, como los buenos propósitos. Cuando miras a tu alrededor, no ves al ateo ni a la figura encapuchada, solo tres cuerpos tirados en la orilla del cenagoso lago.

EL LAGO BEIRA

El martes 4 de diciembre de 1989, escasos minutos después de que dieran las cuatro de la mañana, dos hombres ataviados con sendos *sarongs* anudados a la cintura tiran cuatro cuerpos al lago Beira. No es la primera vez que se deshacen de un cadáver y tampoco la primera que lo hacen borrachos o de madrugada.

Hoy huele como si una poderosa deidad se hubiese acuclillado sobre el lago Beira para hacer de vientre en sus aguas y se le hubiese olvidado tirar de la cadena. Los dos hombres van borrachos como cubas gracias al *arrack* que han robado; no porque haber pasado años deshaciéndose de personas asesinadas les esté pasando factura o por sentir remordimientos, sino porque inhalar el pestazo del lago con una mente sobria es casi como tomar una buena bocanada de aire en un urinario público.

El primer cuerpo está envuelto en bolsas de basura. Lleva una sahariana con un ladrillo metido en cada uno de sus cinco bolsillos. Una sandalia, tres collares y una cámara alrededor del cuello completan el estiloso atuendo. Los hombres utilizan cuerda de fibra de coco para atar un par de ladrillos más alrededor del maltratado torso del cadáver. Ambos se creen expertos en hacer nudos, pero ninguno ha sido marinero ni Scout.

Arrojan al hombre muerto al lago con la elegancia de un lanzador de peso y, cuando el cuerpo impacta contra el agua con un chapoteo, apenas ha recorrido la distancia entre dos casillas de rayuela. La primera botella de *arrack* habrá aumentado su tolerancia ante los malos olores, pero la segunda les ha limitado las habilidades motoras. Los nudos se deshacen tan pronto como el cadáver entra en contacto con las cálidas aguas del Beira y los ladrillos se hunden hasta desaparecer en la negrura de las profundidades.

Tratan de repetir el procedimiento con los otros cuerpos. Uno se hunde y el otro se queda en la superficie. Las columnas de piedra talladas a imagen y semejanza de Buda que se alzan ante el templo flotante contemplan los cadáveres desde arriba, sin mostrar ningún interés ni preocupación. Los lagartos acuáticos pasan serpenteando junto a los cuerpos en su chapuzón matutino y las aves que habitan junto al lago se pelean por comerse los ojos de los muertos.

Hubo un tiempo, cuando el lago Beira era tres veces más grande, en que sus aguas se utilizaron para esconder todo tipo de depravación. Mucho yace enterrado en sus centenarias profundidades desde que el mercader portugués Lopo de Brito desvió el río Kelani para frustrar los ataques del rey Vijayabahu. El río solía atravesar la ciudad de Panadura, allí donde Colombo deposita ahora sus posaderas, para desembocar en el lago Bolgoda. Los holandeses se adueñaron del lago y lo constriñeron hasta formar canales y, luego, los ingleses se lo robaron y lo explotaron. En las entrañas del Beira reposan los cadáveres en descomposición de infinidad de comerciantes, marineros, trabajadores sexuales, miembros de la mafia e inocentes. Por eso, cada década, deja escapar un eructo que inunda la Isla de los Esclavos con su aliento pestilente.

—Serás cabeza hueca —escupe Balal Ajith—, ¿y la cinta adhesiva?

—Lo até *na* más. Me metiste prisa y no me daba tiempo a *to* —se disculpa Kottu Nihal.

—Esos nudos estaban más sueltos que la *redda* de tu madre.

—Cuidadito.

—Allí mismo, en Navam Mawatha, hay una ferretería donde venden cinta aislante. Habrías *tardao* cinco minutos en ir y venir.

—No creo que esté abierta.

—*Pos* ábrela tú.

—*Aiyo*, no. Ya habrá *abhithiyas* despiertos. No *m'apetece* pegarme con los novicios a estas horas de la mañana.

Balal Ajith se quita la camiseta y se mete la tela delantera de su *sarong* entre las piernas y las nalgas antes de tirarse otro eructo. Un reflujo de callos al curri abandona el estómago de Balal Ajith y le sube por la garganta, de modo que el hombre es capaz de evocar el sabor del curri *babath* marinado con *arrack* añejo.

—Justo por esa razón, amigo Kottu, tú y yo tenemos que ir a darnos un bañito.

Kottu, que tiene las costillas hundidas como un coco roto, también se ha quitado la camisa. Intentas no fijarte en su cuerpo apaleado, en las pielecillas que se le han enredado en la barba o en los trozos de rostro que le faltan.

Pero no puedes evitarlo. Conoces a estos dos bestias. Trabajan en el casino y allí les pagan por devolverle la paliza a quienes machacan a la casa en las mesas del casino, así como por recaudar el dinero de los perdedores. No sabías que trabajasen como basureros. *Kunu kaaraya* es un eufemismo que se utiliza en Sri Lanka para referirse a quienes se encargan de deshacerse de los cadáveres para los que es imposible conseguir un certificado de defunción. Contratar a un basurero sale mucho más barato que sobornar a un juez.

Desde el acuerdo de paz que se firmó entre Lanka y la India en 1987, los basureros han estado muy solicitados. Las fuerzas del gobierno, los separatistas del este, los anarquistas del sur y los agentes de paz del norte son todos unos productores de cadáveres de lo más prolíficos.

Kottu Nihal y Balal Ajith se ganaron sus respectivos apodos, relacionados con el arte culinario, en la prisión de Welikada. Kottu Nihal trabajaba en las cocinas, donde se especializó en cortar el *roti* en tiras para hacer un típico plato de *kottu*. Los utensilios de cocina que colaba sin ningún esfuerzo en las instalaciones lo convirtieron en el traficante de armas oficial del centro. Se ganó el respeto de los reclusos cuando apuntó al matón de la prisión a la garganta con el borde afilado de las dos espátulas con las que preparaba el *kottu*. Por su parte, Balal Ajith era famoso por echar gatos (o *balalas*) al puchero y prepararlos al curri a cambio de cigarrillos.

Utilizas uno de los cadáveres como si fuera una tabla de surf. ¿Llegaste alguna vez a surfear en tu vida anterior? A juzgar por tu físico, tiene pinta de que se te daría bien. Menudo bombón estabas hecho. Qué desperdicio más innecesario. Los sollozos te sacuden con más violencia que cuando tu *dada* abandonó a tu *amma*, pero enseguida te recompones.

Estás de acuerdo con el ateo decapitado. Durante treinta y cuatro años, pusiste todo tu empeño en no creer en nada. No es la opción más acertada para explicar el pandemonio que fue tu vida, pero sí la más verosímil. Te creías más listo que los rebaños que frecuentaban los templos, las mezquitas y las iglesias, pero resulta que fueron ellos quienes apostaron al caballo ganador.

A lo largo de tu corta e inútil existencia, analizaste todas las pruebas y sacaste tus propias conclusiones. No somos más que un parpadeo entre dos largos periodos de sueño. Olvídate de esos cuentos de hadas que hablan sobre dioses, purgatorios y nacimientos pasados. Es mejor creer en la probabilidad, en la justicia, en la seguridad de marcar unas cartas que otra persona ya había marcado antes y en la tranquilidad de saber que jugarás tu mano tan bien como puedas durante el mayor tiempo posible. Te animaron a creer que, al morir, nos sumergimos en una dulce inconsciencia, y no podrías haber estado más equivocado.

El único dios en el que alguna vez creíste fue un *yaka* menor llamado Narada. Su peculiar trabajo como demonio consistía en inventarse nuevos problemas con los que torturar a la humanidad. En cuanto incumpliese su tarea, le explotaría la cabeza. Mientras tanto, recibía un paquete de inmortalidad estándar y un subsidio de omnisciencia. Aunque sospechas que la promesa de mantener el cráneo de una sola pieza era mayor motivación para trabajar que su sueldo.

Las fuerzas del mal no deberían asustarnos. En realidad, son las criaturas con el poder de actuar en beneficio propio las que deberían hacernos temblar de miedo.

¿Cómo se explica, si no, lo loco que está el mundo? Si de verdad hay un padre todopoderoso, debe de ser clavadito a tu progenitor: desapegado, vago y, casi seguro, malvado. Para los ateos, solo importan las decisiones morales. Acepta que estamos solos en el universo y aspira a hacer del mundo un paraíso terrenal. O asume que nadie nos vigila y haz lo que te venga en gana. La segunda opción es, con diferencia, la más sencilla.

Así que aquí estás, viendo cómo dos de los hombres que se dedicaron a quemar los hogares de las familias tamiles en 1983 intentan hundir tu cadáver en las aguas del lago. Menuda sarta de mentiras te colaron con eso de la dulce inconsciencia y el descanso eterno. Estás condenado a mantenerte despierto para toda la eternidad. Condenado a mirar sin tocar, a presenciar situaciones de las que no puedes dejar constancia alguna. Siempre serás el homosexual impotente, el *ponnaya*, como te dijo el niño muerto de la ventanilla.

La figura encapuchada emerge de entre las sombras. Flota en el viento y se posa con las piernas cruzadas junto a los Budas de piedra. No mueve los labios al hablar, pero se sienta a la sombra y deposita sus palabras en tu cabeza; el sonido de su voz es el de una serpiente que se aclara la garganta.

—Le acompaño en el sentimiento, señor Maali. Seguro que lo dejó muy conmocionado. Debería meditar sobre su cuerpo.

—¿Eso ayuda?

—No mucho.

¿Quién no se ha topado alguna vez con una foto que ha hecho que se diera cuenta de que, en realidad, está mucho más rellenito y es mucho más feo de lo que pensaba? Los espejos mienten tanto como los recuerdos. Pero para qué engañarnos: eras todo un adonis. Esbelto, pulcro, con un pelo bonito y un cutis aceptable. Y ahora no eres más que un cuerpo sin vida al que han dejado seco, sin aliento y sin color, tirado sobre una mesa de autopsias. Por encima de tu cabeza, un carnicero especializado en sacrificar gatos levanta su cuchillo.

—¿Eres mi asistente? —preguntas y no recibes respuesta. La figura se ha esfumado, pero esperas a que se acerque a ti sigilosamente una vez más.

—No, señor. Olvídese de los asistentes. Solo dicen mentiras. Esos imbéciles son un hatajo de burócratas y carceleros vestidos de blanco. Han convertido el Mundo Intermedio en un manicomio. Es patético.

Hubo una vez en que el Banco Mundial y el gobierno holandés hicieron una donación para restaurar los canales. Una buena parte del dinero acabó en bolsillos de traje caro. Rechazaron el estudio de viabilidad y el proyecto se archivó junto a los planes de construcción truncados de autovías y rascacielos. En Sri Lanka, las ciudades acaban en manos de los peores postores; de hecho, la oferta que nunca llega a salir adelante es siempre la más rentable.

Kottu hunde tu cuerpo en el lago con la esperanza de que el agua se cuele por los orificios que te han abierto en el cráneo. El agua bautiza tu cerebro, pero el cadáver sigue saliendo a la superficie. Kottu suelta una grosería y escupe. Balal se acerca nadando como un perrito, con el cuchillo colocado en equilibrio sobre su cabeza, como una rana que finge ser camarera. La hoja es grande y tiene un tinte marrón; está claro que la sangre de un millar de gatos ha debido de dejarla sin brillo.

Tienes a los de su calaña más que calados y siempre te has esforzado por evitarlos a toda costa, en las calles y en la selva; sabes quiénes son y eres muy consciente de que son demasiados. Ellos también piensan que nadie los vigila, pero no se dan cuenta de que te tienen respirándoles en la nuca. Estos dos matones trabajan para un matón jefe, contratado por la policía, que responde ante las fuerzas especiales, que están financiadas por el Ministerio de Defensa, que responde ante el consejo de ministros que lidera el presidente J. R. Jayewardene; es el cuento de nunca acabar.

En el año 1988, los marxistas del JVP tuvieron a la nación sujeta por el pescuezo, así que el gobierno decidió actuar con mano dura al año siguiente. Si te movías dentro del mundillo político del país, los matones te recogían y te dejaban en manos de un interrogador, quien decidía si merecías una cita con el verdugo dependiendo del desarrollo de tu interrogatorio. Los encargados de liquidar a la gente solían ser exmilitares sádicos y casi todos se cubrían la cabeza con capuchones negros, como los del Ku Klux Klan (sin ser blancos, claro).

Ve detrás de cualquier zurullo aguas arriba y te conducirá derechito hasta un miembro del Parlamento. La doctora Ranee Sridharan, de la Universidad de Jaffna, fue famosa por dibujar un mapa completo del ecosistema de una célula terrorista de los Tigres, así como del de un escuadrón de la muerte del gobierno. Como los que se encargan del trabajo sucio no tienen ningún contacto con quienes ostentan el poder, estos últimos tienen libertad de echarle la culpa a quien les venga en gana. La buena doctora utilizó tus fotografías en su artículo sin permiso. Le pegaron un tiro mientras iba en bici, de camino a una conferencia. Es más probable que la matasen por haber ido en contra de los Tigres que por haberte robado tus fotos.

Pero bueno, hay cosas mucho más importantes ocurriendo delante de tus narices. Han cortado tu cadáver por la mitad, al igual que han hecho con el otro cuerpo, que tiene el rostro oculto. Estás acostumbrado a ver sangre y tripas, pero presenciar tu propio desmembramiento no es precisamente fácil de digerir.

Los observas mientras decapitan al otro cadáver y lo liberan de la carga que supone tener manos y pies. Balal se encarga de trocearlo y Kottu limpia el suelo con una manguera instalada en la llave de paso que hay junto al templo. La sangre desaparece en la negrura del Beira. El encapuchado te aleja de los gorilas cuando uno de ellos se acerca a tu cuerpo diseccionado; se quita la capucha, de manera que ves su rostro por primera vez. Es joven y no es nada difícil de mirar, a pesar de las cicatrices y las costras arrancadas.

—¿Se encuentra bien, *hamu*?

—La verdad es que no —respondes.

Él frunce el ceño y sacude la cabeza.

—El señor no me recuerda.

Estudias los cardenales de su cuello y las quemaduras que tiene en los hombros.

—¿Te importaría dejar de llamarme «señor»?

Al verlo, se te vienen a la cabeza las vías de tren que comunican Dehiwela con Wellawatte y recuerdas un mitin comunista celebrado en Wennappuwa durante el cual se desencadenó una pelea, así como una playa envuelta en sombras de Negombo. No logras identificar la piel de color del chocolate del chico, ni tampoco su enjuta figura, sus labios finos o su nombre.

Mientras tanto, los búfalos se pelean con el sol naciente de fondo, la sangre se niega a salir del suelo y los pedazos desmembrados de los cadáveres se resisten a hundirse. Ves cómo meten en una bolsa de plástico la cabeza que una vez te perteneció, para tirarla al lago. Ves cómo guardan en una caja las extremidades que una vez moviste a tu antojo. Te preguntas por qué tú, a diferencia del fantasma del ateo, sigues teniendo la cabeza sobre los hombros.

—Mi nombre era Sena Pathirana. Fui el director del comité organizador del JVP en Gampaha. Se deshicieron de mi cuerpo en este apestoso lago hace unas cuantas lunas. Ya nos habíamos visto antes.

Te deslizas hasta donde los dos carniceros están envolviendo partes de los otros cuerpos. Guardan extremidades y cabezas en bolsas de plástico, como si las empaquetaran para meterlas en un congelador.

—No me…

—Coincidimos en uno de los mítines que se celebraron en Wennappuwa y usted intentó besarme. No esperaba que el señor se fuera a acordar de este señor.

Observas con atención los restos humanos que flotan a las orillas del Beira, oyes las palabras malsonantes que pronuncian los basureros y esperas, con menguante esperanza, a que los recuerdos regresen a ti.

SIGLAS

Una vez le preparaste un breve informe sobre la situación de Lanka a Andrew McGowan, un joven periodista estadounidense que andaba un poco perdido. Tuviste que reutilizarlo en muchas ocasiones, con muchos visitantes y a lo largo de muchos años.

> Querido Andy:
> Vista desde fuera, la tragedia de Sri Lanka resulta confusa y parece no tener arreglo. No tiene por qué ser así necesariamente. Te presento a los principales implicados. Salvo por la del JVP, todas las siglas van en inglés:

LTTE - Los Tigres de Liberación de Eelam Tamil
* Buscan formar un Estado tamil independiente.
* Dispuestos a asesinar a civiles tamiles y figuras políticas de tendencia moderada con tal de conseguirlo.

JVP - Janata Vimuki Peramuna
* También conocido como Frente de Liberación Popular.
* Quieren desmontar el Estado capitalista.
* Dispuestos a masacrar a la clase obrera para liberarla.

UNP - Partido de Unión Nacional
* Partido de centroderecha famoso por abusar del nepotismo.
* Llevan en el poder desde finales de los años 70 y están enzarzados con los dos grupos anteriores.

STF - Fuerzas especiales de Sri Lanka
* Secuestran y torturan en nombre del gobierno a quien sea sospechoso de formar parte de los Tigres o del JVP o de simpatizar con cualquiera de los dos.

El país se divide en grupos étnicos, que a su vez se dividen en facciones enfrentadas entre sí. La oposición defenderá el multiculturalismo hasta que la imposición del budismo cingalés los coloque en el poder.

No eres el único extranjero en Sri Lanka, Andy. Otros muchos están tan perdidos como tú.

IPKF - Fuerza India para el Mantenimiento de la Paz
* Nos los enviaron los vecinos para preservar la paz.
* Están dispuestos a reducir pueblos a cenizas para cumplir con su misión.

ONU – Organización de las Naciones Unidas
* Tienen una sede en Colombo.

* Trabajar con ellos es desesperante.

RAW - Ala de Investigación y Análisis
* El servicio de inteligencia indio. Solo buscan alcanzar acuerdos chungos.
* Recomiendo mantener las distancias con ellos.

CIA - Agencia Central de Inteligencia
* Nos vigilan desde su base en la isla Diego García con unos prismáticos superpotentes.
* ¿Es verdad lo de la prisión secreta, Andy? Por favor, dime que no.

No es tan complicado, amigo mío. No te molestes en buscar el bando de los buenos, porque no lo hay. Son todos una panda de avaros orgullosos, incapaces de resolver los conflictos sin que alguien se llene los bolsillos o sin iniciar una revolución.

Nadie se esperaba que la situación empeorase hasta estos niveles, pero ya va cuesta abajo y sin frenos. Ten cuidado, Andy. No merece la pena sacrificarse por una guerra como esta. Ni por esta ni por ninguna.

Malin

UNA CONVERSACIÓN CON EL RADICAL FANTASMA (1989)

Descubriste que te atraían los chicos siendo bien pequeño. Cuando tu *dada* te dijo que habría que atar de pies y manos a todos los homosexuales y meterles un cuchillo por el culo, tú agachaste la cabeza y nunca volviste a mirarlo a la cara.

Tal vez llegue un día en que los homosexuales puedan besarse libremente en público, firmar una hipoteca con su pareja y morir en brazos de la persona amada. Tú no viviste para verlo.

En tu época, te citabas con un desconocido en un callejón oscuro y nunca más volvíais a veros o tenías una aventura tan fugaz que, cuando llegaba a su fin, ni siquiera se te partía el corazón. También existían opciones más drásticas, como la de echarte novia e irte a vivir con ella, para luego dormir en la habitación de invitados con el hijo del casero.

—Vino a un mitin del JVP. Me pidió que posara con una pancarta y, después, intentó besarme. Una semana más tarde, hicieron desaparecer a una primera tanda de mis camaradas. Un mes más tarde, me hicieron desaparecer a mí.

Los detalles van encajando, acompañados de picores y punzadas de dolor. En la Sri Lanka de los 80, nadie desaparecía por voluntad propia, sino que era algo que el gobierno, los anarquistas del JVP, los Tigres separatistas o los agentes de la paz indios te imponían dependiendo de la provincia en la que vivieras o del aspecto que tuvieras.

—Sigamos a ese par de ratas.

Sena te sube al techo de la furgoneta blanca. Las bolsas de basura negras de las que se componen su capucha y su capa están aseguradas con cinta adhesiva, a diferencia de las que envuelven su verdadero cuerpo troceado, repartido entre el Beira y la furgoneta. No sabrías decir de qué son las marcas que tiene alrededor de los tobillos, pero te haces una idea. Al bajar la vista, recuerdas que solo llevas una de tus sandalias, unas *chappal* importadas desde Madrás que vendían en Jaffna.

La Delica blanca arranca. Kottu y Balal, que se han montado en los asientos de atrás, se han dado un buen manguerazo y se han cambiado de ropa. La parte trasera de la furgoneta está llena de cajas de carne que empiezan a apestar. Chuletones, filetes y recortes de carne que una vez formaron parte de tu cuerpo y del de otras dos personas. Algunas cajas parecen estar recién salidas de un congelador.

El conductor es un joven soldado, encorvado sobre el volante, que murmura para sus adentros:

—Alguien me está hablando, pero si no es ninguno de ellos dos y tampoco soy yo, ¿de quién es la voz?

Va vestido con el uniforme de un cabo, pero tiene la expresión aturdida de un adolescente en medio de una manifestación. La pierna protésica que lleva va apoyada en el asiento del copiloto y maneja el embrague que hay instalado en el volante con una mano. Sena susurra al oído del chico y se da la vuelta para mirarte con una sonrisa en los labios.

—Puedo enseñarle a susurrar a los vivos si me ayuda —dice, al tiempo que se pone la capucha y se aleja del conductor.

—Pensaba que me ibas a contar cómo morí —le recuerdas, aunque no estás muy seguro de querer saberlo. El conductor mira a su alrededor con expresión nerviosa, como si oyera algo que a ti se te escapa. Acciona el embrague y la furgoneta da dos sacudidas.

—Al señor lo recogieron del centro cultural o de dondequiera que vayan los *ponnayas* ricos. Al señor lo metieron en una furgoneta y lo apalearon con un tubo. Lo dejaron encadenado en una sala abarrotada de la mierda de otros muertos. —Alza la mano para enseñarte las costras ensangrentadas que ocupan el lugar de sus uñas—. Al despertar, puede que se encontrara con un enmascarado que lo bombardeó a preguntas. «¿Eres del JVP?» o «¿Eres un Tigre?». Quizá le decía: «¿Trabajas para una ONG extranjera?» o «¿Eres un espía indio?». Seguro que querían saber por qué iba por ahí haciendo fotos y si se las vendía a alguien.

El conductor se dirige a sus pasajeros:

—¿Por qué hay más cuerpos de lo acordado? ¿De dónde salen?

—¡Niño! Cierra el pico y conduce.

Balal baja la mirada y se mira las manos manchadas.

—Señor Balal, este trabajo es asqueroso.

—Gracias por la aportación. La añadiré al informe. ¡Ahora, tira!

Por su parte, Kottu le da un toquecito a Balal en el hombro y, mientras se atusa el puntiagudo bigote con un dedo, baja la voz para decir:

—Balal, amigo, le voy a poner una queja al jefe.

—¿A qué jefe?

—Al jefazo.

—¿Al jefe jefazo?

—Hablaré con él también si hace falta. No me da miedo. No son *na* profesionales.

Ahora Sena flota delante de ti y te grita a la cara. Miras a través del objetivo de la cámara rota que pende de tu cuello y encuadras su silueta con los árboles que se mecen tras él.

—Puede que usted quisiese escupirles a la cara y echarles una maldición a sus descendientes. Pero se limitó a lloriquear y a temblar y a suplicar por su vida. A lo mejor le clavaron clavos en las uñas. Tal vez les dijo lo que querían oír. Quizá le hicieron tragarse una pistola.

Tiene los ojos anegados en lágrimas y no se molesta en secarse las que le surcan las mejillas.

—¿Es así como te trataron a ti?

—Así es como trataron a las veinte mil personas a las que hicieron desaparecer el año pasado. La mayoría eran pobres inocentes. El JVP ni siquiera contaba con tantos seguidores entre sus filas.

—Yo no formaba parte del JVP.

—El ministro Cyril Wijeratne dijo: «Doce de los vuestros por cada uno de los nuestros». No bromeaba, pero el muy imbécil echó mal las cuentas.

—¿Veinte mil desaparecidos? Creo que eres tú el que no sabe contar.

—Vi los cadáveres con mis propios ojos.

—Y yo. Como máximo, había cinco mil.

—Los del JVP mataron a menos de trescientas personas. Para darnos un escarmiento, el gobierno mató a más de veinte mil. Puede que incluso al doble. Son hechos probados, señor.

—El gobierno ha matado a más de veinte mil personas —repite Hermanito, que ha escuchado vuestra conversación sin oíros—. ¿Por qué no dejan de matar a la gente? Machacaron al JVP. Los Tigres ya no molestan.

—Calla y conduce —insiste Balal.

—Si hay vida después de la muerte, lo vamos a pagar bien caro —sentencia Hermanito.

—El más allá no existe, *atontao* —asegura Kottu—. Nos tenemos que conformar con esta mierda de vida.

—¿A dónde vamos? —pregunta el joven conductor.

—Gira a la izquierda en aquel cruce —dice Balal—. Y cállate de una vez.

—Eso de tragarse una pistola no es tan mala idea —reflexiona Hermanito, que devuelve su atención a la carretera.

—¿Cuáles son las reglas entonces, camarada Pathirana? —le preguntas a Sena desde el techo de la furgoneta blanca.

—Nada de reglas, señor. Cada uno de nosotros escribe sus propias reglas, como en el Mundo Inferior.

—Me refería a lo de movernos. ¿Soy libre de ir adonde me lleve el viento?

—Me temo que no, *hamu*. Solo podrá pasar por donde su cuerpo ya haya estado antes.

—¿Y nada más?

—En caso de que pronuncien su nombre, también puede acudir a la llamada. Pero olvídese de hacer una escapadita a París o a las Maldivas si no trasladan su cadáver hasta allí.

—¿Qué pasa con las Maldivas?

—Los fantasmas a menudo las confunden con el paraíso. En esas aguas poco profundas, hay más espíritus que mantarrayas.

—Bueno, la cosa es que viajamos dentro de las corrientes de aire, ¿no?

—Es el transporte público de los muertos, señor. Se lo enseñaré.

Dicho esto, desaparece a través del techo de la furgoneta. Te llama y tú miras a tu alrededor. Ya está amaneciendo y los autobuses están llenos de esclavos de oficina y colegiales que acabarán convirtiéndose en los primeros. Cada vehículo lleva colgando una criatura como tú. Contemplas el tráfico desde la furgoneta y te das cuenta de que todos los coches tienen un espectro acomodado en el techo.

—Señor Maali. Venga. Métase.

Te pellizcas la piel y no sientes nada. Eso podría significar que estás soñando. O que ya no tienes un cuerpo físico. O que estás soñando y en el sueño no tienes cuerpo. Si fuera así, podrías atravesar el techo metálico de una furgoneta en movimiento sin hacerte ningún daño. Así que allá vas. Es como saltar dentro de una piscina, aunque el agua sabe a óxido y no te moja.

—¿Cómo es que no nos colamos a través del suelo de la furgoneta?

—El señor no me está escuchando. Estamos ligados a nuestro cuerpo. Podemos viajar dentro de cualquier ráfaga de viento que pase por donde nuestro cadáver haya pasado primero.

—¿Y ya está?

—Si estira la pata en el barrio de Kandana y entierran su cadáver en Kadugannawa, podrá moverse por la carretera que comunica Colombo con Kandy.

—Vale, pero si te apuñalan en una cocina de Kurunegala y te entierran en el jardín, con pocas opciones te quedas, ¿no?

Te empuja hacia atrás, en dirección a la carne y al pestazo que emana de ella. Sena se coloca entre Balal y Kottu y espera. No es ninguna locura que intentaras ligarte a este flacucho. En la última década, te acostabas con todo lo que se moviera y con mucho de lo que prefería quedarse quietecito. Esa es una cita del comentario que DD, tu compañero de piso, te ofreció junto a un Martini. Una bromita con segundas.

La furgoneta pasa por un bache cerca del Bishop's College. Sena toma una bocanada de aire, aunque ya no le sirve de nada, y golpea a Balal y a Kottu en la cabeza al mismo tiempo. El movimiento de la furgoneta hace que se den un coscorrón el uno al otro. Sena se echa a reír y tú también dejas escapar una carcajada. Incluso los muertos disfrutan de un buen momento cómico.

—Joder, ¿qué haces? —grita Kottu con una mano apoyada contra el cuero cabelludo.

—Lo siento, jefe —farfulla Hermanito con voz monótona—. Ha sido un pequeño bache.

—Ya vas a saber tú lo que es un buen bache.

—Las carreteras están hechas un asco. Ya va siendo hora de que el gobierno se retire.

—Déjate de política —replica Kottu, que se frota el chichón de la cabeza.

Le preguntas a Sena cómo lo ha hecho y te dice que existen ciertas habilidades a disposición de los espíritus, pero que primero deberás tomar una decisión.

—¿Qué decisión? —preguntas.

—Si se unirá a nosotros o no.

—¿A quiénes?

—A quienes son como usted y como yo.

—¿Los que visten con bolsas de basura?

—Los que imparten justicia en nombre de todas las personas asesinadas. Los que ayudan a aquellos que yacen en una tumba sin nombre a cumplir su venganza.

—¿Cómo?

—Destruyendo a estos cabrones. A sus jefes. Y a los jefes de sus jefes. Acabando con la escoria que nos asesinó. Nos los cargaremos a todos, *hamu*. ¿El señor no me cree? Ahí comete el primer error.

—¡*Aiyo*, chico! Seguro que mi lista de meteduras de pata es mucho más larga que tu lista de polvos.

—Tuvieron mi cadáver metido en un congelador junto a otros diecisiete cuerpos antes de que me llegase el turno de acabar en el lago —dice Sena, y se envuelve mejor en sus bolsas de basura.

La furgoneta da una sacudida y los dos matones refunfuñan por lo bajo. Parece que Hermanito se ha quedado un poco dormido y se ha apoyado en el freno sin querer. Es entonces cuando te fijas en las líneas que surcan su rostro y las sombras que caen sobre sus orejas. En sus ojos se lee la desesperación típica de quien se sumerge en el tráfico de Colombo con una furgoneta cargada de carne humana. Sena le susurra al oído y el vehículo vuelve a ponerse en marcha.

—Le ayudaré a encontrar lo que ha perdido —asegura.

Nada apunta a que Hermanito haya escuchado lo que dice Sena, salvo por la leve crispación en su rostro.

—Se lo haremos pagar caro a quienes han hecho daño a otros. Mitigaremos el dolor de sus víctimas.

—¿Te está oyendo?

—Desde luego.

—¿Podemos hablar con los vivos?

—Hay que aprender a hacerlo.

La furgoneta sale del atasco en una rotonda de Mirihana y recorre los barrios de la periferia hasta el polígono industrial.

—¿A dónde vamos, Sena?

—¿No siente curiosidad por saber a quién pertenecen los otros dos cuerpos?

Las moscas dibujan círculos alrededor de las bolsas de carne que ocupan la parte trasera de la furgoneta. Te preguntas si las moscas también renacen.

—¿Quiénes son?

—Pronto lo descubrirá.

—Me has dejado intrigado. ¿A dónde vamos, camarada Sena?

—No tengo ni idea, jefe. Pero parece que al final sí que vamos a recibir sepultura.

—Pero ¿queda algo que enterrar?

—No son más que trozos de carne, *hamu*. Lo que le hace bello sigue intacto.

Muy pocas personas han apreciado tu belleza, aunque eras todo un bombón. Recuerdas el momento en que trocearon tu hermoso cuerpo con aquel cuchillo de carnicero. Qué feos somos cuando nos reducen a un saco de carne. Qué fea es esta preciosa tierra y qué fea fue la manera en que te comportaste con tu *amma*, con Jaki y con DD.

BERENJENAS

DD dijo que era la cosa más horrenda en el universo y tú le respondiste que, con toda la fealdad que hay en el mundo, esta ni siquiera estaría entre las diez peores. La caja que guardabas bajo la cama contenía cinco sobres y cada uno albergaba un horror distinto. Cada sobre estaba marcado en la parte delantera con el nombre de un naipe escrito con rotulador y, dentro de todos ellos, había fotografías en blanco y negro. Vivías en una habitación desprovista de muebles porque, a excepción de las fotografías y las cajas, te deshacías de todo lo que pasaba por tus manos.

DD dijo que solo había visto tres berenjenas en su vida: la tuya, la de su padre y la suya propia.

—Menudo privilegiado estás hecho —bromeaste—. No todas parecen berenjenas. La mayoría recuerdan más al cuello de un pollo, aunque algunas tienen forma de seta y, en contadas ocasiones, otras son como el puñito de un bebé.

—Claro, tú debes de estar harto de verlas, ¿no? —La pregunta de DD iba más cargada de segundas intenciones que el automóvil blindado tripulado por niños que te recogió una vez en Kilinochchi.

—Tampoco he visto tantas —admitiste—. Aunque todas eran hermosas.

—Seguro que estarías dispuesto a besar cualquier cosa —dijo DD—. Todo lo que se mueve. Y lo mismo con lo que prefiere quedarse quietecito.

—En este caso, las berenjenas suelen moverse en los peores momentos.

Le contaste todas tus grandes teorías acerca del pene. Que los hombres asiáticos suelen mantener más relaciones, a pesar de ser quienes más pequeño lo tienen. Que el miembro viril promedio suele ser tan vigoroso como flácido, tan húmedo como seco, tan duro como blando, tan suave como arrugado. Es la única parte de nuestro saco de carne que es capaz de cambiar de forma. Imagina que la nariz creciera un par de centímetros con cada mentira. O que el dedo meñique del pie se convirtiera en un dedo gordo.

—¿Cuántas has visto? —insistió DD con la barbilla apoyada sobre tus rodillas. Te estaba ayudando a hacer abdominales—. ¿Veinte? ¿Cincuenta?

Hubo un tiempo en que trataste de llevar la cuenta, pero desististe cuando llegaste a los números de tres cifras.

—¿Menos de diez? Ni en broma. El doble, estoy seguro. Lo sabía. ¿Más del doble? ¿Más de veinte? Eres asqueroso.

—A todos nos gustan las berenjenas, ¿qué problema tienes?

—A mí solo me gusta la tuya.

Le explicaste que, al circuncidar a los recién nacidos, se les implanta la semilla de la rabia en el subconsciente y eso los convierte en hombres agresivos al crecer.

—Eres un ignorante y te ciegan los prejuicios —rebatió—. Yo estoy circuncidado y tú no. ¿Cuál de los dos es más propenso a recurrir a la violencia?

—Hum.

—¿Me consideras una persona agresiva?

—Sueles dejarte llevar por tus emociones. —Sostuviste la barra de pesas por encima de su precioso cuello y lo observaste mientras hacía sus repeticiones—. Cuando te emocionas, das miedo, así que no puedo ni imaginarme cómo serás cuando te cabreas.

Sonríe con autosuficiencia; el peso de la barra obedece a la gravedad y la sangre corre por su pecho.

—Nunca me has visto emocionado.

—Mentira.

—Además, tus teorías son una basura.

—Entonces explícame por qué los estadounidenses, los judíos y los musulmanes siempre están metidos en alguna guerra. Es cosa de la rabia que guardan en el subconsciente por haber perdido el prepucio cuando eran pequeños. Los niños berrean cuando se dan golpes en la cabeza. Imagínate lo que harían ante la agonía de…

—Esa es la cosa más absurda que has dicho en tu vida. Y mira que has dicho tonterías desde que nos conocemos.

—Lo leí en un artículo de la *Who*. En todas las naciones con tendencia belicista, está extendida la circuncisión: Israel, el Líbano, Irán, Iraq, Estados Unidos, el Congo…

—¿Y qué pasa con los soviéticos, los alemanes, los ingleses y los chinos? ¿También están circuncidados?

—Ninguna teoría es perfecta.

—¡Ja! —Volvió a sonreír al pasarte la pesa—. ¿Y qué hay de los cingaleses y los tamiles? Aquí no se estila la circuncisión.

Alzó las cejas y sacó los hoyuelos a relucir. DD tenía la molesta manía de llevar razón de vez en cuando.

Después de eso, decidisteis echar un combate y os revolcasteis por el suelo. Más tarde, DD quiso saber cuál había sido el pene más grande y el más pequeño que habías visto, y tú le hablaste del humilde agricultor del área del Vanni y del fornido roquero de Berlín. Preferiste no decirle que el primero, que estaba muy bien dotado, ya había muerto cuando lo encontraste. Tampoco le contaste que el guitarrista te dio una paliza en un callejón, a pesar de tenerla minúscula y sin circuncidar… aunque puede ser que te haya partido la cara por esa misma razón.

Aseguraste que, para el hombre, no existe el libre albedrío y que el pene es la prueba de ello. Se hizo el silencio y DD resopló:

—Menuda excusa más tonta.

—No elegimos lo que hace que se nos baje la sangre a la picha. Es como si hubiese un demonio susurrándonos al oído y poniéndonos anteojeras.

—Habla por ti.

Aquella noche, sacaste un sobre de la caja. A ese en particular no le habías puesto título, pero, de haberlo hecho, lo habrías llamado «Berenjena». En su interior, había todo un despliegue de genitales masculinos que habías inmortalizado con y sin el consentimiento de sus respectivos dueños. Guardabas las mejores fotografías en un sobre marcado con una jota y destruías el resto. DD se había aficionado a rebuscar entre tus cajas de fotos y el contenido de este sobre habría sido demasiado crudo para sus preciosos ojos.

En la caja había cinco sobres y cada uno estaba identificado con un naipe. El as reunía las fotografías que le vendías a la embajada británica. El rey escondía las que te encargaba el ejército cingalés. En el sobre de la reina tenías las fotos que te compraba una ONG tamil, mientras que las de la jota eran de uso personal.

El quinto sobre era el de la jota y en él guardabas las fotografías que tenías de DD, así como las instantáneas más bonitas de Sri Lanka que habías tomado en tu vida.

—En una escala del uno al trece, tú eres un diez de pies a cabeza —le dijiste una vez.

EXPERTOS CARNICEROS

La furgoneta arranca. Kottu se enciende otro cigarrillo y se rasca la barriga. En el interior del vehículo hay mucha humedad y huele a óxido, a cenicero y a carne podrida.

—¿Te digo lo que me cabrea un huevo? —dice Balal.

—¿El jefazo? —pregunta Kottu.

—La falta de profesionalidad.

—¿Del jefazo?

—Tú todo lo relacionas con él. Te tiene *sorbío* el seso.

—No soy más que un *mandao* que se encarga del trabajo sucio de otros —responde Kottu—. Si pudiese conseguir un curro decente, dejaría esto. Pero ¿quién contrataría a un ladrón?

Kottu se atusa el bigote con expresión afligida, mientras que Balal se cruje los nudillos. Los brazos de Balal están musculados gracias a los años que ha pasado cortando carne. Las mejillas de Kottu están hundidas de tanto masticar hojas de betel.

—A eso es a lo que voy —coincide Balal—. Hay que hacer un buen trabajo. No pueden meternos estas prisas. Que si cortar dedos, que si partir dientes, que si machacar caretos. Y luego hay que dejarlos irreconocibles *p'así* poder tirarlos donde sea.

—Este no es un buen trabajo —farfulla Hermanito para sus adentros desde el asiento del conductor.

—Dijiste que tenías un plan, ¿no? —pregunta Kottu, que se da unas palmaditas en el buche—. Las cámaras frigoríficas de la cuarta planta están hasta arriba ya. No podemos llevar esto ahí.

—¿Los cortamos en cachitos y los enterramos en cualquier *lao*?

—¿Cuántos agujeros piensas cavar? No se puede solucionar todo con ese cuchillo tuyo.

—Soy un experto carnicero, pero aquí gano más que en una granja de pollos.

Hermanito los interrumpe:

—Señor Balal. Señor Kottu. Estoy muy cansado. ¿Cuándo regresaremos a casa?

Los basureros no le hacen ningún caso.

—Yo voto por hacerlo bien, viejo amigo —continúa Balal—. Los destripamos, los desangramos, los trituramos y enterramos a cada uno en un sitio.

—¿Y por qué no dejamos las bolsas en medio de la selva y las prendemos fuego?

—Por aquí no hay selvas ni *na*, amigo. ¿O quieres dejarlos en el parque de Sathutu Uyana con los niños?

—¿Cuál es tu plan maestro entonces? En el Beira, flotan. En el lago Diyawanna, acaban volviendo a la orilla. La playa está siempre vigilada. Y se necesita tener un permiso si quieres encender una hoguera.

—En Crow Island hay un vertedero.

—Ese sitio está plagado de carroñeros.

—Hablando de carroñeros, una vez me comí un cuervo. —Hermanito sonríe, pero la sonrisa no le llega a los ojos—. Saben a carne de cabra.

—También está la reserva forestal de Labugama. Dicen que las fuerzas especiales y las fuerzas de paz indias van dejando cuerpos por donde les da la gana —comenta Kottu.

—Va a ser *complicao*. Seguro que se necesita un permiso —dice Balal.

—Hablaré con el jefazo —decide Kottu—. Hay que hacerle caso a la ley incluso cuando tu trabajo sea cargarte gente, ¿no?

—Quieto *parao*, que tengo un plan —anuncia Balal cuando la furgoneta se queda atrapada en mitad de un atasco.

—A ver, dispara.

—¿Y si se los damos de comer a mis gatos?

—¿Cómo dices?

Balal suelta una risita, que suena estridente y sin vida. Hermanito murmura para sus adentros mientras Sena le susurra al oído desde el asiento del copiloto. Tú, que vas sentado junto a las bolsas de carne, te estremeces y te acercas la cámara a los ojos.

—Es coña, es coña. Pero tengo gatos *pa* aburrir en casa. Uno es un gato pescador que encontré en las cloacas. Siempre anda muerto de hambre.

—¿En serio tienes un gato pescador en casa? —pregunta Kottu— ¿Y por qué no rescatas ya un cocodrilo de un pantano o una pantera del zoo?

Kottu se está tomando ciertas libertades al hablar a Balal de ese modo, y este se está empezando a dar cuenta del tono que usa con él.

—¿Por qué tienes gatos? —pregunta Hermanito, que ha dejado de reírse y no para de tocar el claxon.

—Va bien *pa* ganar un dinero extra. Los chinos me los compran.

—¿Los de la embajada china? Venga ya.

—No, amigo mío. Hablo de los restaurantes chinos de Grandpass. Esos nunca hacen preguntas.

Se ríen como un par de brujas malvadas mientras comparten el último cigarrillo que les queda.

—Balal, menudo pedazo de cabrón estás hecho. Volvamos al hotel, Hermanito. A ver si encontramos una forma de hacer hueco en las cámaras frigoríficas.

—¿Queda alguna recogida más? —Hermanito no sonríe, pero tampoco pone mala cara, como si ninguna respuesta le fuese a hacer gracia.

—No, muchacho. Ya toca dormir un poco, ¿no crees?

—Yo nunca duermo —responde el conductor cuando apaga el motor.

ILUMINA TU MENTE

No recuerdas cómo aprendiste a caminar, a hablar o a cagar en el trono. Como todo el mundo. No recuerdas haber estado dentro de un útero, haber salido de uno o haber acabado en una incubadora. Tampoco sabes por dónde andabas antes de eso.

Los recuerdos regresan a tu memoria en forma de dolencias físicas. Llegan como estornudos, dolores, escozores y picores. Te resulta raro al no tener cuerpo, pero, pensándolo bien, puede que confirme una teoría: quizá sea verdad eso de que el dolor y el placer residen en la mente. Los recuerdos llegan como jadeos, sofocos y diarreas.

Lo mismo sucede cada vez que te acercas la cámara a los ojos. En el visor de cristal, captas destellos de rostros iluminados, de sombras que se ciernen sobre las colinas, de fotografías que tú mismo tomaste y de todos los objetivos que rompiste. Vas tirando del hilo y, con él, empiezas a atar cabos.

Sientes una punzada en el apéndice cuando ves a Albert Kabalana y a Lakshmi Almeida caminando de la mano por la playa de Pasikuda en la víspera del décimo cumpleaños de su hijo. Por aquel entonces todavía jugaban al bádminton en dobles mixtos. Aún faltan unos años para que Bertie se marche; otros tantos para que Lucky empiece a beber al mediodía. Él no es consciente de la enfermedad latente en su interior y ella no sabe lo de la señora Dalreen.

Enciendes la silenciosa Nikon y ves a un hombre desnudo y apaleado y a una muchedumbre que se ríe mientras recoge leña para hacer una hoguera. Aquella fue la fotografía que hizo que la dama oscura de labios carnosos te llamara. Es la reina de picas, pero no logras acordarte de su nombre por mucho que los recuerdos te hagan retorcerte y gimotear.

Aprietas el botón roto del disparador y ves el chaleco bomba intacto de un suicida asesinado mientras «intentaba escapar»; esa fotografía la tomaste a la luz de una vela. Para la de la fosa común de Sooriyakanda no necesitaste más que la luz del amanecer que teñía de dorado los arrozales. Entornas los ojos y contemplas los esqueletos que se alinean con el horizonte, las hileras de niños muertos que se extienden más allá de donde alcanza la vista. Chicos jóvenes obligados a escribir cartas de suicidio antes de que los ejecutasen por el mero crimen de haberse burlado del hijo del director del colegio, amigo de un coronel de las fuerzas especiales.

Has perdido la cuenta de las veces que le fuiste infiel a DD, pero sabes que solo te sentiste mal por ello en una única ocasión. No recuerdas haber votado al presidente J. R., ni haber perdido un millón trescientas mil rupias en tres minutos, ni tampoco haber pronunciado la frase que destrozó a tu padre. Sin embargo, eres perfectamente consciente de haber hecho las tres cosas.

Sena no te suena de nada. No recuerdas haberlo conocido, haber ido a ningún mitin o haber intentado besarlo. No recuerdas haber muerto. Ni cómo pasó ni con quién estabas. Y, por eso mismo, prefieres no averiguarlo.

A lo mejor te secuestraron por haber hecho demasiado bien tu trabajo, como les pasó a tantos periodistas y activistas a lo largo de la última década. A lo mejor te borraron del mapa por haberte burlado del hijo de alguien con contactos. A lo mejor moriste por tu propia mano; no era que no lo hubieses intentado ya antes. Ningún escenario es imposible.

En cualquier caso, todo jugador que se precie sabe que no hay nada más letal en este universo impío que una tirada aleatoria de dados. Ni más ni menos que la más mala de las suertes; eso es lo que termina por acabar con todos y cada uno de nosotros.

La cámara se llena de barro. Aunque no deberías, la agitas y tiras de la correa que llevas al cuello. Te acercas la Nikon a la cara y ya no lo ves todo marrón. El cristal de la lente está roto y los colores se emborronan. Contemplas los muertos que dejó tras de sí el bombardeo de Kilinochchi. Ves un perro destrozado, un hombre que sangra, una madre y un hijo. Tomaste aquella fotografías desde la azotea de un edificio semiderruido y, mientras contemplas la escena, se te abre un agujero en el estómago que crece y crece hasta alcanzar tu garganta. No es, ni de lejos, la imagen más truculenta de la caja, pero, por alguna razón, a ti te parece la más triste.

Piensas en el recuerdo más reciente que tienes. Estabas en un casino e ibas a apostarlo todo al negro.

EVITEN ACUDIR A LOS CEMENTERIOS

—¡Oye! ¿A dónde vas?

El atasco ha dejado a la furgoneta parada frente al cementerio de Borella. Los dos brutos de la basura se han quedado dormidos y Hermanito canturrea en voz baja una versión desentonada de la lambada. O sea que suena igual que la original.

—Tengo cosas que hacer y me da la sensación de que el señor me está haciendo perder el tiempo —se queja Sena.

—¿Y qué se supone que quieres que haga?

Preferirías no pasar tus siete lunas dentro de una furgoneta abarrotada de restos humanos. Las bolsas de basura de la parte trasera susurran con el viento.

—Nadie puede obligar a otros a nada. Ese es el problema.

Sena salta desde el techo de un *tuk tuk* hasta el lateral de un autobús y, después, se lanza hacia la verja del Borella Kanatte. Te preguntas si serías capaz de tirarte desde un vehículo parcialmente en movimiento. Suena a lo típico que te podría matar. Sena te llama desde abajo.

—Si no quiere conocer la causa de su muerte, ¿por qué debería preocuparme yo?

Algo retumba detrás de Balal y de Kottu mientras uno ronca y el otro babea. Dos espectros se alzan desde las bolsas de basura. Tienen la ropa hecha jirones y la mirada vacía, y ambos llevan el pelo corto por delante y largo por detrás; te resultan familiares y sabes muy bien por qué. Has visto sus cadáveres junto a las orillas del Beira antes de que acabaran troceados en las ocho piezas que almacenaron junto a tus restos y los de Sena. Se les ponen los ojos en blanco cuando se abalanzan sobre ti.

Tú brincas como una bailarina en un triple salto y acabas justo frente a las puertas del cementerio, al lado de Sena, que se parte de risa. Miras a tu espalda y, cuando ves que los dos fantasmas te han seguido, profieres un alarido que hace que tu compañero de viaje sufra otro ataque de risa.

Ambos flotan detrás de ti en silencio y con un aspecto más cadavérico que el de la media. No tienen uñas; eso es una señal. Igual que los cardenales que colorean las plantas de sus pies y la mirada que parece apuntar a que acaban de comerse su propio cerebro. Habías visto varias víctimas de tortura en tu vida, colgadas boca abajo de los postes telefónicos, cociéndose al sol en las cunetas o clavadas a los árboles. Todas tenían la misma expresión que estos dos. La única diferencia era que los otros no se movían.

—Pobres inocentes. Hijos del pecado —dice Sena—. Los dos eran estudiantes de Ingeniería. El gordo era de Moratuwa y el otro, de Jaffna. Los rodearon y los torturaron hasta la muerte.

—¿Por qué motivo?

—Esa es la cuestión. ¿Se lo hicieron por ser cingaleses, tamiles o pobres?

—La clase media no está hecha a prueba de balas. Mira lo que le pasó a ese periodista, Richard de Zoysa, o a la doctora Ranee Sridharan, que era activista —replicas—. Yo corrí su misma suerte, como ya habías mencionado. Aunque no recuerdo haberme llevado un disparo.

No recuerdas haber sido sacado a rastras de la cama mientras tu madre rogaba por tu vida, como le pasó a Richard. Ni tampoco haber recibido amenazas de muerte de parte de tus alumnos, como le pasó a la doctora Ranee.

—Eran un par de chicos inocentes. Ahí está el problema. Nosotros al menos estábamos metidos en el ajo.

—Habla por ti.

—Lo que tú digas.

—No era del JVP. Explícame qué papel desempeñé yo en la guerra. Tampoco era de los Tigres. —Levantas la voz, pero los ingenieros zombificados no parecen darse cuenta de ello.

—¿No mencionó que trabajaba para los ingleses?

—¿Eso dije?

Los ingenieros asesinados por accidente dejan escapar sendos jadeos de sorpresa y ves la sombra antes de localizar la figura que la proyecta. Es una criatura alargada que camina a cuatro patas, como un sabueso. Avanza saltando entre el techo de los coches, pero solo alcanzas a distinguir una masa borrosa de pelo, dientes y ojos.

Lo que te pone los pelos de punta son los sonidos que la acompañan: voces cargadas de miedo, presas dentro de la carne, como almas sin salvación. Es una cacofonía de gimoteos, que te hace pensar en dos sintetizadores desafinados batiéndose en duelo. En realidad, tampoco hay forma de conseguir que un sintetizador suene bien.

El ser, que tiene la cabeza de un toro y el cuerpo de un oso, avanza con pesadez en tu dirección, aunque cada vez va más rápido. Lleva un collar de calaveras y hay rostros atrapados bajo su piel. Esos mismos rostros son los que te impiden apartar la mirada.

—No haga movimientos bruscos —advierte Sena—, pero quítese de ahí ya.

—¿Qué es esa cosa?

—Un *naraka*. Una criatura infernal mucho peor que un *yaka*.

Sena te monta a rastras a una corriente de aire y el rugido de la criatura se proyecta hasta alcanzar el espacio que se abre entre tus orejas. Es el sonido de un millar de voces que profieren aullidos desafinados. La bestia se sube a un camión que circula por la calzada sin apartar la vista de ti. Es más una sombra que una figura sólida y emite la electricidad estática de una televisión vieja que muestra todos los canales a la vez, como si los gritos de las almas que encierra en sus entrañas tuviesen frecuencias incompatibles. Dejas que la sibilante corriente de Sena te desplace por el cementerio.

El Borella Kanatte está conformado por una pintoresca colección de árboles, serpientes y lápidas. Muchas veces te has dejado caer por aquí para disfrutar de un tranquilo paseo. En el cementerio hoy hay de todo menos calma. Por sus caminos pululan mutilados, fantasmas y criaturas con cuernos, así que te resulta difícil decidir dónde mirar. Hay figuras posadas sobre las lápidas, seres que se ciernen sobre los vivos que vienen a llorar a sus allegados y entes que ocupan cada centímetro libre de los árboles y las verjas. Se mueven dando bandazos, al igual que los condenados, cuyos ojos lucen una infinidad de colores y cuya piel despellejada tiene la tonalidad del talco. Los estudiantes de Ingeniería asesinados por error se detienen ante la entrada. Sena mira atrás y resopla.

—¿De qué tenéis miedo? ¡Ya estáis muertos! Lo peor ya ha pasado.

Ese es un dicho cingalés que sueles oír con frecuencia, sobre todo en las zonas de guerra. Se lo has oído a los voluntarios, a los militares, a los terroristas y a los civiles. Hemos soportado todas las desgracias habidas y por haber. La cosa no puede ir a peor.

—¿No se supone que debemos evitar los cementerios? —le preguntas a Sena, que avanza flotando por el sendero que serpentea entre las tumbas.

—La Mahakali no puede entrar aquí —responde.

—¿La qué?

—Tiene muchos nombres: Maruwa, Maha Sona, Kalu Balla, Kuveni —susurra Sena—. Yo la conozco como la Mahakali, la devoradora de almas. Es la criatura más poderosa que encontrará por estos vientos. Es una deidad, y ante ella se arrodillan los demonios y los *yakas*. No es un fantasmilla de poca monta como usted o como yo, pero recuerde que los demonios, los *yakas* o las criaturas que los dirijan no pueden entrar allí donde no han sido invitados.

—¿Por dónde empiezo a investigar?

—¿Sobre los *yakas*?

—Sobre mi asesinato.

—Creía que no le interesaba.

—Creía que habías dicho que tú sabías cómo he muerto.

Sena juguetea con su capa de bolsas de basura.

—No soy su asistente, señor. Yo solo ayudo a aquellos que me ayudan a mí. Si no quiere que le eche una mano, me marcharé.

—Pareces de la ONU.

El sol de la mañana está llegando a su cenit. La calle se ha llenado de coches y de viandantes que buscan un lugar donde comer. Bajas la vista y contemplas la sangre que te mancha la ropa. No pareces haber muerto mientras dormías. Los Tigres se cargaron a la doctora Ranee Sridharan, el gobierno borró del mapa a Richard de Zoysa y el JVP se cobró la vida de Vijaya Kumaratunga, el ídolo cinematográfico. Así que ¿quién te mató a ti?

Los árboles esconden cientos de ojos y los espectros bloquean el sendero. Se están celebrando tres funerales distintos y, en cada uno, hay una congregación de espíritus. Sena te dice que los fantasmas disfrutan más de los funerales que los vivos de las bodas.

Te impulsas con el viento y sobrevuelas las tumbas de quienes fallecieron en Colombo. Aquí yacen héroes de guerra, políticos asesinados y periodistas bocazas. Tratas de identificar el rostro conocido de alguna celebridad, como el de la doctora Ranee o el de Vijaya, pero solo te topas con espectros anónimos y olvidados, tan irrelevantes como lo fueron en vida. Y, entre las víctimas de bombardeos, hogueras y secuestros, estás tú, que todavía no has descubierto la causa de tu muerte.

—¿Cómo es que los fantasmas se quedan aquí? —preguntas.

—Porque es donde descansa su cuerpo —explica Sena.

—¿Y qué pasa con quienes no han recibido sepultura?

—No aparte la vista del suelo y no hable con nada.

El calor no frena a los fantasmas que brincan por el sendero. Encuentras otros dos cortejos fúnebres bien nutridos de espectros y *pretas*, que son los espíritus más hambrientos; tanto unos como otros buscan confundir a los vivos y robarles algunas de sus pertenencias.

Sena te conduce hasta el crematorio, mucho menos concurrido que los caminos que serpentean entre las tumbas. Los dos estudiantes de Ingeniería se encuentran al lado de uno de los muros del edificio. Junto a ellos hay un barril y Sena entierra la mano en el carbón que contiene para, después, frotarse las manos y flotar hasta la pared, donde se pone a escribir con el dedo. Redacta seis nombres con el carbón. Los ingenieros contemplan fascinados la obra de Sena.

HERMANITO

BALAL

KOTTU

EL ENMASCARADO

COMANDANTE RAJA

MINISTRO CYRIL

El chico se retira la capucha y deja el rostro al descubierto antes de posar la mirada en los estudiantes y, después, en ti.

—Este es el escuadrón de la muerte que me asesinó hace meses. A vosotros dos os mataron la semana pasada y al señor Maali, anoche.

—¿Has contrastado esos datos con una fuente fiable?

—Los haré sufrir. Uno por uno. ¿Me ayudaréis?

Los estudiantes de Ingeniería inclinan la cabeza y Sena sonríe.

—¿Qué piensas hacerles?

—Tengo un plan.

Estás acostumbrado a que la gente en quien no confías te engatuse para hacer algo que tú no quieres hacer. Esta vez no vas a ceder.

—Lo siento, camarada Sena. Me encantaría aprender a garabatear paredes, pero me tengo que ir.

—No me llame «camarada», *hamu* Maali. Solo es usted socialista de boquilla.

—¿Por qué me llamas *hamu* y me tratas de «usted»? No me debes ese respeto.

—Desde nuestra más tierna infancia, se nos lava el cerebro para que tratemos de *hamu* y «señor» a las personas mediocres. Es lo típico cuando creces siendo pobre. Yo trabajé como sirviente. Frecuenté un puesto de verduras ambulante incluso después de haberme sacado la carrera. La única manera que tenemos de entrar en ciertas zonas de la ciudad es tratando a los ricos con deferencia.

Prestas atención al sonido del viento y piensas en todo lo que nunca llegaste a entender.

—Mis amigos. Mi madre. Tengo que verlos.

—¿Por qué?

—Porque quiero pedirle perdón a DD. Porque tengo que contarle a Jaki lo de la caja. Porque tengo que decirle a mi *amma* que solo culpo a *dada*.

—Es conmovedor, señor, pero tenemos trabajo por hacer.

—Necesito verlos.

—No te salvé para hablar de tonterías.

—No te pedí que me salvaras.

—Nadie pide nunca nada. Nadie pide nacer en la pobreza, sufrir enfermedades o ser gay.

—Yo no soy gay —replicas, como has hecho tantas otras veces.

—¿Es que el *hamu* perdió la cabeza cuando lo tiraron desde el tejado? ¿O fue en aquella fiesta del distrito 7 en la que corría la droga?

—Vivo en el distrito 2. ¿Y quién ha dicho que me hayan tirado desde un tejado?

—Mira lo hecho polvo que está tu cuerpo. A lo mejor tu mente también ha quedado tocada.

Bajas la vista y lo único que te llama la atención es que te falta una sandalia. Eres igualito que Cenicienta, salvo por que tú eras mucho más retorcido que tus hermanastras de Misuri.

—Todos los paletos envidian la vida del distrito 7. Yo necesitaba tomarme un buen puñado de pastillas de la felicidad para soportar el ambiente de una de aquellas fiestas.

—No recuerdas haberte unido al JVP, ¿verdad?

—No recuerdo haber muerto ni haber sido víctima de un escuadrón de la muerte. Tampoco recuerdo haber caído desde ningún balcón.

—Entonces, no te interesa ayudar a los pobres, sino hacerles fotos.

—Vale, vale. ¿Dejarás de sermonearme si te ayudo?

—Claro.

—¿Y, a cambio, tú me ayudarás?

—Sí, ¿por qué no?

Cada vez se te da mejor lo de moverte por las corrientes de aire, aunque te resulta difícil explicar el fenómeno en sí. Es como montar en un autobús en el que puedes sentarte en el suelo. Como contener el aliento hasta que él te contiene a ti. Como volar en una alfombra mágica sin alfombra. Flotas tal y como lo haría una partícula un poquito borracha. Pero ¿qué ráfaga de aire te llevará hasta DD?

—Una vez que tu cadáver queda hecho picadillo, ya no importa que seas un universitario revolucionario o un comunista ilustrado, un anarquista o un socialista de la «izquierda caviar». Las moscas cagarán sobre ti y los gusanos se comerán tus restos de igual manera.

La capa de bolsas de basura de Sena ondea al viento. Aunque la imagen es la de un superhéroe, te recuerda más a un paraguas roto.

—¿A dónde vas? —le preguntas.

—A la acacia que hay junto a la verja del *kanatte*.

—¿Para qué?

—Te voy a ayudar.

—¿Cómo?

—Yo no soy muy creyente, pero tengo fe en las acacias.

La acacia extiende sus ramas sobre el descuidado césped y las lápidas volcadas. Y, de cada una de sus ramas, cuelga una criatura que se aferra a la corteza con las garras. Ratas, serpientes y mofetas se ocultan entre las lápidas. Muchas son las sombras en las que esconderse, aunque parece que ninguno de los presentes proyectáis una propia. Sena se sube a una rama vacía y tú le sigues.

—¿Por qué nos sentamos aquí? —preguntas.

—Las acacias captan las ráfagas de aire igual que las radios con las frecuencias. Lo mismo pasa con los árboles Bodhi y las higueras de Bengala, aunque, en realidad, se aplica a cualquier árbol grande que le sople al viento.

—Pensaba que era el viento el que soplaba y no al revés.

—Tu abuelo creía que la Tierra era plana. ¿Quieres ser un fantasma o un espectro?

—¿Qué diferencia hay?

—Los fantasmas vuelan con el viento, mientras que los espectros lo dirigen.

—¿Qué estamos haciendo aquí?

—Si dejas la mente en blanco, puede que oigas tu nombre en el viento. Y, en caso de oírlo, serás capaz de viajar hasta el lugar donde se ha pronunciado tu nombre. Solo sirve mientras tu cadáver siga fresco, por así decirlo. Pasadas noventa lunas, a nadie le importará un bledo tu culo de niño rico del distrito 7.

—Me caías mejor cuando me tratabas de «usted».

Resoplas y estudias los espíritus que meditan a tu alrededor. Todos los que están subidos al árbol murmuran para sus adentros mientras se mecen de atrás adelante. Resulta difícil saber quién está meditando y quién está catatónico.

—Deja la mente en blanco y presta atención —insiste.

—Llevo sin meditar desde los años 70 —replicas.

—La meditación es una práctica reservada para quienes todavía respiran.

—¿Qué se supone que voy a oír?

—Tu nombre. Espero que no lo hayas olvidado también. «Escucha tu nombre, comparte su vergüenza».

—¿De qué conoces ese poema?

—Estudié en el Sri Bodhi College, ¿te sorprende que conozca a Byron?

—Quien se pica, ajos come.

—¡Presta atención!

El sol ya está cayendo y la luz empieza a jugar malas pasadas. El cortejo fúnebre se ha disuelto, pero no dejan de llegar coches fúnebres. Te quedas muy quieto para ver si oyes alguna canción en tu cabeza, pero tu mente está en silencio. Ni siquiera oyes a Elvis o a Freddie.

Cada vez que miras a tu alrededor, el árbol tiene una textura diferente. La corteza adquiere un nuevo tono de color café, las hojas están espolvoreadas con motas doradas y el follaje oscila entre el de una selva tropical y el de un pantano. Podría ser cosa de la luz, de tu imaginación o de algo distinto.

Los quejidos del tráfico, los bostezos de los perros y los susurros de los espíritus inundan el aire caliente. Vacías tu mente de todo pensamiento y dejas que los rostros vengan a ti, rostros a los que no consigues darles nombre a pesar de reconocerlos. Entre ellos hay un hombre blanco y fornido, un hombre con una corona, una dama de piel oscura y labios rojos como el rubí, y un muchacho con bigote.

Cada rostro se convierte en una carta. Un as de diamantes, un rey de tréboles, una reina de picas y una jota de corazones aletean frente a ti y es en ese preciso momento cuando empiezas a oírlo. Al principio no es más que un susurro, pero este se transforma en una palabra, y esa palabra, a su vez, se convierte en miles, millones de ellas. Los susurros se entrelazan los unos con los otros y, mientras que algunos crean armonías, otros solo dan lugar a ruido.

Después se convierte en el sonido que harían unas hormigas armadas con micrófonos al corretear por el cadáver de un animal. En los guijarros que una pandilla de gamberros agita dentro de una caja de plástico. En una mezcla de conversaciones que se suceden al mismo tiempo en portugués, holandés y tamil. Las ondas de radio viajan cargadas de las maldiciones pronunciadas por los espíritus. Cada voz se pierde en el éter con un siseo; increpan al universo y braman en frecuencias que nadie usa.

Entonces, oyes un nombre. En un primer momento, solo lo percibes una vez, pero, luego, quien habla lo repite una y otra vez hasta acabar pronunciándolo a gritos.

—Se llama Malinda Almeida. Trabaja para el consulado británico.

—No conocemos a ningún Lorenzo Almeida.

—¿Se están riendo de mí? Malinda Almeida. Tengo una carta del ministro Stanley Dharmendran. ¿Sería tan amable de comprobarlo?

Reconoces esa voz; has oído ese tono enfadado en múltiples ocasiones. Contemplas los alrededores y te das cuenta de que el árbol se ha convertido en una suma de pinceladas, en un cuadro impresionista que mezcla tonos de verde y dorado, sin formas definidas. A tu lado, el camarada Sena Pathirana sonríe.

Te dedica un burlón saludo militar cuando te desvaneces delante de sus ojos muertos.

VEINTE MADRES

—Su nombre completo es Malinda Almeida Kabalana —dice el joven con el pelo de punta—. Aquí tiene una copia de su carné de identidad. ¿Lo puede comprobar, por favor?

—Aquí dice que se llama Malinda Albert Kabalana —responde el subcomisario del cuerpo de policía—. ¿No se sabe el nombre de su amigo?

—Sí —interviene la mujer mayor del rincón—, Bertie era el nombre de su padre y, cuando nos abandonó, se lo cambió.

—Utilizaremos el nombre que aparece en su carné —dice el inspector sentado ante el escritorio.

En el último año, decenas de padres han acudido a las comisarías para preguntar entre lágrimas por esos hijos e hijas que nunca volvieron a casa. En los días de mayor ajetreo, relegan a quienes son presa de la preocupación y el nerviosismo a los pasillos mal ventilados de la comisaría y los obligan a esperar, formando colas que llegan hasta el aparcamiento de motos de la entrada.

Hay tres madres sudorosas en el vestíbulo, que ya solo derraman lágrimas silenciosas. En los despachos, un atractivo joven se inclina sobre el escritorio y le enseña una fotografía al policía. El chico y su pelo de punta, las dos mujeres y sus dispares bolsos de mano se las han arreglado para saltarse esa cola interminable.

—Me llamo Dilan Dharmendran. Mi padre es el ministro Stanley Dharmendran —anuncia el atractivo joven—. Esta es la madre de Malinda y ella, su novia. Desde ayer por la mañana desaparecido lleva.

A DD le costaba tanto hablar en cingalés como a Mahagama Sekara, el poeta esrilanqués, expresarse en afrikáans. Además, cuando estaba nervioso, se le olvidaban las normas de sintaxis.

—Lo siento, pero no hay nada que podamos hacer —interviene el subcomisario desde la puerta—. Entiéndanos. No podemos considerarlo una desaparición hasta que no hayan pasado setenta y dos horas.

—¿Saben por casualidad si lo han arrestado? —pregunta la chica del vestido rojo—. ¿Lo puede consultar, por favor?

La joven lleva pendientes plateados y pintalabios negro, y unos manchurrones de máscara de pestañas le surcan las mejillas. Se envuelve con una chaqueta cuando una ráfaga de aire atraviesa la estancia, a pesar de que todas las ventanas están cerradas. Tú entras flotando en la comisaría y te acomodas sobre uno de los alféizares.

—¿Les importaría decirme su nombre? —dice la mujer mayor, que posa una mano sobre el hombro de la chica.

—Soy el subcomisario Ranchagoda y este es el inspector Cassim. Él registrará su denuncia, pero, lamentándolo mucho, no podemos abrir una investigación hasta que no hayan pasado tres días.

Dilan Dharmendran mira a las dos mujeres: una de ellas tiene unos setenta años y la otra está en la veintena, y, mientras que una frunce el ceño, la otra llora.

El inspector Cassim es bajito y fornido y no se queda quieto, de manera que recuerda a un niño regordete vestido de uniforme. El cuerpo de Ranchagoda parece un perchero del que cuelga un uniforme. Cassim les ofrece un formulario y se asoma por la puerta al ver que otra tanda de madres, flanqueadas por hombres vestidos con *sarongs*, entra en el vestíbulo de la comisaría.

—¿Sería tan amable de rellenar este documento, señora? Señor Dharmendran, ¿cuándo fue la última vez que vio a Malinda Albert Kabalana.

—Es Almeida. Estuvo en Jaffna hasta la semana pasada. Me llamó al trabajo ayer y me dijo que había vuelto a Colombo. Que tenía algo importante que contarme y que me volvería a llamar por la noche. —DD toma una profunda bocanada de aire y juguetea con el collar que lleva al cuello—. Nunca llegó a llamarme.

—A lo mejor todavía sigue fuera de la ciudad.

—Dejó las maletas en nuestro piso y encontré una toalla húmeda en el baño. Además, me llamó al trabajo desde casa. Me dijo que tenía que hablar con unos clientes y que, después de eso, me llamaría.

—¿De qué clientes hablaba?

—No me dio detalles.

—Jaffna es una ciudad peligrosa hoy en día. ¿Por qué motivo viajó hasta allí?

—Le habían asignado un trabajo.

—¿De qué tipo?

—Es fotógrafo.

—¿De bodas?

—No, colabora con periódicos.

—¿Y para quién trabaja?

—Ha recibido encargos por parte del ejército, de la Associated Press y de alguna que otra agencia más —interviene la joven de pelo largo, que es la única que te prestaba atención cuando hablabas de tu día a día.

—¿Se refiere al ejército de Sri Lanka?

—Sí, pero ya hace años de eso. Ya no trabaja para ellos.

—Entonces cabe la posibilidad de que otro periódico le haya encargado un nuevo proyecto y se haya tenido que marchar, ¿no?

El subcomisario Ranchagoda ha devuelto su atención al pasillo. Su cabeza se bambolea como si tuviese vida propia.

—Siempre avisa cuando sale de la ciudad. Y nos llama en cuanto regresa —explica DD—. Había quedado en recoger a Jaki esta mañana, pero no ha dado señales de vida.

—Trabajo en el programa nocturno de la SLBC —explica Jaki—. Maali siempre viene a buscarme cuando salgo.

El inspector Cassim aparta la vista de los garabatos ininteligibles que está escribiendo y se dirige a la mujer mayor a la que tú conoces como *amma*, tu madre:

—Señora, ¿por qué no vuelven a casa y esperan un poco a ver si aparece?

—¿Se cree usted que hemos venido aquí a hacerles perder el tiempo? —masculla—. Ayer me llamó y hacía meses que no hablábamos. Me dijo que quería invitarme a comer, cosa que nunca hace. Algo no iba bien. Lo supe enseguida.

¿En serio? ¿Ibas a quedar con *amma* para comer? La última vez que comisteis fuera, Elvis todavía no había abandonado el edificio. Sacudes tu cámara con la esperanza de que de ella se desprenda un recuerdo que te ayude a encontrarle el sentido a sus palabras, pero el visor sigue tan lleno de barro como antes.

El inspector Cassim y el subcomisario Ranchagoda intercambian un par de miradas nada discretas. El primero asiente, mientras que el segundo niega con la cabeza.

—¿Me enseñan el carné de identidad?

DD saca una tarjeta de la cartera que le regalaste por su cumpleaños hace dos años. Tu *amma*, que perdió su carné en la lavadora, saca un pasaporte esrilanqués de color granate de su bolso de cuero. Y Jaki saca uno británico de color azul de una bolsa de tela al tiempo que se seca los ojos con un pañuelo.

El inspector Cassim articula en silencio cada una de las palabras que va transcribiendo. El subcomisario, por su parte, se acerca a su compañero para echar una ojeada a lo que escribe por encima del hombro.

—Jacqueline Vairavanathan. Veinticinco años. Tamil. —recita el subcomisario Ranchagoda—. Lakshimi Almeida. Setenta y tres años. Burguesa. —Mira a la mujer mayor antes de añadir—: Malinda Kabalana es un nombre cingalés, ¿no?

La mujer levanta la vista del formulario que está rellenando y habla con una voz tan fría como su mirada:

—Su padre era cingalés y yo soy burguesa. Ambos somos esrilanqueses. ¿Le supone eso un problema?

—En absoluto, señora. Ningún problema.

Ranchagoda suelta una carcajada tan incómoda que casi suena como un resoplido.

Al otro lado de la puerta, en la sala de espera, una mujer profiere un alarido lastimero y el subcomisario sale a consolarla, porra en mano, antes de pedirle a un agente que la saque de la comisaría.

—¿Han preguntado por él en los hospitales?

—Sí y también en los casinos —responde Jaki.

—¿Le ha vuelto a dar al juego? —le pregunta DD.

—¿Estaba interesado en las apuestas? —interviene el inspector Cassim.

DD dice que no, Jaki dice que sí y tu querida madre sacude la cabeza con la mirada clavada en su bolso.

—Hagan el favor de volver el jueves —concluye Ranchagoda con un asentimiento, mientras que el inspector termina de rellenar el informe que nadie va a tomarse la molestia de leer—. Hasta entonces, no hay nada que podamos hacer. No damos abasto con tantos desaparecidos.

Señala en dirección a la sala de espera, donde la madre de alguien le está gritando a la madre de otro alguien. Jaki fulmina a los policías con la misma mirada cargada de odio que le dedicó al chico de Nuwara Eliya cuando este se puso a ligar contigo mientras ella trataba de conquistarlo.

—DD, ¿qué tal si llamas a tu padre?

DD juguetea con el collar de hueso que lleva bajo la nuez, la cruz ansada que le regalaste cuando los remordimientos te ganaron la partida después de haber estado tonteando con el dependiente de la tienda FujiKodak en la cama de DD, aunque él nunca llegó a enterarse. Bajo ese dije, lleva un vial de madera que contiene tu sangre.

—DD, llama a tu puto padre ya.

Ante el siseo de Jaki, el inspector y el subcomisario arquean las cejas.

—Necesito que te tranquilices —le pide DD antes de dirigirse a tu madre—. Tía Lucky, ¿ha terminado de rellenar el formulario?

Tu *amma* está sentada en una esquina y estudia las cuatro hojas escritas casi por completo en cingalés, el cual no es su lengua materna, a pesar de haber vivido toda una vida en un país que la defiende como su única lengua oficial. La mujer sacude la cabeza.

—Podría estar en cualquier parte.

—Revisaremos el aeropuerto y las estaciones de tren —la tranquiliza el inspector Cassim—. Hubo unos cuantos altercados en Jaffna la semana pasada. Puede que todavía esté allí o que se haya quedado en casa de algún conocido. ¿Tenía más amigos aparte de ustedes? —Mira a Jaki—. ¿Alguna amiga, tal vez?

—No, nadie.

—Todos tenemos algún secretillo, ya sabe. En este trabajo, he visto de todo.

—¿Le importaría comprobar si lo tienen detenido en alguna otra comisaría? Tómese su tiempo.

DD no pierde las formas y no vacila al estructurar sus palabras, pero tú sabes que le hierve la sangre en las venas. Siempre se toquetea los collares cuando está a punto de explotar. Estruja la llave de la vida como si estuviera hecha de papel burbuja.

—Le asignaremos el caso a uno de nuestros agentes —promete el subcomisario Ranchagoda—. Pero, en estos momentos, estamos desbordados.

—Ya se nota —dice DD, que contempla a través de una de las ventanas a un grupo de policías que toman el té.

Las madres que esperan su turno maldicen el prieto e incívico culo de DD por haberse colado. Jaki se seca los ojos con su pañuelo y las fulmina con la mirada.

—Le han detenido por un par de malentendidos en alguna otra ocasión. ¿Podría comprobarlo, agente?

—¿Está metido en política?

Tu *amma* mira a DD y este, a su vez, mira a Jaki. No tienen ni la menor idea de lo que has estado haciendo, y eso te supone un tremendo alivio.

—Mi hijo es fotoperiodista —interviene Lucky Kabalana, de soltera Almeida, al entregar el formulario cumplimentado—. Toma fotografías para los periódicos.

—¿Para el JVP?

—Ni en sueños —te defiende.

Ranchagoda se toma diez minutos para firmar el formulario y Cassim tarda otros diez en encontrar el sello oficial. DD llama a su padre desde el teléfono de la sala de espera mientras las madres que hacen cola continúan mirándolo mal. Jaki y tu *amma* se turnan para insistir en que Maali Almeida no guarda relación con grupos políticos o terroristas.

—Dijeron que había colaborado con el ejército, ¿no es así? ¿Al mando de qué comandante estaba?

Jaki sacude la cabeza en dirección a DD y los dos policías intercambian miradas. No saben que estás sentado entre ellos dos y que te estás acordando de todos sus ancestros. Sientes un ataque de náuseas a medida que las imágenes inundan tu visión: sangre, cadáveres y soldados robustos. Si pudieses dirigirte a ellos, les dirías que a quien buscan es al rey de tréboles, al comandante Raja Udugampola.

Cassim regresa con el sello y esboza una sonrisa. Después, señala el collar de DD.

—¿Se lo compró al Cuervo?

—¿Cómo dice?

—Que si le compró ese collar al Cuervo. ¿No conoce a Kark Maama? ¿El que vende amuletos en el barrio de Kotahena? Da igual.

En ese momento, DD lanzó una retahíla de obscenidades descarnadas en un pésimo cingalés para increpar a los dos policías:

—Perros de esperma... ¡Parta a vuestra *amma* un rayo! Las caras en los tribunales nos veremos.

Ya habías sido testigo en varias ocasiones de esos arrebatos de ira que parecían salidos de la nada. Entre las groserías y los insultos, DD presenta una queja de lo más lógica, tal y como hizo cuando le preguntaste si le gustaría recorrer el Vanni durante tres meses contigo. Jaki lo saca a rastras a la sala de espera y lo obliga a sentarse entre las madres que aguardan a que llegue su turno; todas parecen encantadas de ver al niño rico perder los estribos.

Dentro del despacho, por un momento, se hace el silencio. Tu *amma* clava la mirada en Ranchagoda y, después, en Cassim.

—Busquen a mi hijo —insiste.

—Señora, seguro que sabe cómo está la situación —replica Ranchagoda al cerrar el informe.

—Yo me haré cargo de todos los gastos, pero encuéntrenlo.

La facilidad con la que tu *amma* negocia compensa su absoluta falta de empatía, compasión y decencia. Sería capaz de engatusar a un frutero insolvente para que le regalase un kilo de mangos.

—El ejército y las fuerzas especiales están barriendo toda la ciudad para arrestar a todo aquel radical que encuentren. A nosotros solo nos llaman para arreglar sus estropicios. Si esto es cosa suya, estamos atados de pies y manos. No podemos garantizarle nada, señora, y menos si su hijo está metido en temas políticos.

Tu *amma* se inclina hacia adelante y Ranchagoda no mueve ni un solo músculo.

—No le estoy pidiendo garantías.

—Debo advertirle, señora, de que algunos cuerpos nunca llegan a aparecer. Cada día hablo con unas veinte o treinta madres como usted.

—Entonces, a estas alturas, ya debe de estar hecho de oro. Tenga. Si me devuelve a mi niño, recibirá una recompensa aún mayor.

—La ley no hace distinciones entre ricos y pobres.

—Qué gracioso.

Tu *amma* sonríe, pero continúa observándolo con mirada asesina; tiene una voluntad de hierro después de haber pasado años casada con un narcisista.

—Como no encuentren a mi hijo, me encargaré de que les retiren la placa sin necesidad de pasar por los tribunales. ¿Les ha quedado claro?

Ranchagoda arquea una ceja y sacude la cabeza. Cassim, que no ha abierto la boca en lo que llevan de negociación, se ajusta el cinturón, mete tripa y observa el informe que acaba de sellar.

—En la comisaría de Cinnamon Gardens no aceptamos sobornos ni le hacemos los recados a ningún político, ni siquiera a un pez gordo como Stanley Dharmendran. No quebrantaremos la ley. No todos los policías somos unos corruptos, señora Kabalana.

—Llámeme señora Almeida. Puede que sea burguesa, pero yo también tengo contactos. Stanley Dharmendran es un miembro del gobierno y hará que el ministro de Justicia se ponga en contacto con sus superiores.

—Mire, el ministro de Justicia es nuestro superior —dice Ranchagoda con una risita—. ¿Qué cargo ostenta Dharmendran? ¿No es ministro de Juventud y Deporte?

—Yo pensaba que era ministro de Igualdad —murmura Cassim.

DD y Jaki regresan atropelladamente al despacho y se desata otra acalorada discusión que ni el rudimentario cingalés de DD ni las voces que pegan tanto unos como otros te permiten seguir. Una nueva tanda de madres entra en la sala de espera antes de que los agentes tengan oportunidad de frenarlas con formularios, preguntas y porras al aire. La turba de madres amenaza con poner patas arriba el despacho, señalan a DD, a Jaki y a tu *amma* y exigen saber por qué ellos no han tenido que respetar la cola. El inspector Cassim le hace un gesto con la cabeza al subcomisario Ranchagoda, que pone los ojos en blanco a modo de respuesta.

—Se nos exige esperar setenta y dos horas antes de iniciar una investigación —repite Ranchagoda.

—Pero abriremos el caso ahora mismo, como un favor personal al ministro Stanley —concluye Cassim—. Nos comentaban que se reunió con un cliente anoche, ¿cierto?

—Estaba colaborando con una ONG en favor de los derechos humanos. Creo que el proyecto tenía algo que ver con lo de 1983 —explica Jaki, que es la única entre los presentes que prefiere escuchar antes que hablar.

—A mí no me había dicho eso —comenta DD.

Jaki se vuelve para mirar al inspector.

—Tenía muchos clientes, no solo el ejército o la AP. También trabajaba para la BBC, el *Pravda* y Reuters, además de para varios particulares. Pero no estaba implicado en temas políticos. Él siempre ha preferido no posicionarse.

—Todo el mundo favorece a un bando más que al otro, señorita. Sobre todo ahora, con los tiempos que corren. ¿Sabrían darme algún nombre o teléfono de contacto? Disponer del nombre del oficial al mando para el que trabajaba sería un buen punto de partida.

Te colocas detrás de Jaki y le susurras al oído el nombre que busca una y otra vez, como si trataras de meterle una melodía en la cabeza: comandante Raja Udugampola. No parece que sea muy pegadiza.

—No lo sabemos.

—¿Y cómo pretende que hagamos nuestro trabajo? ¿Qué hay de los contactos que tiene en el *Pravda,* en la agencia Reuters o en el *Dinamina*? Necesitamos que nos den algún detalle más concreto para empezar a investigar.

Jaki toma aire y, con voz pausada, dice:

—Quedaba con sus clientes en el Hotel Leo.

DD y Lucky la miran con expresión sorprendida.

—¿En el casino? —pregunta DD.

—No es que el Hotel Leo tenga muy buena fama. ¿Por qué se citaba con ellos allí? —inquiere Cassim.

—No lo sé. Le gustaba el sitio, supongo. —Jaki frunce el ceño y se dirige a DD—: ¿Pensabas que había dejado de apostar?

—Se están yendo por las ramas. —Tu *amma* no necesita levantar la voz para devolver la conversación a su cauce—. Mi hijo ha desaparecido y tienen que encontrarlo. Estamos perdiendo el tiempo.

Ranchagoda permanece junto a la puerta mientras gira el cuello como una jirafa. Tiene un ojo puesto en el alboroto de la sala de espera y el otro, en la negociación que se desarrolla en el despacho. Cassim se deja caer sobre el escritorio como un oso panda y revisa la denuncia por desaparición recién sellada que ha tardado dos horas en rellenar.

—Le seré sincero, señora Almeida. Estamos en una mala racha, pero nos esforzaremos al máximo por dar con su paradero. —Se levanta y el resto de los presentes hacen lo propio.

—Trabajaremos personalmente en este caso —promete Ranchagoda—. Nos mantendremos en contacto. Si le parece bien, señora, puede dejar su formulario aquí.

Lakshimi Almeida, de soltera Kabalana, madre de Maali Almeida, huérfano de padre, deposita unos cuantos billetes sobre el formulario, sin apartar la vista de Ranchagoda, cuyo cráneo flota de arriba abajo; Cassim vuelve su cara regordeta y se marcha.

DD, Jaki y tu *amma* recorren el horno en el que se ha convertido la sala de espera y, por el camino, tus seres queridos fingen no fijarse en las madres que ya solo dedican sonrisas afectadas a los agentes y en los padres rotos que les lanzan miradas asesinas o escupen groserías. Con la mueca en los labios y la mirada confundida, te recuerdan a quienes deambulaban por esa otra sala de espera de la que escapaste hace poco.

Deberías ir con DD, Jaki y tu *amma* y decirles lo que siempre te callaste. Deberías contarles dónde escondiste las fotografías. Decirles a dos de ellos que los quieres y justo lo contrario a la persona restante. Eso es lo que quieres y debes hacer, pero terminas por seguir a los dos policías.

PROBABILIDADES

Los recuerdos regresan a ti acompañados de dolor. De un dolor con distintas facetas. A veces, viene de la mano de sudores, picores y sarpullidos. Otras, te produce náuseas y dolores de cabeza. Tal vez, como quien siente la extremidad que una vez le amputaron, percibes el fantasma de tu cuerpo en descomposición. Un momento te están dando arcadas y, al siguiente, te has recuperado y vuelves a recordar.

Conociste a Jaki hace cinco años en el casino del Hotel Leo. Ella tenía veinte años, recién había finalizado los estudios y le estaban dando una paliza al bacarrá. Tú habías vuelto de una tórrida visita al Vanni, desencajado por la masacre, y estabas cenando con malas compañías; tenías una visión totalmente pesimista de la vida y ya llevabas tu famoso pañuelo rojo. Le acababas de vender unas fotografías a Jonny de la Associated Press y, a cambio, habías recibido un cheque de bienvenida de seis cifras. Incluso en rupias, una cantidad de seis cifras siempre es mejor que una de cinco.

Habías ganado al *blackjack* y te habías zampado todo el cangrejo del bufé, acompañado con un poco de ginebra de cortesía. Para ti, un día como otro cualquiera.

—No apuestes al empate, hermana —le dijiste a la chica rara de pelo encrespado y maquillaje oscuro. Ella te miró y puso los ojos en blanco, cosa que te resultó curiosa. A las mujeres les solías parecer atractivo, porque no sabían que preferías la carne al pescado. Con tu barba arreglada, tu camisa bien planchada y tu desodorante, destacabas entre cualquier horda de sudorosos esrilanqueses heteros.

—Acabo de ganar veinte mil rupias —anunció.

Estaba sola y nadie le estaba tirando los tejos; ambos eran lujos de los que las mujeres no solían disfrutar en los casinos de Colombo.

—Y la probabilidad de que vuelvas a ganar es de un nueve por ciento. Además, aquí la casa paga siete a uno, sin contar con la comisión. O sea que si utilizas esa estrategia el cien por cien de las veces, incluso aunque ganes, acabarás perdiendo.

—Un hombre que lo sabe todo. Qué sorpresa.

El crupier te retó con la mirada, pero tú te encogiste de hombros y colocaste las fichas de la chica en la banca. Dibujó una media sonrisa y frunció ligeramente el ceño, pero te permitió dirigir su apuesta.

—Como pierda, más te vale que me devuelvas hasta la última rupia.

—Si no eres capaz de pensar el términos numéricos, aquí te van a comer con patatas. El universo no es más que matemáticas y probabilidad, guapa.

—He venido aquí a desconectar, no a hacer cálculos —dijo.

Una vez repartido el bote, te dejó hacer otra apuesta y, después, otra más.

—Si alguien juega por ti, apostar pierde toda la gracia.

—Eso no es verdad —respondiste.

La llevaste al bufé, comisteis pudin de chocolate y galleta y fumasteis cigarrillos Gold Leaf mientras una diva ya entrada en años cantaba «Tarzan Boy» ante un teclado Yamaha. Jaki, con su acento londinense, se quejaba de lo mucho que odiaba vivir en Sri Lanka con su tía y trabajar en la Sri Lanka Broadcasting Corporation con turnos de mañana. También te habló de lo mucho que odiaba al nuevo marido de su tía, que entraba en su habitación sin llamar y le ponía los pelos de punta.

Tu padre, que llevaba ausente desde que tenías quince años, financió varios de tus intentos por encauzar tu trayectoria profesional. Cuando tenías veinte años, estudiaste Economía durante un verano y trabajaste en una aseguradora durante el invierno. Acabaste odiando ambas experiencias a muerte, pero te enseñaron todo lo que necesitabas saber acerca de los principios básicos de las apuestas. Inversión frente a intereses. Lo que tú pones frente a lo que ganas. La probabilidad de que algo ocurra frente al coste que conlleve.

Nunca has hecho una apuesta en la que no tuvieses oportunidad de ganar, y eso no es lo mismo que perder. Jugabas con los ojos bien abiertos, teniendo en cuenta cada ángulo y casi todos los posibles desenlaces. Una de cada ocho millones de personas gana la lotería. Una de cada cuatro mil personas muere en un accidente de coche. Y, según el doctor Alfred Kinsey, una de cada diez personas es homosexual.

¿Qué probabilidades hay de nacer en un agujero asolado por la guerra? Teniendo en cuenta que la mayor parte del planeta vive en la pobreza y que nunca ha habido una verdadera época de paz en los anales de la historia, dirías que son bastante altas.

Le aconsejaste a Jaki que dejase de pensar en términos de rojo o negro y que empezase a considerar la probabilidad, por ejemplo, de que el hombre que tienes al lado tenga una jota, de que el crupier saque un cinco o de que todos los jugadores crean que tu mano es mejor que la suya.

Jaki se emborrachó y acabó planchando la oreja en la mesa de la ruleta. Cuando te ofreciste a meterla en un taxi, los porteros te guiñaron el ojo. La chica fue incapaz de darte su dirección, así que la llevaste a tu casa y, cuando se despertó en tu sofá, le echaste un buen rapapolvo acerca de los peligros de salir por ahí sola y emborracharse. Ella estaba tan ocupada mirando tus fotografías que no te hizo el menor caso.

—Podrías acabar muerto si alguien ve estas fotografías —advirtió.

—Y tú igual por emborracharte en los casinos —replicaste.

Volvió a casa contigo muchas noches más después de aquella. Mientras tu *amma* roncaba al final del pasillo, vosotros dos os sentabais a beber vino mientras en tu radio de onda corta sonaba la lista de éxitos y charlabais de todo y de nada. ¿Qué probabilidades hay de que se ponga fin a la matanza, de que te caiga una bomba encima o de que las voces de tu cabeza te sobrevivan al morir? ¿Qué probabilidades hay de que una mujer pueda caminar por las calles de Colombo sin que nadie la llame *nangi*, «preciosa» o «puta»? ¿Qué probabilidades hay de que abran una discoteca en Colombo que no cierre a las dos de la mañana?

Por lo general, cuando traías mujeres a casa (cosa que ocurría con tanta frecuencia como unas elecciones libres y democráticas), estas, a menudo borrachas, esperaban que las manosearas y les pusieras los labios encima, e incluso se ofendían si no lo hacías. A esta no parecía importarle.

—¿Tienes pareja? —preguntó Jaki, que te miró de reojo.

—Nada formal —respondiste.

—¿Pero muchas informales? —Soltó una risa rara.

Había algo descarado en ella, algo que se salía de lo común y que iba más allá del maquillaje que llevaba, de su pelo o del vestido que tan mal le quedaba. Al hablar, profería los gorjeos de un niño, pero utilizaba el tono autoritario de una tirana.

—Si quieres que volvamos a vernos, tendrás que dejar de llamarme «chica», «hermana» o «guapa».

—¿Tú tienes novio?

—Me estoy reservando para la noche de bodas, así que no te hagas ideas raras.

—Me parece perfecto, chica.

Al principio, te convertiste en su compañero de juego; de ahí, pasaste a ser su consejero sentimental y, luego, acabaste siendo su compañero de juergas. Le enseñaste a lidiar con los babosos del trabajo, con las señoras entrometidas del día a día y con su nuevo tío cuando entraba a su habitación sin llamar.

—Nunca pierdas la sonrisa, pero no le pases ni una. Y ponle una cerradura a esa puerta.

A cambio, ella te ayudaba a no pensar en las cosas que fotografiabas en el campo de combate. Te llevaba a embajadas y hoteles donde se celebraban fiestas organizadas por sus compañeros ricos del Colombo International School, entre los que había chicos confundidos de piel perfecta. A Jaki no le importaba que desaparecieras de las fiestas y tampoco que hablases con chicos, aunque odiaba que te relacionases con otras chicas. Además, a Jaki no le importaba que no la tocases.

Algunas tardes, Jaki te obligaba a escuchar la música que a ella le gustaba: cantantes desafinados que gimoteaban al ritmo de tediosas melodías. Te ahogaba en chardonnay y te proponía planes descabellados, como vivir en una comuna *hippie* en la bahía de Arugam o montar una exposición con todas las fotos que guardas bajo la cama. Fue a ella a quien se le ocurrió la brillante idea de compartir piso.

El atractivo de estudiar la probabilidad reside en saber por qué cartas merece la pena apostar. También en ser consciente de que los acontecimientos más raros se dan en el día a día, sin que nadie se dé cuenta. Podrías barajar un mazo en este preciso instante y repartir las cartas siguiendo una secuencia nunca vista en la historia de la humanidad. Según tus cálculos, es más probable que te mate una bomba en la cosmopolita ciudad de Colombo que en el rincón más recóndito de Jaffna, porque, al menos, en el campo de batalla, sabes en qué dirección vuelan las bombas y quiénes las lanzan.

Para tu sorpresa, casi nadie consideró escandaloso que una joven soltera de veintidós años compartiese piso con dos hombres solteros de treinta y tantos. Sus tías se alegraron de quitarse de encima el peso de encargarse de ella y, para variar, a tu *amma* no le importó un comino lo que hicieras con tu vida. Los padres de Jaki, que seguían en Londres, solo sabían que su hija se iba a vivir con su primo y un amigo suyo y que su tío Stanley se encargaría de todo. Los amigos de Jaki pensaban que ella y tú estabais saliendo, y aquel era un rumor que ninguno de los dos estabais dispuestos a confirmar o a desmentir. Dependiendo del camino que quisieras tomar, tener pareja te granjeaba una carabina o una pantalla de protección.

—A lo mejor te cae un poco mal mi primo —te advirtió Jaki—. Es un estirado.

—Pero ¿es majo?

—Apenas hablamos —admitió—. No te sientas en la obligación de llevarte bien con él. Es un abogado al que le gusta jugar al rugby y salir con pibones con la cabeza hueca. Es superficial y soso, así que será un gran político.

Durante el primer mes, apenas pisaste por casa. Estabas ocupado haciéndoles fotos a los arsenales incautados para el comandante Raja Udugampola, cubriendo los bombardeos de Anuradhapura con Andy McGowan, del *Newsweek*, y tratando de remontar en el casino Pegasus tras una mala racha.

No conociste al primo de Jaki hasta el segundo mes y, durante aquel primer encuentro, apenas intercambiasteis unas pocas palabras. Lo reconociste del colegio, pero él no se acordaba de ti en absoluto. Entonces, empezaste a notar el olor que traía de la piscina y el ritmo de sus pasos al caminar y te fijaste en los pantalones cortos que se le ceñían a las caderas y en las miradas que te echaba de reojo. Tú te sentabas en el salón que daba al Galle Face Green para observar a los cuervos que volaban por el parque y soñar despierto con el hijo del casero.

El apartamento era propiedad de Stanley Dharmendran, un hombre que ostentaba el cargo de ministro de Juventud y Deporte y que formaba parte del Parlamento en representación de la ciudad de Kalkuda, que era el único tamil en el gobierno y que debía numerosos favores. Su hijo, por supuesto, era Dilan Dharmendran, exnadador, exatleta y exjugador de rugby, antiguo alumno del St. Joseph's College y el amor de tu corta y patética vida.

UNA CONVERSACIÓN
CON LA ABOGADA FANTASMA (1983)

Aunque intentas seguir a los policías, el viento se dispersa y te lleva volando por encima de las copas de los árboles. Cada tejado corrugado cuenta con un gato, una mangosta o un espíritu que corretea entre sus ondulaciones. Planeas por encima del Beira, sobrevuelas las vías del tren y te pierdes al llegar a la parada de autobús de Pettah al chocar con otras corrientes de aire.

Reconoces a la criatura de la parada. Es una mujer que lleva un sari rosa y el pelo peinado en un recogido. Tú la viste morir cuando fue quemada viva. Le hiciste una foto que el *Newsweek* nunca llegó a publicar, a pesar de que te la habían pagado. Tienes la esperanza de que no te reconozca.

Te lanza una mirada asesina de ojos enrojecidos. El sari que viste está achicharrado y se le pega al cuerpo como si fuese celofán. La piel de la mujer está arrugada como el cerdo con costra, el único plato que DD preparaba mejor que Kamala, la cocinera de tu *amma* y la propietaria de la cama bajo la cual el trabajo de toda tu vida acumula polvo.

—«Sucedió todo tan deprisa»… Esa fue tu excusa y la de todos los que te rodeaban. Nadie me acusó de terrorista. Y nadie lo ha hecho desde entonces porque, en 1983, todavía no habíamos empezado a considerar al pueblo tamil como un enemigo. La situación no tardaría en cambiar, claro.

Te habías citado con un grupo punk llamado Coffin Nail en su casa de Green Path para una sesión de fotos. Te lo habían pedido a ti porque tenías una cámara bastante buena; fue uno de los regalos que tu *dada*, movido por los remordimientos, te había hecho a cambio de un poco de cariño.

Era la misma Nikon 3ST que ahora pende de tu cuello, aunque, por aquel entonces, sí que funcionaba. Lo único que te dejaba hacer era apretar el disparador y eso, para ti, era como no hacer nada. Inmortalizaste a la mujer cuando la arrastraban del pelo y la rociaban con gasolina. La Nikon se atascó justo cuando encendieron la cerilla.

—Sé que estabas allí —te dice—. Nunca olvido una cara. El ministro también estaba allí; lo vio todo desde su coche. Tú estabas allí y me sacaste una foto, como si estuviésemos en una puta boda.

—Yo no formaba parte de la turba, lo juro. Solo estaba haciendo fotos.

—Si hubieses estado con ellos, ya habría llamado a la Mahakali para que te devorase.

—Estaba en el lugar equivocado con una cámara a mano.

—¿Es ese tu eslogan?

Tiene los ojos rojos y marrones. Su voz es negra.

—Siento mucho lo que pasó. Ojalá hubiese podido pararlos.

—Gracias. Apenas significa nada para mí.

La mujer ha oído que las víctimas del bombardeo de Pettah de 1987 han conseguido encontrar a los responsables y que los tienen retenidos en una cueva de la zona. Están esperando a que los ciento trece fallecidos estén presentes para hacer justicia. Ella solo ha venido a ayudarlos a encontrar un castigo apropiado.

—Si los terroristas suicidas supieran que, al morir, irán a parar a la misma sala de espera que sus víctimas, seguro que se lo pensarían dos veces —comenta con esa voz tan resbaladiza.

El espectro te cuenta que trabajaba como abogada en un gabinete de Maradana hasta que, el 21 de julio de 1983, pasó por delante de la parada de autobús para comprar un paquete de cigarrillos y se topó con una turba cingalesa armada con antorchas.

—Sabía que el tabaco me acabaría matando —dice con tono sarcástico.

Lo más seguro es que el sari y el *pottu* que decora su frente tengan más culpa que los cigarrillos, pero decides guardarte el comentario.

La mujer explica que pasó mil lunas vagando antes de hallar descanso y que las múltiples víctimas de los disturbios de 1983 siguen deambulando por el Mundo Intermedio.

—Algunos caminaron hacia la luz y otros se convirtieron en demonios. La luz te ayuda a pasar página, pero nunca deberíamos olvidar lo que nos sucedió.

Bajo la rutilante luz de la luna, su piel recuerda a la de una serpiente. Con los brazos dibuja los movimientos de una cobra, su pelo se retuerce como un nido de culebras y las quemaduras que decoran su piel brillan como ascuas. Vuelves a llevarte la cámara rota a los ojos y le sacas una foto sin preguntar.

—En el 83, no se nos ocurrió movilizarnos. Nos sorprendieron con la guardia baja. Hoy en día, la gente está más enfadada, sobre todo cuando muere. ¿Acaso te he dado permiso para que me hicieras una foto?

—El visor está lleno de barro y el objetivo está roto.

—Entonces, ¿por qué la sigues llevando contigo?

—Porque las fotografías que nunca llego a sacar suelen ser las mejores.

La mujer te cuenta que las ciento trece víctimas que murieron en la explosión de la parada de autobús de Pettah se niegan a hacerse la revisión de oídos o a que los convenzan de ir hacia la luz. Quieren castigar a los terroristas suicidas y exigen hablar con quienquiera que esté al mando.

Según el fantasma de la abogada, los asistentes vestidos de blanco son voluntarios. Son las almas que caminaron hacia la luz y decidieron volver aquí. Aseguran que representan a la persona al mando, aunque no parecen ponerse de acuerdo con respecto a su identidad.

—¿Y ellos qué ganan con eso?

—¿Quién sabe? Incluso los buenos samaritanos actúan por motivos personales.

El espectro te dice que a ella la salvó un *naga*, un demonio serpiente que le devolvió la piel.

—Y con ella me devolvió la dignidad. Y el respeto por mí misma —asegura—. El señor Naga me ayudó a deshacerme del dolor y me recordó quién era. Mi piel no me define.

Decides evitar comentarle que su piel te recuerda a la de una culebra y el espectro sisea como si te hubiese leído la mente.

—Tampoco es que antes fuera una belleza.

—¿Qué hay de malo en que la luz te haga olvidar?

—Veo que ya te han comido el cerebro.

—Malinda… Almeida…

Una ráfaga de aire arrastra tu nombre desde las calles de Pettah hasta tus oídos y te tambaleas en su dirección. Miras atrás y ves que el fantasma de la abogada vestida de rosa no se ha dado cuenta de tu partida, así que te subes a un árbol y, cuando agudizas el oído, vuelves a oír tu nombre.

En el suelo, en la parada de autobús, el espectro alza la vista y, al ver que estás huyendo, te bufa y te enseña los dientes.

—Vuelve aquí, hombre de la cámara.

Como preferirías no quedarte con ella, dejas la mente en blanco y te concentras en las corrientes de aire. Alguien pronuncia tu nombre y, una vez más, compartes su vergüenza.

HOTEL LEO

—Ni por Malinda, ni por Kabalana, ni por Albert, ni por Almeida.

El subcomisario Ranchagoda y el inspector Cassim se montan en un Datsun azul, en vez de en el coche patrulla. Cuando Ranchagoda arranca el motor, empieza a sonar una canción en cingalés que no te suena de nada y ni siquiera eres capaz de tararear. Cassim se apoya en su barriga cervecera para escribir tus tres nombres en su cuaderno.

—¿Lo has consultado en todas las comisarías? —pregunta.

—¿Te crees que soy un ordenador? —replica Ranchagoda—. He llamado a las cinco importantes.

Cassim rodea cuatro nombres y traza un signo de interrogación al lado de cada uno.

—Vamos al hotel.

—¿Ahora?

—Aceptaste el dinero de su madre.

—¿Y?

—Maali Almeida se había citado con alguien allí.

—¿No podemos ir mañana? —pregunta Ranchagoda cuando el Datsun se sumerge en el tráfico de la hora punta. Ya ha anochecido y te has perdido tu primer atardecer como fantasma.

—Anoche llegaron cuatro bolsas de basura al depósito del Hotel Leo —explica Cassim, que revisa la copia de un informe hecha a ciclostil—, pero en el registro solo habían contemplado tres.

—¿Desde cuándo son fiables los listados?

—Aceptaste el dinero, así que tenemos que investigar.

—Vale, entonces hay una bolsa de basura más en el Leo. No es ninguna novedad.

—Echemos un vistazo.

—Estoy cansado, compañero. No hemos tenido ni un solo día de descanso en tres meses.

—Podemos exigir que nos lo paguen como horas extra.

—¿En serio?

—Mira qué rápido se te ha pasado el cansancio.

—¿Podemos pedir que nos paguen el doble?

—¡Mira por dónde vas, hombre!

Ranchagoda da un volantazo para esquivar al autobús que circula ladeado y Cassim murmura una grosería contra la palma de la mano. Acaban de entrar en Slave Island por la parte de atrás del lago Beira. Las calles son estrechas y están pavimentadas con basura. En una caja guardada bajo una cama, hay una fotografía de esta calle al atardecer y, en ella, aparecen un perro orinando y un gato comiéndose a un cuervo. Presentaste aquella fotografía a varios concursos y no ganaste ninguno.

El Leo empezó siendo una posada barata para trabajadores migrantes en el siglo XIX. Demolieron la estructura tras la Segunda Gran Guerra Europea, pero un empresario llamado Sabaratnam compró el terreno y abrió un cine en 1965 que el mismísimo primer ministro Dudley inauguró. Fue famoso por tener *Sonrisas y lágrimas* en cartelera durante nueve meses en 1967 y no tan famoso por ofrecer *Pasaje a Hawái* en 1989 durante solo dos meses.

Sabaratnam era amiguito del partido que gobernó durante los 70 y le alquiló los pisos de arriba al Ministerio de Justicia. Las habitaciones de la octava planta se utilizaron como salas de interrogatorio durante la purga del JVP del 71 y los disturbios tamiles del 77. La turba de 1983 no estaba al tanto de esos detalles cuando le prendió fuego a la planta baja. El dueño del edificio, un afortunado tamil con suficiente dinero como para no correr peligro, contempló consternado cómo destrozaban su negocio desde la seguridad del Hotel Galadari. El viejo Sabaratnam murió del disgusto, su familia se mudó a Canadá y, cuando el edificio entró en decadencia, se llenó de fantasmas.

En 1988, instalaron el casino Pegasus en la sexta planta. Pintaron las paredes, revistieron los ladrillos quemados con azulejos y amoblaron el establecimiento. Un año después, abrieron una discoteca y un salón de masajes en la quinta planta y habitaciones de alquiler en la séptima. El cuarto piso se lo quedó una compañía llamada Asian International Fisheries, que se encargaba de empaquetar, mantener refrigerado y transportar el marisco que no se había llegado a vender en la costa oeste para mandarlo a otros tres países de Asia. Los tres pisos inferiores se destinaron a un centro comercial por el que nadie pisaba.

Puede que nunca llegues a recordar por qué sabes todos esos detalles o cuánto dinero perdiste en aquel casino. Tampoco tiene pinta de que vayas a acordarte de la razón por la que el rostro de una mujer a la que no consigues ponerle nombre no te deja de venir a la cabeza. Es la reina de picas. La mujer de piel oscura y ojos aún más oscuros, de labios rojos y un *pottu* dibujado en la frente con un color rojo aún más oscuro. La ves sentada frente a ti, invitándote a una cerveza y preguntándote lo siguiente: «Dime, guapito, ¿de qué lado estás?».

Sigues a los dos policías, que recorren los suelos de parqué del centro comercial y atraviesan una puerta oxidada. El tercer piso huele a queroseno y bolas de naftalina. Hay varias copisterías, agencias de empleo y sastrerías. No pierdes de vista a los policías, que se pavonean pasillo abajo y se meten en una tienda llamada Pegasus Finance.

Cassim mira a su compañero.

—¿Te importaría hablar con estos inútiles?

—¿Y por qué no lo haces tú?

—¿Quieres cobrar las horas extra o no?

—Vale, pero ve rellenando el informe. ¿Trato hecho?

—No he venido aquí a hacer tratos contigo —replica Cassim.

—¿Estás seguro de eso? —pregunta Ranchagoda.

—Cuando me concedan el traslado, te va a tocar hacer todo esto solo.

—¿Dónde lo has solicitado?

—En un lugar donde no hay cadáveres.

—¿Y eso dónde queda? ¿En las Maldivas?

—Es imposible que el resto del mundo esté así.

—Hay cadáveres por todas partes, amigo mío. ¿Crees que te concederán el traslado?

—Algún año de estos.

El logo del establecimiento es el mismo caballo alado que el del casino que hay dos pisos más arriba. Los policías entran en la tienda y tú haces lo propio. Sentados ante el mostrador abarrotado de carpetas y equipado con un fax, hay dos hombres bajitos a quienes hubieras preferido no reconocer. Cuando ven a los agentes, a ambos se les dibuja una expresión alegre en los labios, pero se les amarga la mirada.

Ranchagoda deja caer una mano y coloca sobre el mostrador una foto tuya que le dio tu *amma*. Llevabas un pañuelo rojo y collares alrededor del cuello. Te la hizo DD en Yala bajo el cielo que empezaba a oscurecerse.

—Kottu, Balal, compañeros, ¿habéis visto a este hombre?

Para las aficiones que tiene, es raro que Balal no soporte el hedor del pescado. Aunque el cuarto piso del Hotel Leo es exclusiva propiedad de Asian International Fisheries, en la empresa solo cuentan con la llave de la puerta principal. Te encuentras en la sala donde exponen el pescado congelado para vendérselo al por mayor a los supermercados y a las cadenas hoteleras. Varios hombres vestidos con *sarong* friegan el suelo con desidia; es una medida tan efectiva contra el olor como defenderse del ataque de un elefante con una ramita de jazmín.

Las cámaras frigoríficas están más adelante. Tanto la AIF como el ministerio al que le pertenece el edificio tienen llave para acceder a ellas. Balal y Kottu charlan con nerviosismo sobre un partido de críquet contra Pakistán que nadie ha visto ni tiene ningún interés por ver. Los basureros conducen a los policías a través del laberinto cuyas paredes apestan a olor corporal, un tufo con el que estás bastante familiarizado.

Los policías se cubren la nariz con sendos pañuelos de color caqui y caminan sin rumbo a través de los estrechos pasillos manchados del marrón rojizo de la sangre seca. No sabías que los policías llevaban pañuelos a juego con el uniforme. Lo único que aprendiste durante el mes que pasaste como miembro de los Scouts fue que siempre conviene andar con un pañuelo encima.

—¿Dónde la encontrasteis? —pregunta Ranchagoda.

—En la parte de atrás —dice Kottu—. No estaba donde siempre.

—¿Y por qué no nos llamasteis?

—Si os llamásemos cada vez que nos topamos con una bolsa de basura de más, tendríamos una factura de teléfono gordísima, señor.

—¿No la teníais contemplada en ningún registro? —interviene Cassim.

—*Na*, ni en el nuestro ni en el del jefazo.

—Ese es vuestro problema. Tenéis demasiados jefes.

—Ninguna comisaría nos pide dejarlo *to registrao*. Solo la vuestra. Quieren encasquetarnos el muerto.

—Entonces, ¿lo reconocéis?

—Nunca me fijo en sus caras, señor —admite Kottu.

Al final del pasillo, que está tan iluminado como el de un hospital, hay un portón con un enorme candado. El techo está plagado de sombras que solo tú puedes ver. Oyes murmullos y no te atreves a levantar la vista. Balal forcejea torpemente con la llave del candado y, tras la puerta, aparecen más congeladores. Estos no huelen a pescado, sino a productos químicos de primerísima calidad.

En una camilla de metal, hay tres largas piezas de carne.

—¿Es alguno de estos? —pregunta Ranchagoda, que se aparta el pañuelo de la boca.

—No. Esto es la basura de hoy —dice Balal.

Ranchagoda frunce el ceño.

—¿Algún problema? ¿Demasiado trabajo?

—No, señor. Qué va.

—Entonces deja de lloriquear. ¿Dónde está Almeida?

Kottu señala la mesa de metal sobre la que descansan cuatro paquetes envueltos en bolsas de plástico. Dos de ellas tienen la forma de un brazo o de una pierna y las otras solo son masas de carne de varios kilos. Balal suelta una risita y Cassim lo manda callar con un siseo.

El barrio se llamaba Kompanya Veediya en cingalés y Komani Theru en tamil, y en ambos casos significaba «calle de la compañía». Los ingleses la llamaban Slave Island, es decir, «isla de los esclavos». En la actualidad, todos esos nombres se han conservado y dan ciertas pistas acerca de las opiniones que tenían los autóctonos sobre los colonizadores, y viceversa.

En la parte de atrás del Hotel Leo, hay un aparcamiento abandonado que el vecindario utiliza como vertedero. Las calles aledañas se conforman de edificios semiderruidos y chabolas cuyos techos almenados están frecuentados por gatos nerviosos y murciélagos aburridos.

—¿El cuerpo apareció aquí? —Cassim señala las bolsas de basura hundidas y manchadas de una sustancia carmesí.

Kottu y Balal asienten con la cabeza.

—¿Pensasteis que era una entrega más?

—Es que este es un punto de entrega, señor —argumenta Kottu.

—¿Y no os disteis cuenta de que había demasiada sangre?

—*Pos* no, señor.

Cassim ilumina las paredes del hotel con una linterna. Parece que alguien ha lanzado pintura roja y marrón contra el lateral del edificio.

—¿Tampoco visteis las manchas?

—No suele darnos tiempo a fijarnos en el paisaje cuando recogemos la basura, señor.

—Como sigáis hablándome así, os vais a enterar —le espeta Ranchagoda—. De ahora en adelante, queremos informes completos.

Balal y Kottu guardan silencio. Cassim recorre el resto del basurero con la linterna. Los malos olores han sido los protagonistas de la noche. Una suave brisa pasa junto al inspector y este se estremece.

El inspector se da la vuelta y le pregunta a Kottu:

—Lo tiraron desde uno de esos balcones. No ha sido cosa nuestra, ¿verdad?

Balal asiente, mientras que Kottu tose y aparta la vista.

—¿Dónde está el resto del cuerpo?

Kottu mira a su compañero, quien baja los ojos al suelo.

—No queda *na* más, señor.

—No podéis pretender que le lleve a su madre un par de extremidades, un hombro y... lo que se suponga que sea esto. ¿Cómo le demostramos que es Almeida?

Ranchagoda interviene:

—Si alguna vez ha estado arrestado, deberíamos tener sus huellas en la base de datos.

—Confío aún menos en el departamento que lleva ese tema que en ti —se lamenta Cassim, que sacude la cabeza—. ¿Dónde está el cráneo?

—Lo tiramos al lago.

—Nada de excusas. Traedme la cabeza. Me da igual que tengáis que drenar el apestoso Beira hasta dejarlo seco. La necesitamos para esta noche.

Kottu llama por teléfono desde la oficina y saca a Hermanito de la cama. Cassim se mueve con pesadez hasta el ascensor.

—¿Qué vamos a hacer, inspector? —pregunta Ranchagoda en cuanto los otros ya no pueden oírlos.

—Más te vale llevar la cuenta de todas las horas extra, hijo.

Ranchagoda se detiene ante el ascensor, sin llegar a entrar.

Cassim sí que monta y pulsa un botón para evitar que se cierre.

—¿Qué pasa?

—Es que primero decías que pediste el traslado porque querías alejarte de los muertos, compañero, y ¿ahora quieres trabajar más horas?

—Tenemos que cumplir con nuestro deber.

—¿Con qué parte?

—La de proteger a los inocentes —explica el inspector Cassim.

—Yo pensaba que nuestro deber era proteger a los poderosos.

—No vamos a ponernos a debatir sobre eso ahora. —Cassim retira el dedo del botón y el ascensor se cierra. Suelta una palabrota y mete el brazo entre las puertas para evitar que cierre sus fauces.

—Tengo otra duda.

—¡Que te metas en el ascensor!

—¿Estamos investigando el caso o encubriéndolo?

Hasta que no entras en el hotel, no te fijas en las sombras y los rostros que se ocultan tras ellas. Los hay de todos los colores: azules, marrones, amarillos y verdes. Ahora, la idea de hablar con ellos te resulta tan atractiva como lamer un avispero, así que evitas hacer contacto visual y te limitas a seguir a los policías.

Kottu regresa a la oficina de la cuarta planta, donde recibe unas cuantas llamadas y un par de mensajes tensos acerca de los cadáveres que van de camino al hotel.

—¿Seis bolsas más? ¿De dónde vienen?

Balal espera a que llegue Hermanito para darle una serie de instrucciones muy detalladas.

Un piso más arriba, los agentes Cassim y Ranchagoda entran en la Mango Massage House con una fotografía. Te la hizo DD cuando vivíais, como se suele decir, tiempos mejores. Llevabas puesta tu distintiva sahariana y te habías recortado la barba un poco más de lo normal.

Las dependientas están envueltas en saris y parecen estar acostumbradas a que las exhiban delante de los clientes. Cuando niegan haber visto al hombre de la foto, los policías hacen su siguiente parada en el karaoke al final del pasillo, un bar llamado

The Den. Allí solo está el personal de limpieza y un hombre ataviado con una minifalda que sale huyendo en cuanto ve a los dos hombres de uniforme color caqui. El establecimiento está desierto salvo por dos espíritus que discuten y beben de copas imaginarias junto a la barra.

Conducen a los dos policías hasta la parte de atrás para reunirse con el jefe, un tipo fornido llamado Rohan Chang. Su predecesor fue el famoso Kalu Daniel, quien había acabado en la cárcel por un atraco a mano armada. Chang también se gana la vida robando, pero sus armas son las barajas de cartas y las ruletas. Desde su escritorio, pide que les sirvan un zumo natural a los agentes y llama al supervisor, al jefe de sala y a dos crupieres.

Chang tiene los rasgos chinos de su padre y la pronunciación cingalesa de su madre.

—Les pido que no vengan vestidos de uniforme a mi maldito casino —ruega el jefazo—. Tengo trato con el ministro. No es de recibo que se presenten así aquí.

—Nuestras más sinceras disculpas, señor Chang. Estamos trabajando en un caso urgente.

—¿De qué se trata?

—Es por el señor Maali, el que juega a las cartas —aclara el crupier que una vez te sacó quinientas mil rupias.

—¿Era un cliente habitual? ¿De los que tiraba la casa por la ventana y le daba a la bebida?

—Era fumador y no hablaba mucho. Jugaba a las cartas: al *blackjack*, al bacarrá y al póker de vez en cuando —añade el jefe de sala que una vez te multó por tirar unas fichas al suelo.

—Ha desaparecido —dice Ranchagoda.

Algunos de los presentes enarcan las cejas, mientras que otros se encogen de hombros.

—¿En serio? —Un crupier al que nadie hace caso se rasca la barba.

—¿Cuándo fue la última vez que lo vieron? —pregunta Cassim, que saca una libreta en blanco.

—Anoche, creo —apunta el jefe de sala—. Ganó unos cuantos miles de rupias. Pagó una ronda para todo el mundo. Le hizo gracia la idea de decir que las bebidas eran gratis y lo estuvo repitiendo una y otra vez. Después de eso, se esfumó.

—No se esfumó —interviene uno de los crupieres—, fue al piso de arriba. Lo vi tomando una copa con un extranjero.

No reconoces al crupier y no recuerdas haber hecho lo que dice. O el hombre está mintiendo o (lo que es peor) está diciendo la verdad. Miras a través del visor de la cámara, pero sigue lleno de barro.

—¿De dónde era el extranjero?

—Era un *suddha*. Un hombre blanco. Creo que era alemán, pero podría haber sido inglés perfectamente.

EL BALCÓN

El balcón está cinco pisos más arriba, orientado hacia las chabolas y el vertedero. Una barandilla lo delimita y cada una de las cinco mesas que hay allí cuenta con una carta de aperitivos. Una escalera de metal trepa hasta el balcón de la sexta planta y desciende hasta el cuarto piso, pasando por delante del casino.

El crupier guía a los policías a través de la cocina para evitar pasearlos por el establecimiento. El balcón está protegido por una red metálica que se extiende desde la barandilla hasta el techo.

—Hubo un par de clientes que intentaron saltar desde aquí, así que tuvimos que tomar medidas.

—¿Por qué querrían tirarse por el balcón?

—¿Alguna vez ha perdido los ingresos de un año en una apuesta?

—No me merece la pena apostar lo que gano en un año —bromea Ranchagoda.

—¿Dónde se encontraban Almeida y su amigo *suddha*?

—Estaban sentados cerca de la barandilla.

—¿Y?

—Pidieron tres copas de ginebra, tres vodkas, dos tónicas y tres raciones de langostinos picantes.

—¿Lo había memorizado?

—No. Aquí está su cuenta —dice el jefe de sala, que acaba de tomar una copia del recibo en papel rosa de la mano de un atractivo camarero joven.

—Comieron muchísimos langostinos. Pero ¿qué hacía el jefe de sala atendiendo las mesas del balcón?

—Estaba con un cliente, agente.

—¿Quién?

—Un cliente del casino.

—¿Reconoció al hombre blanco?

—No le sabría decir.

—¿Eso es un «no»?

—Todos los *suddha* me parecen iguales.

Cassim se ha quedado junto al límite del bar y contempla el vertedero. Estudia las manchas de sangre derramada por la pared y, después, alza la vista para contemplar el balcón del sexto piso.

—¿Reconoció a Almeida, por lo menos?

—El señor Almeida suele venir mucho por aquí.

—¿Lo conocía bien?

—Tanto como puedo conocer a alguien a quien le gusta apostar.

De hace dos noches, recuerdas esto: (a) fuiste al casino Leo, (b) bebiste en el bar, (c) comiste en el bufé y (d) tonteaste con el camarero. Lo que no te suena de nada es esto: (a) quedaste con un *suddha* y (b) te tiraron por un balcón.

—¿Y a qué hora se marcharon?

—Seguían allí cuando mi cliente y yo nos fuimos.

—¿A qué hora fue eso?

—Sobre las once.

—¿Había algún empleado más por allí?

—Solo el camarero.

—¿Ese de ahí?

—¡Chaminda! —lo llama el jefe de sala.

No es que el chico sea muy atractivo. Tiene la constitución y la cara de un buey. Nunca le preguntaste su nombre y, después de un par de revolcones, habría sido maleducado preguntárselo, así que optaste por referirte a él con un genérico «amigo». Te servía enseguida, aceptaba propinas muy generosas, te dejaba acompañarlo al sexto piso cuando salía a fumar y no le importaba dónde acabaras poniendo las manos. Mira a los policías directamente a los ojos, como suelen hacer los mentirosos.

—Sí, conozco a ese caballero. Se corrió una buena juerga anoche.

¿Lo de «correrse» iba con segundas?, piensas.

—Eso fue alrededor de las once. Cuando salí al descanso, me lo encontré fumando, apartado de todo el guirigay del bar.

Ja, ja, ha dicho «gay», piensas.

—¿Hablasteis de algo?

—Poca cosa. Me dijo que se iba a San Francisco, que había ganado un buen pellizco en el casino.

—¿Le dio algo de dinero?

El buey se pone tenso y sus ojos vuelan por el bar con aire frenético; el chico no te ve, por supuesto, y enseguida recupera la compostura con la esperanza de que nadie se haya dado cuenta de que ha perdido la calma, a pesar de que todo el mundo lo ha visto.

—¿Chaminda?

—Me debía una buena cantidad de pasta, pero me la devolvió.

—¿Por qué te debía dinero?

—Me lo pidió prestado cuando andaba corto de fichas. Es algo que muchos clientes hacen.

—¿Cuándo se iba a ir a San Francisco?

—¡Oye, Cassim! —Ranchagoda ha apartado la red metálica y ha metido la cabeza por el agujero que ha abierto—. ¡Ven a ver esto, compañero!

Al ver que el agente ha soltado la red, el jefe de sala deja caer la fachada educada.

—¡Pero, hombre! ¡No rompa eso!

Ranchagoda se asoma por el balcón y estudia el rastro de sangre que asciende hacia el cielo.

Enseguida se apresura a subir por la escalera de incendios como un hurón y hace caso omiso a las protestas del personal del casino. El corpulento Cassim contempla el ascenso de su compañero y se plantea si seguirle o no. El balcón está lleno de polvo y telarañas y la puerta de acceso a él está cerrada con llave. Es una terraza a cielo abierto y no tiene más mobiliario que una mesa y dos sillas.

—¿A dónde conduce esa puerta?

Ranchagoda se asoma por la barandilla y examina la pared. A diferencia de su gemelo mejor cuidado del piso inferior, este balcón no está protegido con una red.

—Nadie sube aquí.

El jefe de sala juguetea con su *walkie-talkie* y estudia al subcomisario. Chaminda, el camarero, baja la vista al suelo, puesto que sabe tan bien como tú que lo que dice no es estrictamente cierto. Muchas personas han trepado por esa red metálica o han subido por esas escaleras de incendios para hacer manitas en la oscuridad.

—Alguien ha limpiado este sitio hace poco. Almeida se tiró desde aquí. —Cassim vuelve a meterse en el papel de inspector—. O, tal vez, lo empujaron.

—¿Y el cuerpo dónde está? —pregunta el jefe de sala.

—Buena pregunta —interviene Ranchagoda.

El jefe de sala no había perdido la sonrisa ni la paciencia en ningún momento, pero ambas se desvanecen en cuanto los policías le piden ver el séptimo piso.

—Ahí solo hay habitaciones, señor.

—¿Quién se aloja en ellas?

—Los huéspedes.

—¿Prostitutas?

—Los clientes del casino. Y sus acompañantes.

—¿Solía utilizar Malinda Almeida alguna de esas habitaciones?

—No lo sé.

El subcomisario Ranchagoda mira al crupier y, después, al jefe de sala antes de seguir al inspector Cassim hasta el ascensor con una sonrisa. Se hace una pausa incómoda.

—¿Saltan sus clientes desde los balcones con frecuencia?

—Nadie sube a ese balcón, señor.

—Está claro que eso no es verdad —replica Cassim.

—Antes se daban algunos suicidios, pero eso se acabó una vez que instalamos la red y bloqueamos las ventanas para que no pudiesen abrirse.

—Ya sabe que hay otros haciendo uso del Hotel Leo que no quieren que el edificio se granjee una mala reputación.

—Entiendo, señor.

—¿Cuánto lleva el camarero trabajando para ustedes?

—Un par de meses. Es muy trabajador.

—Nos gustaría hacerle un par de preguntas. Parece ser la última persona que vio a Almeida.

Los agentes se dirigen al piso de arriba a pesar de las protestas del jefe de sala.

—Señor, nuestros clientes pagan por disfrutar de su privacidad. Tendrán que hablar con Rohan primero.

Los policías hacen caso omiso y entran en el edificio por una puerta que no está cerrada con llave. En el vestíbulo del séptimo piso hay un guardia de seguridad vestido con una prieta camiseta negra que le cubre el prieto pecho negro. Mira con expresión confundida al jefe de sala y saluda con un asentimiento de cabeza a los policías.

—¿En qué puedo ayudarles, agentes?

—Nos gustaría hablar con quienes estén en esta planta.

Cassim mira al segurata de arriba abajo e intenta amedrentarlo con una mueca de su cara regordeta, mientras que Ranchagoda extiende la mano y llama al timbre. Es una versión interpretada con un Casio de esa melodía de los años cincuenta llamada «Cherry Pink and Apple Blossom White». Reconoces el sonido estridente del timbre, la planta en la que estáis y al guardia de seguridad.

Se oye el sonido de varias cerraduras antes de que se abra la puerta y sientes un malestar en el punto que solía ocupar tu estómago. La sensación te desgarra por dentro, como si tuvieses una criatura atrapada en la caja torácica.

—¿Sí?

Y ahí está ella. Reconoces su rostro, pero su nombre se niega a abandonar la punta de tu lengua. Piel de color carbón, labios carmesíes, la reina oscura.

—Discúlpenos, señorita. Somos del Departamento de Investigación. Estamos buscando a este hombre. ¿Lo ha visto por aquí?

La mujer vacila, mira a Ranchagoda y a Cassim y, después, clava la mirada en el espacio entre los dos policías, justo donde tú estás.

—Es Malin. ¿Qué ha ocurrido?

Sus ojos se posan allí donde flota tu silueta y tú le devuelves la mirada mientras tratas de hacer memoria. Cassim cuadra los hombros y Ranchagoda se aclara la garganta.

—¿Le importa si hablamos dentro?

Detrás de ella hay un pasillo y de una de las paredes cuelga una fotografía enmarcada en blanco y negro que muestra una pila de cuerpos quemados en una hoguera mientras unos hombres armados con varas bailan alrededor de las llamas. Esa imagen la tomó en 1983 un fotógrafo novato llamado Malinda Almeida Kabalana con una Nikon 3ST.

CANADA NORWAY THIRD WORLD RELIEF

De las paredes cuelgan fotografías que reconoces y óleos que no te suenan de nada. Casi todas las fotografías fueron tomadas en 1983, sin preparación o experiencia alguna y sin un objetivo en condiciones. La violencia está presente en todas ellas. Los óleos de estilo expresionista, que representan arrozales y chozas campestres, salieron de algún mercadillo, por el precio de una cena elegante. Tienen una infinidad de pinceladas, pegotes de pintura y colores extravagantes y van firmados con la letra ilegible de un artista explotado e inexperto.

Salvo por la mesa abarrotada de cajas, documentos y tazas de té que hay junto a la ventana, la habitación está impoluta. La mujer invita a los agentes a sentarse en un sofá de caña. Tú ya habías estado en esta habitación. Estás prácticamente seguro de ello. Pero ¿cómo se llama la mujer? Se te viene a la mente la imagen del león amaestrado que aparecía en aquella película que fuiste a ver con tu padre al Savoy antes de que se marchara.

—¿Tiene visita? —El inspector Cassim avanza con pesadez hasta la mesa.

—Mi primo está hablando con Toronto. ¿Les apetece un té?

—Para mí agua, gracias —dice Cassim mientras estudia cada centímetro de la habitación.

—Yo quiero un té con jengibre, si no es mucho pedir —solicita Ranchagoda, que se sienta junto a la ventana y se gana una mirada fulminante de su compañero.

—Marchando —dice la mujer.

Un hombre barbudo, con más pinta de conserje que de empleado doméstico, entra en la habitación para tomar nota de la comanda.

—¿Le importaría decirnos su nombre, señorita?

—¿Qué ha pasado?

—¿Su nombre?

—¿Malin está bien?

—Por favor, responda a la pregunta.

—Me llamo Elsa Mathangi. Mi primo y yo trabajamos para la CNTR y esta es nuestra oficina. Recaudamos fondos para las víctimas de la guerra. Y tenemos una asociación benéfica en el centro comercial de abajo.

—¿Qué significa CNTR?

—«Canada Norway Third World Relief». Somos una organización noruego-canadiense en favor del Tercer Mundo. Las siglas se leen como la palabra «centro».

107

—CNTR. Hum. ¿Trabajan hasta tarde?

Cassim contempla los tejados de las chabolas de la Slave Island a través de la ventana translúcida. Después, observa detenidamente las cajas que hay sobre la mesa.

—Perdone, pero eso es confidencial —le advierte la mujer.

El inspector ignora su comentario y le hace una señal a su compañero con la cabeza. Cuando el chico vuelve con el té y el vaso de agua, de pronto, te sientes sediento; es una sensación que ya habías olvidado, como tantas otras.

—¿Cuándo fue la última vez que vio a Malinda Almeida?

—Ayer. Trabaja como autónomo para nosotros y vino a recoger su dinero.

—¿De qué se encarga?

—Utilizamos sus fotografías en nuestros boletines informativos.

—¿Estas de aquí son suyas? —pregunta Cassim, que señala una de las cajas que hay sobre la mesa.

—Algunas, sí.

—¿Y ustedes qué hacen, señorita?

—Ayudamos a los pequeños negocios y les ofrecemos programas de formación y asesoramiento a las familias pobres. También nos encargamos de los huérfanos del norte y del este. Recaudamos fondos, concienciamos al resto del mundo acerca de la situación y protegemos a la población civil.

—¿Os financian los tamiles? —interviene Ranchagoda.

—Nos financian todas aquellas personas que quieren ayudar a quienes sufren.

—¿Qué ocurre aquí?

La voz llega desde el umbral de la puerta que hay frente a la cocina. El hombre es bajo y formido y tiene la piel oscura y un bigote tan espeso como el del mismísimo líder de los Tigres.

—Este es mi primo. Preguntan por Malin.

—Diles que ya no trabaja para nosotros.

Se parece tanto a su prima como un oso polar a un pavo real. Ella es toda ángulos y él es corpulento. Ella tiene unas facciones definidas y él tiene un hocico. El acento de la mujer tiene una cadencia norteamericana y él croa como un tamil de Madrás.

Cassim se da la vuelta para mirarlo.

—¿Y usted es?

—Kugarajah. Director del CNTR. Colaboro con los gobiernos de Canadá y de Noruega y conozco al director general de la policía. ¿Quiénes son ustedes?

—Yo soy el inspector Cassim y este es el subcomisario Ranchagoda.

—Malinda decidió dejar de colaborar con nosotros ayer. Vino a por su cheque y se fue, así que a lo mejor ya se lo está fundiendo en el piso de abajo.

—¿Por qué dimitió?

—Tendrá que preguntárselo usted mismo.

—Se lo estamos preguntando a usted.

—Dijo que estaba harto de los encargos.

—Se ha denunciado su desaparición.

Elsa se cubre la boca con la mano y clava la vista en el suelo. El hombre que se hace llamar Kugarajah se sienta al borde del sofá vacío.

—¿Lo han arrestado?

—No que nosotros sepamos. La última vez que lo vieron iba de camino a reunirse con un cliente.

—Pues no venía a vernos a nosotros.

—¿Ha dicho que lo vieron ayer?

Kugarajah mira a Elsa, que tiene la mirada perdida y no deja de sacudir la cabeza. Se le nubla la vista.

—Malin nos vende unas fotografías que demuestran la cantidad de vidas que se están perdiendo a causa de la guerra. Nosotros las utilizamos en nuestro trabajo.

Cassim sostiene un panfleto en el que se ve a un grupo de madres que muestran las fotografías de sus hijos desaparecidos. Cada una va acompañada de un «©MA».

—¿Es trabajo o propaganda?

—No se puede considerar propaganda si nos ceñimos a la verdad —se defiende Kugarajah.

Sientes una incomodidad que combina la sensación de estar ahogándote con la de tener ganas de estornudar. El líquido que te tapona la nariz no es viscoso como los mocos, sino que tiene un sabor metálico, como el de la sangre. Ese tipo no se llama «Kugarajah» y sabe de sobra por qué dimitiste.

—¿Saben si Malin Almeida tenía algún enemigo? —pregunta Ranchagoda.

—No sabemos nada acerca de su vida personal —asegura Elsa.

—¿Qué otro tipo de fotografías le encargaban?

—Retrataba la zona de conflicto: hogares reducidos a cenizas, niños muertos... Ya sabe, lo típico.

—¿Y qué hacen con estas?

—Las utilizamos para intentar ponerle fin a la guerra.

—¿Y funciona?

—Llegará el día en que sí.

—¿Saben si Almeida estaba extorsionando a alguien?

—Como le ha dicho mi prima, desconocemos los detalles acerca de su vida personal —interviene Kugarajah, que da un trago al vaso de agua de Elsa Mathangi—. ¿Han encontrado su cuerpo?

—En ningún momento hemos dicho que esté muerto.

—¿Para quién trabajan? ¿Para el ejército o para las fuerzas especiales?

—¿Y usted para quién trabaja, señor Kugarajah? ¿Para la India o para los Tigres?

—Eso ha estado fuera de lugar, agente —advierte Elsa.

—Nosotros solo cumplimos con nuestro deber. Nada más —puntualiza el inspector Cassim—. ¿Nos permite ver las fotos?

Elsa abre una de las carpetas de panfletos escritos en varias lenguas europeas. Sacaste esas fotografías en Vavuniya, Batti y Trinco. Hay niños muertos expuestos sobre tapetes. El esqueleto calcinado de una choza. Una mujer atada con trapos a un par de postes. Varios supervivientes de un ataque aéreo que quedaron atrapados en un campo de prisioneros, mirando a cámara. Se te revuelve el estómago. El viento asciende en remolino, como si los espíritus que deambulan por el edificio estuviesen elevándose hacia el tejado.

—¿Hacen ustedes tratos con los Tigres?

—Su pregunta me ofendería, agente Ranchagoda, si no estuviera harta de oírla cada día —dice Elsa—. Nos financia el Fondo para la Paz de los Estados Unidos, así como los gobiernos de Canadá y Noruega. Somos de ideología moderada. La gran mayoría de los tamiles no le ven el atractivo a eso de ir por la selva dando tiros.

—¿Tenía Almeida algún amigo extranjero? ¿Un hombre caucásico de mediana edad, tal vez?

—Malin tiene muchos amigos. Mayores, más jóvenes, extranjeros y esrilanqueses —dice Kuga—. Están hablando de él como si estuviese muerto.

—Con los tiempos que corren, ese suele ser el destino de quienes desaparecen —se lamenta Ranchagoda.

—Lo sabemos de sobra —replica Kugarajah.

—Les avisaremos si lo vemos —asegura Elsa al tiempo que se pone de pie.

—¿Seguro?

—Por supuesto —confirma cuando abre la puerta.

—¿Les importa si nos llevamos unos cuantos panfletos? —pregunta Cassim, que se guarda un par sin esperar a què le den permiso.

—Son todos suyos —dice Kugarajah.

Al otro lado de la ventana, se oyen unos golpecitos que solo tú puedes oír. Una ráfaga de aire helado atraviesa la habitación, como si el aire acondicionado que cuelga de la pared se hubiese tirado un eructo. Los policías se marchan y los primos intercambian una mirada a sus espaldas. Tú oyes voces susurrantes y sientes cómo las sombras se ciernen sobre ti. Ya te estás empezando a acostumbrar a esa sensación, al murmullo del aire que solo los muertos son capaces de percibir.

Desde fuera del edificio, una figura encapuchada y una mujer vestida de blanco dan golpecitos en la ventana y te miran con mala cara. Están flotando a una altura de siete pisos por encima del suelo y discuten entre sí. Habrías preferido no haberlos visto, pero es difícil no prestarles atención. Son como una parca vestida con bolsas de basura y un hada madrina envuelta en un sari. Son translúcidos, como todos los espíritus, y te apuntan con el dedo antes de señalarse mutuamente. No hay duda: están discutiendo y parece que tú eres el desencadenante de la pelea.

CINGALESES QUE SE MATAN ENTRE ELLOS

Los policías bajan en el ascensor hasta el centro comercial para hacerle una visita a la asociación benéfica de la CNTR, pero se la encuentran cerrada a cal y canto. Las puertas de cristal están decoradas con carteles en los que solicitan donaciones de ropa y comida, así como ayudas económicas. En uno de ellos, una actriz de telenovela sostiene a un niño refugiado del norte.

—Tú te encargarás de rellenar los informes, Ranchagoda. Yo los presentaré.

—Como si no tuviese cosas mejores que hacer.

—Haz dos informes.

—¿Y qué pongo?

—Uno dirá que no hay constancia de que Almeida (también conocido como Kabalana) haya sido arrestado o interrogado y que lo más seguro es que se esté escondiendo por alguna deuda de juego. El otro dirá que tenemos tres sospechosos. Uno es el camarero, Chaminda Samarakoon, que fue el último en verlo. Los otros dos son las personas con las que trabajaba: Elsa Mathangi y Kugarajah, ambos tamiles. —Cassim pronuncia mal los nombres a propósito: americaniza el de la mujer e imita el acento bollywoodiense para el del hombre. Después, sostiene los panfletos en alto y dice—: Si el cuerpo aparece, presentaremos el segundo informe y, si no lo hace, pues mostraremos el primero.

—¿Apenas tenemos tiempo para redactar un informe y quieres que escriba dos?

—Esto ya lo habíamos hablado: considéralas horas extra.

—Deberíamos haberle pedido más dinero a su madre. No nos sale la cuenta.

—¿Y qué pasa si pregunta por el cadáver?

—Pues le contamos la misma cantinela de siempre —sentencia Ranchagoda.

—Estoy harto de acabar siempre igual. ¿Qué quieres que le digamos?

—La verdad: que el cuerpo de su hijo no ha aparecido.

—Y entonces querrá que le devolvamos el dinero.

—O a lo mejor nos da más.

—¿Y después qué?

—Hacemos que Balal y Kottu encuentren algo.

—Esos dos no serían capaces ni de encontrarse la punta del pene.

—¿Qué te han parecido los dos tamiles? —pregunta Ranchagoda.

—Hay algo que no me cuadra. Si fueron ellos quienes lo mataron, ¿por qué iban a hacerlo justo al lado de sus oficinas? Los tamiles pueden ser muchas cosas, pero no son tontos.

Cuando llegan al aparcamiento, se dan de bruces con la mujer de antes, que ahora lleva una bufanda morada y un paraguas a juego.

—¿Dónde está su coche patrulla? —pregunta Elsa Mathangi.

—¿Cómo ha llegado hasta aquí tan rápido? —inquiere a su vez Ranchagoda.

—Algunas personas hablan deprisa y otras caminan despacio. Unas cuantas usamos los ascensores.

—¿En qué podemos ayudarla?

—Tengo intención de ser yo quien les ayude a ustedes.

—¿Ah, sí?

—Malin era un bocazas. Le encantaba inventarse batallitas y jactarse de guardar una caja llena de fotografías bajo la cama.

Dijo que podría tumbar al gobierno con ellas. Si me ayudan a encontrarlas, las compartiré con ustedes.

—Qué generoso por su parte, pero ya es tarde y estamos a punto de terminar nuestro turno.

—Excelente. Entonces están libres.

—¿Por qué no nos contó esto arriba?

—A Kuga no le gustan los policías, pero ustedes dos parecen serios.

—¿El señor Kuga es su marido o su primo?

—Es mi primo… Mi marido vive en Toronto.

—Claro, claro. ¿De qué son las fotos?

—De algo que les interesará a sus jefes, que estarán dispuestos a pagar una buena suma de dinero por ellas. Además, nosotros también estaremos encantados de ofrecerles una compensación por las molestias.

Coloca un sobre sobre el parabrisas del Datsun azul.

Ranchagoda abre la puerta del conductor. Cassim parece asqueado.

—Es tarde, señorita. Si tomamos medidas, las tomaremos por la mañana.

Ranchagoda mira dentro del sobre.

—Esto no cubre las horas extra.

—Pero puede que os ayude a cerrar el caso.

—Quizá debería limitarse a ayudar en el norte y en el este. Déjenos a nosotros los crímenes de Colombo.

—Consígame una orden de registro y los llevaré hasta la caja. Ustedes deciden si les merece la pena.

La mujer abre una de las puertas de atrás y se mete en el coche de los policías. Ranchagoda deja el sobre en el salpicadero, mientras que Cassim se encoge de hombros como el buen oso perezoso que es. Ranchagoda se sienta en el asiento del copiloto y se da la vuelta.

—Se lo preguntaré una última vez: ¿qué hay en la caja?

—Malin nos dijo que tenía un sobre marcado con la palabra «reina». Eso es lo único que me interesa.

—Eso a nosotros no nos concierne.

—También tiene fotografías de Batticaloa.

Ranchagoda se rasca la cabeza y clava la vista en la palanca de cambios.

—Lo que ocurra en el este no nos atañe.

—Hablo de la comisaría de Batticaloa. De lo que pasó hace tres meses —aclara.

—¿La masacre?

—Seiscientos de los suyos ejecutados a manos de...

—Los suyos —termina Ranchagoda con una ceja enarcada.

—Si los cingaleses continúan metiendo a todos los tamiles en el mismo saco que los Tigres, esta guerra no acabará nunca. Los Tigres no sienten ningún respeto por los policías cingaleses. Yo he visto esas fotos. Ni siquiera se molestaron en cubrirse la cara. ¿A cuántos arrestasteis por aquel crimen?

Cassim enciende el motor.

—¿Dice que Malinda Almeida estuvo haciendo fotos durante la masacre de Batticaloa?

—Tenía la manía de estar siempre donde no debía —dice Elsa, mirando por la ventana—. ¿Por qué no nos movemos?

—Hoy no vamos a hacer nada más, señorita —sentencia Cassim, mientras sus ojos vuelan por el salpicadero—. Venga a la comisaría de Cinnamon Gardens mañana a las ocho. Entonces tomaremos las medidas necesarias.

Elsa se equivoca, claro está. Con la cámara encima, siempre estabas justo donde debías. Elsa comprueba en el espejo retrovisor que no se le haya corrido el pintalabios y encuentra la mirada de Ranchagoda.

—¿De verdad cree que nadie se da cuenta de lo que pasa en la cuarta planta del Hotel Leo?

—Ahí está la empresa de pescado congelado, ¿no? ¿Qué pasa con ellos? Cuéntenos.

—No es de mi incumbencia. No pretendo pescar a nadie.

Elsa enciende un cigarrillo, pero no baja la ventanilla. Es de la marca Gold Leaf, de los de la caja roja, y lo ha sacado del paquete que robaste en Batticaloa justo la misma semana en que fotografiaste la comisaría de la masacre. Utilizaste un teleobjetivo desde una colina más allá de la carretera. Descubrir los detalles que tu mente ha decidido conservar te divierte y te frustra a partes iguales.

—Los muertos del JVP no son problema nuestro, inspector —asegura Elsa—. ¿Qué nos importa a nosotros que los cingaleses se maten entre sí?

—Pensaba que ustedes estaban en contra de la muerte de personas inocentes —apunta Ranchagoda.

—Primero debemos velar por los nuestros.

—Eso es un pelín racista.

—Solo cuando es el gobierno quien toma ese tipo de decisiones.

—¿Y qué pasa cuando los perros de los Tigres matan a las ratas del Frente Unido de Liberación Tamil? En ese caso, son los tamiles quienes se matan los unos a los otros. ¿Eso también lo ve bien?

—Al menos los musulmanes no matan a otros musulmanes —interviene Cassim. Cuando los otros dos lo miran perplejos, añade—: En Sri Lanka, quiero decir.

—Solo es cuestión de tiempo —dice Elsa—. Llegará un día en que los malayos maten a los moros y los burgueses masacren a los chetty. Nada de lo que pase en este país me sorprenderá ya.

—¿Sabe si Malinda Almeida era marxista o del JVP? —pregunta Ranchagoda.

—Las fotografías de la caja les dirán todo cuanto necesitan saber.

—Si formase parte del JVP, conseguir esa orden de registro sería mucho más sencillo.

—De acuerdo. Creo que fue a un par de mítines.

—Está bien saberlo.

—Nos vemos a las ocho, entonces. ¡Qué se le va a hacer!

—¿Dónde está la caja?

—En Galle Face Court, creo. ¿Cuánto tardarán en obtener la orden?

Te sujetas al techo del coche mientras se te clavan los pensamientos en la cabeza como agujas infectadas. No te fías de tus recuerdos, pero estos contaminan el viento que sopla a tu alrededor. Una nueva ola de dolor que te nace en los pies viaja hasta tus globos oculares. Evitas mirar la cámara que llevas al cuello. El coche, que se aleja a toda velocidad, te ha dejado atrás. Corres detrás del Datsun azul, pero tus pies no tocan el asfalto. Intentas flotar, pero ya no puedes moverte.

La mujer del sari blanco y la silueta envuelta en bolsas de basura aparecen a tu lado. Han dejado de discutir, pero no hay forma de saber quién ha ganado. Sena parece avergonzado cuando se quita la capucha. Ahora su piel está tan roja como sus ojos.

—Maal, no tienes por qué hablar con esta mujer. Ella no te va a ayudar.

—Qué alegría volver a verte, doctora Ranee Sridharan —dices.

La mujer del sari blanco marca la página del libro de registro con el pulgar, se coloca las gafas y te sonríe.

—Puedes llamarme Ranee. Me han asignado la tarea de ayudarte —explica—. Tienes siete lunas y acabas de gastar una.

SEGUNDA LUNA

*Al final, todos vivimos cuanto hay por vivir
si contamos con el tiempo suficiente.*

—George Bernard Shaw

UNA CONVERSACIÓN
CON LA DOCTORA FANTASMA (1989)

Te llevan hasta la azotea del Hotel Leo. Se alza sobre una apestosa ciudad sin ley en la que los fantasmas caminan sin ser vistos. Las sombras se desplazan por el amianto y no todas les pertenecen a los gatos, los murciélagos, las cucarachas o las ratas. ¿Existirá también un más allá para los animales? ¿Será su castigo renacer como humanos?

Una ráfaga de aire sopla desde el este y trae consigo el aroma de la lluvia en los árboles y el rocío en las flores de mayo. La brisa mitiga la peste por un instante, antes de continuar su camino hasta el mar, cargada con las fragancias de Colombo.

—Nuestro amigo Sena me ha confirmado que sufres amnesia. Es muy normal. Todos bloqueamos el momento de nuestra muerte, igual que el de nuestro nacimiento. Pero ambos recuerdos acaban regresando. Una buena revisión de oído te vendrá de perlas. —La doctora Ranee lleva un sari de color crema y una chaqueta de punto; el moño en el que se ha recogido el cabello se tambalea. Dirige sus palabras hacia el libro de registro y te mira por encima del borde de las gafas con mucho más interés del que demostró en la ventanilla—. Perdóname, esta última luna he estado muy ocupada. Vamos a implementar nuevos procesos y estamos hasta arriba de reuniones, ¿sabes? En fin. Es mejor hablar así, cara a cara, ¿no crees?

Piensas en todas las imágenes que has visto de esta mujer, las que decoraban cada centímetro de los periódicos, como descafeinados tributos en memoria de la joven madre de dos niños y entregada profesora que fue asesinada en la flor de la vida.

—¿Recuerdas haberme robado, doctora Ranee? Utilizaste mis fotografías en tus artículos sin permiso. Debería haberte puesto una demanda.

—¡*Aiyo*, chico! —refunfuñó—. Ya está bien. ¿Por qué no lo dejas estar? He pasado por setenta y cuatro nacimientos y cada uno de ellos vino acompañado de tragedias, momentos embarazosos y meteduras de pata. Nos pasa a todos. Incluido a ti.

A los activistas, al igual que a los políticos, se les da de miedo esquivar las acusaciones.

—En tu libro, *Anatomía de un escuadrón de la muerte*, utilizaste tres de mis fotos. La de los asesinos de Vijaya, la del fundador del JVP recibiendo una paliza y la de la mujer del *salwar* en llamas del 83. No me pediste permiso para usarlas ni me mencionaste en ningún lado y, por supuesto, no vi ni una mísera rupia.

—Ya no soy la que fui en mi anterior nacimiento y tú tampoco.

—Me habría gustado viajar hasta Jaffna para echarte un buen rapapolvo. Me enviaron a trabajar a Kilinochchi y a ti te… hum…

—A mí me hicieron polvo. Así es, señor Maal. Hemos implementado una nueva vía de acceso prioritario en tres sencillos pasos. Lo primero era que meditases sobre tus huesos, aunque parece que eso ya lo has hecho. Después, tendrás que hacerte una revisión de oído. Por último, deberás bañarte en el río del renacimiento. Todo dentro de siete lunas.

—Acabaron prohibiendo tu libro en Sri Lanka. ¿Significa eso que moriste en vano?

—Nada es en vano, muchacho. Esa lección te la regalo.

—¿Le viste la cara a tu asesino? ¿Crees que se sentirá culpable?

—Estamos en el Mundo Intermedio. Este no es lugar para holgazanear mientras planteamos preguntas inútiles.

—El Tigre que aseguró haber organizado tu asesinato dijo que formaba parte de la facción de Mahatiya. Yo le hice una foto en Kilinochchi. A lo mejor solo estaba tirándose un farol. En todos los bandos hay algún bocazas.

La educada doctora no muerde el anzuelo y consulta algo en el registro.

—La revisión de oído nos dirá si estás listo para ir hacia la luz y el río del renacimiento te mostrará tu pasado. ¿Vamos a ello?

—¿Te habría gustado publicar más libros? ¿O habrías preferido haber escrito menos?

—Nada es suficiente allí abajo.

—¿Por qué te importa tanto que vaya hacia la luz?

—Nuestra misión es ayudar a los espíritus que no consiguen avanzar tras su último nacimiento. El Mundo Intermedio está saturado.

—¿Y?

—Pues que este lugar se ha vuelto peligroso. No hay nada que puedas hacer. Tu vida ha llegado a su fin. Quien te diga lo contrario te está tomando el pelo.

Sena se asoma al borde de la repisa con disimulo, como si no hubiera estado escuchando la conversación. Su capucha te recuerda a la cabeza de una cobra y su capa ondea al viento como las alas de un cuervo. Desde esta distancia y bajo la luz de la luna, cuesta distinguir dónde acaban las bolsas de basura en su vestimenta y donde le empieza la piel.

—Bueno, ¿cuándo conoceré a Dios?

—Me ha dicho un pajarito que has conocido a la Mahakali.

—¿Dios no nos ayuda porque no puede con el mal o porque no le da la gana arrimar el hombro?

—*Aiyo!* Madura un poco, anda.

—Mi padre me pagó la universidad en Berlín. Él no creía en Dios ni en la Universidad de Peradeniya.

—La Mahakali se alimenta de almas perdidas y cada vez está más gorda.

—¿Quién os compra los saris blancos?

—Si te quedas en el Mundo Intermedio, te convertirás en un *yaka*, en un *preta,* en un espíritu maligno o en un esclavo de los otros tres.

—¿Explicaban el dilema del tranvía en Peradeniya?

—No eres el único que está a mi cargo.

—Si matar a una sola persona implica salvar a cien, ¿cuándo empezamos a afilar el machete?

—Hijo, ¿de verdad crees que los miles de millones de bacterias que viven y mueren en tu cadáver tienen la oportunidad de encontrarse contigo y preguntarte por el sentido de la vida?

· —Me estás haciendo un lío.

—Estamos en el Mundo Intermedio. Este no es lugar para ti.

—El mundo tiene que ver lo que vi.

—Tu ego habla por ti. Te ha cegado.

En el otro extremo del tejado, un grupo de suicidas se precipitan desde la cornisa como el niño que se cae de un triciclo. Una mujer con corbata y expresión desconcertada se acerca al borde y da un paso al vacío. Otra mujer, peinada con dos coletas, sigue a la primera y se impulsa con la agilidad de una saltadora de altura, a pesar de que va vestida con un sari. Una figura encorvada que parece haber estado cociéndose en el océano desde el siglo xiv, cuando todavía reinaba Buvenekabahu iii, trota hasta la cornisa antes de caer de rodillas.

Todos se mueven despacio, en silencio y con solemnidad. Varias siluetas más caminan hasta el borde del tejado para evaluar la caída de siete pisos que las separa del suelo, como los esclavos de las galeras a los que obligaban a tirarse por la borda.

—A los suicidas les encantan los edificios altos. ¿No te dan miedo los otros fantasmas? —pregunta la doctora—. A mí me daban pánico cuando llegué aquí.

—No, porque van a lo suyo.

—Y no te equivocas. ¿Vamos a por esa revisión?

—Mira, no quiero volver. No quiero renacer. No quiero ser nada. ¿Dejar de existir no es una opción?

—No puedes quedarte aquí.

Sena levita junto a la cornisa y les susurra al oído a los suicidas que contemplan el abismo. Su capa con capucha le aporta un aspecto regio. Parece estar dándoles algún tipo de discurso y no sabrías decir si le están escuchando o no. Cuando soñabas con el cielo, esperabas que fuese Elvis u Oscar Wilde quien te diese la bienvenida y no una profesora de universidad muerta armada con un libro de registro o un marxista encapuchado que murió asesinado.

—Si hicieses un recuento de todas las cosas buenas y malas en el mundo, ¿quedaría ese registro tuyo equilibrado?

Ella se cruza de brazos y asiente.

—Al final, todo termina por alcanzar el equilibrio.

—¿Tienes pruebas de ello?

—No tengo tiempo para tus tonterías, muchacho. Y tú tampoco.

La doctora Ranee cierra el registro, recorre la cornisa con la mirada y estudia a los suicidas muertos que tratan de quitarse la vida de nuevo. Cuando abandona la fachada de guía turística, tú ladeas la cámara para encuadrar su silueta sosteniendo el libro y retratarla con los suicidas de fondo.

—Yo estaba obsesionada con la justicia, con proteger a los indefensos, con mis alumnos y con el sufrimiento de los tamiles. No vi crecer a mis hijas. Tiré mi matrimonio por el retrete. ¿Y todo para qué?

—¿Por qué defiendes tanto la idea de ir hacia la luz?

—El Mundo Intermedio está abarrotado. Y eso está contaminando la mente de los vivos, porque hay demasiados espectros susurrándole maldades a quien no deben.

—¿Lo que tratas de vendernos es que, si todos fuéramos hacia la luz, los Tigres depondrían las armas y el gobierno dejaría de secuestrar gente?

—El Mundo Intermedio está lleno de criaturas que se alimentan del sufrimiento ajeno.

—¿Entonces lo que hace falta para que los ricos dejen de robar y para que los pobres no se mueran de hambre es que este sitio se vacíe?

—Si te quedas aquí, te convertirás en uno de ellos. A lo mejor ya has empezado a cambiar.

—Tengo que avisar a mis amigos. Quienquiera que me haya matado irá a por mis fotos, así que tengo que mantenerme alerta y descubrir al culpable.

—Eso da igual, hijo. Absolutamente igual. Tienes seis lunas para completar el proceso. ¿Empezamos?

—¿Por qué hablas en plural?

—Tengo que llevarte a que te revisen los oídos. Nada más.

—No tienes que llevarme a ningún lado. No tengo que hacer nada nunca más.

—Señora doctora, ya está bien, ¿no crees? —Sena se ha vuelto a poner la capucha y, además, lleva un pañuelo rojo y blanco alrededor del cuello. Apoya la cabeza allí donde habría estado tu hombro.

Te recorre un escalofrío y la doctora Ranee le espeta:

—Quedamos en que no abrirías la boca.

—Siempre intentando silenciarnos. ¡Qué típico de los intelectuales de clase media!

—Ni tu jefe ni tú podéis ponerle un dedo encima durante sus siete lunas.

—Yo no tengo ningún jefe. Soy Sena Pathirana, director del comité organizador del JVP en el distrito de Gampaha, y este es Maali Almeida, superfotógrafo sin par, uno de los grandes sodomitas al sur de Jaffna y víctima de un escuadrón de la muerte que decidió tirarlo desde un tejado. Maali, *hamu*, por favor, no permitas que te revisen los oídos o que te borren la memoria en el río.

La doctora Ranee se encara con él como una profesora armada con una regla. A su espalda, dos hombres con túnica blanca se materializan de entre las sombras. Ambos llegan esprintando por el aire para abalanzarse sobre vosotros. Uno es el hombre del pelo afro, el que estaba detrás de la ventanilla y te recordaba a Moisés. Tiene una barba espesa, una corona de espinas y un brillo en los ojos que demuestra que estaría dispuesto a separar las aguas de quien se atreviera a insultarlo. El otro hombre es alto y fornido, como He-Man si hubiese nacido en Avissawella.

Agarran a Sena y lo inmovilizan en el suelo. La doctora Ranee flota por encima de él mientras sacude la cabeza y Sena la fulmina con la mirada desde abajo.

—Ya has dejado clara tu postura. Ahora me toca a mí.

MALOS SAMARITANOS

Mientras tu caja dormita bajo la cama y los malvados sueñan con su próxima fechoría, se decide, en aras del juego limpio y la democracia (que no siempre van de la mano), que a Sena se le conceda la oportunidad de hablar. Enseguida adopta la postura de un orador en pleno mitin del JVP sobre la cornisa y se pone a caminar pausadamente de lado a lado. Los suicidas se acurrucan entre las sombras y escuchan el discurso de Sena como si fueran sus discípulos.

—Damas, caballeros, camaradas y compañeros de viaje, yo recuerdo mi último nacimiento. Recuerdo mi última muerte. No necesité pasar por ventanilla ni tampoco pedir número o aguantar a un asistente que me intentara vender el cuento de lo de la luz. Fue una revelación. —Un murmullo nace entre los suicidas. La doctora Ranee te mira y sacude la cabeza sin parar al tiempo que garabatea en su libro de registro—. He vagado por el Mundo Intermedio durante doscientas cincuenta lunas. No hay lugar mejor que este.

»Yo no me llevé el premio gordo en la lotería de los nacimientos: crecí en una cantera de la ciudad de Wellawaya y trabajé como sirviente en Gampaha. Allí abajo, me dijeron que la pobreza en la que estaba sumido era culpa del karma, que era una penitencia, un infortunio. Me dijeron que yo me lo había buscado. Me uní al JVP por necesidad, no por imitar a los demás. He sufrido la pobreza en mis carnes y he convivido con otras personas en la misma situación que yo. Sé de sobra lo que son la precariedad y el dolor.

Pasea por delante de su audiencia y se detiene justo ante ti para acuclillarse y bajar la voz hasta convertirla en apenas un susurro:

—Si la luz nos conduce al cielo y el Mundo Intermedio es el purgatorio adonde van a parar las almas perdidas, ¿en qué convierten al Mundo Inferior las teorías de la doctora?

—¡En el infierno! —grita alguien entre la multitud.

Sena se ríe entre dientes.

—A cada alma se le conceden siete lunas para explorar el Mundo Intermedio, rememorar su vida anterior y olvidarla un segundo después. Quieren borraros la memoria, porque nada cambia si se olvida el pasado.

»El mundo no se va a arreglar solo. Tenéis derecho a vengaros. No escuchéis a ese hatajo de malos samaritanos. Exigid justicia, pues el sistema os ha fallado. El karma os ha fallado. Dios os ha fallado tanto en la tierra como aquí arriba.

El volumen de los murmullos de los suicidas ha subido un par de decibelios. Han dejado de lanzarse al vacío desde el tejado y la doctora Rance, que flota junto a Moisés y a He-Man, da un resoplido.

—¡Os está mintiendo! —exclama—. La venganza no es un derecho. ¡No os rebajéis al nivel de vuestros asesinos! El karma es lo único que os otorgará lo que merecéis, pero debéis tener paciencia, nada más.

Sena arruga la cara.

—¡Qué típico de la administración pública! Saca un número y siéntate a esperar hasta que ya no recuerdes el motivo de tu visita. —Sus palabras destilan veneno.

Moisés le planta cara dentro de los límites de su reducida estatura.

—Muestra un poco de respeto, escoria.

—Muchos de vosotros fuisteis asesinados y a otros tantos os condujeron al suicidio —continúa Sena—. Puede que olvidar sea la opción fácil, pero eso no sanará vuestras heridas. Debemos recordar las injusticias que hemos sufrido porque, de lo contrario, esa panda de asesinos continuará campando a sus anchas y vosotros nunca descansaréis en paz.

Esta vez, el dolor que acompaña a los recuerdos que habías tratado de borrar te araña la garganta y te asfixia. Recuerdas lo asustado que estuviste cuando trabajaste para el ejército por primera vez, lo dolido que quedaste cuando tu padre te abandonó y lo decepcionado que te sentiste al despertar en el hospital después de una sobredosis. Piensas en lo mucho que tu yo de veintinueve años, tu yo de once años y tu yo de diecisiete se habrían odiado entre sí, tanto como tu yo del más allá odia a los tres.

Sena se seca el sudor del cuello con ese pañuelo suyo, a cuadros rojos y blancos, como los que popularizaron los jeques petroleros, los grupos terroristas y los *hippies*. Se acerca a ti sin tocar el suelo y te agarra de las orejas.

—El mismo escuadrón de la muerte que me mató, también te mató a ti, Maali. Seis son los culpables de nuestro asesinato y, si me ayudas, haré que sufran las consecuencias.

—*Chik!* —A la doctora se le está acabando la paciencia—. Eres igual que tus jefes. Sois una panda de animales sin escrúpulos que les vende cuentos y les da falsas esperanzas a los incautos. ¡Estás muerto! ¿A quién vas a hacer sufrir tú?

—Los inocentes tienen derecho a vengar su muerte.

—La venganza no es un derecho. Esta isla no necesita más muertos. Te estás comportando como un niño inmaduro.

—Quienes ostentan el poder siempre se van de rositas, mientras todos los dioses del cielo miran hacia otro lado. Ha llegado el momento de que eso cambie. Nosotros nos encargaremos de ello.

—¿Cómo? No tenéis manos con las que sostener un cuchillo. Los vivos no pueden veros ni oíros. ¿Cómo pensáis vengaros?

—Sé hablarles a los vivos al oído —un murmullo se propaga entre la multitud— y os enseñaré a todos a hacerlo.

—Eso es magia negra. Os convertirá en esclavos, ¡como al Cuervo! —exclama la doctora Ranee—. Está condenado a servir a la Mahakali.

—Mientras surta efecto, ¿qué importa el color de la magia? —interviene Sena, que clava la vista en ti sin ningún reparo—. ¿Oyes eso, Maal? Me temo que la buena doctora está algo inquieta. Ya no parece tan tranquila como al principio.

—La magia no es mala o buena. Blanca o negra. Es igual que el universo, igual que cada dios ausente: es poderosa y soberanamente indiferente.

Los suicidas dan golpes en los tejados y los más desgraciados aplauden. Sena ha encontrado a su público y, a pesar de la mirada asesina que te lanza la doctora Ranee, tú te unes a ellos. Es en ese preciso instante cuando la Mahakali decide cargarse la fiesta.

FALACIAS

La sombra se materializa hasta adoptar la forma de una bestia. Tiene la cabeza de un oso y el cuerpo de una mujer descomunal. Sus cabellos están hechos de serpientes y sus ojos son completamente negros. Avanza hacia la multitud enseñando los colmillos, y los asistentes dan marcha atrás, mientras la criatura ruge y hace que la niebla inunde el tejado. A ti el frío te provoca náuseas. Los asistentes liberan a los suicidas y se arman con porras.

La bestia lleva un collar de calaveras y un cinturón de dedos cercenados, pero ninguno de esos dos accesorios te llama la atención tanto como su estómago, que está al descubierto y le cuelga por encima de un cinturón de piel. Hay rostros humanos grabados en él y las almas atrapadas en su interior piden a gritos que alguien las saque de ahí.

La criatura levanta una mano y profiere un alarido compuesto por un millar de lamentos, por el sonido de los animales que se alimentan de sus crías, por el grito de un universo que ha recibido una patada en las partes nobles.

Cuando la niebla se disipa, también desaparece tanto la criatura como la muchedumbre de suicidas. ¿Existirá algún nombre colectivo para ellos? ¿Una sobredosis de suicidas? ¿Un harakiri de suicidas?

La doctora Ranee se dirige a sus compañeros de blanco de malas maneras:

—¿La ha traído él?

Moisés mira a He-Man, pero este mira a Sena que, a su vez, te mira a ti.

—¿Esa cosa era ella?

Los ayudantes escudriñan el tejado en busca de los suicidas desaparecidos.

—Era la Mahakali —asegura Sena—. Deberíais empezar a preocuparos.

Sena está dibujando un rectángulo grande en la pared con vistas a la ciudad. Recurre al mismo trozo de carbón que utilizó para escribir la lista de nombres en la otra pared. Escribe números y letras sin ningún orden ni concierto hasta llenar toda la superficie. Es como si estuviera resolviendo un crucigrama que él mismo ha diseñado.

—¿Trabajas para ella? —exige saber la doctora.

—Yo trabajo en contra de la luz, en contra del olvido. Nunca debemos olvidar el pasado. Los olvidados necesitan nuestra ayuda. Hay que acabar con el *boru*. ¡Con las falacias!

Las letras de la pared comienzan a formar palabras, que, a su vez, forman oraciones.

FALACIA N.º 1: ESTA TIERRA LES
PERTENECE A SUS CIUDADANOS.

FALACIA N.º 2: TODOS LOS CIUDADANOS
SON IGUALES ANTE LA LEY.

El mensaje de Sena está escrito en una mezcla de cingalés, tamil e inglés para parvulitos. Te recuerda a las señales urbanas de Jaffna, también escritas en las tres lenguas antes de que los iracundos activistas las cubriesen de alquitrán.

FALACIA N.º 3: LOS GOBIERNOS NUNCA
ATACAN A LOS CIVILES.

FALACIA N.º 4: LOS PRESIDENTES NO
NEGOCIAN CON TERRORISTAS.

—Ya está bien, señor Sena.

La doctora Ranee levita por encima de tu cabeza, como un ángel armado con un libro de registro. Desciende en picado para quitarle a Sena el trozo de carbón, pero este la esquiva y un nuevo párrafo se materializa en la pared negra.

FALACIA N.° 5: EL PAÍS NO LES PERTENECE
A LOS VEDDAS QUE LO HABITARON PRIMERO
NI TAMPOCO A LOS TAMILES, MUSULMANES Y BURGUESES
QUE VIVEN AQUÍ DESDE HACE SIGLOS.
EL PAÍS SOLO LES PERTENECE A LOS CINGALESES
QUE LO POBLARON Y A LOS SACERDOTES
QUE CONTARON LA HISTORIA DE SRI LANKA
EN GRANDES VOLÚMENES.

No tienes ningún problema en leer y comprender un texto escrito en tres idiomas, aunque no tienes una explicación para ello. Sena echa la cabeza hacia atrás y se ríe a carcajada limpia.

—Señor Maali, activista de postín y fotógrafo a varias bandas, lee con atención lo que acabo de escribir. Ninguna persona viva tratará de sacar estas mentiras e injusticias a la luz, pero nosotros podemos intentarlo.

—Bueno, ya basta.

La doctora Ranee cierra el libro y flota hacia él. Moisés y He-Man atrapan a Sena y lo llevan hasta la cornisa donde la Mahakali apareció hace un momento. El chico no deja de reír en ningún momento y, aunque es una risa falsa, tiene cierto timbre desafiante.

—Dejaremos que el señor Malinda tome sus propias decisiones —dice la doctora—, pero primero tiene que hacerse la revisión de oídos.

Cuando mira a su alrededor, la mujer se encuentra con que ya te has marchado.

GALLE FACE COURT

No tienes ninguna gana de seguir a la criatura con cabeza de oso, pero te mueres por volver a la acacia de la intersección. En cuanto los demás se quedan embobados con la estúpida lista de Sena, tú te montas en el viento de cola de la criatura y aterrizas como puedes ante los semáforos de la calle.

Tardas la mañana entera en dejar la mente en blanco y en controlar los recuerdos que amenazan con invadirte el pensamiento. Hay ruido por todas partes; oyes las voces de los seres que se mueven sin ser vistos entre las ramas. *Creo en las acacias*, piensas para tus adentros. A medida que pasan las horas, los susurros se multiplican, pero tú ya levitas por encima del árbol y te ves a ti mismo con los ojos cerrados.

Llevas un pañuelo rojo, una sahariana, una sandalia, tres collares y una cámara al cuello. Acto seguido, te elevas aún más alto y contemplas al yo que observa a tu otro yo, aunque este va vestido con un *sarong* y una camiseta y tiene las manos llenas de ampollas. Ves cuatro cuerpos cubiertos por una costra de polvo de Jaffna: un perro, un hombre, una madre y un niño. Tienen los ojos abiertos y los cuatro respiran. Te miran y te preguntan la misma pregunta, pero tú finges no entender lo que te dicen. Te llevas la cámara a los ojos y ves cómo sus cuerpos se desmenuzan como la arena.

En la lejanía, oyes una discusión: son los gritos de la doctora Ranee mezclados con las carcajadas de Sena. Intentas no hacerles demasiado caso y agudizas el oído para captar los sonidos que te traiga el viento. «Escucha tu nombre, comparte su vergüenza».

—Residente principal: Dilan Dharmendran. Arrendatario: Stanley Dharmendran. Otros residentes: Malinda Almeida y Jacqueline Vairavanathan.

Vuelas tras la brisa y te encuentras viajando a la deriva hasta un Datsun azul que avanza a paso de tortuga por Duplication Road, en dirección al parque Galle Face Green.

Te has sentado en el asiento trasero junto a Elsa Mathangi. En los de delante se encuentran Ranchagoda, que tararea la melodía de la canción que suena en la radio, y Cassim, que cumplimenta una orden de registro.

—¿Sabe dónde está exactamente, señorita?

—Dijo que la guardaba bajo la cama, aunque no me extrañaría que estuviese de broma. Se creía muy gracioso.

—No estamos como para perder el tiempo con bromitas —asevera Cassim, que no aparta los somnolientos ojos de la carretera.

Son las nueve de la mañana y tienen el aspecto de haber descansado tanto como tú. Se ha declarado un toque de queda para la noche de hoy y todo Colombo se ha echado a las calles para hacer la compra, en caso de que las tiendas se queden sin azúcar.

No estabas de broma, aunque no habrías esperado que tus parloteos acabasen garabateados en una orden de registro. Te preguntas si un fantasma sería capaz de averiar un coche. ¿Y si son los espíritus los causantes de cada accidente automovilístico? Quizá, cuando los espectros se aburren, hacen que los conductores se duerman, que las ruedas derrapen y que los frenos dejen de funcionar.

«Rezarle a Dios es como preguntarle a un coche por qué tuvo que verse envuelto en un accidente», le dijo tu padre a tu madre durante una de sus peleas. «Muchos moriremos en alguna colisión, pero todos somos lo suficientemente ingenuos como para pensar que nunca seremos nosotros quienes vayamos al volante». Todas sus discusiones acababan convirtiéndose en monólogos y se desencadenaban los domingos, siempre momentos antes de que tu *amma* te obligase a ir a la iglesia.

—¿Cuál es el plan? —pregunta Ranchagoda.

—Les dirán que cabe la posibilidad de encontrar pruebas relacionadas con la desaparición de Malinda dentro de la casa. Puedo hablar yo, si lo prefieren. Sí, hagámoslo así mejor —concluye Elsa, que contempla la calle abarrotada de autobuses. Su mirada vuela entre los edificios, los cocoteros y los controles asentados a lo largo de Galle Road.

—Solo accedo a hacer esto porque este caso está relacionado con otro de los que estamos investigando —anuncia Cassim—. Además, mi traslado debería estar al caer.

—Si eso le ayuda a conciliar el sueño por las noches, agente, no seré yo quien se lo arruine —concede Elsa cuando dejan atrás Temple Trees, el palacio fortificado del primer ministro.

—¿Y usted quién va a decir que es?

—Su jefa. Hay que procurar decir la verdad siempre que se pueda.

—¿Sabe una cosa? Creo que es mejor que se quede en el coche —concluye Cassim.

Entran en la rotonda de Galle Face, la misma donde DD y tú os besasteis a las 3:33 de la madrugada aquella vez. Dejan el coche en el mismo aparcamiento donde dejaste a DD después de haberlo echado de su propia casa. Suben por la misma escalera donde la señora malaya del segundo te echó la bronca por fumar. Recorren el mismo pasillo, tan ancho como Duplication Road, por cuyas múltiples salidas tú colaste a hurtadillas a varios hombres de dudosa reputación cuando no había nadie en casa.

Ranchagoda llama a la puerta y toca el timbre mientras Elsa practica su sonrisa. La pequeña Jaki, ataviada con un kimono, los recibe y tarda un segundo en reaccionar antes de adoptar el comportamiento de quien le abre la puerta a la policía todas las mañanas.

—¿Qué ha pasado?

—Buenos días, señorita. ¿Podemos pasar?

Jaki no se mueve.

—¿Lo han encontrado ya?

—Todavía no —interviene Elsa con una sonrisa—. Necesitamos su ayuda.

—¿Y usted quién es?

—Soy la inspectora Mathangi. ¿Me concede un momento?

Jaki no se da cuenta de que Ranchagoda ha puesto los ojos en blanco y los deja pasar a un recibidor cuyas paredes están cubiertas de estanterías repletas de los libros que DD y tú os regalabais por vuestros respectivos cumpleaños, aunque siempre os confundíais de fecha. Tanto DD como tú leíais siempre los libros que le comprabais al otro, pero nunca los que os regalaban.

—Ah, lo siento. No sabía que en Sri Lanka hubiese mujeres o tamiles en el cuerpo —se disculpa Jaki. Las deformadas vocales que demuestran que creció al sur de Londres la delatan cuando está nerviosa.

Te alegra estar en casa; este ha sido tu hogar durante los últimos tres años. El padre de DD, Stanley, mandó renovar el apartamento para su único hijo como regalo por haber aprobado el examen de Abogacía en Londres, aunque también era un soborno para que ejerciese en el barrio de Mutwal. No pareció importarle que Jaki y yo nos mudásemos a vivir con DD; desde luego, no al principio. Cada uno teníais vuestra propia habitación y dejabais que las habladurías sobre quién compartía qué con quién volasen libres.

Stanley no puso el grito en el cielo cuando DD pintó las paredes de color morado ni cuando tomó por costumbre celebrar fiestas en casa para los colegas del centro cultural. Tampoco lo desheredó cuando DD llegó a casa con las orejas perforadas. No, Stanley no empezó a cobrarle el alquiler a su hijo hasta que este dejó su puesto en la firma de papi para colaborar gratis con Earth Watch Lanka.

Jaki conduce a los policías hasta el salón, aunque nadie toma asiento.

—No te equivocas; no hay muchas inspectoras en Colombo. ¿Y usted, señorita, es… ?

—Jacqueline Vairavanathan —interviene Ranchagoda, que abre el cuaderno de Cassim por otra hoja en blanco—. ¿Cuánto tiempo llevaba saliendo con Almeida?

—No somos pareja —dice Jaki.

—Pero su primo comentó que…

—Mi primo no tiene ni idea de nada —lo interrumpe.

—¿Sabe dónde guarda Maali su caja de fotografías? —pregunta Elsa.

—¿Qué fotos? —replica Jaki.

—Él solía decir que las escondía bajo la cama.

—Entonces ahí deben de estar. Maali es fotógrafo y guarda todas sus cosas en cajas. De vez en cuando, duerme en su cama. ¿A dónde quiere llegar con esa pregunta?

—¿Nos dejaría ver su dormitorio?

—No entiendo nada.

Ranchagoda se acerca a la ventana y contempla el césped seco de Galle Face Green, así como el agitado océano que mordisquea la costa.

—Nos han dado permiso para registrar el piso, señorita Jaki.

—¿Han comprobado que no esté arrestado? Si no fue la policía, quizá hayan sido los del ejército.

—¿Cuál es la habitación de Maali?

Jaki no responde, así que Elsa le corta el paso sin perder la sonrisa cuando el subcomisario comienza a registrar la casa sin dar más explicaciones. Jaki la aparta de su camino gracias a esa llave que aprendió en clase de judo y que una vez probó contigo, acompañando el movimiento con un chorro de espray pimienta. Acto seguido, sigue a Ranchagoda, que se ha equivocado de habitación. Elsa se frota el brazo y suelta una palabrota.

Tú te escapas a la cocina y dejas que los olores te envuelvan. El aroma del ajo y del cardamomo flotan en el aire, así que DD le ha debido de pedir a Kamala que le preparase *buriyani* y arroz turco cuando haya venido a cocinar para la semana. Eso ocurre cada jueves, así que llevas dos días muerto.

La habitación de DD es un caos de muñequeras, raquetas, zapatillas de deporte y cajas marcadas con un «Earth Watch Lanka». El olor a vestuario era lo que te impedía pasar demasiadas noches seguidas en su habitación. Los policías abren las cajas y encuentran documentos relacionados con los vertidos de basura, la contaminación de los ríos y la tala de bosques.

—¿Tienen las fotos algo que ver con esto? —pregunta Ranchagoda.

Elsa se une a la búsqueda y saca un archivo sobre la extinción del leopardo en Yala, seguido de otro documento sobre un vertedero ilegal en Kelaniya.

—Esta no es su habitación.

Recorren el pasillo hasta alcanzar el pozo de angustia vital adolescente que es el dormitorio de Jaki. Los intrusos ni siquiera se fijan en los pósteres de Bauhaus y The Cure. Los policías descorren las cortinas mientras que Elsa se arrodilla para mirar bajo la cama. Los olores predominantes de esta habitación son el Chanel n.º 5 y la tristeza.

—¿Me permiten ver la orden de registro? —pregunta Jaki—. Por favor, no toquen mis cosas.

Sin hacerle ningún caso, cruzan por el baño compartido a la habitación pentagonal en la que solías dormir. A diferencia de los otros dos dormitorios, el tuyo está prácticamente vacío. Hay una cama de dos metros, una mesilla de noche con una lamparita, un armario abarrotado de cámaras y tres litografías enmarcadas en la pared. La primera forma parte de un reportaje que James Nachtwey hizo sobre la hambruna en Somalia; otra es de los últimos días de Pekín de Henri Cartier-Bresson, y la última es de un servidor, tomada durante la masacre en la comisaría de Batticaloa.

Ranchagoda profiere un grito ahogado y Elsa asiente con la cabeza. La última fotografía muestra a un grupo de policías arrodillados como cualquier feligrés que acude a la mezquita los viernes. Esa en concreto la recortaste en una tienda FujiKodak de Thimbirigasyaya para que no se viese el marco de la ventana a través de la cual tomaste la foto. Lo que no cortaste fue el cañón de la AK-47 que se ve en la esquina superior derecha, puesto que, desde tu posición en lo alto de una colina, no contabas con el ángulo necesario para incluir a la persona que sostenía el arma dentro del encuadre.

En la puerta del armario, tienes colgadas un par de radiografías. Una es la que te hicieron del pecho cuando tuviste neumonía y la otra muestra tus muelas del juicio, ocultas en el interior de tu mandíbula como si fueran icebergs. Fotografiaste aquellas radiografías, las revelaste aumentando la opacidad al máximo y las enmarcaste para un proyecto que, por supuesto, nunca llegaste a terminar.

Dentro del armario hay un osito de peluche y una colección de saharianas, camisas hawaianas y collares. Debajo del osito hay una agenda de contactos por la que nadie ha mostrado ningún tipo de interés. Rezas para que continúe pasando desapercibida.

Te gustaba llevar de todo menos una corbata alrededor del cuello. «Ponte una corbata para la entrevista», solía decirte tu *dada*. «Quieres que me ponga una soga al cuello igual que haces tú cada día, aunque solo lo veas así en tu cabeza», le respondías.

Los collares cuelgan de la puerta; algunos son de cuerda y otros de hilo trenzado. Esos son los que tienes de repuesto: un símbolo de la paz, una cruz, un yin yang y un Om hindú. Los que faltan son el del *panchayudha* budista dorado, las cápsulas de cianuro que les robaste a unos Tigres muertos y la llave de la vida de madera que contiene la sangre de DD desde que hicisteis aquel pacto tonto en Yala, cuando todavía teníais la sensación de vivir en unas vacaciones eternas. Esos tres pendían alrededor de tu cuello cuando por fin te lo partieron. ¿Te rompieron el cuello? ¿Quién lo hizo? ¿Quién ha dicho que ocurriese así?

Miras a tu alrededor para asegurarte de que ni Sena ni sus discípulos te están susurrando esas ideas al oído, pero por tu habitación vacía solo corre el viento.

El olor predominante de tu dormitorio es el de los químicos y los productos de limpieza. ¿Te pasabas los días aquí encerrado como un *hippie* universitario que prepara LSD y hachís con la idea de sembrar el caos? En absoluto. Lo que tú hacías era preparar el líquido revelador, el baño de paro y el fijador que luego llevabas en garrafas hasta la despensa que habías transformado en un cuarto oscuro sin pedirle permiso al tío Stanley. Si se hubiesen molestado en mirar allí, habrían encontrado los negativos, cuidadosamente organizados en táperes, de todas las fotografías que habías tomado en los últimos seis años. Sin embargo, en este preciso momento, están demasiado ocupados agachándose para mirar debajo de tu cama.

He aquí una evaluación justa de tus habilidades: como jugador, te llevas un cinco raspado; como guía, un seis; como amante, un siete, y como fotógrafo, un diez. Eras un payaso y un periodista de pacotilla, pero se te daba de miedo encuadrar una buena toma. Sabías empapar el papel fotográfico y extraer la luz de los cuartos oscuros. Eras capaz de hacer que los tonos monocromáticos brillasen y que los sepia centelleasen. Conseguías darle profundidad a lo superficial, textura a lo plano y sentido a lo banal.

Te bastaba con manejar una paleta compuesta de tonos blancos, negros y grises; nunca sacabas fotografías a color. Comenzaste tu andadura haciéndoles fotos a las puestas de sol y a los elefantes y terminaste retratando a homosexuales encerrados en el armario y a soldados violentamente asesinados.

—Maali dijo que guardaba sus fotografías más delicadas en una caja de zapatos bajo la cama. Nos pidió que las publicásemos si le ocurría algo. —Elsa mira al resto de los presentes para asegurarse de que nadie se haya dado cuenta de que está mintiendo.

—¿Usted lo conoce entonces? —pregunta Jaki.

—Trabajaba para mí.

—¿Como colaborador de una inspectora?

—Más o menos.

—Pensé que trabajaba para una ONG.

—Es siervo de varios amos, querida. —Elsa posa una mano sobre el hombro de Jaki y esta se la quita de encima con una suave sacudida. A Jaki no le gusta que nadie la toque sin permiso, ni siquiera los hombres que le gustan. Todo viene de los abrazos que el nuevo marido de su tía solía darle en contra de su voluntad cuando era adolescente.

Tanto Jaki como DD acumulaban trastos inútiles por instinto. Sus respectivos dormitorios estaban tan abarrotados como su vida y su mente. Desconfiaban del minimalismo y te miraban con malos ojos cuando tirabas a la basura lo que ya no necesitabas. Ambos creían que tenías un cuarto secreto donde escondías todas las cosas sobre las que nunca hablabas. Y no andaban muy desencaminados, aunque tu escondrijo era del tamaño de una caja de zapatos.

—¿Está segura de que dijo que estaba debajo de su propia cama? —pregunta Ranchagoda.

—¿Qué demonios. Se creen. Que están haciendo?

Esa es una voz que llevabas mucho tiempo sin oír en el apartamento. Stanley Dharmendran es famoso por el exceso de pausas exageradas que hace tanto al dar sus discursos en el Parlamento como al echarle la bronca a su hijo.

—Salgan todos de mi puta habitación, por favor.

Por el contrario, estas cuatro paredes han oído muchas veces el agudo tono de voz que adopta DD cuando se enfada, y él es más famoso por abusar de las palabras malsonantes que de las pausas.

—Dicen que tienen una orden de registro —explica Jaki mientras se escabulle en dirección a la puerta. Alejarse de una escenita no es propio de ella.

—Déjenme verla —exige Stanley.

DD va en chándal y tiene el pelo mojado, así que su padre ha debido de llevarlo al club de natación, el Otters Aquatic Club, para darle un sermón de buena mañana. Los dos son hombres de gran estatura que se consideran a sí mismos deportistas.

—Les pido que salgan del dormitorio de Maali, gracias.

Elsa y los dos policías desfilan hasta el salón y aprovechan para llevar a cabo un registro ilegal con la mirada. Ranchagoda le ofrece a Stanley la orden mientras Jaki y DD cuchichean en un rincón.

—Esto. No lo ha certificado. Un juez —anuncia con el acento que compró en Cambridge a principios de los años 50.

—Estamos investigando la desaparición de Almeida, señor. Por lo que parece, cuentan con algunas fotografías que nos permitirían localizarlo.

DD y Jaki dejan de susurrar y fulminan a Elsa con la mirada.

—¿Y usted quién es, señora?

—La única inspectora tamil en Lanka —escupe Jaki.

—Trabajo para la CNTR, señor. La Canada Norway Third World Relief. Sospechamos que Malinda ha huido del país con unas fotografías que nos pertenecen.

—Su pasaporte estaba dentro del cajón que acaban de registrar —señala Jaki—. Están ustedes haciendo un magnífico trabajo de investigación.

—Creemos que estaba empleando esas fotografías como método de extorsión —interviene Ranchagoda, que estudia con meticulosidad la litografía enmarcada de un pangolín en Yala.

Elsa le dedica un gesto de desaprobación con la cabeza.

Con tranquilidad, Stanley les indica a los policías qué detalles debe incluir una orden de registro, puesto que el papel que tiene en la mano resulta estar incompleto. El subcomisario asiente con la cabeza como si haberse saltado todos esos puntos hubiese sido fruto de un inocente descuido. Elsa trata de interrumpirlo, pero las pausas del tío Stanley son herméticas.

—Les ruego. Que salgan ya. De esta casa —declara Stanley, que se arregla el pelo y la corbata—. No vuelvan. A menos que sea. Con una orden. Debidamente certificada. Dilan, llévalos hasta la salida. ¿Dilan? ¿Jaki?

En el aparcamiento, se oye el rugido de un motor al arrancar y el chirrido de unas ruedas que devoran la Galle Road. Reconoces el sonido del Mitsubishi Lancer de Jaki y adivinas enseguida hacia dónde se dirigen; cruzas los dedos para que lleguen allí lo más rápido posible.

Una suave brisa empapada del perfume de Elsa invade el aire que te rodea. El olor a lavanda mezclada con polvos de talco te provoca espasmos y picores por el cuerpo o lo que te queda de él. A pesar de que es un aroma agradable, a ti te produce náuseas y te recuerda al hombre que se ganaba la vida cazando nazis.

WIESENTHAL

—¿Alguna vez ha oído hablar de Simon Wiesenthal? —Aquella fue la primera pregunta que Elsa te hizo.

Te asaltó en el centro cultural cuando Coffin Nail tocaba «Talking Heads» y tú fingías estar prestándole atención a la actuación.

En realidad, estabas urdiendo un plan para seducir a un chico con acento francés y Elsa te acababa de cortar el rollo.

—Sobrevivió a Auschwitz y pasó tres décadas cazando nazis gracias a las fotografías que consiguió de sus torturadores.

Por aquel entonces Elsa tenía el pelo corto, pero ya llevaba los labios pintados de rojo rubí.

—Ya sé quién es Simon Wiesenthal, pero a usted no la conozco y he venido aquí a ver el concierto.

A continuación, te pagó la copa y, cuando te pidió otra, tú hiciste como si no te hubieses dado cuenta.

—Si está aquí es porque tres casinos le tienen vetado y está coladito por ese niño rico de allí. Él no es mariquita, por cierto. Hasta usted mismo lo sabe.

Para ti, ni «maricón» ni «mariquita» ni «gay» son insultos, puesto que no te consideras nada de eso. Tú simplemente eres un hombre atractivo que disfruta de la belleza de otros hombres, ni más ni menos, y, desde luego, eso no le incumbe a nadie. Estudiaste el traje de Elsa, que te sonreía con suficiencia y daba sorbitos de la copa que te había comprado sin decir nada.

—Mis superiores pagarán al Bally's, al Pegasus y al Stardust lo que les debe si nos vende sus fotografías.

La sacaste a la terraza donde tanto hombres como mujeres daban rienda suelta a sus escarceos amorosos, si bien no los unos con los otros. Tú te sentaste a la sombra y dejaste que Elsa hablara:

—Según tenemos entendido, tiene fotografías de los pogromos del 83.

—¿Así es como se les llama ahora?

—Me gusta más esa palabra que «disturbios». Y muchos se ponen a la defensiva cuando se habla de «genocidios». Sobre todo los cingaleses.

—Dejé de considerarme cingalés después de lo de 1983 —señalas, aunque tampoco es que te hubieses considerado uno de ellos. Los *hippies* que había por Colombo durante los años 70 compartieron contigo mucho más que ácido de mala calidad.

En tu opinión, todos somos esrilanqueses, hijos de la mítica reina Kuveni y bastardos del príncipe Vijaya. *Kumbaya kumbaya*.

—Esta es suya, ¿no?

El *Newsweek* nunca llegó a publicar la fotografía de la mujer vestida con un *salwar* y empapada de gasolina. La copia mate que te enseña Elsa, revelada a 27x7, ha salido del negativo original. Solo hiciste dos copias de esa fotografía: una está en tu caja y la otra, en Nueva Delhi.

—¿Para quién trabaja?

—Para la CNTR, o «centro» para abreviar.

—¿La qué?

—Contamos con financiación y unos cuantos abogados y estamos intentando cazar a los asesinos de 1983. —Tu carcajada consigue que los gais y las lesbianas que se están metiendo mano entre las sombras se sobresalten—. Nos han dicho que cuenta con fotografías que no se han llegado a publicar.

—Hablando de Wiesenthal, el mes pasado conocí a dos israelíes en un casino —comentas.

—¿Tiene más imágenes de lo ocurrido en 1983?

—Me dijeron que eran productores de cine. Pero, luego, uno de ellos se emborrachó y se puso a presumir de su trabajo en la industria armamentística. Aseguraba haberles vendido artillería pesada a unos cuantos peces gordos.

En vez de perder los papeles o la sonrisa, Elsa se limitó a dar un sorbo de su zumo de naranja antes de continuar:

—Conozco a los Yael-Menachem. Se dedican a rodar películas de acción que no valen para nada mientras les venden armas de tercera a los gobiernos.

—Ahí está el problema con los traficantes de armas: siempre hacen películas malísimas.

—Señor Almeida, ¿tiene usted más fotografías de la masacre de los tamiles del 83?

—¿Trabaja usted para quienes compran armas de tercera a los elegidos de Dios?

—No formamos parte de los Tigres. Aunque es cierto que nuestros objetivos no son incompatibles.

—Suena como una auténtica política.

—Lo de 1983 fue una atrocidad. Ocho mil hogares, cinco mil establecimientos, ciento cincuenta mil personas desamparadas, sin un recuento oficial de muertos. El gobierno de Sri Lanka no se pronunció respecto a lo ocurrido y tampoco ofreció disculpas. Tus fotografías ayudarán a cambiar eso. Dime, muchacho, ¿de qué lado estás?

Tomaste una profunda bocanada de aire, como si fueras a lanzar un puñetazo, y, después, le contaste lo de la caja. A partir de ese momento, perdió la sonrisa, arqueó las cejas y no volvió a interrumpirte.

Al principio, fue divertido. Por aquel entonces, solo estabais Elsa y tú. Llevabas los negativos a una tienda FujiKodak donde un cerebrito llamado Viran te ayudaba a volver a revelar las fotografías de 1983, ampliando algunas y mejorando la calidad de otras. Viran era un trabajador excelente y un amante tímido. En su casa de Kelaniya, tenía un laboratorio mejor equipado que el de la tienda FujiKodak; por eso, de vez en cuando, se llevaba tu trabajo a casa y tú lo acompañabas, aunque nunca invitaba a Elsa.

—¿Cómo demonios piensas identificar todas estas caras?

—Contamos con una base de datos compuesta por las fotografías de todos los documentos de identidad del país. Además, tenemos a disposición un programa de ordenador capaz de identificar imágenes, por lo que podremos escanear las ampliadas y contrastarlas en el ordenador.

Elsa le echó canela al café hasta que adquirió el mismo color que su piel.

—¿De verdad tenéis acceso a una tecnología tan avanzada?

—Por supuesto que no, bobo. Pero dale unos cincuenta años —se burló—. Tenemos contactos en Wella y en Bamba que nos pueden dar los nombres de estas personas.

Te dio un cheque en nombre de CNTR y te dijo que estaría interesada en adquirir cualquier otra fotografía que reflejase el sufrimiento del pueblo tamil. Después de aquello, tú te fuiste a recorrer el norte con el ejército y luego viajaste al este con los corresponsales de la agencia Reuters. Para cuando regresaste a Colombo, tenías material de sobra para cumplir con el encargo de Elsa.

No volviste a tener noticias de ella hasta principios del 88. Te citó en el Hotel Leo aunque, aquella vez, acudió acompañada al encuentro. Kugarajah estaba sentado a su lado en el sofá. Era atractivo y robusto, justo como a ti te gustaban (aunque nunca le hacías ascos a ningún hombre).

La suite del Hotel Leo estaba forrada con las fotografías que tomaste en 1983, acompañadas de notitas adhesivas junto a cada rostro.

Cingaleses en sarong *bailan frente a un establecimiento en llamas* (4 rostros).
Niño tamil con el cuerpo desnudo muere apaleado (3 rostros).
Policías uniformados observan impasibles mientras sacan a rastras de un autobús a un grupo de mujeres tamiles (6 rostros).

Cuando te presentó a Kuga, Elsa te dijo que era su primo, pero, a juzgar por la manera en que pasó a su lado al ir a tomar asiento, sospechaste que eran mucho más que primos.

Kuga te ofreció una hoja con direcciones y te preguntó si podrías tomar fotografías de quienes vivieran allí sin ser visto.

—Hemos rastreado a siete de los responsables de los pogromos de 1983 y necesitamos confirmar sus respectivas identidades.

—¿Y después qué?

—Después podremos llevarlos a juicio.

Tú te ríes ante su respuesta y Kuga esboza una sonrisa cautivadora.

—¿He dicho algo gracioso?

—Nadie se atreverá a trabajar en ese caso. ¿Será la CNTR quien los juzgue?

—Existen muchas maneras de impartir justicia.

—Pensaba que habíais dicho que no erais de los Tigres.

Elsa posa una mano sobre la rodilla de su primo y este deja de hablar.

—Aquí tienes tu pago por las fotos del área del Vanni, Maali. Y esto es un adelanto por los próximos encargos.

Estudiaste los cheques que te ofrecía y te acordaste de tu *dada*, cuando te decía que los fotógrafos solo ganaban dinero con las bodas, que un grado en Sociología te aseguraría (en el mejor de los casos) un puesto como profesor. «Céntrate en un único objetivo y dedícale todo tu empeño», dijo una vez un hombre cuyo «único objetivo» no era el compromiso de ser padre.

—¿Va a haber más encargos?

—Pásate por las direcciones que te hemos dado, di que estás elaborando un censo para el gobierno y hazle fotos a la gente. Ofréceles fotografías de carné gratis. Los cingaleses estarían dispuestos a quedarse con un periódico tamil si no les pidiesen nada a cambio.

—¿No estaría cometiendo un fraude?

—¿De qué lado estás, chico?

—Estoy del lado de las personas que quieren que en Sri Lanka dejen de morir inocentes.

—Genial. Nosotros queremos que esos monstruos sufran. Y lo vamos a conseguir.

—¿Cómo?

Kugarajah levantó una de las imágenes que habías tomado durante tu viaje al Vanni. Como allí tu trabajo solo consistió en hacer de guía, aquellas fotografías terminaron por caer en manos del mejor postor. La CNTR las compró cuando el ejército y la Associated Press decidieron prescindir de ellas.

—¿Conoces a este hombre?

Tomaste la foto fingiendo limpiar la cámara delante de la base de los Tigres. Por aquel entonces, guiabas a un periodista insoportable de Reuters para que grabase un reportaje sobre un campo de entrenamiento de los Tigres.

—Es el coronel Gopallaswarmy —respondiste.

—Más conocido como Mahatiya. ¿Qué sabes de él?

—Dirige la única base de los Tigres donde se permite entrar con cámaras. Además, le tiene comida la oreja al jefazo.

—Pues yo he oído que conspira contra él.

—Yo no presto atención a los rumores. Solo me limito a difundirlos.

—Menudo graciosillo estás hecho. —Kugarajah se inclinó hacia adelante, de modo que te obligó a recostarte contra el respaldo de tu silla y a cruzarte de brazos. A juzgar por el brillo en su mirada, parecía estar también a punto de soltar alguna broma. O de soltarte un mamporro. Te entraron unos calores involuntarios, porque aquel bruto te aterrorizaba y te ponía cachondo a partes iguales.

—¿De qué lado estás, muchacho?

Siguiendo tu ejemplo, Elsa Mathangi encendió un cigarrillo Benson por puro instinto, como uno de los perrillos de Pavlov.

—Del lado que me paga.

Te explicaron que la CNTR dirige un orfanato en Vavuniya y una clínica en Medawachchiya y que el ejército se negó a prometerles cierta seguridad. Te explicaron que el coronel Gopallaswarmy estaba a cargo de la provincia central del norte y que estaba dispuesto a ofreceros protección.

—Nos gustaría que nos consiguieses una entrevista con él.

—No tengo trato con el coronel.

—Pero te conoce lo suficiente como para dejarte llevar reporteros a su base.

—Esa base es una fachada, como un set de Hollywood. Y no hablará con unos forasteros.

—Nosotros no somos forasteros.

—¿No es arriesgado para la CNTR que os relacionéis con los Tigres?

—La gran mayoría de nuestros proyectos se desarrollan en el norte y el este del país. Los Tigres son quienes gobiernan esas zonas, ya lo sabes.

Quizá fue por la cantidad de ceros en el cheque, por el tamaño del chupito que te sirvió Kuga, por el grosor del antebrazo que te pasó la bebida o por la aspereza de la mano que te acarició la espalda, pero las barreras que habías levantado tanto contra los dos primos como contra la conversación que estabais manteniendo fueron cayendo sin que te dieses cuenta.

Ellos estaban emocionados por el proyecto del 83, pero a ti te aterrorizaba.

—¿De verdad creéis que seréis capaces de llevar ante la justicia a una turba de miles de personas?

El guiño que te dedicó Kuga no fue una demostración de amor fraternal, pero tampoco demostraba que tuviese la cabeza tan llena de imágenes pornográficas como la tuya.

—Cuando se trata de lidiar con una turba, independientemente del número de integrantes que tenga, lo mejor es ir a por el líder. Es de cajón.

—Cuando dices esas cosas no sé si hablas en serio o es que eres tonto.

—No todos tenemos alma de bromista —apuntó Elsa.

Hablaron sobre la facción de Mahatiya y sobre cómo podría afectar la escisión de los Tigres al pueblo tamil. Elsa se quejó de que los Tigres se hubiesen vuelto unos fascistas que ahogaban las voces de otros tamiles. Kuga enseguida intervino:

—Contar con una voz que hable por todos es un lujo que no salvará al pueblo tamil. Lo que necesita es una voz que se haga oír.

—La doctora Ranee Sridharan sabía hacerse oír y mira cómo la silenciaron —se lamentó Elsa.

—¿De qué lado estás, Kuga?

Pusiste una mano en su hombro, pero te lanzó una mirada que te hizo apartarla de inmediato. Se acabaron los guiños, señor Maali.

—Tu *amma* es medio burguesa, medio tamil, ¿no? —preguntó—. Eres un mestizo, igual que yo, pero tú tienes el apellido Kabalana en el carné de identidad. Más te vale darle las gracias a tu padre. Un apellido cingalés es el mejor regalo que te podría haber hecho.

Te habría gustado mostrarte indignado, haberle dicho que él no sabía nada de ti ni de tu padre. Pero tenía razón, claro. Tu *dada* te dejó un apellido y un odio ciego por el dinero y por cualquier persona que fanfarronease de su fortuna.

«No es que la mayoría de los socialistas de Colombo adoren a los pobres. Simplemente odian a los ricos», solía decir tu *dada*, como si esa frase hubiese brotado de forma espontánea de ese imponente cerebro suyo.

—Me encargaré del proyecto del 83 porque me lo habéis pagado y porque estuve allí —anunciaste—. Y porque el gobierno tiene muchas explicaciones que dar.

—Cuidado, chico —se burló Elsa—. Si alguien te oye hablar así acabarás dentro de un neumático.

—Y justo por esa razón no puedo espiar al coronel para vosotros.

—No te estamos pidiendo que lo espíes. Solo queremos que nos consigas una entrevista.

—¿Qué es peor? ¿Acabar atrapado dentro de un neumático en llamas o encerrado en una cárcel de los Tigres?

Solías hacer bromas sobre la muerte cuando todavía te resultaba algo muy lejano; todos las hacemos hasta que nos llega la hora y morir pierde la gracia.

Te guardaste los cheques y los canjeaste en el piso de abajo por unas fichas que perdiste en la mesa de póker, pero que recuperaste en la de bacarrá. Te dejaste caer por la zona de las vías del tren y no encontraste a nadie con quien mereciese la pena hacer manitas. Pero, mientras contemplabas las piedras bajo las vías, ese delgado baluarte que le impedía a la naturaleza devorar la costa, consideraste las últimas palabras de Kuga:

—Espero que no le hayas hablado a nadie sobre la CNTR.

—Soy una persona bastante reservada.

–Me alegro. Este país está lleno de bocazas y de personas que no cumplen con su palabra.

—No le he hablado a nadie de vosotros.

—Bien. La publicidad no es necesaria para hacer el bien.

Kuga extendió una mano y, cuando se la estrechaste, te acercó hacia sí y te estrujó los nudillos. Esbozaste una mueca de dolor, pero él siguió apretándote la mano mientras te retorcías.

—Ninguno de nosotros quiere acabar dentro de un neumático, ¿verdad?

Te guiñó un ojo y te dejó ir.

HOGAR, AMARGO HOGAR

La casa del barrio de Bambalapitiya era de la madre de tu padre; esta se la dejó en herencia a la hermana de tu padre, pero, al final, acabó en manos de tu madre tras el divorcio. Tú, el hijo de la primera esposa de tu padre, creciste en aquella casa, entre árboles de flor de mayo, perros somnolientos y peleas familiares. Tus padres solían discutir en la cocina, en el porche y en el balcón. Viajas hasta aquella casa montado en una suave brisa y allí descubres que se ha armado una nueva escenita y que los implicados han acabado en la calle.

Jaki aparca su Lancer en una curva a tres casas de distancia y observa el alboroto desde lejos. Tu *amma* está ante la puerta de su casa junto a Stanley Dharmendran y ambos se enfrentan a voz en grito a los policías y a Elsa. Dentro del coche, tiene lugar una discusión diferente.

—A lo mejor no hay nada dentro de la caja. ¿Y si esta es otra de las bromas pesadas de Maali?

—Estoy harta de tus malditos atajos —se queja Jaki.

DD aprieta el puño y se cruje los nudillos, lo cual significa que se muere por fumar. Hace nueve meses, apostaste que no sería capaz de dejar el tabaco y DD odia perder más de lo que te adora a ti o a los cigarrillos. Esta vez, el recuerdo es indoloro.

Dilan Dharmendran estaba apuntado a todas y cada una de las actividades deportivas que ofrecía el colegio. Odiabas el rugby tanto como el críquet, pero no te importaba verlo jugar. Él era el capitán del equipo de waterpolo del St. Joseph y tú, que eras el prefecto encargado de echar una mano en el colegio, te pasabas las tardes bebiendo de su cuerpo empapado y recolocándote el pantalón blanco del uniforme.

Cuando os volvisteis a encontrar, una década después de haber terminado la primaria, ya no estaba tan en forma como antaño, pero seguía teniendo la misma sonrisa traviesa, la misma piel oscura y el mismo cerebro de mosquito. Seguía siendo un diez de pies a cabeza en una escala del uno al trece. DD no tenía ni idea de que le habías echado el ojo años antes. Cuando te fuiste a vivir al apartamento de su padre con su prima Jaki, él no te reconoció y tuvo poco que decir acerca de ti.

Con paciencia, conseguiste que la situación cambiase poco a poco y, en seis meses, ya te colabas en su habitación a altas horas de la noche. Cada vez, él te decía que aquella sería la última, pero siempre acababais hablando de iros de viaje juntos. Cuando salíais por ahí a tomar algo, actuabais como si fueseis amigos de la infancia y nadie sospechaba nada, aunque quizá fuese justo al contrario. DD cree que estás encerrado en alguna mazmorra y que, si recurre a los contactos que tiene en Earth Watch Lanka y presenta la debida reclamación, logrará liberarte. Ay, DD, cariño, pero qué ingenuo eres.

—¿Te comentó si tenía previsto marcharse?

—Nada de nada.

—A mí me pidió que fuese al centro cultural o al Hotel Leo. Tenía que contarme algo y me dijo que me llamaría para confirmar dónde íbamos a quedar. Como siempre, nunca llegó a llamar.

—Se iba al casino a jugar todos los días —comentó Jaki, que miró a su primo con una expresión que reflejaba tanto pena como desaprobación.

—¿Crees que estará muerto? —A DD se le quiebra la voz. Solía masajearte la espalda y los pies cada vez que volvías de viaje mientras tú le contabas las cosas horribles que habías visto.

En cuanto dejabas de hablar, cambiaba de tema y te decía que una universidad estadounidense le había ofrecido una beca para estudiar la degradación medioambiental del Tercer Mundo o algo por el estilo. Tú siempre le preguntabas qué esperaba aprender del país que más contaminación produce sobre este paraíso natural. Después, debatíais sobre los crímenes de los Estados Unidos de América y evitabais tocar el tema de tener que irse a vivir allí.

—Maali decía que era el único fotógrafo que había trabajado para el ejército, para la prensa internacional y para los Tigres —recuerda Jaki—. Pensaba que solo estaba fanfarroneando, como siempre.

Tras debatir con DD, Jaki te sacaba a pasear por la ciudad con los pies recién masajeados, te ponía al día de los últimos escarceos e infidelidades de la sociedad esrilanquesa y te contaba cómo había corrompido la mente de las colegialas que acudían a su grupo de teatro o cómo había colado canciones punk en las listas de la radio.

Un par de cervezas más tarde, cuando tú empezabas a quejarte en bucle de DD, Jaki te daba una de sus pastillas de la felicidad y os pasabais un buen rato partidos de risa, pero nunca llegabas a hablarle de las cosas que veías en el frente o de la razón por la que siempre estabas sin blanca incluso cuando acababas de cobrar. Tampoco sacabais el tema de vuestra relación o de si le estabas siendo fiel, si es que de verdad importaba.

—¿De qué sirve esperar en el coche? —pregunta DD, que se pasa una de sus perfectas manos por la frente sudada.

—¿Y de qué sirve salir, genio? Nos van a ver.

—¿Tú sabes dónde tiene la caja?

—Tú también lo sabes. Nos lo contó cuando nos llevamos la fiesta a casa aquella noche; montó una de sus escenitas a lo reina del drama. Seguro que te acuerdas.

—Maali tenía la manía de inventar una mentira tras otra para acabar soltándonos un «¡Ja, ja! Pero qué crédulos sois», como si hubiese contado la broma más graciosa del mundo.

—Ya, lo sé. Y, encima, se cabreaba si no te reías con él.

—Llegó a enfurruñarse conmigo por no haberle creído cuando dijo que lo habían contratado como asesino a sueldo.

—A mí me contó que había protegido un búnker lleno de niños. O que había visto a una pantera negra en la selva.

—O que, debajo de la cama, tenía una caja llena de fotografías que pondrían el mundo patas arriba.

DD hace una pausa.

—¿Estás segura de que está aquí?

—Maali me dijo que la cambió de sitio justo después de que secuestraran a Richard de Zoysa. Estará debajo de la cama de Kamala.

Jaki apagó el motor, salieron del coche agazapados y avanzaron a hurtadillas por Lauries Lane. Ambos han ganado peso. Él es un semental con la barriga de una vaca y ella es un pavo real con los muslos de un pangolín. Desearías que la amnesia hubiera borrado de tu memoria las peleas sobre San Francisco y el tiempo que perdisteis elaborando argumentos y contraargumentos.

—Estoy planteándome presentar mi dimisión en Earth Watch Lanka para retomar los estudios. Ya he echado la solicitud en varias universidades.

Todos los meses con la misma cantinela. Solía retomar esa idea cuando no le prestabas la suficiente atención. Soltaba aquellas bombas cuando te disponías a hacer las maletas y no tenías tiempo de aguantar sus tonterías.

«Si te arrestan por cubrir los mítines del JVP, no pienso volver a pedirle a *appa* que te salve el culo», te amenazaba.

Le podrías haber dicho que se fuera a chuparle la pelota izquierda a su *appa*, pero eso habría desencadenado una bronca tan gorda que habrías perdido el autobús. Le podrías haber dicho que lo del mitin del JVP fue la semana anterior y que, en aquella ocasión, ibas a Trincomalee a fotografiar un pueblo masacrado.

También que el riesgo de que te arrestaran era mínimo; que era mucho más probable que los Tigres te secuestraran.

En cambio, le dijiste que lo querías más que a nada en el mundo y que hablaríais a tu regreso. Esa era la forma más efectiva de dejarlo sin palabras.

Cuando el semental y el pavo real desaparecen tras un mango, una suave brisa te atraviesa el cuerpo y te devuelve flotando a la verja donde tu *amma*, Stanley, Elsa y la policía cada vez levantan más la voz.

—Las hemos pagado, así que son de nuestra propiedad —dice Elsa Mathangi con una mano en la cadera y un cigarrillo en la boca. Ella es la única que sonríe.

—Existe una cosa. Llamada la ley —brama Stanley al tiempo que agita un dedo—. He llamado al ministro de Justicia. Enséñenle a él la orden de registro.

—¿Qué más da, Stanley? Déjales que busquen lo que quieran. No tenemos nada que esconder —interviene tu *amma*. Sabes que ya va por su tercera copa solo por cómo le tiembla la mano. Tu madre empezó a echarle cosas al té cuando tu padre os abandonó. Al principio, era brandy; luego, pasó al *whisky*, y, al final, se decidió por quedarse con la ginebra. Kamala siempre se refería a la botella de ginebra Gordons como «la medicina de la señora».

—Esa no es la cuestión, Lucky. No tienen autorización judicial.

Tu *amma* observa con atención al subcomisario Ranchagoda, que está junto a la verja. Él parece estar pasando menos vergüenza que Cassim, que está sentado en el coche con la mirada clavada en su propio regazo.

—Dijeron que encontrarían a mi hijo. ¿Tienen alguna novedad? ¿Qué es lo que está ocurriendo?

—Tendrá que echarnos una mano para poder encontrarlo, señora. Esa caja contiene información esencial y ustedes están impidiendo que continuemos con la investigación —asegura Ranchagoda.

—¿Insinúa que mi hijo se está escondiendo aquí?

Se produce un estruendo dentro de la casa que interrumpe la conversación. Acto seguido, tu *amma* vuelve corriendo al porche para preguntar a voz en grito:

—¿Kamala? ¿Omath?

La cocinera todavía no ha regresado del mercado y su amante está recogiendo las hojas muertas del jardín, completamente ajeno al alboroto. Tanto Kamala como Omath son tamiles que adoptaron nuevos nombres para buscar trabajo en Colombo y los mantuvieron tras las revueltas del 83.

La casa de Bamba era lo suficientemente grande como para haber visto crecer a siete hermanos y hermanas y envejecer a los tres miembros del servicio que trabajaron allí, pero resultó ser demasiado pequeña para tus padres y para ti. Era una casa diáfana, de esas que ya no se construyen, con patios interiores llenos de macetas que se empapaban con la lluvia, con dos porches con mecedoras de caña y un jardín trasero para que los perros de *amma* tuviesen un espacio donde hacer sus necesidades.

Tu *amma* cruza volando la entrada principal, flanqueada por Stanley y seguida de Elsa y Ranchagoda. Omath, el jardinero, entra corriendo por una de las puertas laterales hasta el salón, donde nunca nadie se sentaba, a menos que hubiese invitados. Desde detrás de la cocina, se oyen las riñas de los dos ladronzuelos que se han colado en la casa, mientras que los perros de tu madre duermen tranquilos. Flotas hasta llegar al patio trasero a través de cada una de las estancias que te han visto gritar y enfurruñarte.

Junto al garaje y la entrada trasera, está el dormitorio que comparten la cocinera de tu madre y el chófer. A la entrada de la habitación, hay una caja de cartón o lo que queda de ella. Lleva doce meses allí tirada, pero nadie la ha movido; claro que nunca había corrido prisa hacerlo.

La caja contiene vinilos viejos que quedaron relegados tras la llegada de los casetes de Jaki y los discos de DD. También guardaste allí una caja de zapatos en la que había cinco sobres. Siempre que volvías de viaje, añadías nuevas fotografías a cada uno de ellos y enterrabas la caja de zapatos bajo todos los vinilos.

Puede que los gorgojos y las culebrillas que viven bajo la cama se aficionaran al sabor del cartón o puede que la humedad del último monzón empapara la caja y esta no hubiese llegado a secarse nunca, pero la parte inferior está colapsada, como el acuerdo de paz del 87. En el fondo, un revoltijo de papeles e informes acompañan a la solitaria caja de zapatos.

Hay cartas y aerogramas enviados a tu nombre y a esta dirección, cartas de amor desparejadas que podrías utilizar como chantaje si así lo desearas, antiguos recibos del agua (pagados, en su mayoría) y una carta de tu padre. A los discos que ahora están esparcidos por el terrazo rojizo (*Jesucristo Superstar*, ABBA, Jim Reeves, el *Harum Scarum* de Elvis y la banda sonora que Queen compuso para *Flash Gordon*) nunca les diste demasiado uso.

Y, luego, tirados de rodillas y rebuscando entre los restos de tu pasado, como si fueran un par de chiquillos recogiendo sus canicas, están DD y Jaki. Tu amiga esquiva las cartas y los informes y rescata la caja de zapatos de entre el caos.

—¡Dilan! ¿Qué estás haciendo? —brama su padre mientras que tu *amma* se acerca renqueando al desorden que hay en el suelo para recoger dos discos: *Twelve Songs of Christmas*, de Jim Shore, y *Who's Sorry Now*, de Connie Francis; ambos son suyos. A su espalda, Elsa le dice algo por lo bajo al subcomisario y este avanza hacia Jaki, que se abraza a la caja y retrocede.

—Esta caja era de Maali. Me pidió que la mantuviera a salvo. —Jaki les lanza su mejor mirada fulminante.

—¿Y, entonces, por qué te la llevas? —pregunta Elsa, que se acerca a la pila de documentos.

—Porque no es suya, sino de Maali.

—Les pido a todos que se calmen. Volvamos al salón. —Stanley se coloca junto a su hijo y le pasa un brazo por los hombros—. Omath, por favor, recoge todo esto.

Desde que lo oíste hablar en el Parlamento con ese estudiado acento de Cambridge, siempre has sentido la imperiosa necesidad de endiñarle a Stanley un buen mamporro en esa mollera calva tan dura que tiene. Aunque siempre ha sido más que correcto contigo, se le da tan bien como a cualquier inglés usar los buenos modales como arma. Le pide a Ranchagoda que espere fuera mientras Elsa sigue a los demás hasta al salón, donde nadie se sienta nunca.

En una situación normal, tu *amma* les habría ofrecido a todos una taza de té de Ceilán o los refrescos típicos de la marca Elephant House, pero hoy no parece tener muchas ganas de ejercer de anfitriona. Se ha llevado la carta que te envió tu padre, la única que tuviste oportunidad de abrir. Tú no quieres que la lea, pero tampoco sabes cómo impedírselo.

DD y Jaki dejan la caja de zapatos sobre la mesita de café y los demás se colocan a su alrededor, como si admirasen un objeto expuesto en la vitrina de un museo. La caja es blanca y tiene cinco naipes dibujados con rotuladores de color rojo y negro. Las cartas forman una escalera de color: un as de diamantes, un rey de tréboles, una reina de picas, y una jota y un diez de corazones.

—¡Lo que haya dentro de esa caja le pertenece a la CNTR! —exclama Elsa, señalando la caja que una vez sirvió para guardar un par de *chappals* marrones de Madrás.

Jaki la quita de la mesa y juguetea con la tapa. Tú levitas sobre los presentes y observas con atención la pila de sobres marcados con los cinco naipes que hay dentro de la caja. Una avalancha de imágenes ocupa el espacio que queda tras los párpados que ya no tienes. Son los recuerdos de las fotografías que no recuerdas haber tomado, a pesar de que inmortalizan momentos grabados en tu retina. No te atreves a llevarte a los ojos la cámara que te cuelga del cuello por miedo a lo que pueda llegar a mostrarte.

—No. Abra. La caja —advierte Stanley—. No es suya.

—Eso no es cierto, señor —replica Elsa—. Maali me aseguró que tenía nuestras fotografías guardadas bajo la cama, dentro de una caja. Esa es la caja y aquella era la cama de la que hablaba. Mi primo le encargó esas fotografías a Maali. Pagué por los negativos, así que esas imágenes nos pertenecen.

—¿Y qué hace aquí este monigote? —pregunta Stanley refiriéndose a Ranchagoda, que acaba de volver a entrar.

—Mi superior es el ministro de Justicia, Cyril Wijeratne, señor —asegura el desgarbado subcomisario, que adopta una postura orgullosa.

—¡No me diga! —se mofa el padre de DD—. ¿Qué le parece si le llamamos? Que se encargue él de solucionar este embrollo.

El subcomisario Ranchagoda no se inmuta cuando Stanley lo desafía. Elsa se pone seria y sacude la cabeza.

—Yo me encargaré de la caja hasta que todo se aclare —propone Stanley.

Jaki lo mira con incredulidad y pone la misma cara que puso cuando le dijo a su tía que era una pazguata promiscua. La misma cara que puso cuando la convenciste de que le pidiera disculpas a su jefa para recuperar su puesto de trabajo. La misma cara que cuando te confesó que sabía que tenías una relación con DD y que a ella le parecía bien siempre y cuando no pescaseis el sida.

Deja volar la mirada entre Stanley y Elsa antes de abrir la caja. Deposita los cinco sobres en la mesa y descubre tu escalera de color.

LA FIESTA

Les hablaste de la caja que guardabas bajo la cama una noche que continuasteis la fiesta en casa después de que cerrara el centro cultural. Se lo contaste a DD, a Jaki y a un hombre llamado Clarantha de Mel. Los tres estaban borrachos y no contabas con que fuesen a acordarse de tu secreto.

DD odiaba terminar las fiestas en casa, porque todos los ceniceros acababan abarrotados, los líquidos se derramaban con más facilidad y las fotografías que tomabas iban directas a la caja. Siempre se arrastraba hasta su habitación todo enfurruñado y aporreaba las paredes cuando los decibelios subían más de la cuenta.

—Espero que no se te haya ocurrido volver a invitar a esos imbéciles a casa.

—Jaki quiere que vengan.

Celebrabais aquellas fiestas en el apartamento de Galle Face Green, que tenía un balcón con vistas al aparcamiento del Hotel Taj. El salón era descomunal y contaba con las superficies mullidas necesarias para que los fiesteros habituales de Colombo aposentaran sus borrachas posaderas. Sena tenía razón: Maali Almeida no solo acudía a las fiestas del distrito 7: las organizaba él.

Tu apartamento estaba justo entre tres de las discotecas de Colombo (2000, Chapter y The Blue), así que quienquiera que hubiese bailado con Jaki siempre acababa en vuestra casa. Los invitados, despatarrados sobre los cojines, aprovechaban para beberse el expreso de DD, usar el radiocasete portátil de DD y aprovecharse del alcohol robado del padre de DD. Todo eso mientras DD se quedaba tumbado en la cama de DD, pensando pensamientos de DD.

Los chicos y las chicas que acababan de terminar los estudios en el colegio internacional se apoltronaban en vuestro salón y se pasaban el resto de la noche bebiendo vodka y lloriqueando por tener que dirigir la empresa de papaíto. Los de teatro se fumaban algún que otro porro mientras criticaban a sus compañeros de profesión instantes antes de ponerse a ligar con otros compañeros de profesión. Los expatriados se asomaban al balcón para contemplar las siluetas de los cocoteros que se recortaban contra el océano y escribir poemas sobre la belleza de Lanka.

Era verdad. Cuando el viento corría por el balcón y el humo y las risas impregnaban el aire, te resultaba sencillo olvidar que se estaba librando una guerra horrible a unas pocas paradas de autobús de distancia. Desde el apartamento, las estrellas y las luces de Colombo cantaban melodías amarillas y verdes. Las calles guardaban silencio, el océano ronroneaba y Colombo se cubría con un manto protector que ninguno de nosotros merecía.

La noche que ahora recuerdas es la de la fiesta que siguió a la competición de Miss Working Girl de 1989. Uno de los jueces era Clarantha de Mel, un amigo tuyo que trabajaba en el departamento de conservación de la galería Lionel Wendt, y este le había regalado a sus inadaptados favoritos entradas gratis para asistir al evento, aunque no todos apreciaron el gesto.

—Qué típico de Lanka esto de celebrar concursos de belleza y partidos de críquet mientras el país se desmorona —comentó Jaki mientras repartía el vodka robado de Stanley entre los invitados del salón.

En el balcón, una pareja se estaba dando el lote; apenas acababan de alcanzar la mayoría de edad, pero la chica había heredado una cafetería y al chico lo habían engatusado para dirigir un banco. Un comerciante de té discutía sobre política con un locutor de radio en la cocina. Los desconocidos que compartían los cojines del salón se pasaban los porros y machacaban pastillas en el mortero que solíais utilizar para moler el chile.

Una mujer robusta vestida con un caftán y un chico regordete con una boa de plumas alrededor del cuello se sentaron a vuestro lado. Esparcieron polvitos mágicos en vuestra bebida y se dirigieron a Clarantha como si fuese el mismísimo rey de Sri Lanka:

—Tío Clara, estás estupendo, como siempre —dijo el chico al tiempo que se inclinaba como un mayordomo—. Tu discurso ha sido fantástico.

—Humm —coincidió la mujer, que no le quitaba ojo a la falda ligeramente recogida de Jaki.

—Me suena muchísimo tu cara. —El tío Clarantha se mostraba amigable con todo el mundo, incluso cuando estaba cansado. Porque juzgar ese desfile de muñecas en bikini y trajes de ejecutiva tuvo que resultar tan tedioso como verlo desde el público. Sobre todo teniendo en cuenta que Clarantha era el doble de gay que tú, aunque también estaba diez pasos más dentro del armario.

—Me llamo Radika Fernando —anunció la mujer—. Presento las noticias de Rupavahini. Y este es mi prometido, Buveneka.

—¿Eres el hijo del ministro Cyril Wijeratne?

El chico de la boa enrojeció.

—Es mi tío, pero a mí no me va la política.

Después te miró a ti, como si te estuviese pidiendo permiso para sonreír. Los polvitos mágicos cuajaron en tu garganta, te hicieron eructar y te dejaron un regusto en la boca muy parecido, supusiste, al del veneno. Asentiste con la cabeza.

—Vaya burbuja la nuestra. Disfrutamos de las fiestas y los concursos de belleza mientras nuestros soldados mueren. —Radika Fernando se había acercado a vosotros con la intención de dar un discurso y, por si eso fuera poco, iba a darlo con voz de presentadora.

—¿Qué tienen de malo las burbujas, cariño? —preguntó Buveneka, alzando su copa de champán—. ¿Qué otra cosa íbamos a hacer con el toque de queda que han impuesto en la ciudad?

Radika se embarcó en un monólogo que te costó seguir. Empezó criticando el discurso que había dado Clarantha, cuando había augurado un futuro prometedor para las trabajadoras de Sri Lanka.

—Cuesta imaginar un futuro así cuando se dan más de cuatro mil violaciones al año en el país. Y muchas ocurren dentro del propio seno de la familia.

Clarantha retrocedió, como tenía por costumbre ante cualquier conflicto. Jaki, por el contrario, se inclinó hacia adelante para intervenir:

—¿Y tú qué haces para ponerles remedio a esas cifras, aparte de recitar las noticias sobre el tema en la televisión?

Radika se puso colorada, como si hubiera estado esperando recibir esa contestación.

—Soy tan hipócrita como tú, cielo. Hollywood ha colonizado nuestra mente y el *rock and roll* nos ha lavado el cerebro. Al fin y al cabo, las personas que están muriendo ahí fuera no nos importan en absoluto, ¿no es así? ¿Cómo te llamas, preciosa?

En ese preciso momento, llegaste a la conclusión de que la tal Radika iba puesta hasta las cejas y, cuando a Buveneka se le empezaron a multiplicar los ojos, comprendiste que tú estabas igual. Las conversaciones y los movimientos de los invitados que te rodeaban se volvieron borrosos y lejanos. Una nota escapó del tocadiscos y quedó suspendida en el aire, aunque no habrías sabido decir con seguridad si había salido de la garganta de Freddie, de Elvis o de los Shakin' Stevens. Te recostaste en el sofá y le acariciaste el pelo a Jaki cuando ella le dijo su nombre a la presentadora.

Radika y Buveneka formaban un dúo cómico de vodevil. A ella le encantaban los discursos apasionados y a él, las citas revolucionarias.

Ella hablaba sin parar y aseguraba que los malvados no reconocen su propia maldad, al igual que los locos no comprenden su locura. Despotricaba contra Estados Unidos por no asumir que se habían pasado de la raya al invadir países democráticos y al asesinar inocentes. Insistía en que no se les debería dejar masacrar a otros como el peor de los tiranos y que tampoco deberían tener la libertad de lanzarles bombas a los niños. Aseguraba que un país construido con la sangre de los pueblos indígenas y el sudor de los esclavos no era digno de admiración.

—Yo solía pensar como tú en el instituto —coincidió Jaki—. ¿Quién preferirías que estuviese a cargo del mundo? ¿Los soviéticos o los japos?

—Si no hubiese crecido escuchando metal ruso y viendo películas de Kurosawa, a lo mejor no me parecería una idea tan ridícula.

—Eso del metal ruso suena interesante —sonrió Jaki.

—El napalm nació en Harvard. La bomba atómica se inventó en Princeton. La bomba H surgió con el proyecto Manhattan.

—¿Vosotros creéis que los Tigres se ven a sí mismos como los malos? —preguntaste sin obtener respuesta.

—¿Y el gobierno? —murmuró Buveneka Wijeratne, el sobrino del ministro de Justicia.

Entonces, alguien subió el volumen de la música, Radika besó a Jaki y Buveneka te dio un lametón. En un abrir y cerrar de ojos, estabais en la habitación de Jaki, donde las luces titilaban y los sonidos divergían de la melodía del salón para adquirir un tono triste. Jaki no paraba de pedirle a Radika que, por favor, dejase de besarla.

—A nosotros no nos van esas cosas. Lo siento. Creo que hemos bebido demasiado.

La presentadora le masajeó el cuello a Jaki y Buveneka te sostuvo la mano. Te costaba creer que acabases de besar al sobrino de Satán.

—Cariño, estamos todos borrachísimos —respondió Radika.

—¿Vosotros dos estáis comprometidos? —interviniste.

—Somos la tapadera del otro. —Radika dejó el numerito del masaje y se recostó sobre la cama de Jaki—. Joder, pensaba que se veía a la legua.

—Formamos parte de un grupo que se reúne cada mes. Deberíais venir —ofreció Buveneka.

—A nosotros no nos van esas cosas.

—¿Y qué es lo que os va entonces? —preguntó Radika, que trazaba dibujos en la espalda de Jaki con el pie.

Jaki te miró y tú clavaste la vista en la *ouija* que descansaba junto a los casetes de Jaki.

—¿Os apetece una sesión de espiritismo? —propusiste.

Clarantha de Mel entró en el dormitorio de Jaki con una de las concursantes del Miss Working Girl del brazo, la misma que había asegurado que su autora favorita era Enid Blyton.

—¿Alguien ha dicho «sesión de espiritismo»?

Fue un fracaso absoluto. La gente que se unió a vosotros no dejaba de reírse con nerviosismo, a pesar de que unas velas iluminaban la estancia y de que Clarantha canalizaba el papel de Laurence Olivier en *Hamlet*. Radika Fernando intentó poner su mejor voz de presentadora de las noticias. Invocó al fantasma de la reina Anula y de madame Blavatsky, la famosa escritora y ocultista rusa, además del alma de la pareja que se colgó del tejado de Galle Face Court en los años cuarenta, pero ningún espectro os apagó las velas.

Jaki estaba a punto de encender las luces cuando Buveneka Wijeratne habló:

—Llamo a los extremistas olvidados: a Ranee Sridharan, a Vijaya Kumaratunga, a Richard de Zoysa, a Sena Pathirana...

Una ráfaga de viento entró desde Galle Face y extinguió de un plumazo todas las velas. Los presentes aullaron de miedo, pero, cuando Jaki encendió las luces, todos se echaron a reír antes de que se hiciera el silencio. Después, uno a uno, comenzaron a marcharse. Jaki señaló con el dedo a la presentadora y al sobrino del ministro, envuelto en una boa de plumas, mientras se despedían de todo el mundo.

—Una y no más.

Antes de que ellos también se fueran, le preguntaste a Buveneka:

—¿Cuál era el último nombre que mencionaste antes de quedarnos a oscuras?

—Sena Pathirana; era el hijo de nuestro chófer. Era un universitario comunista que se unió al JVP. Fue una de las primeras personas en caer en manos de uno de los escuadrones de la muerte de mi tío. Nunca olvidaré lo que el chófer nos dijo cuando dimitió. —Buveneka se atusó el pelo, se colocó bien la camisa, metió la boca en el bolso de su falsa prometida y repitió las palabras del padre de Sena—: «Muchacho, tú eres el único miembro de esta familia de bastardos que se librará de mi maldición. Ni siquiera el Cuervo podrá proteger a tu tío para siempre».

Solo quedabais tus compañeros de piso, Clarantha de Mel y tú en la fiesta.

—¿Quién es el Cuervo? —preguntó Jaki.

—No es más que un charlatán de la zona que dice hacer magia. El Hombre Cuervo de Kotahena les vende amuletos de protección a los ministros ricos como Cyril Wijeratne. Se dice que esa es la razón por la que el ministro de Justicia ha salido ileso de tantos intentos de asesinato. La gente está dispuesta a creerse cualquier cosa, salvo la verdad.

Mientras os tomabais la última copa de la noche, tú les hablaste sobre la caja de fotografías y les confesaste que habías decidido cambiarla de sitio y esconderla en la casa de tu *amma*. Jaki estaba medio dormida y DD apenas lograba mantener los ojos abiertos, pero Clarantha te escuchó y te prometió una cosa:

—Si alguna vez te ves obligado a huir del país, yo expondré tus fotografías.

Clarantha era el encargado del bar del centro cultural, restauraba las obras de arte de la galería Lionel Wendt y, como abuelo homosexual de cuatro nietos, disfrutaba de una coartada de lo más creíble. Aseguró que si Jaki y DD lograban hacerle llegar las fotografías, él se encargaría de colgarlas en la galería hasta que le obligasen a retirarlas. Después de eso, los cuatro os tomasteis de la mano como un equipo de superhéroes y brindasteis con el vodka robado. Al poco tiempo, olvidasteis la conversación.

EL PRIMER SOBRE

La caja, que contiene cinco sobres, es endeble y está hecha de un papel que aspira a ser cartón cuando se haga mayor. Hubo un tiempo en que dentro de esa caja había un par de *chappals*, regalo de tu padre por haber aprobado las oposiciones de contabilidad. Nunca llegaste a ponerte aquellas sandalias de Madrás y se las regalaste a un chico con el que hiciste manitas en los baños públicos de Liberty Plaza al caer la noche.

Jaki coloca los sobres en abanico, como si fuese una sofisticada crupier del Pegasus a la que acabasen de despedir por tener un as en la manga. Se los enseña a los presentes y asume el mando con una mirada. Aunque no era algo que ocurriese a menudo, no había quién le tosiera a Jaki cuando se ponía seria.

—Jaki, déjame que las vea yo primero. —Stanley se ha aflojado la corbata y su *staccato* comienza a flaquear.

—Ahí hay imágenes relacionadas con proyectos confidenciales —advierte Elsa, que se levanta de la silla.

Jaki ignora su comentario, abre el sobre de la reina y estudia cada fotografía como si estuviese sosteniendo una sanguijuela. Inmediatamente, se las pasa a Stanley, que las observa sin dejar de sacudir la cabeza, aunque es incapaz de apartar la mirada de ellas. Las imágenes viajan como un cuchicheo y pasan de las manos de tu *amma* a las de DD y, de ahí, a las de Elsa antes de regresar al interior del sobre. Reconoces todas y cada una de aquellas fotografías; las revelaste en el efímero estudio del tío Clarantha.

Las primeras son inofensivas fotografías en blanco y negro que muestran distintos grupos de personas. Esas las tomaste desde un *tuk tuk* en movimiento, con mirada desenfocada y dedos inseguros. Luego, aparecen las del fuego: tiendas en llamas, coches ardiendo y carteles calcinados en los que se leen palabras acabadas en consonantes, palabras en tamil. Después, aparecen las fotografías de las víctimas.

La de la mujer vestida con un *salwar* rosa a la que empapan con gasolina. La del niño desnudo rodeado de demoníacas siluetas danzarinas. La de la casa en llamas de Wellawatte en la que se distingue a los inquilinos pegados a las ventanas. Todas están publicadas y muchos las reconocerán con un solo vistazo.

A continuación, pasan a las que consideraron demasiado explícitas como para acabar publicadas en la prensa internacional: la de un niño y una madre apaleados, la del bebé con un brazo roto o la del hombre que le clava a un anciano un cuchillo de carnicero en el costado.

Tu *amma* tira la última sobre la mesa, disgustada. Se levanta para servirse otro de sus tés especiales antes de dar un largo trago.

Por último, encuentran las de los rostros, esas que tú mismo ampliaste en tu despensa de Galle Face Court. Son imágenes en primer plano de los hombres tras las porras, de los animales no identificados que se armaron con gasolina y papeletas electorales, de los fanáticos anónimos que les dieron caza y prendieron fuego a otros desconocidos. Todos habrían permanecido en el anonimato de no haber sido porque tú cambiaste las tornas. Ven al demonio danzarín, al hombre del palo, al chico con el bidón de gasolina y a la bestia del cuchillo de carnicero oxidado.

Si los agentes Ranchagoda y Cassim estuviesen presentes, habrían reconocido al hombre de la última fotografía. Es la del experto carnicero, subido a una higuera de Bengala y enarbolando un cuchillo deslucido por litros de sangre de pollo, de cerdo, de minorías perseguidas y de un millar de gatos. Pero ellos están en el coche, discutiendo. Cassim dice que deberían marcharse, mientras que Ranchagoda propone robar la caja. El inspector insiste en que él nunca se prestó a colaborar con los escuadrones de la muerte y que desearía poder dimitir.

Ninguno de los dos ve aproximarse al Mitsubishi abarrotado de hombres que no forman parte del ejército ni del cuerpo de policía. Aunque se hubiesen fijado en el coche, desde luego no habrían visto al demonio montado en el capó.

—Estamos redactando una serie de informes acerca de los implicados en la masacre de 1983 —asegura Elsa—. Les hemos puesto cara a los miembros de la turba y le hemos dado un nombre a cada rostro. Estas imágenes nos permitirían rastrear a todos los asesinos.

—¿Y por qué no hemos oído hablar de esa organización suya? ¿O del proyecto que están llevando a cabo? —pregunta Stanley, que se quita las gafas para estudiar de cerca las fotografías.

Se para en una que muestra una pila de cadáveres en llamas; no fue tomada muy lejos de donde se encuentran ahora.

—No han oído hablar de la CNTR porque no buscamos hacernos publicidad. No somos como los políticos.

Elsa mira con mala cara el sobre de la reina en manos de Jaki, como si fuese un cuervo hambriento que no le quita el ojo a un almuerzo a medio comer.

Tu *amma* sostiene el único sobre que no contiene fotografías, sino una de las muchas cartas que tu *dada* te envió desde que os dejó. Esa fue la única que tu madre no consiguió romper.

—Maali nos contó lo de la caja, pero no nos pidió que repartiésemos los sobres —dice Jaki.

—Quédate con el maldito chisme, pero dame nuestro sobre. —Elsa lanza por la ventana la colilla del cigarrillo que estaba fumando.

DD contempla con los ojos entrecerrados la imagen de un soldado de las fuerzas de paz indias a la salida de un hospital.

—Esta es del año pasado, de cuando Maali fue a Jaffna. Me pidió que lo acompañase —comenta, mirando a su padre.

Te acuerdas de aquella discusión. Fue por el tema de los condones y la razón por la que tú insistías en ponerte uno siempre. Te preguntó si te acostabas con otros cuando te ibas de viaje. Por eso le propusiste que fuese contigo a Jaffna. Le explicaste que ibas a trabajar como guía para un periodista estadounidense llamado Andrew McGowan. Lo que no le dijiste fue que quienes te habían ofrecido el encargo habían sido una mujer de labios rojos y su apuesto primo.

«¿Tienes algo con Andrew McGowan?», te preguntó DD como si no le importase tu respuesta. «Lo que tengo contigo no lo tengo con nadie más», le respondiste. Técnicamente, no fue mentira, porque DD era el único con el que habías planeado un futuro.

Elsa continúa insistiendo:

—Este año se han producido dos masacres de civiles a manos de las fuerzas de paz indias. Una tuvo lugar en un hospital. Malinda estaba en Jaffna trabajando para nosotros cuando pasó. Le pagamos lo que le correspondía. ¿Pueden hacer el favor de devolvernos nuestras fotografías?

DD arruga la nariz y deja escapar una tos seca antes de pasarle la foto a Jaki, que se estremece al verla. En ella se aprecian las camas de hospital donde apilaron los cuerpos del personal médico y de enfermería, asesinados por las fuerzas de paz indias por el simple crimen de haber curado a los combatientes de los Tigres. Stanley le echa un vistazo a la fotografía por encima del hombro de Jaki.

—Demonios extranjeros que cruzaron nuestras fronteras gracias a los necios de nuestros representantes —farfulla y mira a Elsa.

—Estamos de acuerdo —coincide ella.

—¿También encargáis fotografías. Que muestran las atrocidades. De los Tigres?

—Somos una organización tamil, así que contamos con ciertas limitaciones —explica Elsa—. Ya debería saberlo, señor.

—¿Ahora forma parte de una organización tamil? —interviene Jaki—. Pensé que había dicho que trabajaba como inspectora para la policía.

Posas la mirada en los otros cuatro sobres de la mesa. Solo dos son los detalles que recuerdas acerca de su contenido: sabes que DD no debe abrir el de la jota de corazones y que el rostro de tu asesino debe de estar entre esas fotografías.

DD le quita a Jaki el sobre de la reina e intenta guardar todas las fotografías que hay esparcidas por la mesa.

—¿Qué está haciendo? —Elsa alza la voz y le arrebata el sobre vacío, de manera que deja a DD entre la espada y la pared al tener que forcejear con una mujer delante de su padre. En cuanto deja caer las fotografías sobre la mesa, Elsa se lanza a por ellas.

Jaki, que es menos esclava del decoro que DD, cruza la estancia. Una vez, le arreó tres bofetadas a un portero del My Kind of Place por haberle rozado el culo. Se muerde el labio, igual que hizo aquella noche, y Elsa retrocede. Recuerdas que Jaki sabe judo y que Elsa guarda una navaja en el bolso. Se quedan una frente a la otra con las fotografías entre ellas y se retan con la mirada, como si hubiesen salido de una película de vaqueros.

Justo en ese momento, se oye un estruendo en el exterior. Elsa se desliza hasta la puerta al tiempo que el escándalo irrumpe en el porche y viaja por el pasillo. En ese preciso lugar fue donde le pediste explicaciones a tu *amma* por las cartas de tu *dada*, todas aquellas que había destruido a tus espaldas.

Siete hombres fornidos vestidos de blanco y negro entran corriendo al salón. La taza de té de tu *amma* rebota contra la alfombra sin romperse y Stanley se pone en pie.

—¿Qué. Demonios. Pasa. Aquí?

Los hombres, que no pertenecen al ejército ni al cuerpo de policía, se colocan ante cada puerta y ventana antes de que un hombre ya mayor vestido con un atuendo tradicional entre en la estancia. Pagarías ingentes sumas de dinero e incluso venderías lo que queda de tu alma por lanzarle un escupitajo, vomitarle encima o cagarte en su boca. Es el ministro de Justicia y despreciable conservador, Cyril Wijeratne, siervo del gobierno que corrompió el poder judicial, que formó escuadrones de la muerte y desató los pogromos de 1983. El suyo es el sexto nombre en la lista de Sena.

Stanley Dharmendran le da la bienvenida con una inclinación de cabeza, como el buen títere tamil que es. Dos hombres vestidos de negro les piden a Jaki y a DD que se levanten del sofá para que el ministro pueda plantar sus enormes posaderas en él. Parece que a ninguno de los dos les ha hecho mucha gracia. Te acuerdas de cuando DD envió una carta oficial al despacho del presidente y se negó a tratarlo de «excelencia». «¿Qué tiene de excelente el haber guardado silencio durante los sucesos de julio del 83?», preguntó DD de forma retórica. Al final, se dirigió a él con un «Estimado señor» y no le concedieron la financiación que necesitaba para el proyecto de reciclaje que tenía pensado desarrollar en Malabe.

«Ven a Jaffna», le dijiste. «Comprenderás que la destrucción del hábitat natural del pangolín es el menor de los problemas de este país». «Yo no me pongo cachondo haciéndoles fotos a los muertos», te contestó él. «Si vieses la situación por la que está pasando nuestra gente, no te preocuparías tanto por esos lagos apestosos», replicaste. «No te conviertas en un vendido como tu padre», subiste la apuesta y te llevaste el bote. Si se puede considerar una victoria el hacer que el chico al que amas se aleje de ti entre lágrimas, claro.

—¿Qué es todo esto? ¿Una exposición de fotografía?

Cyril le quita el sobre a Elsa, baja la vista y se inclina hacia adelante como un árbitro de críquet para evaluar el revoltijo de fotografías que hay sobre la mesa. Tú levitas por encima de su cabeza, más como un mosquito que como un ángel. Se dice que los mosquitos han matado a la mitad de la población mundial a lo largo de los siglos. Los ángeles no habrán salvado, ni de lejos, a tantas personas.

Percibes un murmullo en el aire, un ruido sordo de una frecuencia tan baja que solo es perceptible para aquellos que son capaces de silenciar la mente y dejar los oídos libres de susurros. Podría ser el sonido que emite la tierra al quejarse o los gritos de miles de almas. Es un sonido que no habías percibido hasta ahora, pero ya no puedes ignorarlo. También te fijas por primera vez en los seres que se agazapan tras el ministro.

Las fotografías que hay sobre la mesa ilustran el baño de sangre y el caos desatados, en gran medida y de forma directa, por el gobierno de Cyril Wijeratne, para el cual el tío Stanley es un peón.

—Dharmendran, ¿qué disparate es este?

—Es por un compañero de colegio de mi hijo, señor —explica Stanley—. Es un fotógrafo con mucho talento. Un chico brillante que viene de una muy buena familia. Iba al St. Joseph. Ha desaparecido y estamos todos preocupados por él.

Ay, vaya, Stan, quién iba a decir que te importaba.

—¿A esto es a lo que se dedican los exalumnos del St. Joseph? —pregunta Cyril mientras le muestra la fotografía de una casa en llamas.

—Esa es de los disturbios del 83, señor —interviene DD, que se aferra a la llave de la vida que pende de su cuello.

—Entiendo —dice el ministro—. Justo cuando la bestia despertó.

—Esta señorita y los dos policías que había fuera han entrado sin permiso en casa de mi hijo, señor. Sin una orden de registro ni el apoyo de un juez. Mi hijo no merece este trato.

El ministro no parece estar prestándole atención. Estudia a Elsa como si hubiese visto a un fantasma, a pesar de que el verdadero fantasma se esconde detrás de él. La silueta del espectro recuerda a la de un simio de grandes proporciones que protege los ministeriales hombros de Cyril. Sus ojos, que fluctúan entre el color del carbón y el de las brasas, brillan tras una de las orejas del ministro. Sabes que a ti también te ha visto.

El ministro está mirando la imagen que Elsa tiene en la mano, la del hombre que contempla la muchedumbre desde un Benz. La del hombre cuyo rostro coincide con el suyo propio cuando era joven. Elsa está recogiendo todas las fotografías monocromas cuando el hombre extiende la mano para exigirle que se las entregue con un asentimiento. Ella niega con la cabeza.

—Lo siento, señor, pero son confidenciales.

Cyril alza la vista para estudiar a Elsa con atención durante tanto tiempo como tarda tu *amma* en servirse otra taza de té. Te fijas en cómo lo mira Elsa y sientes una punzada de dolor allí donde solía estar tu cabeza. Esta vez, sin embargo, ningún recuerdo acompaña a la molestia. Sigues la mirada del ministro hasta la versión ampliada de la anterior fotografía y ves al hombre del Benz, que lleva gafas de sol y va vestido con una camisa de batik; aunque la imagen ha perdido nitidez al estar ampliada, lo reconoces perfectamente. Es el rostro que el ministro ve reflejado en el espejo siempre que se toma la molestia de mirarse en uno.

Con un movimiento de cabeza, le pide a uno de sus guardaespaldas que agarre a Elsa por los hombros y le quite las fotografías. El hombre se las pasa de inmediato al ministro mientras Elsa se frota las clavículas. Ya es la segunda magulladura que se lleva hoy. Cyril Wijeratne estudia las fotografías y, a pesar de que tú te mueres por echarles un vistazo, la sombra que se alza tras la espalda del ministro hace que te lo pienses dos veces. El ministro Cyril sacude la cabeza y se guarda las imágenes en el bolsillo.

—¿Son suyas?

—Son confidenciales, señor —repite Elsa, como si esperase que el hombre que dirige los escuadrones de la muerte fuese a respetar su privacidad.

—Sin duda, querida. ¿Quién las hizo?

—Un fotógrafo llamado Malinda Almeida, pero es un chico que no tiene malas intenciones —interviene Stanley con un tartamudeo.

—Estas imágenes no dicen lo mismo —replica el ministro.

—Tiene razón, señor —aprovecha para apuntar Elsa—. Es peligroso.

—No trate de engañarme como a un chino, señorita. Tendremos que interrogar a ese periodista —anuncia Cyril—. ¿Dónde está?

—Lleva desaparecido desde ayer —explica Stanley—. Tememos que haya sido secuestrado, señor.

—¿Y por qué no ha hablado con nuestros hombres, Dharmendran? Ya sabe a quién tiene que llamar. ¿Acaso soy su maldito secretario?

—Las fuerzas de seguridad responden ante usted, señor.

—¿Es usted la madre del fotógrafo? —pregunta el ministro a Lakshmi Almeida que, después de cuatro tazas, se ha quedado muda.

—Por favor, encuentre a mi hijo. Yo solía ir al colegio con su hermana, señor. Dígale que soy Lucky Almeida, una compañera suya del coro. Seguro que todavía se acuerda de mí —asegura.

—¿Iba al St. Bridget? Me llevo muy bien con las monjas. —El ministro se detiene antes de añadir—: Las hermanas del St. Bridget tienen una mentalidad muy moderna. Ya conocen el dicho: «Amor de monja y pedo de fraile —hace una pausa y menea un dedo—, todo es aire».

Se ríe entre dientes y sus hombres hacen lo propio. Hasta a Stanley se le escapa una sonrisilla. Pero a tu *amma* no le hace ni pizca de gracia.

—Mi hijo no estaba metido en temas de política.

Como siempre, tu *amma* no tiene ni idea de nada.

—Si de verdad es tan inofensivo, ¿por qué hace estas fotografías tan desagradables? —pregunta Cyril con la misma sonrisa que utilizó para acosar a un centenar de becarios—. Gracias por llamarme, Dharmendran. Estamos ante una situación grave.

Stanley señala a Elsa.

—Esta señorita no cuenta con una orden de registro y ha traído a la policía hasta el apartamento de un miembro del consejo de ministros. Esto se podría considerar acoso.

Resulta curioso lo rápido que se evaporan las pausas de Stanley al hablar cuando se arrodilla ante sus superiores. Incluso DD, siempre ajeno a la realidad, es capaz de notar que los planes de su padre se están yendo al garete, por lo que guarda los sobres restantes en la caja de zapatos cuando piensa que nadie lo ve, aunque no es nada discreto.

—Dharmendran, ya tengo suficientes cosas en la cabeza. Ahora mismo tenemos dos frentes abiertos. Hay que mantener al JVP a raya y sacar a los indios del país. La policía, el ejército y las fuerzas de seguridad acuden a mí constantemente para preguntarme si tienen permiso para romper las reglas. ¿Cómo puede pedirme una cosa así? No voy a quebrantar la ley por nadie.

Jaki consigue quedarse con la caja y se escabulle hacia la puerta de atrás sin darse cuenta de que uno de los guardias del ministro va a por ella.

En ese momento, tu *amma* se echa a llorar; es la primera vez que la ves derramar una lágrima desde que tienes uso de razón, porque nunca lloraba contigo delante.

—¿Usted sabe algo de mi hijo, ministro? Surangani, su hermana, le enseñó a cantar. Pregúntele por él..., seguro que se acuerda.

Si la señora Surangani se acuerda del chico sin ningún talento para la música que abandonó las clases de canto en 1966 tras solo cuatro sesiones, juras ir derechito a la luz sin rechistar. Te encanta participar en apuestas imposibles de perder. Es la misma situación que cuando le prometiste a DD ir a San Francisco con él si Dukakis ganaba a Bush en las elecciones estadounidenses.

—Lleva menos de dos días sin verlo, señora. Puede que ni siquiera esté desaparecido. Estoy seguro de que acabará apareciendo y, cuando lo haga, me gustaría hablar con él. —El ministro Cyril se vuelve para dirigirse a Jaki—. Discúlpeme, preciosa, pero ¿a dónde se cree que va?

Un fornido hombre vestido de negro le corta el paso a Jaki y le arrebata la caja. Ella lo empuja y él la agarra del brazo, pero, cuando Jaki se encoge de dolor, el hombre la suelta.

—¿Les importaría darnos el sobre marcado con la carta de la reina, por favor? —pide Elsa.

—¡Y lo próximo será pedir que le devolvamos el norte y el este del país! —se ríe el ministro Cyril. Sus ojos vuelan entre Stanley y Elsa—. Tengo que evaluar estas pruebas. ¿Le parece bien si las examino a fondo, Dharmendran? Le daré una respuesta de acuerdo con mi criterio personal.

—Me cago en la puta —musitó DD.

—Ni una palabra, Dylan —lo advierte su padre antes de dirigirse al ministro—: ¿De verdad lo considera necesario, señor?

—Antes de firmar la orden de registro, debo conocer todos los detalles. Disponer de la máxima información nos ayudará a encontrar al chico. Dígales a los dos policías de ahí fuera que quiero intercambiar unas palabras con ellos.

—¿O sea que se va a llevar las cosas de Maali sin una orden de registro para ver si necesita una orden de registro?

Hacen falta siete gorilas para recoger los contenidos de la caja.

Elsa sale a buscar a los policías, que han resultado ser tan útiles como un par de viandantes que pasan por Galle Road. La mujer habla con Ranchagoda entre rápidos y mordaces susurros y Cassim se hunde en el asiento del copiloto, cubriéndose el rostro con la mano. Elsa les exige que le devuelvan el dinero, pero Ranchagoda se mete en el coche en cuanto ve salir al ministro Cyril por la puerta del que una vez fue tu hogar, tu amargo hogar, y finge no haberla oído. El más fornido de los guardaespaldas carga con la caja de zapatos que contiene el trabajo de toda tu vida. La enorme bestia hecha de sombras sale de la casa junto a su excelencia, el terrible conservador intolerante. Parece que a la criatura le han crecido dos largos brazos que ahora se balancean a ambos lados de un cuerpo similar al de un luchador de sumo. El rostro puntiagudo de ojos inyectados en sangre te observa con atención.

DD le lanza una mirada asesina a su padre y tu *amma* guarda las tazas de té. Jaki tiene la misma mirada perdida que puso cuando te dijo que estaba lista, pero tú le respondiste que no lo estabas. Flotas hasta el techo con ansias de sentir dolor, puesto que sabes que puedes dar la caja por perdida.

Y eso significa que tendrás que esforzarte más por hacer memoria. Aunque los recuerdos traigan consigo un sufrimiento que preferirías evitar, morirías por traer de vuelta un detalle en concreto. Lo más lógico sería que estuviese relacionado con tu muerte o con tu asesino, pero no es así. Lo que quieres saber es dónde escondiste los negativos. Lo único que tienes por seguro es que están escondidos en el lugar más evidente, cerca de aquí.

UNA CONVERSACIÓN CON EL GUARDAESPALDAS FANTASMA (1959)

La sombra te sonríe y señala con la cabeza al grupo de gorilas que tratan de meterse a la fuerza dentro de los dos Mitsubishi. Se sienta en cuclillas sobre el capó del Benz del ministro y te hace señas para que te acerques. Habrías esperado que el capó cediese ante su peso, pero no se mueve ni un centímetro.

—Ven a dar una vuelta conmigo.

—¡Estoy harto de que me llevéis de acá para allá! —le gritas.

Levitas en el porche donde tu *amma* solía leer el periódico y quejarse de tu padre. Desde la casa te llegan las conocidas voces de tu familia y amigos, que se han enzarzado en un debate sin sentido acerca de tus idas y venidas. Te apetece escucharlos a hurtadillas tanto como volver a la vida.

La criatura posada sobre el coche del ministro tiene los ojos granates, dientes aserrados y uñas largas y va vestido con una camisa blanca y unos pantalones negros, el uniforme típico de los camareros, los guardaespaldas, los matones o los gorilas.

—Esas fotos son tuyas, ¿no? Me las arreglé para echarles un ojo. ¡Un trabajo excelente! Requetebueno.

—¿Qué clase de *yaka* eres?

—Soy la sombra del ministro. Un ministro sombrío. Ja, ja. ¿Por qué no me acompañas? No es como si tuvieras algo más importante que hacer.

Eso no se lo puedes rebatir. Y no sería la primera vez que compartes un medio de transporte con compañías indeseables, como cuando los del ejército casi te dispararon por haberte montado en un autobús con destino a Kilinochchi que iba lleno de Tigres de incógnito.

Te subes al techo del coche justo cuando arranca. Te fijas en que las piezas de ropa de la criatura no pegan: lleva una camisa con volantes y unos pantalones que parecen haber sido confeccionados por un sastre ciego. Además, va descalzo; tiene los dedos de los pies cubiertos de pelo y las uñas le sobresalen como las garras de un ave.

—Tus fotografías son terroríficas.

Pues igual que tu cara, piensas. El convoy deja atrás un control donde los coches esperan a ser registrados. A los dos Mitsubishi y al Benz no los obligan a parar.

—Entonces habría que pedirle a la gente que dejase de hacer cosas terroríficas.

—Esta tierra está maldita. No me cabe duda —sentencia el ser. Sus ojos pasan del rojo carmesí al color del ébano y de la caoba al rojo pasión.

—¿Cómo te convertiste en un demonio?

Estás dispuesto a lanzarte de cabeza al viento de cola del coche ante el más mínimo movimiento sospechoso de la criatura.

Sin embargo, la sombra se ha tumbado sobre el capó y contempla el cielo con esos ojos sombríos. No parece que los movimientos sospechosos estén entre sus principales prioridades.

—¿Quién ha dicho que me haya transformado? A lo mejor siempre fui así.

—¿A qué te dedicabas antes?

—A lo mejor era un jefazo, como este de aquí. —Señala al hombre sentado en el asiento trasero, el mismo que se aferra a la caja de zapatos que una vez te perteneció—. A lo mejor era un magnate con varias fábricas a mi cargo.

—Pero ninguna de esas dos opciones es la verdadera.

—Era guardaespaldas. Aunque, nunca me llevé un balazo por nadie. Una pena.

—¿Habrías querido que te dispararan?

—Mi último trabajo consistió en proteger a Solomon Dias.

—¿A quién?

—Al anterior primer ministro.

Te ríes con ganas y es la primera vez que lo haces desde que comenzó esta pesadilla.

—Un tipo majísimo.

—Di lo que quieras. Ya lo he oído todo: el Führer del cingalés. El padrino de todos los embrollos.

—He oído motes mucho peores.

—Si hubiese seguido con vida, habría revocado la ley que decretaba el cingalés como la única lengua oficial y habría defendido el plurilingüismo. En el fondo, apoyaba el federalismo.

—Le asesinó un monje budista cingalés, una de las mismísimas bestias a las que trataba de domar, por no ser lo suficientemente intolerante.

Con lo del ministro Dias era con lo único que tu padre y tú os poníais de acuerdo.

—¿Cuánto tiempo llevas muerto? —te pregunta el demonio.

—Según parece, una luna. ¿Cómo era Solomon?

—Lo que pasó no fue culpa suya. Él no tenía malas intenciones, pero esta tierra está maldita.

—Eso ya lo habías dicho. ¿En qué sentido está maldita?

—¿En serio me lo preguntas habiendo tomado todas esas fotos?

—Pues también es verdad.

—Ceilán era una isla preciosa hasta que se llenó de salvajes.

—Cierto. Mientras que algunos se traen sus propios salvajes de importación, nosotros los criamos en casa.

—¿Sabías que en Ceilán había gente mucho antes de que llegaran los cingaleses?

—¿Los kuveni?

—A ellos no se los trataba como seres humanos. Ahora los llamamos *yakas* y *nagas*, demonios y serpientes.

—¿Los *yakas* y los *nagas* llegaron antes o después que Ravana?

—¿Y eso qué más da?

—Bueno, pero entonces ¿quiénes fueron los primeros esrilanqueses?

—Vijaya y sus piratas desde luego que no. Eso está claro.

Si el *Mahavamsa* está en lo cierto, el pueblo cingalés está cimentado en los secuestros, la violación, el parricidio y el incesto. No es ningún cuento de hadas, sino del nacimiento de nuestra nación de acuerdo con la crónica más antigua de la isla, una que se utilizó como base para elaborar leyes pensadas para dejar de lado a quienes no fueran cingaleses, budistas, hombres o ricos.

Érase una vez, en el norte de la India, una princesa que se encuentra con un león. El león la secuestra y la obliga a mantener relaciones con él. La princesa da a luz a una niña y a un niño. El niño crece, mata a su padre el león, se convierte en rey y se casa con su hermana. Los hermanos tienen un hijo que se convierte en un alborotador, así que lo destierran con setecientos lacayos y estos llegan en barco a la costa de Ceilán.

El príncipe Vijaya y su banda de matones de cráneo afeitado dieron el pistoletazo de salida a nuestra historia masacrando a los indígenas de la isla, el pueblo de los *naga*, y seduciendo a su reina, aunque puede que no fuese en ese orden. Si la historia de nuestro origen es real, entonces no es ninguna sorpresa que hayamos acabado convirtiéndonos en este desastre. Traicionada y destrozada a manos del cruel príncipe, la reina Kuveni de la tribu de los *naga* maldijo la isla antes de quitarse la vida y abandonar a sus hijos en el bosque. La maldición lleva en vigor un par de milenios y, en 1990, todavía no tiene pinta de que vaya a desaparecer.

—A nuestros ancestros se los ha demonizado literalmente —se lamenta la criatura—. He oído que la Mahakali desciende de Kuveni. Hay quien dice que incluso podría ser la mismísima reina.

Hay un atasco en Galle Road. Empieza a llover, pero ninguno de los dos os mojáis. Miras a tu alrededor y ves a los viandantes correr con paraguas o agazapados para resguardarse bajo los toldos de las tiendas. Quienes continúan paseando como si nada son aquellos que ya hace tiempo que no respiran.

—Con cada cosa que veo, más convencido estoy de que la historia de la humanidad se resume en que quienes cuentan con barcos y armas borran de la faz de la Tierra a quienes se olvidaron de desarrollar esos avances. Todas las civilizaciones comienzan con un genocidio. Es la ley del universo. La inmutable ley de la jungla, incluso si esta está hecha de hormigón. Lo verás en la trayectoria de las estrellas y en el baile de cada átomo. Los ricos esclavizan a los pobres y los fuertes destruyen a los débiles.

La criatura sube a cuatro patas por el parabrisas hasta quedar tan cerca de ti como para asestarte una bofetada. El Benz pasa por delante de una tienda de *souvenirs* hechos a mano que tiene una bandera de Sri Lanka ondeando en el techo.

—Nunca me ha gustado esa bandera —comentas, sin apartar la vista de las largas uñas del espectro.

Se ha asomado por la ventanilla del ministro, que se ha quedado dormido con tu caja sobre el regazo. La circulación vuelve a su curso y el demonio del ministro te sonríe.

—¿La del león poderoso?

—¿Desde cuándo hay leones en este puñetero país? Ni siquiera tenemos tigres.

—Habría tenido más sentido utilizar un elefante.

—O un pangolín.

La mayoría de las banderas se componen de bloques de distintas tonalidades, aunque estas no siempre pertenezcan a una misma paleta de colores. Rayas horizontales, verticales, diagonales o, incluso en determinadas ocasiones, rayas dispuestas en las tres direcciones, como ocurre con la Union Jack que gobernó sobre nosotros. Algunas presentan símbolos poco intimidatorios, como una hoja de arce, una luna creciente, una rueca o un sol con los rayos peinados a lo afro. En tiempos menos civilizados que los de ahora, cada casa contaba con emblemas de lobos, leones, elefantes, dragones…, hasta unicornios. Lo que hiciese falta con tal de dejar bien claro lo brutal que podía llegar a ser su nación si le buscaban las cosquillas. En la actualidad, las banderas que presentan algún miembro del reino animal se cuentan con los dedos de una mano y casi todas recurren a algún pájaro majestuoso e inofensivo, a excepción del águila de México, que aparece en la bandera espachurrando a una serpiente.

—Mira nuestra bandera. Vaya *achcharu*. Lo mezcla todo: rayas horizontales y verticales, colores primarios y secundarios, animales, motivos naturales y armas… Amarillo, granate, verde y naranja. Hojas de árbol Bodhi, una espada y una bestia. Menuda macedonia.

—¿Has visto la bandera del Eelam? No es que sea mucho mejor.

El león de la bandera de Sri Lanka sostiene una cimitarra ante una raya vertical naranja y una verde que representan a los dravídicos y a los mahometanos, de manera que la bestia amenaza a las minorías a punta de cuchillo. Por el contrario, en la bandera separatista del Tamil Eelam, un tigre se asoma entre un par de fusiles como Kilroy, el famoso monigote que dibujaban los soldados aliados durante la Segunda Guerra Mundial. Es como si hubiesen dicho: «Veo a tu león con su espada y subo la apuesta a un tigre con dos bayonetas».

Las dos banderas cuentan con un animal, tienen una distribución terrible y son del color de la sangre. La del Eelam es de un rojo tomate como el de una herida abierta, mientras que la de Lanka tiene ese tono rojo ciruela de una cicatriz que no ha curado del todo.

No existe prueba que demuestre la presencia de cualquiera de las dos bestias en este territorio, pero ahí están, en nuestras banderas, con un arma enarbolada en medio de un mar de sangre. Es casi como si quisieran dejar claro que la bestialidad y las masacres son los cimientos de Sri Lanka.

El Benz deja atrás el puerto y tanto tú como la sombra entrecerráis los ojos para contemplar la línea del horizonte, más allá de todos los barcos fondeados. Tú fantaseas con dioses distantes y soles que envejecen, con padres ausentes e hijos que no encajan en el molde de la heterosexualidad.

—¿Quieres saber por qué creo que Lanka está maldita?

—Lo acabas de decir; por Kuveni.

—No es solo por ella. Nuestro país nació en 1948. ¿Crees en el *nakath*?

Cualquier músico o deportista que se precie te dirá que la buena sincronización lo es todo. Además de creer en *yakas* y maldiciones, los esrilanqueses también creen en el *nakath*, la fortuna del tiempo, que extiende el Feng Shui a los momentos fugaces. Durante el Año Nuevo cingalés y tamil, se dice que mirar al oeste y prender una lámpara de aceite a las 6:48 de la mañana trae buena suerte; en cambio, mirar al norte y encenderla a las 7:03 haría que se nos cayese el cielo encima.

—No, no creo en el *nakath*.

—¿A ti cómo te suena el 1948? ¿Auspicioso o sospechoso?

—¿Tú le susurras al ministro?

—Solo cuando hace falta.

—¿Te resultó difícil aprender?

—Nada es difícil de aprender si cuentas con un buen maestro.

—Tengo que volver al *kanatte*, así que yo me bajo allí.

—¿Por qué vas al cementerio? Nadie va a celebrar un funeral por ti todavía habiendo cumplido una sola luna.

—Puede que Sena, mi maestro, esté allí. Él sabe cómo hacer eso de susurrar.

—Si se hace llamar «maestro» y frecuenta los cementerios, no creo que se conforme con cobrarte la matrícula escolar a cambio de darte clase.

—¿Qué quieres decir con eso?

El coche atraviesa Bullers Lane y se mete en el edificio donde tiene su sede el Ministerio de Justicia.

—Filipinas también nació en el 48 y, al igual que nosotros, son una nación tan alegre y despreocupada como despiadada cuando se lo proponen.

—¿De verdad fuiste el guardaespaldas del primer ministro?

—Era un hombre muy poderoso, pero no tanto como Cyril en un futuro. Pienso asegurarme de que así sea.

—¿Todos los ministros tienen un demonio?

—Solo los mejores.

Intentas hacerle una foto al demonio montado en el Benz, pero, de nuevo, no hay más que barro en el visor.

—¿En serio? El ministro Dias era un inútil y Cyril es aún peor. Proteges a los ministros de peor calaña.

La bestia se abalanza sobre ti, pero tú estabas listo para saltar a una de las torres eléctricas que hay junto a la calzada.

Aun así, casi te arranca uno de tus collares de un zarpazo. Saltas desde la torre hasta un mango.

—¡Ten mucho cuidado con lo que dices! ¿Sabes qué otros países se formaron en 1948?

El Benz se detiene en un atasco, pero las corrientes de aire vuelan en todas direcciones.

—Si esta tierra está maldita, es por culpa de hombres como Wijeratne y Solomon Dias. Y también por culpa de quienes los protegen —gritas, envalentonado por la distancia que os separa.

La criatura enumera a voz en grito el nombre de cinco países y el Benz desaparece, llevándose consigo la gárgola que se aferra al capó.

—¡Te estaré vigilando! —ruge, cuando ya le has perdido de vista.

Sin embargo, los cinco nombres que acaba de recitar resuenan en tus oídos: «Myanmar, Israel, Corea del Norte, la Sudáfrica del *apartheid* y Sri Lanka. Todos surgieron en 1948».

Poco importa que Maali Almeida crea en el *nakath* o no. Por lo que parece, el universo, sin duda, sí que cree en ello.

LOS OÍDOS

El Benz se pierde entre el tráfico y ya no eres capaz de moverte. Te has quedado atrapado dentro de unos muros invisibles; el viento ha parado. Tienes la sensación de estar encerrado en una celda acolchada, inmovilizado por unos brazos que no puedes ver.

A pesar de los búnkeres, de las camas estrechas y del armario en el que pasaste la vida encerrado, nunca fuiste claustrofóbico. Sin embargo, como cualquier persona con dos dedos de frente, ya sea viva o muerta, preferirías contar con una vía de escape, sobre todo cuando hay tantas amenazas de las que huir.

De cualquier manera, ahora estás inmovilizado y te has quedado sin opciones; unas siluetas vestidas de blanco te han apresado en contra de tu voluntad. Moisés está a tu izquierda y He-Man, a la derecha. Ambos miran al frente sin sonreír. La doctora Ranee ha aparecido delante de ti, con su sari blanco, su libro de registro y ese ceño fruncido de maestra de colegio.

—Tus asistentes te acompañarán y no te harán ningún daño si te comportas como es debido.

—¿Por qué necesitan los ángeles contratar gorilas? —preguntas con la voz más edulcorada que consigues poner.

—¿Quién ha dicho que nosotros seamos ángeles? —replica la doctora—. Evitas la luz porque te da miedo enfrentarte a tus pecados.

—¿Por qué nos obligáis a ir hacia la luz? ¿No deberíamos contar con la libertad de cruzar al otro lado cuando queramos?

—¿Quién te ha metido esas bobadas en la cabeza?

—El camarada Sena.

—Tienes la costumbre de ir adonde las voces que oyes en tu cabeza te mandan, pero esas voces no siempre te pertenecen a ti —señala.

Aunque no parecen tener un destino en mente, los asistentes te llevan a dar un paseo desde Slave Island hasta Mattakuliya, pasando por una estación de tren abandonada y un lugar que reconoces y del que una vez escapaste.

—*Aiyo*... No me traigáis aquí otra vez, por favor.

—No tardaremos mucho.

Atravesáis las puertas rojas y recorréis el eterno pasillo. El edificio está tan abarrotado y tan bien organizado como cuando te despertaste aquí por primera vez. Los asistentes vestidos de blanco conducen al rebaño de desequilibrados, tullidos y enfermos desde la serpenteante cola hasta los mostradores. La doctora Ranee devuelve a He-Man y a Moisés a sus respectivos puestos, mientras que ella se queda flotando junto a ti, al borde del maremágnum de la sala de espera.

—Antes de nada, iremos a que te revisen los oídos.

Las almas que acaban de morir, presas de las distintas etapas del duelo, se chocan como las partículas en movimiento. Algunas tiemblan, otras se resisten y otras se aferran a la nada más absoluta.

—¿Quién está al mando aquí? ¿Quién es tu superior? —La doctora Ranee sacude la cabeza—. Permíteme reformular la frase: ¿es que no hay nadie al timón?

—Yo soy una mera asistente, Maal. Hacemos lo que podemos. A lo mejor hay un creador. A lo mejor uno de sus vómitos dio lugar al mundo, como le pasó a Mbombo, uno de los dioses africanos. A lo mejor lo construyó con sus propias manos en seis días y aprovechó a echarse una siesta el domingo, como el amigo de la Biblia.

—Pero ¿a quién voy a encontrar? ¿A Yahvé o a Zeus?

—Deberíamos centrarnos en entender el alma de la Creadora, en vez de pelearnos por ponerle un nombre.

—Pues yo tengo un nombre buenísimo para Dios: Quien Sea.

—No se te ocurra venirme a llorar en tu séptima luna para que te libere. Ya no me preocupo por quienes vienen a pedirme ayuda a última hora.

—Todo el mundo debería rezarle a Quien Sea, así no se ofendería ningún creyente. «Querido Quien Sea: cuida de mi familia. Concédenos prosperidad y líbranos del dolor. Con cariño, yo».

—Me estoy hartando de tus bromitas.

—Nunca he hablado tan en serio.

La doctora Ranee te da un sermón sobre los oídos. Dice que todo cuanto hay que saber acerca de tu verdad reside en los patrones de las orejas. El cartílago, la piel y la carne crean formas y sombras mucho más únicas que las huellas dactilares. En ellos fosilizan nuestras vidas pasadas, así como los pecados que hemos olvidado. Es una pista que se oculta justo fuera de la vista, como suele pasar con aspectos de esa índole.

—El hecho de que no podamos ver nuestras propias orejas es un claro indicio de la genialidad de la Creadora —asegura la doctora Ranee.

—O una muestra de lo mucho que nos odia —apuntas.

La doctora sacude la cabeza. Te explica que las orejas son las huellas del karma y que nuestro «manto de piel» está plagado de pistas acerca de las vidas que antaño vivimos: las orejas a cada lado de la cabeza, las proporciones en los dedos de los pies, los patrones en la piel, los ángulos de los dientes, el vigor en el andar. Hay una razón por la que incluso los hechiceros más veteranos recurren a mechones de pelo, uñas, dientes o sangre para conjurar maldiciones de *huniyam*. La doctora Ranee te arrastra hasta uno de los huecos de los ascensores. Moisés sostiene su báculo en alto y He-Man te fulmina con la mirada, como si te retase a huir. El viento crece hasta convertirse en una tempestad y ruge como una bestia arrinconada.

—¡Si lo que quieres son respuestas y encontrar a quien está detrás de todo esto, primero tendrás que descubrir quién es la persona que hay dentro de esa cabeza tuya! —grita la doctora para hacerse oír por encima del vendaval.

Asciendes por el hueco del ascensor, junto a otros espíritus que flotan en todas direcciones. Vas dejando atrás una planta detrás de otra. Si llevases la cuenta, contarías hasta el piso cuarenta y dos.

—Es difícil reconocer a Dios cuando ni siquiera reconoces tu propio rostro —concluye la doctora.

Hoy el piso cuarenta y dos está abierto al público para ofrecer el servicio que sea que ofrecen detrás de cada puerta roja.

Los espíritus que deambulan por esta planta acaban de llegar al más allá. Se les nota en la mirada y en la forma que tienen de moverse; además, cada uno va acompañado de una persona vestida de blanco. Tus tres escoltas saludan a sus compañeros con un asentimiento de cabeza y te conducen hasta una de las puertas rojas. Ahora sujetas una hoja de *ola* con secciones cuidadosamente delimitadas. Recuerdas haberla visto antes, pero no sabes cómo ha llegado a tu mano.

La estancia que hay al otro lado de la puerta parece un fumadero de opio sin humo. Los fantasmas yacen boca arriba y, acuclillados junto a ellos, examinando sus oídos, hay una serie de hombres y mujeres con el torso al descubierto, el estómago protuberante y los ojos púrpuras.

En cuanto te piden que te tumbes, una campesina y el que parece ser el borracho del pueblo te escudriñan las orejas. Su piel es del morado oscuro del mangostino y el aliento les huele a fruta.

—Ha vivido treinta y nueve vidas —dice la muchacha.

—Correcto —apunta el borracho.

Mientras que él se encarga de examinar tu oreja izquierda, ella estudia la derecha, e intercambian comentarios al tiempo que garabatean en un libro de hojas de *ola*.

—Víctima de asesinato. Muerte violenta y repentina.

—No ha amado en cuerpo y alma.

—Ha robado y le han robado.

La muchacha y el borracho intercambian una mirada antes de volver a centrarse en ti.

—¿Ha matado?

—*Aiyo...* —se lamenta la doctora Ranee, que se lleva una mano a la mejilla.

—Eso es mentira —te defiendes antes de que te empujen a través de otro pasillo lleno de muertos, cuyos ojos cambian de color si te los quedas mirando fijamente. Cada vez que hacéis una parada, alguien te arrebata la hoja de *ola* de las manos y escribe algo en ella. Pasas por todo tipo de manos: algunas apariciones visten chaquetas de traje o *sarongs* y unas cuantas no llevan más que adornos de oro. Todas tienen los ojos púrpuras y la barriga hinchada.

—Los *pretas* son espíritus hambrientos —explica la doctora Ranee—, expertos en interpretar los patrones de los oídos.

—También han dicho que soy un asesino, pero hay un pequeño problema, porque yo no he matado a nadie.

—¿Estás seguro de eso?

En ese momento, entras en una sala en la que acabas solo frente a un espejo. En un principio no ves tu reflejo, pero, luego, descubres tus ojos en diferentes rostros, tu rostro en diferentes cabezas y tu cabeza en diferentes cuerpos. Cada parte de tu rostro cambia en cuanto posas tu atención en ella. Tu nariz se alarga y se contrae. Tu cara se acerca a la de un animal antes de hacerse hermoso. Tu pelo crece y, después, desaparece. Tus ojos van del verde al marrón, pasando por el azul.

Pero tus orejas no cambian.

Por fin, reconoces a la criatura reflejada en el espejo. Lleva un pañuelo rojo, una sahariana, una sandalia y varios objetos alrededor del cuello: unas cadenas enredadas, la llave de la vida de madera que contiene la sangre de DD, el *panchayudha* y el guardapelo que esconde las cápsulas de cianuro. Al fijarte en la maraña de cadenas, te das cuenta de lo mucho que se parecen a un nudo corredizo. La cámara pende de tu cuello como una piedra de molino; tiras de ella y estudias el objetivo roto.

Ves un perro, un anciano y una mujer que sostiene a un bebé contra su pecho. Los cuatro duermen plácidamente y la imagen te golpea como un puñetazo en la boca del estómago. Ya es la tercera vez que se te llenan los ojos de lágrimas. Cuando alzas la vista, tienes el libro de hojas de *ola* en la mano, pero ahora tiene algo escrito. La caligrafía es atractiva y fácil de leer, aunque resulta extraña por lo burocrática que parece.

Oídos — Taponados
Muertes — 39
Pecados — Muchos
Lunas — 5

Al final de la hoja, han estampado un sello: cinco círculos blancos que se superponen. Son las lunas que te quedan.

Te encuentras ante la recepción del piso cuarenta y dos y He-Man y Moisés han desaparecido. Seguro que han ido a empujar a otro indigno pecador hacia la luz. Ya solo quedáis tú, la buena de la doctora, el ruidoso edificio y los recuerdos que habitan en los límites de tu mente, en el espacio que solo alcanzas a ver por el rabillo del ojo y en la punta de tu lengua. Rompen contra las ventanas de tu cerebro, pero se mantienen ocultos en la tormenta.

La doctora Ranee te está dando un buen sermón, pero, esta vez, utiliza un tono más amable.

—No tienes un alma joven; ya has vivido treinta y nueve vidas. Te embargan la culpabilidad y la melancolía, puesto que tienes deudas por saldar. Sospechan que fuiste asesinado; no sufriste un accidente ni te suicidaste.

—¿Cómo lo saben?

—A lo mejor desencadenaste alguna muerte. No tienes pinta de ser un asesino, pero tampoco era el caso de quienes me dispararon.

Aguarda con la cabeza ladeada para ver tu reacción.

Sin embargo, guardas silencio. Si tienes una respuesta con la que confirmar sus teorías, no la recuerdas. Tu cerebro no deja de secretar reminiscencias de tu pasado, pero nada tienen que ver con los detalles que buscas. Te acuerdas de tus fotografías y del lugar donde escondiste los negativos. Aunque a la doctora Ranee no crees que le interese, seguro que esa información le vendrá bien a alguien.

—Yo saldé mis deudas.

—¿Estás seguro?

—Lo único que me preocupa son mis fotografías. Tienen que salir a la luz. Todavía me quedan cinco lunas, tengo tiempo de sobra.

—Ahí pone que tu memoria está bloqueada.

Estudias la hoja de *ola*. ¿De verdad es eso lo que dicen todos esos garabatos?

Recuerdas que, en cierta ocasión, Jaki te habló de un lugar en el barrio de Kotahena donde se almacenan los horóscopos de toda la humanidad. Jaki tuvo una época en la que estuvo obsesionada con la astrología; eso fue una semana después de haber concluido su época ludópata y meses antes de comenzar la época en la que se obsesionó por el teatro.

La leyenda dice lo siguiente: hace tres mil años, siete astrólogos indios transcribieron la biografía de todas y cada una de las personas que pasarían por el mundo en extensísimos volúmenes hechos con hojas de palma. Cada uno de esos volúmenes tenía el mismo precio que un rollo de tela en Pettah.

Si les proporcionabas un lugar y la fecha de nacimiento, te enviaban tu hoja de *ola* desde una cueva en la India y un astrólogo vestido con una camisa almidonada te descifraba tu predicción *in situ*. De acuerdo con los grabados escritos en pali, sánscrito y tamil, el astrólogo calculaba el momento en que las jovencitas encontrarían marido y la fecha en que las empleadas domésticas abandonarían el país. A los ancianos les decía cuántos años les quedaban de vida y a los tullidos les aseguraba que un día volverían a caminar. Era curioso, en cambio, que el astrólogo nunca predijera cuándo alguien iba a morir.

Recuerdas que le dijiste a Jaki que, entre siete sabios, les habría llevado un millón de años escribir la biografía de cinco mil trescientos millones de almas. Que todo ese gasto de papel habría acabado con la reserva forestal de Sinharaja. Y que, al fin y al cabo, habría sido un esfuerzo en vano.

Todas las historias se repiten y ninguna es justa. Algunos tienen suerte y a otros les toca sufrir. Muchos nacen en hogares donde hay libros y otros crecen en el pozo de la guerra. Al final, todo se convierte en polvo. Cada historia llega a su fin con un fundido a negro.

La voz de la doctora Ranee se abre paso a través de tu pesimismo.

—Aquí dice que estás maltrecho y que por eso no deberías pasar más tiempo del necesario en el Mundo Intermedio.

—Mira, corazón, agradezco el gesto…

—No me llames «corazón». Si te quedas aquí, intentarán quedarse con tu alma.

—¿Quién?

—Tu camarada Sena trabaja para la Mahakali. Te está utilizando, al igual que lo están utilizando a él. El Mundo Intermedio está lleno de espectros malvados y demonios que obtienen su poder del sufrimiento de los demás. No te entregues a ellos en bandeja. No le hará ningún bien a nadie.

—Sena me va a enseñar a susurrarles a los vivos. ¿Me puedes ayudar tú con eso?

Contemplas a la doctora Ranee y a los ángeles musculosos. Te vuelves hacia el mostrador y, para tu alivio, no encuentras la silueta encapuchada de Sena allí. Olfateas el aire y sabes que la Mahakali no anda lejos.

—Tengo que hablar con Sena.

—¿Estás loco?

—Allá donde vayamos, siempre habrá alguien trabajando para una Mahakali. ¿Por qué debería importarme?

—Eres un insensato y me estás haciendo perder el tiempo.

La doctora Ranee deja de hablar cuando pierde los papeles, igual que Jaki. A ti te pasa justo al contrario. A diferencia de tu padre, además, la doctora sabe cuándo dar por finalizada una discusión.

—Los demonios no pueden devorarte sin tu permiso. Al menos, no durante tus siete lunas. Pero ya solo te quedan cinco.

Te está mirando con expresión severa, pero comprendes que, a pesar de todo, sigue tratando de ayudarte. A las personas como ella es a las que sueles tratar peor.

—Volveré antes de que eso ocurra. Ya verás.

—Eso era lo que yo solía decirles a mi marido y a mis hijas. «Ya veréis». Siempre acompañaba las promesas que no podía cumplir con esa coletilla.

Se aleja flotando en dirección a una de las ventanillas vacías y sin mirar atrás. Por el camino, dirige a una anciana hacia el ascensor y a un chico hacia una de las puertas rojas; todo eso sin mirar atrás. Ella no ha contemplado aquello de lo que tú has sido testigo y no ha hecho las cosas que tú te has visto en la obligación de hacer. No comprende que lo que te asusta de ir hacia la luz no es olvidar, sino cruzarla acompañado de algo más.

UN SER MITOLÓGICO

Esperas a que aparezca la brisa indicada para llevarte hasta el cementerio para ofrecerle a Sena lo que sea que quiera a cambio de confiarte el poder de susurrar. Mientras aguardas a que se levante el viento, estudias a las almas que flotan hasta la parada de autobús de Maradana. Ahora sabes que los *pretas* se distinguen por tener la piel púrpura y una barriga protuberante, que los demonios tienen los ojos rojos y garras afiladas, y que los fantasmas normales y corrientes destacan por lucir una expresión desconcertada.

—Ten cuidado con los que tienen los ojos negros. Esos te llevarán a la ruina, hermano.

Al bajar la vista, te encuentras con un leopardo. Y no es un eufemismo con el que identificar a los humanos armados que esconden sus violentas prácticas tras el nombre de un felino salvaje. Estamos hablando de un animal de verdad. Tiene el pelaje moteado y los ojos de un color blanco puro.

—Discúlpame, pero creo que no te sigo.

—Por supuesto que no.

—No sabía que hubiese animales fantasma.

—¿Prefieres que desaparezca para complacer tu ignorancia?

—No pretendía ofenderte.

—Y aun así lo has hecho —dice el leopardo, que trepa por el parapeto y desaparece por un callejón en dirección a los canales de Panchikawatte.

¿Por qué no iba a haber animales fantasma? ¿Por qué iban a ser las almas una cosa exclusiva de los humanos? ¿Significa eso que cada insecto al que has aplastado tiene la posibilidad de corretear por ahí durante siete lunas y pedir una reclamación en una de las ventanillas? No es de extrañar que los asistentes estén tan agobiados.

Te montas en una ráfaga de viento y ves a las almas que, embobadas, contemplan la luna desde los tejados. Piensas en todas las criaturas con las que te has cruzado tanto en el Mundo Inferior como en el Mundo Intermedio. Pasas por delante de una valla publicitaria que recuerda a un político fallecido y te maravillas ante el hecho de que algunos humanos consigan ese tipo de reconocimiento, mientras que otros no reciben sepultura siquiera. Dentro de tal disparate, solo dudas de la existencia de un único ser. Y no estás pensando en Dios (o, como tú lo llamas, Quien Sea), sino en el ser mitológico cuya existencia es la más difícil de concebir: el político sincero.

Solo has oído hablar de una criatura así antes; el único hombre que no se metió en política por codicia o con el objetivo de sacar algún beneficio. Don Wijeratne Joseph Michael Bandara, nacido en Kegalle en 1902, fue el hijo de un zapatero y recibió una beca para estudiar en la Facultad de Derecho de Ceilán en 1919. Tras defender durante años a los jornaleros de las plantaciones ante los tribunales, ganó las elecciones con el apoyo del partido comunista y procedió a quitarse años de vida matándose a trabajar. Fue la voz de los oprimidos y de los olvidados, defendió a los trabajadores tamiles, a los comerciantes musulmanes, a los chóferes burgueses y a los cocineros chetty. Construyó dos bibliotecas en el distrito de Kegalle, enseñó a toda una generación de niños a leer en inglés y desterró a todos los mafiosos que hasta el momento ocupaban cargos en el ayuntamiento. Nunca aceptó un soborno, nunca se comportó como un mujeriego y nunca pronunció ni una sola palabrota, ni siquiera después de haber bebido un par de copas. Sí, claro que tomaba alcohol. Incluso a los seres mitológicos les entra sed de vez en cuando.

Don Wijeratne Joseph Michael Bandara sufrió una apoplejía en el 67, causada por los puros Churchill y por el litigio que le quitaba el sueño cada noche. La demanda la presentaron los sindicatos locales, los mismísimos ingratos por los que trabajaba dieciocho horas al día. Su hijo menor, Don Wijeratne Buveneka Cyril Bandara se unió al Parlamento en 1977 y nunca olvidó la clase magistral sobre el fracaso que le dio su padre.

La visión que Cyril Bandara tenía del mundo estaba influenciada por la experiencia de haber llevado a su padre a los tribunales laborales cada semana durante tres años. A Bandara padre lo denunció una compañía maderera por una supuesta licitación después de que el ministro cuestionara las prácticas de trabajo de la empresa. Bandara hijo vio cómo los tribunales fueron quedándose poco a poco con su herencia y manchando la reputación de su padre, la cual fue, seguramente, la razón por la que su hijo se presentó a sus primeras elecciones como representante en favor de Kalutara bajo el nombre de Cyril Wijeratne.

Cuando Cyril manipulaba las licitaciones para trabajos de construcción, nunca lo atrapaban. Cyril utilizaba la misma excusa a la que todos los hombres casados recurrían. Si te van a acusar de algún crimen, ¿por qué no cometerlo?

En esta y en cualquier otra historia, siempre hay criaturas a las que temer: el *yaka* de fuego que difunde rumores y cánceres, el *yaka* de la sangre que arranca a los bebés del útero, el Mohini, el demonio con forma de pájaro, el Ravana de diez cabezas, la Mahakali...

Luego también están el conductor de autobús borracho, el mosquito del dengue, el monje fanático, el soldado enajenado, el torturador que oculta su rostro tras una mascarilla, el hijo del ministro... Hombres que no pertenecen al ejército ni al cuerpo de policía. Hombres que visten trajes tradicionales mientras trabajan.

Cyril Wijeratne fue adoptando las habilidades de los primeros ministros: apaciguaba a los pacifistas como Rajapaksa, se adelantaba a los ideólogos como J. R. Jayewardene, burlaba a los populistas como Premadasa y fingía ser el digno hijo de su legendario padre para impresionar a los dignatarios internacionales con su acento prestado y embaucar a los idiotas que lo votaron. Desde luego, si le hubiesen preguntado por el secreto para sobrevivir a cinco intentos de asesinato (tres por parte del JVP y dos por los Tigres), nunca se le habría ocurrido pensar: «Tengo la suerte de que el guardaespaldas muerto de Solomon Dias me cubre las espaldas». Lo que seguramente habría dicho sería: «Sigo vivo gracias al Cuervo».

LA CUEVA DEL CUERVO

Encuentras a Sena en el aparcamiento del cementerio. No le quita ojo a la torre del crematorio y les ofrece hojas a los fantasmas recién incinerados. Cuando te ve, te sonríe y te llama para que te acerques.

—Buenas tardes, señor. Me alegro de verte. Ya te daba por perdido después de lo de los asistentes.

—¿Por qué no me contaste que tu padre era el chófer de los Wijeratne?

—El señor no me lo preguntó.

—¿Conociste a Buveneka Wijeratne?

—Mi *thathi* nunca me llevaba con él al trabajo. ¿Por qué habría de haberlo hecho? Él ya sabía que yo lo consideraba un peón.

—Tu padre maldijo a la familia Wijeratne.

—¿Qué poder tiene la maldición de un chófer? ¿A qué has venido?

—A ser posible, me gustaría aprender a susurrar —le pides.

—Nada es imposible, jefe —asegura al tiempo que saca unos objetos circulares verdes de su bandolera hecha con bolsas de basura—. Pero tendrás que poner de tu parte. Y, sin ánimo de ofender, ahora mismo no te veo muy comprometido.

Te fijas en que Sena solo les ofrece hojas a los fantasmas que tienen los ojos verdes o amarillos, solo a quienes parecen angustiados o aturdidos. Como cualquier autoridad religiosa que se precie, Sena es listo y va a por los débiles.

No corre el viento por el cementerio. Las ratas, las serpientes y las mofetas se esconden entre las lápidas. Una higuera de Bengala destaca entre el descuidado césped y las piedras volcadas. Hay muchas sombras con las que confundirse, aunque ninguno de los aquí presentes proyecta una propia.

—Supongo que la reunión con los asistentes fue bien —comenta Sena con tono burlón. Tiene la molesta manía de sacar la lengua entre los dientes cuando intenta hacerse el gracioso. Parece que se le han afilado los dientes, que tiene los labios más gruesos, los ojos más saltones, el pelo más de punta y la sonrisa más lisonjera. Le repite la misma frase a cada uno de los pobres espectros que pasan—: Te hemos visto. Haremos que tu asesino pague por tu muerte —les susurra al tiempo que obliga a sus marchitas manos a tomar la hoja que les ofrece—. Hacer justicia te traerá paz. Tus asesinos te suplicarán piedad.

—¿A cuántos has reclutado? —preguntas.

—Convencí a los dos estudiantes de Ingeniería y hay otros siete que podrían unirse a mí. Nadie debería vagar solo por el Mundo Intermedio. Somos más fuertes juntos.

—Y, aun así, todos estamos solos. Necesito hablar con mi amiga.

—¿Por qué?

—Para ayudarla a recuperar los negativos.

—¿Por qué?

—Porque, de lo contrario, todo aquello de lo que he sido testigo se perderá, como lágrimas en la lluvia. —Esa es una cita de *Blade Runner*, la primera película que fuiste a ver con DD. Aunque él se pasó toda la película roncando, tú te aferraste a su mano y lloraste por Rutger Hauer.

—Menudo poeta está hecho, *hamu*.

—¿Podré aparecerme ante Jaki y hablar con ella?

—*Aiyo!* Echa el freno, señor. Si fuese tan sencillo, todo el mundo vería fantasmas.

—Entonces, ¿no podemos hablar con los vivos?

—Solo en las películas de terror. Lo que sí podemos hacer es crear sensaciones y plantar susurros en su mente.

Sena le da la última hoja que le queda a una bestia hecha de miembros amputados, la víctima de una explosión. El espectro escupe en tu dirección. Has visto muchos cadáveres como el suyo en tu breve paso por el mundo.

—Debe de haber alguna manera de que pueda comunicarme con ella, ¿no?

—Creo que es hora de que conozcas al Cuervo, señor Malinda Almeida.

Bajo el puente, pasada la escalera de metal, hay una cueva en medio de la ciudad, oculta para quien no sepa dónde encontrarla. El cuadro eléctrico que hay en la acera, marcado con las palabras «¡Peligro! Alto voltaje», camufla la puerta que tienes que cruzar agachado.

Sena te obliga a abrirte paso a través del metal oxidado, te empuja entre el hormigón y te arrastra por la madera. ¿Que cómo se siente uno al atravesar un muro? Es como caminar por una piscina que huele a polvo y que no moja.

Por la cueva circulan corrientes de aire con ángulos poco usuales y te fijas en que hay agujeros de ventilación desde el suelo hasta el techo que permiten el acceso de la luz del sol y de los gases de los tubos de escape.

Al contrario de lo que esperabas, dentro de la cueva no hay un ayuntamiento para cucarachas o un urinario para los murciélagos, sino un altar iluminado por velas dedicado a todos y cada uno de los dioses conocidos y nombrados en los libros sagrados. Se compone de pósteres plastificados comprados en las calles de Maradana y fijados con cinta adhesiva y clavos. Jesús, Buda y Osho. Shiva, Ganesh y Sai Baba. Marley, Kali y Bruce Lee. Una cruz, una luna creciente y un proverbio tibetano penden sobre el rostro del Dalai Lama y hay un *koan* budista garabateado en cingalés en la hoja pixelada de un árbol de Bhodi.

En el centro de la cueva, hay un hombre barrigón y bien peinado que viste una camiseta y luce una barba del tono anaranjado de la henna. También lleva unas gafas tan gruesas que le achican los ojos hasta convertirlos en dos pequeñas canicas. Está sentado ante un escritorio plagado de hojas de betel, flores, ceniza de incienso y billetes. Tiene los ojos cerrados y farfulla en una lengua inventada.

Por encima de su cabeza pende una serie de jaulas abiertas hechas de madera y alambre; en algunas hay nidos vacíos, y en otras, loros o gorriones, pero la gran mayoría contiene cuervos. Vuelan entre los barrotes, picotean los granos de soja verde que el hombre ha dejado en un cuenco y se van sin dejar ni una sola cagarruta.

Delante del hombre rollizo, hay una mujer envuelta en un sari que lleva demasiado maquillaje y muy poco desodorante. Se aferra a un bolso granate y contempla al hombre sin pestañear. Sena levita alrededor de la mesa, mientras que tú te paras a estudiar la estancia con más atención y te das cuenta de que no estáis solos. Las sombras se superponen, se amontonan en los rincones sin quitar ojo a la conversación que se desarrolla en el centro de la estancia, y os lanzan miradas asesinas a Sena y a ti.

A simple vista, cualquiera diría que el hombre regenta un casino de dudosa reputación (como si existiese algún otro tipo de casino), porque la mujer va dejando billetes de cien rupias sobre las hojas de betel con cada frase que pronuncia, como un empresario borracho que intenta comprar a una estríper. Te dejas llevar hasta la mesa y captas fragmentos de la conversación. La mujer pregunta por su padre, el hombre le ofrece respuestas manidas y, cuando ella le deja más dinero sobre la mesa, él añade un par de perogrulladas.

—Tu padre dice que te quiere, que está orgulloso de ti y que vela por tu seguridad.

—¿Ha mencionado lo de la joya? —pregunta ella, secándose las lágrimas.

Es en ese momento cuando te das cuenta de que hay un señor mayor con cara de malas pulgas encorvado junto al hombre rechoncho para susurrarle al oído. El espíritu se da la vuelta y escupe sobre la mesa.

—Me niego a creer que esa cerda avariciosa sea hija mía.

—Su hija busca una reliquia familiar, señor Piyatilaka —explica el Cuervo; los párpados le tiemblan detrás de las gafas y finge estar en un estado de trance.

—Dile que se la regalé a la muñequita a la que me estuve tirando en el 73, cuando la desagradecida de su madre decidió que no volvería a tocarme.

El Cuervo se dirige a la mujer con los ojos cerrados:

—Su padre la quiere con locura. Dice que alguien robó lo que busca.

—¿Quién fue?

—Dígame dónde está la joya, señor Piyatilaka.

El hombre barrigudo se quita las gafas y comienza a mover la cabeza de arriba abajo y de lado a lado como si fuera un cantante de soul. Entonces, te fijas en sus ojos. Son blancos, pero no como los de los asistentes. Tiene las pupilas de color gris, con un punto negro en el centro. Mira sin ver, pero es capaz de percibir aquello que no está delante de él.

El anciano levanta la cabeza y arquea las cejas. Su hija vuelve a dejar dinero sobre las hojas de betel.

—¿De verdad piensas que te lo voy a decir, ladrona escurridiza? —Con esas últimas palabras, el anciano se marcha echando chispas hacia las sombras.

—Su padre ha tenido que tomarse un descanso. Las emociones que ha sentido al verla le han abrumado.

La mujer asiente y cierra el bolso.

—Espero que la próxima vez descubra el paradero de la reliquia familiar.

—Lo intentaré —promete el Cuervo.

Sonríe, pero no se levanta a despedir a la mujer y espera a oír el sonido de sus tacones repiqueteando contra las escaleras de metal para dirigirse a vosotros.

—¿Quién diablos anda ahí? —sisea—. ¿Quién te envía?

No sabrías decir a ciencia cierta si le habla a Sena o te habla a ti. Sus pupilas grises vuelan sin rumbo dentro de sus cuencas oculares.

—Eres el muchacho del JVP, ¿verdad? ¿Eres tú, Sena Pathirana?

—Así es, *swamini*.

—No me llames así, cretino. Yo no soy tu maestro. ¿Qué es esa cosa que has traído contigo?

Se oyen risitas entre las sombras y te debates entre contestar y salir huyendo.

—Quiere dominar el poder de los susurros.

—¡Que no se os ocurra volver aquí mientras estoy trabajando!

—Lo siento, *swamini*.

—¿Cuánto tiempo llevas viniendo a verme, Sena Pathirana?

—Unas treinta y cinco lunas, más o menos.

—¿Y quiénes son los únicos que pueden llamarme *swamini*?

—Tus discípulos, *sw*…

—¿Y qué hacen mis discípulos?

—Vienen a verte cada tres lunas.

—Exacto. Me prometiste un ejército. ¿Dónde está?

—Ya he hecho correr la voz. Cumpliré con mi palabra.

—¿A este es al único al que has conseguido traer? ¿Quién es? ¿Otro miembro del JVP?

—Lo asesinaron por inmortalizar la guerra. Necesita hablar con su novia.

Más risitas disimuladas entre las sombras. En la oscuridad, distingues siluetas que, a juzgar por su tamaño desproporcionado, no deben de ser humanas.

—¿Cómo te llamas?

—Malinda Almeida.

—Almeida… Suenas preocupado, pero a mí me da igual. No me importa quién seas, en qué creas o qué hayas hecho mientras vivías. A mí solo me interesan las transacciones. Si tú me echas una mano, yo, a cambio, también te ayudaré. No tiene ningún misterio. ¿Te ha quedado claro?

Haces un gesto afirmativo con la cabeza y una figura emerge de las sombras. Un niño pequeño al que le falta una mano se sienta ante el escritorio con una hoja de papel y les da de comer garbanzos a los gorriones. No sabrías decir si es de carne y hueso o si es un espíritu; no tiene aspecto de pertenecer al mundo de los vivos ni al de los muertos.

—El Cuervo no ve nada sin sus gafas —te había explicado Sena de camino a la cueva—. Hay quien dice que perdió la vista por culpa de una explosión en el 88, pero otros aseguran que pisó una mina o que le mordió una serpiente. Mientras estemos en su cueva, él es el único que puede hacerse el gracioso. No te pases de listo con él.

»Cuando se quita las gafas, el mundo se desdibuja y deja de ver a los pájaros que alimenta, a los pobres para los que erige altares o a los clientes a los que miente. Aun así, ve a los espíritus y oye a los fantasmas con tanta claridad como ellos le oyen a él.

La historia del Gorrión también cuenta con múltiples autores. No se sabe si perdió la mano en las vías del tren, en la explosión del 88 o a raíz de los malos tratos. Se sienta a la mesa, sosteniendo un bolígrafo con la mano que le queda. Sobre los estantes de las paredes, hay burdos muñecos hechos con hojas de coco, un cuenco lleno de carbón y una caja con grabados.

—Primero tenemos que atraer a tu novia hasta aquí —dice el Cuervo.

—¿Con magia negra? —preguntas—. ¿Con *huniyam*?

—No, idiota. Le escribiremos una postal.

Sena se ha desvanecido entre las sombras y charla con aquellos que no se dejan ver. Tu acompañante te dijo que el niño no habla y que dirigirse a él con el Cuervo delante es una tremenda falta de respeto.

—¿Cómo se llama tu amiga?

—Jacqueline Vairavanathan.

—¿Dirección?

—4/11 Galle Face Court.

—Le daré cita para mañana. ¿Estás seguro de que vendrá?

—Eso espero.

—Esperar algo no suele ser suficiente para que se cumpla. —Se unta dos dedos con un poco del ungüento que guarda en un brillante cuenco de cobre y lo esparce por la postal—. ¿Te importaría enviar esto, muchacho? Ah, sí. Tu amiga tendrá que traer algo que te haya pertenecido. Algo a lo que le tuvieses mucho cariño. Dime qué es y dónde encontrarlo.

Te paras un segundo a considerar tu respuesta y toda una baraja de cartas desfila ante tus ojos. Ases, reyes, reinas y perros muertos. Respondes a su pregunta. El niño sale sin prisa por la puerta lateral; a diferencia de la mayoría de los clientes que entran a la cueva, él no necesita agacharse para pasar.

—Te voy a explicar cómo funciona esto, Malinda. Lo mío es un don y una maldición. Aunque vivo en un mundo desdibujado, lo veo todo. Los más ricos y poderosos acuden a mí en busca de ayuda porque soy un hombre humilde. Porque soy brillante.

Las sombras se agazapan a su espada y le susurran al oído. El Cuervo asiente y niega con la cabeza.

—No permitiré que me cuestiones. Me dirás lo que necesitas y yo, dentro de mis posibilidades, me aseguraré de facilitártelo. Si quieres hablar con los vivos, yo te ayudaré. Si quieres bendecir a alguien, yo me encargaré de ello. Una maldición te saldrá más cara. Pero, con cada tarea, me deberás un favor. Y cumplirás con tu parte del trato sin hacer preguntas. ¿Ha quedado claro?

Las sombras se amontonan alrededor de sus orejas y, aunque Sena te hace señas desde un rincón para que te inclines ante el Cuervo, tú te niegas a obedecer.

—Puedo darte el poder de susurrar e incluso puedo conseguir que poseas a los vivos. Pero tú también tendrás que ayudarme. ¿Estás dispuesto a ello?

Te encoges de hombros y Sena decide intervenir:

—Sí, *swamini*. Estamos dispuestos a ello.

—Si no vas a traerme ese ejército que me habías prometido, cierra el pico. Quiero oír la respuesta de este idiota.

—No pienso inclinarme ante ti —sentencias.

—¿Y por qué te has arrodillado entonces? —pregunta el Cuervo.

Para tu sorpresa, aunque no es la primera ni la última vez en la historia o en la mitología que ocurrirá algo así, un hombre con problemas de visión dice la verdad.

OBRAS DE DERECHO ROMANO-HOLANDÉS

El Gorrión está esperando a Jaki junto al ascensor cuando ella llega a casa del trabajo. Ha sobrevivido al primer turno de mañana en la SLBC con resaca. El truco para saber cuándo ha estado bebiendo o apostando en el casino es fijarse en si vuelve a casa arrastrando los pies. El Gorrión cruza el portal y le ofrece la postal a Jaki. Está pegajosa y huele a lavanda y a centella asiática.

—¿Qué es esto?

El niño se señala la boca antes de abrirla y cerrarla sin emitir sonido alguno. Después, apunta a la dirección que aparece en la parte inferior de la postal y, cuando Jaki la lee, te inclinas por encima de su hombro para susurrarle al oído. Al ver sus orejas regordetas y llenas de curvas, te preguntas cuántas vidas se ocultarán entre esos pliegues de cartílago.

Señorita Jaki Vayranathan:
Almayda quiere hablar con usted.
Dice que traiga la agenda que ay en el armario,
    bajo el osito.
Venga mañana por la mañana al cruze de Kotahena.
El niño la acompañará.

¿Quién sino Jaki iba a responder a una citación tan cutre? Hubo una ocasión en que se presentó en el Casino Pegasus con la tarjeta de crédito de su madre y no dijo ni pío sobre el sermón que le cayó en una llamada internacional. Hubo una ocasión en que te dio la última pastilla de la felicidad que le quedaba cuando le contaste que habías visto los restos calcinados de un bebé en Akkaraipattu.

—¿Por qué sigues con ello? —te preguntó—. ¿Tanto te pagan?

—No, pero mi trabajo lo vale.

—Está bien.

—Nunca he destacado en nada. Pero se me da de maravilla arremangarme para conseguir el encuadre perfecto. No seré el mejor fotógrafo, pero siempre estoy donde tengo que estar, sin importar en qué lado del campo de batalla acabe.

Tú llevaste a Jaki a cuestas cuando se emborrachaba y la sacaste de infinidad de taxis. Tú la protegiste de más de un indeseable. Ella pagaba tu parte del alquiler cuando te marchabas de viaje. Ella le mintió a DD por ti cuando sufriste una recaída con el juego.

Jaki te llevaba a las discotecas del distrito 3 y a los salones del 4, a los casinos del 5 y a las fiestas del 7. A todos los eventos por los que Sena habría pagado un dineral por colarse para fisgar. Tú disfrutabas de las pastillas que le recetaban y que mezclabais con ginebra y cerveza. Además, te lo pasabas en grande echándole una mano con los dramas del trabajo y los problemas familiares, pese a que tú nunca habías trabajado en una oficina y no tenías ningún tío lo suficientemente cercano como para ponerle nombre.

Ni siquiera te ofendiste cuando Jaki te sugirió que le pidieses cita a su psiquiatra (quien, al fin y al cabo, también era el camello que le proporcionaba las pastillas de la felicidad) para que le hablases sobre tus pesadillas:

—¿De qué pesadillas hablas?

—De las que tienes cada noche.

—Yo no sueño con nada —aseguraste.

—Está claro que con algo debes soñar.

—¿Y eso cómo lo sabes? ¿Has estado colándote en mi habitación?

Fueron los roces los que acabaron por convertirse en un problema. Al principio se limitaba a entrelazar sus manos con las tuyas o a masajearte los hombros, pero, con el paso de las noches, empezó a ponerte la mano en el muslo o a pasarte los dedos por el pelo y sentiste cada toque como si un payaso te hiciese cosquillas. La noche en que posó los labios sobre los tuyos, te estremeciste y dejaste escapar una risita incómoda.

Desde aquel momento, el ambiente se enrareció entre vosotros.

—Supongo que tú eres el niño —le dice al chico.

Él asiente con la cabeza y abre los dedos como un niño que está empezando a aprender a contar.

—¿Has desayunado? ¿Quieres un *malu paan*?

El chico sacude la cabeza.

Jaki saca de su bolso granate las dos empanadillas de pescado que constituyen ese almuerzo que nunca llega a comerse y que siempre se trae a casa de vuelta.

—Toma uno. No te preocupes, soy tu amiga.

El Gorrión la observa con curiosidad mientras da un bocado a la empanadilla.

—Esto es mañana, ¿verdad?

El niño asiente, con las mejillas llenas de migas.

—¿Por la mañana?

Se lo confirma con la cabeza y, mientras disfruta del manjar que Jaki le ha dado, le dedica una tímida sonrisa.

—¿Vendrás a buscarme?

El pequeño señala con el muñón las palabras que él mismo había escrito en la postal unas horas antes: «*cruze* de Kotahena». Jaki asiente y entra en el viejo ascensor.

Jaki nunca discutía, nunca se ponía melodramática ni montaba escenitas como solía hacer DD. Ella daba la conversación por terminada con un «bien» y te retiraba la palabra durante un tiempo. Aun así, sabías enseguida cuándo estaba furiosa, porque se le ponían los ojos vidriosos y esbozaba medias sonrisas.

Te había dado esa misma respuesta cuando le dijiste que no podrías conocer a sus padres, cuando le comentaste que ibas a ir al Blue Elephant sin ella y cuando le comunicaste tu decisión de mudarte a la habitación que quedaba libre en el apartamento. Es la misma en la que acaba de entrar para registrar el armario. Jaki encuentra las radiografías enmarcadas, la colección de chaquetas y camisas y los collares con cápsulas de cianuro.

Las chaquetas y las camisas son de tonos otoñales, perfectos para camuflarse en la selva y para destacar en la ciudad. Las radiografías son de boca y pecho; te las hicieron tras sufrir un accidente de tráfico junto a un hombre mayor, por culpa de una desafortunada felación al volante. Intentaste convertirlas en un proyecto artístico que dejaste abandonado. Las cápsulas se las arrebataste a los cadáveres de los Tigres que fotografiaste para el ejército en Kilinochchi.

Jaki también encuentra el osito de peluche que tu padre trajo de Colombo junto a la enfermedad de transmisión sexual que le dejó a tu *amma* como regalo de despedida. Una enfermedad llamada «desconsuelo». Tu *dada* murió en un hospital de Misuri cuando tú te quedaste atrapado en el aeropuerto de LaGuardia, de camino a acompañarlo en su lecho de muerte. Compartió contigo sus últimas palabras por teléfono:

—No culpes a tu *amma*. Es una buena persona, pero no estábamos hechos el uno para el otro. Nunca te cases con alguien que no se ría de tus bromas. ¿Por qué has venido hasta aquí ahora? Nunca respondiste a mis cartas.

Te explicó que te había escrito por cada cumpleaños, que te escribía para pedirte perdón y darte consejo. Se negó a creer que no hubieses sabido de la existencia de esas cartas hasta aquel momento.

—¿Y si eres una persona sin gracia? —preguntaste.

—¿Sigues dedicándote a la fotografía? —te devolvió la pregunta.

—Ahora fotografío la guerra.

—Pero ¿no estabas haciendo un máster?

—Sí, hace diez años.

—Esa guerra no tiene pies ni cabeza. Ahora los tamiles reclaman la mitad de la isla. No sé por qué pierdes el tiempo con ella.

—¿Te encuentras mejor?

—Me estoy muriendo. Déjame darte un consejo: haz lo que te dé la puñetera gana, porque a todos nos llega la hora antes o después.

—¿Y tú que es lo que has hecho?

Muerto de calor y perdido en un aeropuerto extranjero, escuchaste las últimas palabras de aquel hombre a quien culpabas de todos tus males. No, *dada*. Esa vez no te saldrías con la tuya. Agarraste el auricular con fuerza, echaste otras tres monedas de veinticinco centavos en la cabina telefónica e imaginaste que era una máquina tragaperras del Pegasus.

—¿Cómo dices?

Tiraste de la palanca y dejaste que los rodillos girasen.

—Los de vuestra generación os cargasteis el país y salisteis corriendo a la primera de cambio.

—¿Pretendes darme un sermón sobre lo que implica dejar las cosas a medias?

Oíste un jadeo al otro lado de la línea y te detuviste antes de pronunciar las palabras que llevabas ensayando sin descanso en tu dormitorio desde que eras un adolescente.

—Jamás hiciste nada de provecho y ahora ya nunca lo harás. Mis fotografías pasarán a la posteridad. Lo único bueno que has hecho con tu vida fue engendrarme.

Cuando por fin llegaste a Misuri, descubriste que tu padre había sufrido un paro cardíaco mientras hablaba contigo por teléfono, así que la señora Dalreen te prohibió asistir al funeral.

Tus dos hermanastras ni siquiera salieron a saludarte; Jenny y Tracy Kabalana nunca volvieron a descolgar el teléfono por ti.

Jaki levanta el osito, encuentra la agenda y dice:

—Bien.

Compraste esa libreta en la librería del centro comercial y ha sobrevivido a todos los libros que han pasado por tus estanterías. Jaki lee con expresión confusa los nombres que no reconoce, hasta que encuentra un símbolo que le resulta familiar: la reina de picas, y va acompañado del número del Hotel Leo.

—Bien —repite y se lleva la agenda a su habitación. Por el camino, encuentra un pañuelo rojo colgado del perchero de la puerta de tu dormitorio. Está lleno de manchas y, si pudiese oírte, le enseñarías a distinguir cuáles son de barro, de gasolina o de sangre.

Ha cerrado las cortinas de su cuarto, que está iluminado por una luz tenue, y de fondo suenan las monótonas melodías de algún deprimente grupo inglés. En la misma pared de donde cuelga su espejo, ha montado un mural con fotografías del Trío Triunfador, que era como os hacíais llamar cuando no os peleabais. La mayoría las hiciste tú. DD, Jaki y Maali bebiendo en el centro cultural o de vacaciones en Yala, en Kandy, en Viena.

Los nombres que aparecen en la agenda están escritos con bolígrafos de distintos colores, a lo largo de las diferentes etapas de tus muchas vidas. Incluyen los datos de contacto de tías, primos, amantes, fontaneros, compañeros de juego, rateros y unos cuantos hombres y mujeres bastante importantes. Algunos de los nombres te suenan, pero con otros te quedas en blanco y esos son los que más miedo te dan. Jaki solo reconocerá una pequeña fracción de los alias que aparecen en la lista, aunque para ella no será ninguna sorpresa y tampoco le quitará el sueño. A diferencia de DD, Jaki acabó por aceptar que no tenía voz ni voto sobre tu vida, tu tiempo o tu cariño.

Jaki va pasando las hojas, desde Alston Koch hasta Zarook Zavahir, y descubre más símbolos de la baraja dibujados a boli junto a los números de teléfono sin nombre. Son los mismos símbolos que aparecían en los sobres, la misma escalera de color. Apoya la agenda sobre el regazo y se queda con la mirada perdida.

¿Se estará preguntando si estás vivo, escondido en algún lado? A lo mejor rememora las tardes de pastillas de la felicidad y partidas de *blackjack* que también incluían sesiones de música antes de que el tocadiscos se rompiera. Puede que también se esté acordando de las noches que pasasteis escuchando a los Shakin' Stevens, a Elvis Presley y a Freddie Mercury... sin tocaros.

Abre la agenda una vez más y pasa las páginas hasta llegar al número que acompaña al as de diamantes dibujado con bolígrafo rojo. Marca la página y va a donde está el teléfono.

Ser un fantasma no dista mucho de ser un fotógrafo de guerra, puesto que intercala largos periodos de aburrimiento con inesperados fogonazos de miedo. A pesar de que esta fiesta póstuma tuya ha estado cargadita de acción, has pasado la mayor parte del tiempo observando a otras personas contemplando cosas. Resulta que la gente se queda embobada bastante a menudo, se tira pedos constantemente y se toca las partes nobles más de la cuenta.

Muchos se creen que están solos, pero, para variar, se equivocan. Como mínimo, siempre hay una media de cien insectos al alcance de la mano y millones de bacterias en todo lo que tocan. Y sí, algunos de ellos te observan con atención.

Siempre habrá algo pululando a tu alrededor o pasando por tu lado, aunque a la gran mayoría de esas criaturas les resultas tan interesante como una lombriz. Habrá unos cinco fantasmas deambulando por el espacio en que te encuentras en este preciso momento. Puede que incluso alguno de ellos esté leyendo esto por encima de tu hombro.

Jaki se ha sentado junto al teléfono. Se muerde un mechón de pelo, una inapropiada manía que empezó a desarrollar en las mesas de juego. Solía elegir un mechón de pelo de detrás de la oreja, se lo colocaba entre los dientes y lo mordisqueaba mientras trataba de decidirse entre apostar o pasar.

No debería haber abierto la agenda y no le conviene llamar a ninguno de los contactos que contiene. Debería centrarse en encontrar los negativos, porque de lo contrario corre el riesgo de acabar como tú.

Le susurras al oído, te colocas frente a ella y gritas. Incluso pruebas a cantarle alguna canción de los Shakin' Stevens. Pero, entonces, una cabeza aparece en la ventana, con las mejillas coloradas y expresión febril, a cuatro pisos de altura.

Sena se ha hinchado como Elvis en Las Vegas, como si un enjambre de avispas se hubiese ensañado con su cara. Su nariz aplastada parece hawaiana y sus rizos, africanos, aunque sigue teniendo la boca típica de alguien de Gampaha.

—*Ado hutto!* —te llama—. ¡Ven conmigo! Tenemos trabajo que hacer.

Sena te lleva al norte de la ciudad, pasando por el barrio de Pettah, en unos vientos que soplan con calma y desaparecen sin previo aviso.

—Está siendo una noche de locos —comenta Sena—. Hay demasiados espíritus malignos sueltos.

No miente. En el barrio de Dematagoda, un grupo de espíritus con dientes afilados acecha junto a los semáforos con la intención de destrozar cualquier *tuk tuk* que se cruce en su camino. Los *pretas* merodean alrededor de los contenedores para robarle el sabor a la comida y dejarla podrida antes de que los indigentes que rebuscan entre la basura lleguen a ella.

En vez de explicarte a dónde vais, Sena te da una clase de economía:

—Por aquí, la moneda de cambio no son las rupias, los rublos, los bonos o los cocos, sino el *varam*. Cuanto más acumules, más útil serás. Para ti mismo y para los demás.

Te dice que la mejor manera de conseguir *varam* consiste en que los vivos recen o enciendan velas por ti, que te dejen flores y que quemen en tu honor incienso de olores penetrantes, en barritas o en polvo. Los demonios como Bahirawa, Mahasona, Kadawara o el Príncipe Negro obtienen su poder de las cestas de fruta podrida que les dejan a los pies quienes se arrodillan ante ellos.

—Me parece genial, pero nosotros no somos dioses. Nadie erigirá un altar por nosotros. ¿Cómo consiguen los donnadies el *varam*?

Sena no responde, pero desciende flotando hasta la orilla del canal. Allí, ante un barrio de chabolas, hay un caminito de ladrillos rotos que serpentea entre la basura varada en la orilla y conduce hasta una mesa de piedra situada bajo un mango.

Según tu camarada, el Cuervo cuenta con una congregación de pobres, desgraciados y tullidos. La gente de la calle, las personas que viven en chabolas y los mendigos son quienes se acercan hasta este endeble altar. Lo conforman un arco semiderruido que se erigió a partir de una choza abandonada, y una mesa de piedra abarrotada de estatuillas de dioses y máscaras demoníacas. Buda, Ganesh y Mahasona están rodeados de flores marchitas, pero ellos no son el plato fuerte.

En medio del altar ves la pintura de un demonio; es una obra burda y caricaturesca, dibujada con un estilo tibetano que no suele verse con frecuencia dentro de nuestra rama del budismo. Reconoces los ojos negros, los colmillos y el pelo hecho de serpientes de la criatura. Observas el collar de calaveras antes de posar la mirada en el cinturón de dedos y en los rostros atrapados bajo la carne.

—Le rezan a la Mahakali —susurras y Sena te lanza una mirada.

El Cuervo le ha ordenado al Gorrión que dejase un objeto por cada alma que busca su consejo en el altar. Aquellos que ayudan al Cuervo reciben las plegarias de los numerosos feligreses que acuden allí a rezar, así que consiguen acumular el suficiente *varam* como para aprender nuevas habilidades.

—Viene bien tener a los poderosos de tu parte.

—Has hablado como un verdadero camarada.

—Si quieres comunicarte con tu amiga, esta es la forma más rápida de conseguirlo.

El niño no os ve; no tiene el don (o la maldición) del Cuervo, pero sí que nota la brisa que traéis con vosotros. Te has fijado en que, cada vez que os acercáis a él, le dan escalofríos o se le pone la piel de gallina. El Gorrión coloca objetos dispares sobre el altar: piezas de tela, libros con nombres escritos en ellos o dientes envueltos en mechones de pelo.

—Necesita uno de tus objetos personales. Mi padre vino hasta aquí para traer mi uniforme del colegio desde Gampaha.

—¿Qué le pasa al Gorrión?

—Pregúntaselo tú mismo.

El niño parece preocupado. Ha prendido un manojo de palitos de incienso y está esparciendo el humo y la ceniza por el aire, como un mago aprendiendo a usar una varita.

—Encuentra al señor Piyatilaka —ruega, azotando el aire con el incienso—. Descubre dónde escondió el oro.

Aunque no te ve, te está mirando directamente a ti. Sacude el aire con el palito y una ráfaga de aire proveniente del este te golpea de lleno en el costado.

—Mucho ánimo —dice Sena—. Aquí comienza tu primer encargo.

El fantasma anteriormente conocido como el señor Piyatilaka no impone mucho. Es uno de esos hombres que piensan que tienen pelo, pese a que se están quedando calvos; es un jorobado de dientes torcidos que cree que llevar el bigotillo arreglado compensa el resto de sus imperfecciones. Todo eso, claro está, es lo que hace del palacete por el que merodea un lugar mucho más imponente.

No está lejos del cementerio Borella y está decorado con la fauna característica de todo Sri Lanka, salvo por la del distrito 8 de Colombo. El edificio principal está construido como una *walauwa*, una de esas casas señoriales ancestrales, y el jardín es lo suficientemente grande como para dar cabida a un segundo edificio y a un garaje lleno de coches clásicos. La voluptuosa mujer de la cueva del Cuervo, que sigue llevando demasiado maquillaje y muy poco desodorante, le da indicaciones a un joven con grandes bíceps para que vacíe el maletero y revise el espacio bajo los asientos de lo que parece ser un Jaguar de los 60.

El señor Piyatilaka observa la escena con expresión tan airada como divertida. Cuando alza la vista y os ve a Sena y a ti, flotando junto al Morris Minor verde, pierde la sonrisa burlona de los labios.

—Vaya, ¿ahora el Cuervo envía nenazas a por mí? Magnífico. Os agradecería que os largaseis de mi propiedad.

El joven se ha metido debajo de un Ford de los 70 y ha empezado a darle martillazos al chasis.

—Cárgatelo, bufón. A mí ya me da igual. La ramera de mi hija está harta de ti. A ver qué tal se le da vender esos coches después de que los hayas mutilado, imbécil. —El señor Piyatilaka sale flotando del garaje y se sumerge en el jardín selvático—. ¡Ni que fuese tan tonto como para esconder el tesoro en uno de mis coches! —deja escapar un bufido—. Estamos hablando de la reliquia familiar que heredé del abuelo de mi abuelo. Puede que mis nietos resulten ser dignos de ella más adelante.

Al pie del jardín hay un edificio de una sola habitación. Es demasiado pequeño para considerarlo una casita de campo, pero demasiado grande para ser un cobertizo. El anciano se sienta en el balcón y sonríe.

—Me estáis haciendo perder el tiempo. Dejadme adivinar, el Cuervo os ha prometido *varam* a cambio de que me delataseis. ¡Pues os la está dando con queso, idiotas!

—La reliquia ya no le sirve de nada, señor. ¿De qué le sirve aferrarse a ella?

Entras flotando en la estancia, que parece un gabinete de abogados. Dos de las paredes están revestidas con estanterías llenas de libros de derecho. Las otras dos paredes restantes están decoradas con marcos que contienen títulos, diplomas y fotografías del señor Piyatilaka con sus hijas.

—¿Sabéis una cosa? Yo soy el único en mi familia con estudios. El resto de mis hermanos viven en la ciudad de Polonnaruwa y se pasan el día hablando de tonterías.

—¿Todos estos libros son suyos?

—El abogado era mi padre. Aunque sé algo sobre leyes, yo me dediqué a los negocios. Y estoy al tanto de lo del *varam*.

Sena desaparece dentro de los aparadores y los armarios, se sumerge en los tablones del suelo y trepa hasta traspasar el techo. El antiguo inquilino se lo está pasando de miedo.

—No vas a encontrar nada. Mi hija ya le pidió a uno de sus chicos que registrara este sitio. Nuestros hijos deberían ganarse la herencia. Ya podría encargarse alguien de redactar una ley sobre eso.

Sena te ladra para que te pongas a trabajar, pero, a juzgar por el comportamiento de vuestro anfitrión, sospechas que aquí no vais a encontrar el oro que buscáis. Oyes a la hija del señor Piyatilaka gritarle a su novio en el garaje. También oyes al novio armarse con una llave inglesa y reducir a la mitad el valor del coche.

—Volved con el Cuervo. Aquí no hay nada que ver —sentencia el señor Piyatilaka, que contempla con cariño sus libros de derecho—. Los abogados son un hatajo de desgraciados y por eso no quise convertirme en uno de ellos. Pero las leyes son necesarias, porque las religiones inventadas no ejercen poder suficiente sobre la gente.

—Otro ateo más por aquí —proclamas y metes la cabeza en los libros de derecho.

El más allá resulta ser lo contrario a una trinchera. Los libros huelen a moho, así que sales de entre las estanterías tosiendo y sin haber encontrado un agujero secreto lleno de joyas. Todos los libros son volúmenes de una misma obra: *Sobre el derecho romano-holandés*, de Simon van Leeuwen, publicados en 1652. En Sri Lanka se siguió aplicando el modelo romano-holandés mucho después de que los romanos y los holandeses abandonasen el país.

—Era creyente, pero no practicante —asegura el hombre—. Luego me detectaron un cáncer, así que leí santas escrituras, me cité con hombres santos y recé en lugares sagrados. Nadie respondió a mis plegarias.

—La gente reza todos los días en las zonas de guerra —comentas—. Los militares, los civiles... incluso los periodistas. Y nadie responde a sus plegarias.

—Dependemos de estos libros de derecho porque la religión ni siquiera prohíbe las violaciones. ¿Lo sabíais? Los mandamientos castigan a quienes toman el nombre de Dios en vano en domingo, pero no hay ninguno que diga: «No violarás».

—¡No puede ser verdad! —exclamas.

—Las disciplinas hinduistas mencionan la infidelidad y la moderación, pero ni siquiera nombran las violaciones. En los *kaamesu michch charya,* los preceptos sobre las relaciones del budismo, tampoco se especifica nada sobre el tema. Otras religiones prohíben la panceta, los prepucios o las apuestas, pero nunca se refieren a las violaciones.

—A los hombres que escriben las leyes les importan un bledo las penurias por las que pasen quienes no son como ellos. —Piensas en DD, en lo egoísta que se volvió tras asistir a la Escuela de Economía de Londres. Piensas en uno de los motivos de discusión recurrentes entre vosotros:

—El sufrimiento siempre ha sido una constante para la humanidad —solía decir DD—. Podemos tratar de redactar leyes que lo combatan y reducirlo a macroescala. Sin embargo, es imposible de erradicar. Lo máximo a lo que podemos aspirar es a que no les pase nada malo a nuestros allegados.

—No deberíamos celebrar la casualidad de haber nacido en determinadas circunstancias.

—No, pero ¿por qué no disfrutar de ellas? —replica.

—Que sufran otros —murmuras—. Ha hablado como todo un conservador.

Sena ha registrado la habitación, el garaje y la casa, pero no ha servido de nada.

—Vamos, Maali. Debe de haberla enterrado en el jardín.

—¡La ramera de mi hija ya se trajo a un tipo con un detector de metales! —se ríe el señor Piyatilaka—. Aquello fue divertido, pero no tanto como ver a un par de fantasmitas afeminados revolcándose en el barro de mi jardín.

Estudias los volúmenes de derecho romano-holandés, así como al engreído anciano que se aferra con uñas y dientes a la existencia y al rencor. ¿Estará tu padre atrapado en el Mundo Intermedio de Misuri? ¿Se acordará de ti de vez en cuando?

—Déjalo, Sena. No vas a encontrar nada.

—Eso es. Volved con el Cuervo y decidle que deje de sacarle dinero a mi hija.

—No hay ninguna joya.

—¡Os vuelvo a repetir que se la regalé a mi amante en el año 1973!

—Si te digo dónde oculta su tesoro, ¿crees que el Cuervo me confiará el poder de susurrar?

—Por supuesto, *hamu* Maali. No me cabe duda.

Sena te mira con expresión desconcertada y los ojos del señor Piyatilaka se ensombrecen.

—Creo que ya va siendo hora de que os marchéis de aquí.

—El tesoro son los libros de derecho. Son primeras ediciones, publicadas hace trescientos años. Esos cuarenta y nueve volúmenes valen más que todos los coches del garaje juntos.

Piyatilaka profiere un alarido y se abalanza sobre ti, pero Sena te aparta de su camino. El iracundo hijo del abogado choca con la estantería y levanta una corriente de aire que hace que la puerta se cierre de un golpe. Esa misma ráfaga de viento consigue que el volumen número cuarenta y nueve, cuya estabilidad ya de por sí peligraba al descansar sobre un estante roído por las termitas, caiga sobre el número treinta y dos. Este, a su vez, se desploma sobre los volúmenes del treinta y tres al treinta y ocho, que se precipitan como una avalancha y rompen con su peso el estante inferior. Así, los volúmenes del uno al veintitrés caen en cascada al suelo, como los trozos que los bombardeos arrancan de los edificios.

La hija de Piyatilaka y su perrito faldero, que entran corriendo en la estancia, se topan con una mezcla de olores extraños, con agitadas corrientes de aire y con un montón de libros de derecho tirados en el suelo.

TERCERA LUNA

*Olvidamos lo que queremos recordar
y recordamos lo que preferiríamos olvidar.*

—Cormac McCarthy, *La carretera.*

LA VOZ

—¿Y ahora qué? ¿Nos escondemos en este árbol hasta que el pirado de Piyatilaka se canse?

—Paciencia, *hamu*. Nos quedaremos aquí sentados hasta que el Cuervo nos llame. Así es como funciona esto.

Trepáis más alto por las agitadas ramas de la acacia, cuyas hojas casi parecen estar vivas al mecerse con el viento y arañarte el rostro como si fueran dedos; sus flores, además, tienen el color de las heridas abiertas, de la piel desgarrada por la metralla.

Sena no deja de parlotear acerca de las habilidades que podrás aprender gracias al Cuervo:

—Que sepas que te enseñará a controlar a los insectos, a aparecerte en los sueños de los vivos e incluso a poseerlos.

Observas a las personas que caminan por el parque. Hombres y mujeres de a pie que no os ven a vosotros. Más de la mitad de ellos llevan un espíritu agarrado a la espalda o corriendo a su lado mientras les susurra al oído.

Siempre sospechaste que la voz que oías en tu cabeza le pertenecía a otra persona. Era una voz superpuesta que te contaba la historia de tu vida como si ya hubiese ocurrido, un narrador omnisciente que te acompañaba en tu día a día. Era el guía espiritual que te regañaba por compadecerte de ti mismo y que te animaba a hacer aquello que se te daba bien. Y eso consistía en ganar al *blackjack*, seducir a hombres jóvenes con pocos recursos y fotografiar escenas terroríficas.

Era la voz que te animó a recorrer las zonas de guerra en cinco ocasiones, sirviendo a un amo distinto cada vez. Era la voz que te atraía con sus cantos hasta los casinos, hasta los callejones oscuros y hasta los extraños jóvenes que encontrabas en la espesura de la selva. Esa voz sigue siendo una incógnita. Si hubieses cargado con un espíritu a la espalda que te susurrase al oído, ¿habrías tenido forma de saber que estaba ahí? Y, aunque te hubieses percatado de su presencia, ¿cómo se habría hecho oír esa voz en particular entre el resto de los susurros?

Alguien pronuncia tu nombre, seguido del de Sena. Es el Cuervo y, a juzgar por su tono de voz, está tan cabreado como tú. Una vez más, te desvaneces, pero la sensación que trae consigo ya te resulta familiar y no del todo desagradable. Regresáis a la cueva abarrotada de pájaros, piezas de fruta y una infinidad de velas de llama cantarina.

Revoloteas junto a la ventana circular, que está segmentada por un único barrote y tiene vistas al altar del Cuervo, dedicado a múltiples dioses. Entre ellos destaca la Mahakali con su collar de calaveras, a pesar de que, en realidad, no es una deidad. Pero, bueno, Buda tampoco lo era. Alrededor del altar y con la cabeza inclinada en señal de respeto, se congregan las familias de personas sin hogar, a quienes, por estos lares, se los tilda de mendigos. Hay una mujer que prepara *roti* al sur del canal, un lotero en silla de ruedas y un zapatero que, de haber nacido en el distrito 7 de Colombo, parecería lo suficientemente ingenuo o lo suficientemente inteligente como para montar una empresa puntera.

—¡Por fin! —aúlla el Cuervo. Sus ojos ciegos vuelan por la habitación y se clavan en el rincón donde Sena y tú os escondéis—. Habéis hecho un buen trabajo con Piyatilaka. Espero que sigáis así, ¿eh? —Estornuda en un pañuelo rojo y vacía los contenidos de sus fosas nasales en él.

—¿Cuándo aprenderé a susurrar? —le gritas—. Tengo que hablar con alguien.

—Antes de correr, hay que aprender a caminar, señor Maali.

Sena se baja la capucha y sonríe.

—Discúlpenos, *swamini*. Estamos a su servicio.

—¿Estás seguro de eso, Sena? Yo, por mi parte, solo estoy al servicio de aquellos que se lo merecen. Ven aquí, señor Maali. Tu invitada ya ha llegado.

Te fijas en que el Gorrión está sentado en un taburete junto a la puerta, rascándose una oreja con tres dedos de la mano buena. Te das cuenta de que la silla vacía reservada para las visitas ahora está ocupada. En ella se sienta tu mejor amiga, la que nunca fue tu amante, Jaki Vairavanathan.

LA AGENDA DE CONTACTOS

Jaki tiene una mano bajo la barbilla y la otra dentro de su bolsa de tela. Estás seguro de que se aferra a un bote de gas pimienta, parte de un paquete de doce que su prima le envió desde Detroit cuando descubrió, horrorizada, que las veinteañeras sin pareja salían a la calle solas en la infame ciudad de Colombo.

Te preguntas en qué estará pensando mientras escudriña cada centímetro de la cueva en busca de movimiento. Por supuesto, la cueva está en constante efervescencia, pero ella no tiene forma de verlo.

El viento que arrastras contigo apaga una vela y Jaki da un respingo.

—Ya está aquí, señorita. ¿Ha traído algo que le perteneciese?

—¿Quién le ha dado mi dirección?

El Cuervo estornuda de nuevo contra el pañuelo, que está decorado con un bordado de un Om. El símbolo del todo y la nada infinitos se llena de mocos. Tose una vez más y responde:

—Lo siento, señorita, pero su amigo ha pasado a mejor vida. Se está comunicando conmigo en este preciso momento.

—Le denunciaré ante las autoridades, ¿me oye? —le amenaza Jaki.

—Dile que haga un cálculo de las probabilidades —le pides al Cuervo.

—¿Cómo?

—La probabilidad. Pregúntaselo: «¿Qué probabilidades hay?».

—¿Qué probabilidades hay? Lo siento, señorita, estoy un poco resfriado y no oigo bien.

Jaki levanta la cabeza y arquea las cejas perfectamente cuidadas.

—¿Qué acaba de decir?

—Pregúntale qué probabilidades hay de que alguien supiese que guardaba la agenda de contactos bajo el osito.

—¿Cómo que las probabilidades de contacto?

—Dile que la probabilidad es una entre 23 955. Mucho más baja que la de conseguir una escalera de color. Dile que el universo se reduce a las matemáticas y a la probabilidad. Que nuestra vida está determinada por las circunstancias de nuestro nacimiento.

El Cuervo repite tu mensaje palabra por palabra y, para cuando termina, la mirada perdida de Jaki ha quedado empañada por las lágrimas.

—¿Usted sabe dónde está?

—Aquí con nosotros, señorita. Me ha pedido que le dijera que se olvide de la caja que guardaba bajo la cama.

—Ya no está. Se la han llevado.

—Maali lo sabe y no quiere que usted se preocupe por ella. Dice que lo importante es encontrar los negativos.

Tras pasar un rato mirándola, rompes a llorar, a pesar de que sin ojos ni lágrimas no tienes forma de hacerlo. Llorar era algo tan típico de ti como acostarte con mujeres. No lloraste cuando tuviste que caminar por encima de un manto de cadáveres para fotografiar a un grupo de Tigres en retirada; tampoco cuando hallaste a un niño de ocho años acunando a su hermana muerta, o cuando te enteraste de que tu padre había fallecido mientras tú todavía seguías atrapado en el aeropuerto.

—Necesito alguno de sus objetos personales. ¿Ha traído la agenda de contactos?

—No.

Jaki saca la mano de la bolsa, pero, en vez del gas pimienta, extrae un pañuelo rojo lleno de manchas. Se enjuga las lágrimas con él, se empapa de tu olor y lo deja sobre la mesa.

Una avalancha de imágenes demasiado grotesca y apabullante como para describirla inunda tu mente. Tienes la sensación de que la vida de otra persona está pasando por delante de tus ojos; una vida plagada de cadáveres y bañada en sangre.

Te echas a gritar y, ante tus alaridos, el Cuervo se tapa las orejas y sufre otro ataque de tos.

—Como no te tranquilices, no conseguiremos nada. Señorita, su amigo le pide la agenda.

—¿Por qué?

—Está hablando sobre un rey. ¿El rey de los elfos? O puede que sea una reina. Algo así.

El Cuervo no deja de estornudar ni de sonarse la nariz, mientras tú sigues hablándole a gritos.

—Dice que quienes tienen los negativos son el rey de los elfos y la reina. ¿Estás ahí, Sena? Pídele que deje de gritar, que no le oigo bien.

Aunque bajas el volumen de tu voz, sigue sin ser capaz de descifrar tu mensaje.

—Lo siento, señorita. No me encuentro bien hoy. Dice que hay registros de algo negativo. Habla de reyes y reinas y de DD o algo así. Le pide que le entregue la agenda de contactos, porque le ayudará a conseguir *varam*.

—No le voy a dar nada más —sentencia Jaki—. Si, como usted dice, Maali está muerto, ¿dónde está su cuerpo?

El Cuervo toca el pañuelo y se lo pasa al niño.

—Déjalo en el altar, pequeño. No me encuentro bien, señorita. Vuelva la semana que viene y hablaremos como es debido. Mi más sentido pésame. No se olvide de dejar algún donativo para los pobres.

El niño toma el pañuelo, se acerca a Jaki y hace una mueca, como si tratase de articular una palabra. Abre la boca poco a poco y vuelve a cerrarla. Con ese gesto silencioso, podría haber tratado de formar cualquier palabra, pero sospechas que intentaba pronunciar la palabra «amiga». Jaki se levanta, se lleva un mechón de pelo a la boca, lo mordisquea y se agacha para salir por la puerta lateral. Se lleva consigo la agenda de contactos, marcada con los palos de la baraja, y no te oye pedirle a gritos que la deje en la cueva.

—¿Que es un qué?

DD acaba de volver a casa tras un partido de bádminton en el Otters Aquatic Club y huele tal y como supones que deben oler las nutrias que le dan nombre al club deportivo.

—No tengo ni idea, chico. Creo que es astrólogo o algo así.

DD se sienta sobre la mesa donde tú solías apoyar los pies; allí era donde te llevabas la mayoría de las broncas. El padre de DD pasó un tiempo como embajador en un país árabe donde poner los pies en alto suponía una falta de respeto. A DD le habían inculcado ciertos rasgos desde pequeño, como una absoluta incapacidad para pedir perdón o unas ansias irrefrenables por llevarle la contraria a todo el mundo.

—¿Estás segura de que no era un chamán? ¿Un hechicero? ¿Un jedi?

—Sigue, no te cortes.

—He estado recorriéndome los juzgados como un loco para tratar de recuperar las fotografías de Maali, ¿y tú mientras vas y le haces una visita a un vidente?

—¿Para qué has ido a los juzgados? Pensaba que tu *appa* era colega del ministro Cyril.

—La policía asegura que la caja forma parte de las pruebas. El abogado de Cyril Wijeratne ha solicitado seis semanas para considerar la reclamación. ¡Seis semanas!

Jaki rescata la agenda de contactos del caótico interior de su bolsa. Contempla a DD, a la espera de que la mire a los ojos, pero no tiene mucho éxito. Al joven Dilan nunca se le dio bien eso de hacer contacto visual; lo cual es un indicio de autismo, aunque DD no sea el protagonista de *Rain Man*.

—¿Tú crees que sigue con nosotros?

—No vuelvas a decir eso —le advierte DD—. Si estuviese muerto, lo sabría.

—¿Cómo?

—Simplemente lo sabría.

—¿Y si lo están torturando?

—No puedo permitirme pensar en esas cosas.

—¿Por qué no?

—Porque no solucionará nada. Igual que no sirve de nada ir a ver a un astrólogo.

—Habló como solo Maali hablaría.

—¿Qué te dijo?

DD siempre se rasca la nariz cuando oculta algo. Era el peor jugador de póker que habías conocido en la vida... y eso que conociste a muchos que no valían ni para barajar las cartas. Se deja la nariz y se pasa esos preciosos dedos suyos por el pelo sudado.

Jaki pone la agenda (la misma que compraste en la librería del centro comercial) sobre el regazo de DD.

Este la abre y reconoce un par de nombres. La página dedicada a la jota de corazones está llena de números de teléfono y apodos. Estudia la lista con expresión confundida (Byron, Hudson, George, Lincoln, Brando) y asume lo peor.

—El Cuervo me dijo que encontraría esto escondido en el armario de Maali, bajo su osito de peluche. ¿Cómo supo dónde estaba?

—Maali hablaba hasta con las piedras. Quizá se le escapó.

—¿Y qué iba a hacer charlando con un astrólogo que vive en una cueva?

—Maali se relacionaba con personas muy variopintas. De todas maneras, ¿quién es ese tipo?

—Dice que ayuda a los políticos, a los jugadores de críquet y a las agencias de publicidad.

—¿Con qué?

—Con amuletos y horóscopos. Con maldiciones. Cosas del mal de ojo. Asegura poder comunicarse con el mundo de los espíritus. Y, antes de que me digas nada, soy consciente de que suena estúpido.

—Me resulta patético.

—Mi tía solía recomendarme no llevar faldas cortas, porque me echarían una maldición de *huniyam* o algo por el estilo. Decía que corría el riesgo de que me lanzaran un maleficio.

—¿Y te lo lanzaron?

—Ese hombre vende baratijas como la que tienes alrededor del cuello.

A diferencia de ti, DD no lleva más que un único collar: un pequeño cilindro de madera con grabados escritos en sánscrito. Formaba parte de un set de dos collares a juego y cada uno de ellos pendió del cuello de los padres de DD hasta que el cáncer se llevó a su *amma* hace cinco años. El tío Stanley le regaló los dos a su hijo y le animó a que le regalase uno de ellos a la chica con la que se fuera a casar. Le dijo que funcionaban mejor cuando se los empapaba en una mezcla de la sangre del hombre y de la mujer. A DD le pareció una asquerosidad y te dio el collar que le sobraba mientras estabais de viaje en Yala. Después, pintó las paredes de su dormitorio de morado. A partir de ese momento, el tío Stanley dejó de visitaros y comenzó a cobraros el alquiler. DD se libró de pagar hasta que dejó el bufete de abogados.

—¿Qué aspecto tenía ese hombre cuervo?

—Como el monje de *Kung fu* que llama «pequeño saltamontes» al protagonista.

Te ríes por lo bajo, pero nadie te oye. A DD nunca le interesó la tele normal y, mucho menos, las producciones de vaqueros budistas. Él solo alquilaba documentales y musicales. La primera película que fuisteis a ver juntos al Liberty fue *Blade Runner* y DD se pasó roncando gran parte del metraje. La única serie que os gustaba a los dos era *Crown Court*, una producción de la Yorkshire Television.

—Nunca he visto *Kung fu*.

—El tipo se pasa el rato estornudando y vive en un garaje lleno de jaulas para pájaros. Dice que Maali está muerto.

—¿Dónde vive exactamente?

—En el barrio de Kotahena.

—¿Y con quién fuiste hasta allí?

—Con su ayudante.

DD se queda en silencio y se ajusta la corbata.

—¿No crees que ya tengo bastantes preocupaciones en la cabeza? Llevo tres días sin dormir. No pienso ir a rescatarte de una puñetera cueva en Kotahena. ¿Eres consciente del número de secuestros que se dan en este país?

Jaki le arrebata la agenda a DD.

—Aquí hay cinco números de teléfono acompañados de distintos palos de la baraja.

—¿En serio?

—Uno de ellos es el tuyo.

—¿Cómo dices?

—Es el tuyo, el nuestro, el del apartamento. Tiene agendado nuestro número de teléfono junto al diez de corazones.

—¿Y cuáles son los otros cuatro?

Jaki había doblado las páginas para dejarlas marcadas, cosa que a ti nunca se te pasaría por la cabeza. Revisa cada página y señala los dibujos que dejaste en tinta roja y negra.

—La reina de picas va con el teléfono de las oficinas de CNTR en el Hotel Leo. Allí es donde trabaja esa mujer, Elsa Mathangi.

—¿Probaste a llamar al teléfono?

—Los probé todos. Elsa quería saber si teníamos los negativos en nuestro poder.

—¿Y los tenemos?

—Hum. Negativo.

DD se fija en el caos que hay esparcido por el sofá. Esa es la razón por la que su distraída mente lo llevó a sentarse en la mesita de café sobre la que nadie podía apoyar los pies. Los restos de la caja que guardabas bajo la cama ocupan el sofá. Los trozos de cartón rotos de la caja y los vinilos que llevabas tiempo sin tocar. Cuando DD sustituyó los discos por casetes, relegasteis las

melodías de Elvis, los Shakin' Stevens y Freddie Mercury y susti-
tuisteis el *rock and roll* por a-ha, los Bronski Beat y los Pet Shop
Boys.

—¿Por qué has traído los vinilos?

—Porque eran de Maali —apunta Jaki—. Y porque me gustan los Shakin' Stevens.

DD se mira las uñas con atención antes de empezar a mor-
dérselas.

—Maali me dijo que trabajaba para la Associated Press. Su
contacto era un tipo inglés que se llamaba Joey. O quizá era
Jerry.

—Se llamaba Jonny. Jonny Gilhooley. Él debe ser el as.

Bendita Jaki. Tú fuiste la única que prestó atención.

Jaki se acerca al teléfono y marca el número de la Associated
Press. Alguien responde al primer tono.

—¿Diga?

—Me gustaría hablar con Jonny Gilhooley, por favor.

—Ese soy yo.

Jaki le dedica un gesto sorprendido a DD.

—Le llamo por Maali Almeida.

—¿Qué pasa con él?

—Que ha desaparecido.

Te deslizas detrás de Jaki y agudizas el oído para escuchar
una voz que llegaste a conocer muy bien.

—¿Cuánto le debe?

Jaki no le quita ojo a DD, que ha desenterrado dos vinilos de
la pila del sofá. Uno es de tu *amma*, un ejemplar de *Twelve Songs
of Christmas*, de Jim Reeves, y el otro es tuyo, *Give Me Your Heart
Tonight*, de los Shakin' Stevens.

—Bastante.

DD frunce el ceño ante las respuestas de Jaki.

—Si son menos de veinte mil, yo se lo compensaré.

—Soy su pareja —sentencia Jaki—. ¿Podríamos hablar en
persona?

Se oye una risita al otro lado de la línea.

—¿Que Maali tiene novia? ¡Cómo no!

—Maali guardó todas sus fotografías en una caja, señor Jonny.

Se hace el silencio.

—¿La tiene usted?

—Eso es.

A Jaki se le da de miedo mentir porque aprendió del mejor.

—¿Le importaría reunirse conmigo en la embajada británica, por favor?

AS DE DIAMANTES

DD y Jaki se pasan todo el camino discutiendo. Se han enzarzado en una pelea infinitamente tediosa, una pelea entre primos celosos que se ha repetido hasta la saciedad. Es una discusión tan inútil como los debates que buscan resolver a quién le pertenecen determinados países, acordar cuáles son los dioses más temibles o decidir si lo mejor para los pobres es ayudarlos o ridiculizarlos. El objeto de la pelea eres tú.

—¿Qué era lo que nos contaba sobre la Associated Press? —pregunta Jaki.

—Que nunca publicaban sus fotografías, aunque siempre pagaban con puntualidad. ¿Te comentó alguna vez que estaba con el JVP?

—No me lo trago. Maali era un pijo, esas chorradas comunistas no iban con él. Siempre miraba a la gente de clase baja por encima del hombro. Igual que hacíais el tío Stanley y tú.

Menudo morro que tiene, piensas.

—Porque tú eres una más entre el proletariado, claro —contraataca DD.

No será la última vez que te quedes con ganas de abrazarlo.

—¿Por qué están los de la Associated Press en la embajada británica?

Jaki entra marcha atrás en el aparcamiento, moviendo el volante con un dedo y apuntando con otro a la cara de DD. Conduce el cinco puertas hasta una de las plazas de los extremos y regaña a su primo como nunca te regañó a ti.

—Deberías haber hablado con él —lo increpa—. A ti sí que te escuchaba.

—Maali siempre hacía lo que le daba la gana.

—A ti te escuchaba —insiste Jaki.

—Acabas de decir que tú eras su pareja.

—No, DD. Su pareja eras tú.

DD levanta una mano, pero Jaki ni siquiera pestañea. A ti DD te dio un par de cachetadas que te dejaron la cara marcada durante un buen rato. Algunas fueron merecidas, pero el primogénito de Stanley nunca le pondría ni un solo dedo encima a una mujer.

—No pasa nada. Soy la única que lo sabe.

DD baja la mano y clava la vista en el retrovisor.

Durante el primer mes de convivencia apenas abriste la boca, pero no le quitaste ojo de encima a DD. Lo seguías con la mirada cuando cruzaba la cocina con sigilo y sin hacer contacto visual contigo, vestido con un *sarong* y una camiseta y con una taza de café en la mano. Siempre madrugaba y trabajaba hasta tarde. Tú te levantabas al mediodía y no arrancabas hasta que caía la noche. El ocaso que sucedía a la cena era el único momento del día en que vuestros respectivos horarios se solapaban.

Durante el segundo mes, te interesabas por su día y le hablabas sobre el tuyo. Asumías que los abogados rara vez mencionaban su trabajo porque era difícil de explicar o porque tenían que mantener cierta discreción. Sin embargo, con DD descubriste que la verdadera razón por la que no hablaban de ello era porque resultaba ser bastante anodino y casi nunca participaban en casos como los de *Crown Court*, que se emitía en la ITN tres días a la semana. Aun así, cada vez que Dilan Dharmendran te describía los requerimientos en los que participaba para impedir la tala de árboles derivada de la construcción de nuevas fábricas, tú te comportabas como si el tema te fascinase.

Llegado el tercer mes, te sentabas a beber té negro en la cocina durante la hora de la cena y le explicabas que la guerra cada vez iba a más, que no había quién derrotara a los Tigres, que era probable que la India acabase invadiendo el país y que se había visto a empresas mineras estadounidenses de extracción de fosfato y a traficantes de armas británicos pululando por la zona de conflicto. DD, por su parte, había tomado la costumbre de pasearse en calzoncillos por la casa y de quedarse a tomar una segunda taza de café después de la cena.

Al cuarto mes, Jaki dejó de encargarse del turno de noche en la SLBC, así que los tres os sentabais a la mesa y, de vez en cuando, os servíais bebidas más fuertes que el té o el café. Jaki le confesó a DD que siempre lo había considerado un aburrido, pero que se había dado cuenta de que estaba equivocada. DD le contestó que siempre la había considerado una rarita y que había confirmado que estaba en lo cierto. Después, te preguntó si estabas saliendo con Jaki y ella te miró, pero tú te pusiste colorado y le dijiste que era tu mejor amiga.

Para el quinto mes, ya os ibais de viaje juntos. Primero fuisteis a Galle, luego a Kandy y a Yala. Empezasteis a alquilar películas juntos. Mientras que Jaki veía obras premiadas en los Óscar, como *Platoon*, *El último emperador* o *Rain Man*, DD y tú devorabais los VHS de *Falcon Crest* y *Crown Court*. Aquel fue el mes en que Jaki entró en tu habitación en mitad de la noche para preguntarte si podía quedarse contigo y tú le respondiste que no.

Luego, en el sexto mes, tú te colaste en el cuarto de DD, te sentaste en su cama y le acariciaste el pelo mientras él se hacía el dormido. A la noche siguiente, volviste a hacer lo mismo, pero, esa vez, le acariciaste la piel. A la siguiente, lo tocaste con más vehemencia, pero él abrió los ojos y te pidió que parases, porque aquello estaba mal y su familia se escandalizaría si se enterase. Y, durante un tiempo, ahí quedó la cosa.

Tal y como les indicaron, DD y Jaki evitan las colas que recorren las cuatro esquinas del patio interior de la embajada, donde los canalones del tejadillo proyectan sombras sobre aquellos que buscan obtener un visado para viajar al Reino Unido. Los ilusionados migrantes esperan su turno a la sombra y ensayan sus medias verdades. Jaki y DD siguen un cartel hasta la «Sala Multimedia» y atraviesan una puerta acristalada que conduce a una estancia donde circula una suave brisa de aire acondicionado.

Hay una pantalla enorme y las paredes están decoradas con fotografías de diversos famosos británicos. Ninguna es tuya. Tú nunca habías estado aquí ni habías respirado el fresco aire de la sala y no reconoces los sofás, aunque no puedes decir lo mismo del corpulento hombre que está sentado ante el escritorio.

—Tú debes de ser la esposa —brama con una carcajada.

—No exactamente —responde Jaki, a pesar de que el hombre mira a DD.

—Como tú digas, señorita —dice Jonny, que devora con la mirada al apuesto joven que tiene ante él—. Maali hablaba sin parar de este muchacho. —Sus ojos vuelan de vuelta a la huraña Jaki—. Sin embargo, a ti no solía mencionarte.

Jonny sirve té infusionado con jengibre y jalea, tal y como te enseñó a ti a prepararlo.

—A nosotros nunca nos habló de ti —interviene DD, que es un aficionado al café y siente un absoluto desprecio por el principal producto de exportación de Ceilán—. ¿Desde cuándo os conocéis?

—Somos viejos amigos —se limita a responder Jonny, que vierte el té como si fuera una cerveza rubia.

—¿Trabaja para ti?

—No exactamente. En cualquier caso, yo no me preocuparía, hijo. No es la primera vez que se esfuma. Acabará apareciendo, como siempre.

—Cuando se iba de viaje, nos avisaba —insiste DD con la mirada encendida—. Esta vez no hemos tenido noticias suyas. Ni siquiera se ha disculpado por desaparecer.

—Si esperáis una disculpa de Maali Almeida, más os vale poneros cómodos y a la cola. Asumo que no tenéis la caja.

—Está en el coche —miente Jaki.

—Por lo que tengo entendido, eso no es verdad.

—¿Por qué lo dices?

—Porque he oído que cierto ministro de Justicia se la llevó a casa.

—¿Quién te ha dicho eso?

—Ya podéis iros despidiéndoos de la caja. ¿Sabéis dónde guardaba los negativos?

DD clava la mirada en una de las mangas de Jonny, que le llegan justo por encima del codo. Cuando sirve el té, el borde de la manga se le sube un poco y revela un as de diamantes tatuado con tinta roja sobre la piel rosada.

—La caja contenía cinco sobres y uno de ellos estaba marcado con un as de diamantes.

—Este tatuaje me lo hice en Uganda, ¿qué tiene que ver con todo esto?

—Dentro de uno de esos sobres, Maali guardaba las fotografías que tomaba para vosotros.

—Maali no era nuestro fotógrafo, sino nuestro guía.

—¿Por qué se tatuó un as de diamantes? —pregunta Jaki.

—Porque siempre viene bien tener un as en la manga. Hubo un tiempo en que era joven y alocado, al igual que vosotros dos.

—¿Y por qué iba Maali a marcar un sobre justo con ese símbolo?

—¿Por qué llevaba ese estúpido pañuelo? Las razones por las que tomaba ciertas decisiones son todo un misterio.

—Maali solía decir que el trabajo de un guía era muy parecido al de un criado indígena, pero sabiendo hablar inglés —comenta DD, que ha adoptado el papel de abogado. Eso implica que marca más el acento e imita las pausas que hace su padre al hablar.

—Ya sabréis que le encantaba exagerar. Al final siempre aceptaba el trabajo y se llevaba un buen pellizco. ¿Habéis probado a llamar al resto? —Se hace el silencio. Jaki se rasca la frente y DD juguetea con la llave de la vida que pende de su cuello—. Estoy seguro de que mi carta no era la única en esa caja.

—¿Dónde os conocisteis? —pregunta DD.

—En una fiesta, ¿y vosotros?

—¿Qué fiesta?

—Creo que tú ya sabes a lo que me refiero.

—No, no lo sé —miente DD.

—Entonces, ¿no tienes ni idea de lo que contiene el sobre del as de diamantes? —pregunta Jaki, que se lleva la taza a los labios. Jonny ha servido el té edulcorado en un juego de porcelana fina, que alguno de sus compatriotas probablemente robó durante las Guerras del Opio.

—Siempre llevaba la cámara encima, así que ¿quién sabe? A lo mejor contenía las fotos de alguna fiesta. La embajada celebra unos cuantos eventos a lo largo del año. Tu padre, Stanley, asistió a uno de ellos, por cierto.

—¿Y por qué las escondería debajo de la cama?

—Todos ocultamos algo, compañero. Maali guardaba más secretos que el resto. Yo no le daría demasiada importancia, pero haré un par de llamadas. Estoy seguro de que está bien. ¿Tu padre está a favor del federalismo o de la propuesta biestatal?

—No entiendo qué relación tienes con él. ¿Erais amigos?

—Los hombres como nosotros tenemos que mantenernos unidos, ya lo sabes.

—Yo no frecuento esas fiestas que mencionas.

—Pues deberías.

Jaki se levanta y estudia los retratos de la pared. Pasa por delante de lord Mountbatten, sir Oliver Goonetilleke, la reina Isabel, sir Richard Attenborough y el embajador británico. Jaki recorre con un dedo la barra de bar bien provista que ocupa el espacio junto a la enorme pantalla de televisión. Al lado del bar, hay una mesa llena de papeles y facturas.

—¿Quieres que te sirva algo más fuerte?

Jaki sacude la cabeza sin apartar la vista de los recibos y los papeles de la mesa contigua.

Jonny se levanta apresuradamente, recoge todos los papeles, los guarda en un cajón y sonríe como si no tuviese nada que ocultar.

—Disculpad el desorden.

Jaki regresa a su asiento y se mordisquea un mechón de pelo, mientras que DD da un sorbo al té y pone cara de asco. Tu chico aborrecía la miel casi tanto como el té.

—¿Trabajas para la embajada o para la Associated Press?

—Para la embajada. Es Robert Sudworth quien trabaja para la AP. Necesitaba a un guía y yo le puse en contacto con Maali, eso es todo. La AP, Reuters, la BBC, incluso *Pravda*... Sus respectivos colaboradores se van dejando caer por los eventos que se celebran en la embajada. Siempre que me piden que les ponga en contacto con alguien que pueda conseguirles entrevistas con el ejército o con los Tigres, les recomiendo a Maali.

—¿Cuánto tiempo hace que le pasas ese tipo de encargos?

—Un par de años, pero yo lo único que hago es ponerlos en contacto.

—¿Apostabas con él en las mesas de juego?

—No suelo frecuentar los casinos. De hecho, llevo sin poner un pie en uno desde que vivía en Entebbe, en Uganda. Según mi experiencia, disfrutar de las apuestas suele ir de la mano de... comportarse como un cretino.

—¿Y qué suele ir de la mano de llevar un naipe tatuado? —inquiere Jaki.

DD interviene antes de que Jonny tenga oportunidad de responder:

—La última vez que lo vieron, Maali estaba hablando con un europeo de mediana edad en el Pegasus.

—¿Y ahora resulta que soy el único *suddha* de la ciudad? No seáis zoquetes. Andy McGowan, del *Newsweek*, recurre a él con bastante frecuencia. Dice que Maali era el único guía que se había ganado el respeto de todos los implicados.

—¿Porque sabe hablar en cingalés, tamil e inglés?

—Es una posibilidad. Aunque puede que también fuese cosa del pañuelo rojo.

DD entrecierra los ojos y Jaki abre mucho los suyos. Pocos saben que la Cruz Roja repartió pañuelos entre los reporteros, el personal médico y los no combatientes para identificarlos en el campo de batalla. No es que sirvieran de mucho, porque, tan pronto como empezaron a aparecer rehenes atados con los pañuelos de marras durante la masacre de Dollar Farm, no se volvió a ver ni un solo pañuelo rojo, médico o reportero, en la zona de conflicto. Pasaron a ser tan difíciles de encontrar como los cascos azules de la ONU. Sin embargo, tú nunca te lo quitaste y ni las balas ni la muerte consiguieron alcanzarte.

—Os llamaré si me entero de algo, ¿os parece? En cualquier caso, estoy seguro de que aparecerá.

Lo mejor que tiene la Nikon 3ST que tu *dada* te envió desde Misuri es que no emite ningún sonido cuando aprietas el disparador. Sacaste más fotografías durante esas misiones sin sentido en las que participaste como guía que cuando te contrataban explícitamente como fotógrafo.

—¿Cuándo lo viste por última vez?

—Hace semanas ya, durante una rueda de prensa. Me dijo que iba a tratar de mantenerse alejado de la zona de conflicto. Y hacía bien.

Jonny debería haberse dedicado a jugar al póker. Era capaz de mentir con los ojos, la nariz y los dientes.

—¿Qué sabes de la CNTR?

—Me suena ese nombre. Es una organización humanitaria, ¿no? Aunque esas tienen muchas caras.

—Entonces sí que sabes algo de ellos.

—No tengo el gusto. La CNTR podría estar recaudando fondos para alguna formación política o consiguiéndoles armas a los militantes. También cabe la posibilidad, claro, de que su intención sea realmente la de ayudar a los inocentes. Con los tiempos que corren, es difícil saberlo. ¿Sabe papi Stanley que vas por ahí jugando a ser el detective Colombo?

—¿Por qué te ofreciste antes a pagar las deudas de Maali?

—Porque no es la primera vez que lo hago. Yo soy quien le gestiona los pagos de la AP. Todavía le debo algún que otro encargo.

—¿Y por qué lo llevas tú?

—Subcontratamos los servicios administrativos a los medios internacionales. Así los periodistas salvaguardan sus fuentes de información y dejan todos sus movimientos por escrito.

—¿Sabes qué guardaba Maali en esos cinco sobres?

—No me hace falta saberlo, porque me lo puedo imaginar. Ahora mismo hay dos guerras en marcha, lo cual significa que hay numerosas estampas desagradables por fotografiar. Lo más seguro es que Maali se haya escondido por ahí para pasar desapercibido durante un tiempo y os sugiero que hagáis lo mismo.

Dos ancianos caballeros entran en la sala sin llamar. Uno parece estar borracho y el otro, cabreado. Jonny Gilhooley se levanta como un resorte.

—Venga, Jonny, que va a empezar el partido —dice el borracho.

—Disculpen la interrupción —dice al mismo tiempo el hombre cabreado, que tira del otro para sacarlo de la sala.

—Me temo que tendremos que dejar la conversación por hoy, amigos —se disculpa Jonny—. Creedme, estoy seguro de que Maali estará en alguna misión. Me pondré en contacto con vosotros si descubro algo más.

Durante el camino de vuelta, Jaki mira por la ventanilla y contempla los cuervos y los puntos de control.

—Había un vale para canjear por copas en su mesa. Era uno de los papeles que guardó a toda prisa.

—¿Y dónde se consiguen?

—Te los dan con las fichas en el casino. Están pensados para que bebas gratis durante una hora, así que están marcados con fecha y hora.

—Ese tipo me ha dado mala espina. Cuanto más educados son los ingleses, más mienten.

—¿Y quién se tatuaría un naipe en el brazo?

—¿Por qué mencionabas lo del vale?

—Porque era del Pegasus, del lunes a las 11:22 p.m. Resulta curioso viniendo de alguien que piensa que quienes disfrutan de las apuestas suelen ser unos cretinos.

EL PAÑUELO ROJO

A Jonny le gustaba presumir de que la idea del pañuelo rojo había sido suya. Se lo comentó de pasada a Gerta Müller, una colaboradora de la Cruz Roja, durante un cóctel celebrado en la embajada, y ella, en una demostración de la estereotípica eficiencia de su nación, tardó menos de un mes en tener un par de cajas disponibles. La idea era que equivaliese a una bandera blanca para los no combatientes, a una zona de alto el fuego en el campo de batalla, a un talismán con el que parar las flechas y las piedras de las hondas, como el *henaraja thailaya,* ese legendario aceite con propiedades mágicas. Nadie parecía darle demasiada importancia al hecho de que los pañuelos, al fin y al cabo, eran como banderas rojas y que muchos de los que blandían las armas en la zona de conflicto reaccionarían como toros ante su color.

A ti te encantaba lo bien que combinaba con tu sahariana y tus collares, aunque eso fue antes de que los del JVP empezasen a copiarles el estilo a los Jemeres Rojos de Camboya.

—La idea era buena —se defendió Jonny, mucho después de que la iniciativa fracasase—. Es una pena que esa panda de diablos no muestre respeto por nada.

—¿Por qué sigues viviendo aquí después de veinte años si no soportas a los autóctonos? —le preguntaste una vez.

—¿Conoces el dicho sobre el país de los ciegos?

—Suenas como uno de esos abuelitos nostálgicos de la era del colonialismo.

—Viví en Newcastle upon Tyne durante veinticinco años y allí tampoco aguantaba a los nativos —apuntó Jonny—. No es nada personal, hijo. La humanidad es una plaga.

—Los *suddah* vinieron, vendieron lo que no les pertenecía, se hicieron ricos y se piraron de aquí.

—¿Cuánto tiempo vamos a seguir con esa cantinela? —canturreó Jonny con voz desafinada.

Jonny y tú nunca sobrepasasteis los límites de una relación estrictamente profesional. No obstante, también es cierto que mantuvisteis aquella conversación en calzoncillos, dentro de una bañera de hidromasaje, mientras dos hombres fornidos y de piel oscura os metían mano. Ratne y Duminda estaban ambos en la veintena y simulaban trabajar como peones en la casa de campo de Jonny en Bolgoda. Por alguna razón, la enorme televisión estaba encendida, aunque ninguno de vosotros prestaba atención al partido de críquet.

—¿Quién ha puesto esa mierda en la tele?

Aunque Jonny era el delegado cultural de la embajada británica, colaboraba en tantos proyectos que si hubiera querido contarlos con los dedos de una mano se habría quedado corto, y más en aquel momento, que tenía tres dedos ocupados, metidos en la boca de Duminda. Llevaba viviendo en Sri Lanka más de una década y se había construido un buen número de espléndidas mansiones. Estaba tan ensimismado atendiendo a su chico de compañía que se tomó su tiempo en responder a tu pregunta:

—Lo siento, guapito. Ya sé que no te gusta el críquet, pero te pido por favor que no te cagues en mi *jacuzzi*.

Te enrollaste con el jefe de DD, te acostaste con su primo, uno de los miembros de su equipo de fútbol te la chupó y te tiraste a un camarero en el baño mientras estabas teniendo una cita con él, pero nunca se te pasó por la cabeza ni por un segundo intentar algo con Jonny Gilhooley.

—Ya sé que estos trabajos que me encargas, los de guía, no son para la Associated Press.

—¿Y qué más te da quién emita los cheques?

—Me importa por la misma razón por la que Maggie Thatcher se preocupa por esta guerra nuestra tan tonta.

Jonny le dio una calada al cigarro de liar barato que Duminda le había puesto en los labios antes de que este se lo llevase a su vez a la boca y le echase el humo a Jonny en la oreja.

—¿De dónde has sacado esa ocurrencia? Si yo fuera tú, amigo, no me pondría chulo y menos cuando andas corto de dinero. Pero ya que hablamos sin tapujos, te diré la verdad: si estamos aquí es para salvaguardar la democracia, la libertad y los derechos humanos.

Os echasteis a reír como dos *drag queens* y los otros dos chicos os siguieron, aunque no habían entendido el chiste. Le pediste a Ratne que te alcanzase otra cerveza, pero sin interrumpir la tarea que tenía entre manos bajo el burbujeo del agua.

—Por lo que parece, eso es lo que Estados Unidos está haciendo en Panamá, Nicaragua y Chile —replicaste sacudiendo la cabeza.

—Esos también fueron nuestros. La posición oficial de la reina es la siguiente: Britania se ha hartado de dominar el mundo. Ahora preferimos limitarnos a ser meros espectadores.

—Igualito que ese predicador estadounidense, Jimmy Swaggart.

—Siempre nos ponemos del lado de los buenos y apoyamos al equipo ganador. Y no solemos equivocarnos, pero nadie es infalible.

—Menudo eslogan te acabas de marcar: «La nueva Britania. Desde las Malvinas a las Maldivas. No solemos equivocarnos».

Ambos os quedasteis en silencio cuando vuestros respectivos acompañantes os hicieron perder el hilo de la conversación. Los chicos se retiraron para preparar la comida mientras vosotros holgazaneabais, a remojo en el agua caliente. Jonny se puso a ver el partido y tú aprovechaste para observarlo a él.

—¿Te preocupa algo, chico?

—No me hace mucha gracia tener que jugarme el pescuezo. No me merece la pena por lo que cobro.

—Tiene lógica —coincidió Jonny—. Presenté una solicitud para que reconsideraran tu sueldo, pero nos la rechazaron por culpa de esa enorme bocaza tuya.

—¿Qué solicitud?

—Se supone que eres uno de los guías de la AP. Tu trabajo consiste en llevar a los reporteros a su destino, conseguirles entrevistas y asegurarte de mantenerlos con vida. Nadie te pidió que hicieras fotos o que fueras por ahí presumiendo de ser un espía de la reina.

—¿Cuándo he presumido yo de eso?

—Se lo contaste a ese chico tuyo, él se lo dijo a su padre y este se lo trasladó a su superior. Nuestros respectivos jefes acabaron reuniéndose para discutir el tema.

—¿Es cierto que Bob Sudworth es periodista?

—No soy quién para confirmarlo o desmentirlo. Y tú tampoco.

—Los chinos acaban de arrebatarles a los británicos un contrato de venta de armas de lo más jugoso. Me parece a mí que el gobierno de Sri Lanka ya no depende de vosotros. Es una pena.

—Yo trabajo para el servicio de inteligencia. No tengo nada que ver con eso.

—¿Y qué pasa con todo el armamento que no habéis vendido?

—¿Sabías que tuve una época *hippie*? Soy pacifista, hostia.

Los chicos regresaron con batas en la mano para anunciar que la comida estaba lista. Duminda estaba mucho mejor dotado que Ratne, cuyo bañador estaba tan abultado como el de un niño pequeño o el de una chica entrada en carnes. Jonny se puso una bata y aprovechó para meterle mano a Duminda, que dibujó una de sus ensayadas sonrisas.

—Siempre y cuando consigas guardarte tus opiniones políticas, podremos considerar ese aumento de sueldo —sentenció Jonny.

La norma impuesta por el gobierno esrilanqués para todos los corresponsales de guerra era que no convivieran ni estrecharan lazos con los terroristas. La AP no hacía referencia a ello en su política oficial por lo que, en el fragor de la batalla, aquella era una decisión que quedaba en manos de los reporteros y los guías.

Jonny te presentó a muchos periodistas, pero todos acudían a ti con peticiones similares. ¿Podríamos ver algún cuerpo? ¿Nos conseguirías una entrevista con el líder de los Tigres? La primera era viable, pero la segunda era imposible. Tú les explicabas que era difícil llegar a un acuerdo con cualquiera de las fuerzas implicadas sin tomar un té juntos primero y que hablar con el pez gordo era tan sencillo como conseguir una exclusiva con Elvis.

A principios del 87, te embarcaste en uno de tus primeros encargos. El reportero que te habían asignado era Andy McGowan, un joven alegre de corazón roto que trabajaba para el *Newsweek*. Jonny te había pagado un buen adelanto, que conseguiste doblar en el Pegasus sin despeinarte antes de perderlo todo estrepitosamente en una partida de póker con otros corresponsales de guerra.

Era la segunda vez que visitabas Vavuniya e ibais a la caza de niños soldado. Había llegado a los oídos de la prensa que estaban entrenando a adolescentes para formar parte de escuadrones suicidas y que estaban enseñando a los huérfanos a manejar rifles T56, pero habías acompañado a Andy por toda la zona norte del país y no habíais encontrado pruebas de ninguno de esos dos rumores.

En las barracas de Vavuniya, visteis a Robert Sudworth, corresponsal de la Associated Press, hecho una furia porque su guía lo había dejado tirado cuando le pidió que le llevase a explorar las selvas del Vanni. El comandante Raja Udugampola, que era el oficial al mando y futuro cabecilla de las fuerzas especiales, se había negado a concederles la protección del ejército en territorio enemigo. El comandante era tu antiguo jefe y, teniendo en cuenta cómo acabasteis, era poco probable que fuese a hacerte ningún favor especial.

A diferencia de Andy, que solía ir hecho un desastre, Sudworth siempre iba de punta en blanco. Vestía con ropa de camuflaje de diseño y pantalones confeccionados a medida incluso en el frente, y conquistó a McGowan con una cálida ofensiva, como tenía por costumbre:

—No sabes lo muchísimo que siento tener que decirte eso, pero adoptar el enfoque de los niños soldado es una tarea imposible. Conseguí tirar un poco del hilo en Akkaraipattu, pero los Tigres no dejan que nadie los fotografíe y no aceptan entrevistas. Además, ninguna familia con niños está dispuesta a hablar. —Sudworth os condujo a ambos hasta su Jeep prestado y añadió en voz baja—: Pero he dado con otra historia, compañeros. Si aunamos fuerzas, podemos compartir la exclusiva.

Las fuerzas de Bob Sudworth se reducían a un guardaespaldas llamado Sid. Era escocés y, según decían, hablaba inglés, aunque tú no entendías ni una sola palabra que saliera por su boca. El mastodonte respondía ante un servicio de seguridad privado para mercenarios llamado KM Services y siempre llevaba ropa de camuflaje, botas y un subfusil israelí.

Según Sudworth, los Tigres estaban obligando a una aldea entera a aprender a combatir. El ejército los tenía localizados, pero no estaban listos para enviar soldados. Tú le dejaste bien claro que no tenías forma de acceder a esa información, así que Sudworth insinuó que podría reservarte un buen pellizco del mismo presupuesto que le había permitido costearse un guardaespaldas.

Una vez que te hubiste asegurado de que no te cargaran con ningún muerto indeseado, aceptaste llevarlos hasta allí y te sorprendiste ante lo fácil que te resultó engatusar a los guardias del punto de control de Nambukulam para que te dejasen pasar hasta el de Omanthai. Cuando llegasteis a la aldea, quedó claro por qué no pusieron pegas.

Allí solo había ancianos y mujeres jóvenes. Tíos, abuelas, agricultores, granjeras y maestros de escuela cargaban rifles y disparaban a una serie de dianas bajo la supervisión del coronel Gopallaswarmy (también conocido como Mahatiya), uno de los Tigres fundadores que había vivido en la misma aldea que el jefe supremo y que no paraba de ganar puestos en la cadena de mando. El alto y bigotudo coronel, que era una versión más enjuta y codiciosa del jefazo de los Tigres, aceptó reunirse con Sudworth y McGowan y os dio permiso para que fotografiaseis a los aldeanos.

Ninguno de los lugareños confesó estar allí retenido por la fuerza y todas sus declaraciones parecían libres de coacción.

—Nos da más miedo el ejército que ellos. Fueron los soldados quienes quemaron nuestras casas —aseguró un chico que, aunque bien podría estar recién salido de la escuela, era demasiado mayor como para ser considerado un niño soldado—. Nos están entrenando para que aprendamos a protegernos.

El personal del comandante Raja catalogó aquella historia como un ejemplo de cuán oprimidos tenían los Tigres a los civiles. Por el contrario, los Tigres buscaban dibujar un escenario en el que le devolvían el poder al pueblo. *Esta guerra no acabará nunca*, pensaste mientras los aldeanos disparaban. Te permitieron usar tu Nikon con total libertad, pero bajo una única condición: «No le saques ni una foto al coronel». Al final, él fue la estrella del reportaje.

McGowan y Sudworth (quienes, a partir de entonces, insistieron en que los llamases por su nombre de pila) te nombraron el «mejor guía al este de México» y prometieron añadir una jugosa bonificación a tus honorarios. Poco después, el ejército anunció su llegada con una granada de mano. Las balas taladraron el aire, mutilaron los árboles y agujerearon el suelo. Bob, Andy y tú os escondisteis corriendo bajo lo que parecía ser una planta de té, aunque era poco probable que lo fuese. Tú te hiciste un ovillo junto a una roca que yacía junto a la base del arbusto. Sid, el guardaespaldas, sacó el subfusil que siempre llevaba consigo, pero le dispararon en el brazo y el arma salió volando; como buen escocés, soltó una ristra de improperios antes de desmayarse.

Se dice que los disparos suenan como el estallido de un petardo, pero eso no es del todo cierto. Para que un petardo sea tan estruendoso como un disparo, tendrían que reproducir el sonido de la explosión por un altavoz colocado justo al lado de tu oído. McGowan se echó a llorar y Sudworth se puso a repetir la misma palabrota sin parar mientras el polvo volaba a vuestro alrededor, como si una tormenta invisible estuviese desmenuzando el suelo. Y, de pronto, el aire se inundó de humo, estruendos y alaridos. Vosotros tres os agazapasteis bajo una roca plana, bajo el arbusto endeble, y le rezasteis a todos aquellos dioses en los que nunca habíais creído.

Por eso, tomaste una decisión: ataste el pañuelo rojo a un palo y lo encajaste en el arbusto para que la tela ondease al viento como una bandera blanca bañada en sangre. Durante los cuarenta y cinco minutos que duró aquel ruidoso tiroteo sin vencedores ni vencidos, no os rozó ni una sola bala.

Para cuando cesó el fuego y el ejército esrilanqués desfiló por el campamento, todos los aldeanos que quedaban con vida ya habían huido. Bob y Andy cargaron con el tremendamente pesado e inconsciente cuerpo de Sid el escocés contigo a la cabeza, con el pañuelo atado al palo por bandera, como el líder de una orquesta socialista. Enseguida pusiste ambas manos en alto y gritaste en cingalés:

—¡Somos periodistas internacionales! ¡Tenemos a un extranjero herido!

Los tres os adentrasteis con cuidado en la niebla, listos para poner cuerpo a tierra ante el más mínimo indicio de un nuevo tiroteo. El personal médico salió a vuestro encuentro, se hicieron cargo del herido, y a los demás, que solo habíais quedado traumatizados, os retuvieron para haceros un par de preguntas. Un pañuelo rojo y dos pases de prensa consiguieron libraros a Andy y a ti del mal trago, pero a Robert se lo llevaron a una choza que había junto a un palmeral para interrogarlo. Él los acompañó sin rechistar. Por aquel entonces no habrías sabido decir si el campo de batalla lo había convertido en un guerrero impávido o si lo había dejado mudo de miedo; el tieso labio superior de Robert ocultaba todo tipo de secretos.

Habías ido a dar un paseo con Andy por el palmeral cuando te percataste de que un segundo invitado había entrado en la choza. Era un prisionero con un saco de tela negra en la cabeza. En cuanto cerraron la puerta, localizaste una ventana abierta, evaluaste las condiciones de luz y encontraste el ángulo perfecto. Andy te ayudó a encaramarte a un árbol para conseguir elevarte los centímetros necesarios para encuadrar la foto. Justo entonces fue cuando un tercer personaje entró en escena. Lo reconociste enseguida y te pegaste tanto como pudiste al tronco del árbol para evitar que te viera.

Divisaste a simple vista una mesa llena de documentos y el objetivo de la cámara te reveló los rostros de las tres figuras que estaban sentadas alrededor. En un extremo, teníamos a Bob Sudworth. En un lateral, con la cabeza al descubierto, sudoroso y apaleado, estaba el coronel Mahatiya Gopallaswarmy, líder de la facción más extensa de los Tigres. Por último, presidiendo la mesa, estaba el oficial al mando de las fuerzas que acababan de invadir la aldea. Era tu antiguo jefe: el comandante Raja Udugampola.

Cuando regresasteis de aquel viaje, Jonny te llevó a tomar algo al centro cultural y te entregó un sobre que contenía un cheque con una cifra más alta de la acordada y una fotografía tomada antes de que el tiroteo de Omanthai alcanzase su punto álgido. Jonny observó al grupo de esbeltos jóvenes con guitarras acústicas que tocaban en el escenario y se sirvió un poco más de cerveza por debajo de la mesa. La licencia para vender alcohol le estaba dando ciertos problemas al centro cultural, así que, de forma provisional, les pidieron a los mecenas que trajeran su propio alcohol al local, siempre y cuando contribuyeran a la financiación legal del establecimiento y bebieran con cierta discreción.

—Dejaste a Bob con la boca abierta, compañero. Y Andy me dijo lo mismo. Parece ser que mi idea del pañuelo rojo no fue tan mala.

—Tu coleguita Bob también me dejó sorprendido.

—¿Por qué no te tomas un descanso? Vete de vacaciones y mantente alejado del casino. Ya hablaremos de trabajo cuando estés preparado.

—Setenta civiles tamiles murieron en la masacre de Omanthai. Hubo niños desangrándose ante mis ojos y yo lo único que hice fue tomar esa foto.

—Te asignaré proyectos de los gordos, de los bien pagados. No tendrás que ver sangrar a más niños.

La fotografía no tenía nada de especial. En ella se veía al coronel minutos antes de que comenzase el tiroteo, llevándose a rastras a una mujer vestida con un sari. La mujer había mirado a cámara, como si te hubiese visto escondido entre los árboles. Se cubrió la cabeza con el sari justo cuando apretaste el disparador, pero no le dio tiempo a taparse el rostro, que era bellísimo, incluso en aquel mar de polvo.

—¿Ese es el coronel Gopallacomosellame? ¿Es Mahatiya?

—Acompañado por la que parece ser su amante.

—¿Entonces está desafiando la norma «Nada de sexo, por favor, que somos Tigres» del jefazo supremo?

—Esos rumores se los inventa el ejército. Estoy seguro de que ni siquiera ese pez gordo es célibe. No es más que una estratagema para evitar que los hombres bomba se echen novia.

—En cualquier caso, esta es una fotografía valiosa.

—¿Comentó Bob algo al respecto?

—Considerando que Mahatiya y el líder de los Tigres Pra-bhakaran no se llevan bien...

—Bob debe de estar al tanto de ese detalle, no me cabe duda. Estuvo un buen rato hablando con el coronel.

—Pues entonces bien por él. ¿Tienes alguna fotografía más en venta?

—Para ti, no.

Llevabais las bebidas envueltas en un viejo periódico inglés y tú utilizaste la sección de noticias para mantener a las moscas alejadas del plato de cerdo picante que compartíais. En las noticias, se hablaba de acuerdos de paz y se especulaba sobre la posibilidad de que el ejército indio duplicase la presencia de tropas en territorio esrilanqués.

—Nuestros chicos de inteligencia creen que te estamos infra-valorando al tenerte como guía —apuntó Jonny—. Tienes un gran futuro por delante, así que no te lo cargues.

Seguía sin quitarle ojo a los chicos del bar, aunque sabía que ni siquiera en un lugar como aquel podría acercarse a ellos.

—¿Y Bob no mencionó nada de la charla con el coronel?

—No he hablado con él todavía.

—Se te da fatal mentir para dedicarte a ello de forma profe-sional, Jonny.

—Por cierto, tienes que dejar de tontear con los del JVP. No hay nada más patético que un comunista de clase media. —Cuando Jonny cambiaba de tema, más valía dar la conversación por concluida—. Mira, yo también me inclino más hacia ese extremo. Todos hemos pasado por esa etapa. No voy a negar que me alegré cuando el Vietcong les dio por culo a los yanquis y puede que derramase un par de lágrimas por los camaradas que perdieron la vida en Indonesia. Está clarísimo que las garras del capitalismo acabarán por asfixiarnos a todos. Pero tenemos que aceptar la realidad, muchacho. Los principales enemigos de los comunistas son otros comunistas y la única asesina más prolífica que Stalin, Mao o Pol Pot es Dios.

—Menudo discursito te acabas de marcar —observaste mientras seguías con la mirada al camarero de camiseta apretada.

—Se rumorea que el coronel Gopalla-Mahatiya está reuniendo una facción rival y que se quiere revelar contra el jefe supremo. ¡Que Dios nos asista!

—El coronel no es tan bobo como para enfrentarse a Prabhakaran.

—Parece ser que el censor del gobierno ha prohibido que se difundiera la historia de los Tigres y los aldeanos —comentó Jonny, que te observaba con atención.

—Eso le vendrá genial a Bob. Así podrá ponerse la medalla de reportero sin tener que escribir ninguna noticia.

Le devolviste la mirada con la misma intensidad y mantuvisteis el contacto visual sin pronunciar ni una sola palabra cuando la banda de música se tomó otro descanso no planificado.

—¿Tienes algo que contarme, Maali?

—En el hipotético caso de que tuviese una fotografía de Bob, el coronel amotinado y el comandante Raja Udagampola en una reunioncita secreta, ¿a qué valor calculas que ascendería?

Jonny frunció el ceño y sacudió la cabeza.

—Es imposible que tengas una fotografía como esa, compañero.

—¿Por qué?

—Porque pondría en riesgo tu vida y le tienes más aprecio a tu pellejo que a tus fotografías.

—¿Enviarían a Sid el escocés a por mí? ¡Qué forma más eficiente de utilizar el presupuesto para mercenarios!

—No les haría falta mandar a nadie. Los Tigres y el ejército se encargarían de enterrarte bajo una lluvia de granadas de mano. Que no se te vuelva a ocurrir bromear con una cosa así, Maali. Más te vale no ir en serio.

—Claro, era broma —aseguraste antes de guardarte el cheque—. Puse un pie en el otro barrio y lo único que me traje de allí fue un pañuelo rojo. Y una causa perdida.

DI MI NOMBRE

Las dudas que te gustaría plantearle al universo son las mismas que las de cualquier otra persona. ¿Por qué nacemos? ¿Por qué morimos? ¿Cuál es la razón de la existencia? Pero todo cuanto el universo tiene que decir es: «Y yo qué sé, imbécil, deja ya de preguntar». La vida después de la muerte es tan confusa como la de antes de estirar la pata y el Mundo Intermedio es tan arbitrario como el Mundo Inferior. Por eso inventamos historias. Porque nos da miedo la oscuridad.

El viento trae consigo tu nombre y tú lo sigues a través del aire, el hormigón y el acero. Recorres un callejón de Slave Island montado sobre la brisa y los susurros vuelan desde cada portal hasta tus oídos:

—Almeida... Malinda...

Una nueva e inesperada ráfaga de viento sopla por las abarrotadas calles de Dehiwela y el número de voces se incrementa:

—Miembro del JVP... Activista... Almeida... Maali... Desaparecido...

Viajas desde Slave Island hasta Dehiwela en un abrir y cerrar de ojos, mucho más rápido que en helicóptero. El lado positivo de la muerte es que te ha liberado de los atascos de Galle Road, de los conductores de Parliament Road y de los controles situados en cada calle. Pasas por delante de los transeúntes que, ajenos a tu presencia, deambulan por las deslucidas aceras de Colombo. Ellos son los hermanos y hermanas mortales de aquellos que murieron y acabaron olvidados prematuramente. Eres una hoja en la tempestad que se deja llevar por una fuerza incontrolable e irresistible.

El visionario esrilanqués, Arthur C. Clarke, asegura que la proporción según la cual los muertos superan en número a los vivos es de treinta fantasmas por cada persona viva. Cuando miras a tu alrededor, sospechas, para tu gran pesar, que aquel eminente hombre se quedó bastante corto con su aproximación.

Cada persona con la que te cruzas lleva un espíritu agazapado a la espalda. Algunos van acompañados de un ser que se alza sobre ellos y los guarda de los espectros malignos, los *pretas*, los *raju* y los demonios. Otros lidian inconscientemente con los distinguidos miembros de esas cuatro clases de criaturas, que se detienen ante los vivos y les gruñen ideas descabelladas a la cara. Unos pocos cargan con demonios que, acuclillados sobre sus hombros, les llenan la cabeza de negatividad.

Sir Arthur lleva viviendo en esas costas malditas desde hace tres décadas, por lo que es prácticamente esrilanqués. Austria ha conseguido convencer al mundo de que Hitler era alemán y de que Mozart era de los suyos. Después de sufrir décadas de pillaje armado a manos de los piratas llegados desde Londres, Ámsterdam y Lisboa, ¿es mucho pedir que los esrilanqueses nos apropiemos de un visionario de la ciencia ficción?

Las nubes de tormenta escupen rayos y los truenos rasgan el viento. Has perdido la cuenta de cuántas veces ha llovido desde que pasaste a mejor vida. O el monzón se ha adelantado o el universo está llorando la pérdida de tu insignificante vida. Hoy, las enojadas nubes derraman sus lágrimas como densos pegotes de tinta sobre la cabeza de los pobres incautos.

—Ya he consultado la lista de los desaparecidos —le comenta un europeo con chubasquero a otro.

—¿Y reconociste algún nombre? —le pregunta su compañero, que recorre con el dedo una hoja escrita a máquina protegida con un plástico.

—Han incluido en ella a Maali Almeida. Aparece como miembro del JVP y activista, pero no era ni lo uno ni lo otro.

El hombre del chubasquero es Andrew McGowan, el corresponsal de guerra que alguna vez fue tu amigo. Tiene la cara empapada y enrojecida, aunque no sabrías decir si es por culpa de la lluvia o de las lágrimas.

Has vuelto al punto de partida: a las orillas del Beira, donde la lluvia ha cesado y una muchedumbre se ha congregado junto al templo. Es algo bastante fuera de lo común, ya que no es un día de luna llena, celebrado por los budistas, ni tampoco toca la recogida de limosnas. Allí donde termina la multitud, dos fornidos europeos vestidos con chubasqueros de color azul claro parecen formar una barricada. De un camión, bajan siete policías entre los que se encuentran tus dos queridos amigos: el subcomisario Ranchagoda y el inspector Cassim. Ambos cierran la marcha y, a juzgar por su actitud, no han venido a controlar a la muchedumbre, sino a observar el caos.

Los policías y los dos europeos miden fuerzas como si un grupo de mofetas se enfrentara a un par de serpientes. La multitud brama como el cielo que se expande por encima de su cabeza. Un olor pestilente inunda tus inexistentes fosas nasales; las imparables lluvias han hecho que el río se desborde y que el Beira engulla sus orillas. El camino que rodea el lago está atestado de plásticos arrugados, peces consumidos, comida podrida y papeles empapados. La sorpresa se extiende entre los presentes de manera generalizada: ¿quién iba a decir que habría peces capaces de sobrevivir en un lago tan sucio como el Beira?

El gentío observa a los policías que intentan abrirse camino con buenas palabras mientras los europeos los obligan a dar marcha atrás con el mismo poder de convicción. Sin embargo, a ti te interesa más descubrir qué es lo que hasta ese momento había llamado la atención de los transeúntes. Junto a la orilla del lago, hay unos cuantos europeos con chubasquero más; algunos fotografían la escena y otros cubren con paraguas a los que llevan las cámaras. Lo que están inmortalizando en las orillas del Beira son huesos. Huesos empapados, colocados sobre plásticos y acompañados de naipes. Hay un *full* de ases y jotas, una escalera de diamantes con un nueve como la carta más alta y cinco naipes que no sirven para nada porque no forman ninguna mano.

Las cartas revolotean ante tus ojos; los reyes, las reinas y las jotas forman un torbellino frenético que te recuerda a los créditos iniciales de esa película de James Bond que se rodó durante el Verano del Amor. Esta vez parece que las náuseas nacen en el mismísimo centro de la Tierra, irrumpen en tu cuerpo a través de las plantas de los pies y te llenan el estómago y la garganta de arcilla. Los naipes descansan sobre los huesos, las médulas espinales, las cajas torácicas y los miembros desparejados. Entre ellos hay quince calaveras y no tardas en identificar la que una vez te perteneció. Esa fue la única parte de tu cuerpo que se hundió antes de que devolviesen el resto al interior de una cámara frigorífica.

—¿Sabes algo de Malinda?

—No, nada.

—El equipo forense de la ONU se ha quedado con los cadáveres —dice Stanley Dharmendran.

—¿Qué pinta la ONU aquí? —pregunta DD.

—Han venido a Colombo para participar en una conferencia.

—¿Sobre qué?

—Era un sinsentido. Lo organizó la oposición. Para ponernos las cosas más difíciles.

—¿Vamos a pedir más sepia?

Pocas fueron las ocasiones en las que padre e hijo te invitaron al Otters Aquatic Club. Quizá porque solías ser el desencadenante de sus discusiones. El padre aprovechaba las comidas en el club deportivo para darle a su hijo discursos motivacionales, y DD las veía como una oportunidad para comer gratis. Mientras compartían un plato de cerdo a la mostaza, Stanley le habló a su hijo del folleto difundido por la CNTR titulado *Madres de los desaparecidos* que un activista de los derechos humanos llamado PM Rajapaksa sostuvo en alto en medio del Parlamento en defensa del Partido de la Libertad de Sri Lanka. «Las morgues están llenas de inocentes», aseguró el joven parlamentario proveniente de Beliatta. «Lo mínimo que podemos hacer es identificar los cadáveres para que las familias puedan pasar página».

—No ha dicho ninguna mentira —coincide DD, que se está atiborrando a colesterol picante. Aunque no era el más diestro de tus amantes en la cama, sí que era, con diferencia, el más atractivo. Era un diez de pies a cabeza. Cuando tú te enamoras, no te fijas en las facciones o en el cuerpo de la persona, sino en el órgano más grande y valioso: la piel. La de DD era suave, oscura, impoluta y reluciente. Desearías recorrer su piel con la nariz y saborearla con los dedos y, aunque lo intentas, lo único que percibes es el olorcillo del cloro y el sudor. No es una sensación tan intensa como la que buscabas, pero te conformas. DD se coloca una toalla sobre los hombros.

—Quejarse es fácil cuando estás en la oposición —asevera su padre—. Que pongan al joven Rajapaksa al frente de un país en guerra, a ver qué pasa. ¿Qué haría si tuviese que lidiar con el JVP?

—Lo único que pide es que se identifiquen los cadáveres, *appa*.

—Lo que pide. Es que esos demonios extranjeros. Metan las narices. En nuestros asuntos.

—¿Acaso no invitó nuestro querido presidente al ejército indio a colarse en nuestro territorio? ¿Ellos son ángeles en vez de demonios?

—Yo voté en contra de esa medida, Dilan. Ya lo sabes. No te muerdas las uñas, hombre. Que ya no eres un crío.

Rajapaksa invitó al equipo forense de la ONU a que entrenara a las autoridades locales para que cotejasen los cadáveres con las listas de desaparecidos. Mientras tanto, se rumoreaba que habían contratado a la CIA para formar a los torturadores del gobierno. El equipo de la ONU se hospedaba en el Colombo Oberoi y organizaba conferencias para el funcionariado. Pero ¿cómo se enteraron de lo de los huesos antes que el cuerpo de policía? Ese detalle pasará a ser otro misterio sin resolver en esta isla llena de secretos.

—Han solicitado los registros dentales y el grupo sanguíneo de los desaparecidos. Como si a los idiotas de nuestros compatriotas que se pasan el día mascando hojas de betel se les fuese a ocurrir ir al dentista con regularidad.

DD mira a su alrededor sin dejar de atiborrarse a calamares picantes.

—Menuda clase tienes, *appa*. Creo que aquel periodista que está junto a la piscina no ha oído tu comentario.

Stanley estira el cuello para estudiar al hombre envuelto en una toalla que bebe con ansia una copa de *arrack* y escribe a toda velocidad en una libreta.

—Es una pérdida de tiempo y dinero.

—Como todo —suspira DD.

Stanley levanta la vista de su plato para centrarse en el rostro de su hijo.

—Deja de hablar así, Dilan. Suenas como Maali.

—¿Cómo ibas a saber tú eso? ¿Has hablado con él alguna vez?

—Es un joven con mucho talento. Espero que esté a salvo dondequiera que se encuentre. Pero tenemos que afrontar la realidad, hijo.

—¿Y por qué no afrontas, por ejemplo, que Greenpeace catalogó el Beira como el cuadragésimo sexto lago más contaminado del mundo en 1989?

—Maali es un chico listo. Pero hay veces en las que ser demasiado listo es una desventaja.

—Sri Lanka ha perdido el veinte por ciento de su cubierta forestal desde la independencia. Sri Lanka tiene el índice de suicidios más alto del mundo desde hace diez años. Ninguno de esos datos llega a los titulares ni aparece en la sección de deportes.

—Lo preocupante sería que lo hubieran arrestado. Las fuerzas especiales no hacen prisioneros.

—¿Por qué no hay cuerpo entonces? —Stanley le dedicó a Dilan una mirada significativa durante un largo rato—. Venga ya, *appa*. No digas tonterías.

—El ministro Cyril Wijeratne me ha pedido que colaborase con los forenses de la ONU.

—¿Para qué?

—Para que los ayude con la investigación y me asegure de que se adhieran al protocolo.

—¿El país tiene protocolos?

—Si Maali no está muerto, a lo mejor no quiere que lo encuentren.

—¿Y te quedarías tan tranquilo en ese caso?

—Si no vas a cooperar, se lo pediré a Jaki.

Desde el fallecimiento de la madre de DD, rara vez ha habido una tercera persona invitada a la mesa durante estos encuentros en el centro deportivo. Jaki ha estado sentada con ellos en silencio todo este tiempo, observando a los nadadores y a los camareros. La chica centra su atención en su tío Stanley y saca tres objetos de su bolso granate. Dos son las radiografías enmarcadas del proyecto artístico fallido, mientras que el tercero es un collar con una cápsula de madera.

—Bien —dice Jaki cuando los coloca sobre la mesa.

Stanley mira a su hijo y toma aire.

—Dilan. No me puedo creer que le dieras el collar de tu *amma*. Tu madre lo llevó puesto durante veinte años.

DD alza la vista y sacude la cabeza.

—No es él.

—La sangre del collar. ¿Es tuya o suya?

El pacto de sangre que hicisteis en Yala fue idea suya; era una especie de hermanamiento *new age*. Al parecer, sus padres habían hecho algo similar como parte de un ritual hindú. Cuando lo mencionó, ni a Jaki ni a su padre les hizo demasiada gracia, así que DD nunca volvió a sacar el tema.

—Yo prefiero confirmar que los restos no son suyos —dice Jaki.

—Sí, es lo mejor —coincide Stanley, así que DD se quita el collar de madera que lleva al cuello y que contiene tu sangre, lo deja sobre el cenicero sin usar y sale hecho una furia en dirección a los vestuarios.

En la morgue, los fantasmas se congregan alrededor de las mesas de autopsia sin dejar de refunfuñar. Los huesos están colocados sobre largas tiras de celofán, hay dos aparatos de aire acondicionado destinados a enfriar la estancia y cinco hombres ataviados con batas blancas se ciernen sobre los huesos y los inspeccionan con utensilios plateados. Además, tres patólogos del gobierno los acompañan bajo la presunta intención de aprender de los expertos, aunque, en realidad, su cometido es espiarlos.

Contemplas la escena desde el techo alto y ves que el resto de los espíritus están desperdigados por las paredes como moscas. Los esclavos *kaffir* se agazapan juntos contra un rincón, los fantasmas de las prostitutas levitan sobre sus huesos, un niño con un mordisco en el costado estudia con atención el arsenal de relucientes utensilios y un inglés con un arrugado sombrero blanco bosteza, sentado en otra esquina de la sala. Reconoces a los dos estudiantes. Tienen los ojos violáceos y llevan la lengua fuera.

—¿Qué estáis mirando todos? —gruñe una voz familiar. Sena lleva una túnica y una capa que ya no están hechas de bolsas de basura negras, sino de un material del mismo color—. ¿De verdad pensáis que os van a enterrar como es debido? ¿Que os van a dar el título de caballero después de muertos? —Esa segunda pregunta va dirigida al inglés—. Os van a tirar a una incineradora. Y sanseacabó.

—Puede que ahora hagan la prueba del carbono 14 y... —comienza el estudiante de Ingeniería de Jaffna.

—¿Para descubrir qué? ¿Que a ese niño se lo zampó un cocodrilo hace cincuenta años? ¿Cómo te llamas, hijo?

—Vincent Salgado —murmura el tímido niño de los pantalones bombachos.

—¿Creéis que habrá una estatua en memoria de Vincent Salgado? —se burla Sena. Camina con arrogancia entre los hombres vestidos con bata blanca y se restriega contra cada uno de sus traseros. Todos y cada uno de los forenses se mete la mano bajo la bata y se rasca allí donde Sena los ha tocado.

—¿¡*Hamu* Maali!? ¡No esperaba encontrarte aquí también! Qué demonios, ¿es que no has escuchado nada de lo que te he dicho?

No sabrías explicar por qué has acabado aquí o qué esperabas descubrir, pero te has visto arrastrado hasta aquí y ya no consigues marcharte.

—¿Y si hallan tu cráneo congelado en el Beira?

—Lo volverán a tirar al agua —responde Sena—. La probabilidad de que consigan contrastar los huesos con el registro de desaparecidos es…

—Menor que la de dar a luz a siameses. Y esa es de una entre doscientos mil.

Parece ser que la última información que el cerebro decide olvidar son los datos curiosos del *Reader's Digest*.

—A lo mejor salimos en las noticias —dice uno de los marineros.

—¿Y tú dónde ves las noticias? —le pregunta una de las prostitutas.

—Me asomo por las ventanas de los apartamentos que hay al final de Navam Mawatha —explica el marinero al tiempo que se coloca un gorro—. Allí la señal les llega de maravilla. Si os apetece venir, están echando *My Fair Lady* en el canal Rupavahini.

El fantasma de la prostituta sonríe y sacude la cabeza.

—La ONU le ofrece apoyo forense al gobierno —escupe Sena—. La noticia no se ganará más que un diminuto artículo en las últimas hojas del periódico. ¿De verdad creéis que admitirán haber encontrado cadáveres en el Beira? Seguid soñando, pardillos.

Tu mirada vuela hasta la caja de luz colgada en una de las paredes y contemplas las radiografías colocadas sobre ella: una muestra un par de pulmones llenos de moco y la otra, tres muelas del juicio enterradas bajo una hilera de molares. Las han sacado de un par de marcos que costaron más dinero que las propias radiografías que guardaste para rememorar tu efímera carrera como artista; otra pasión más que abandonaste por el camino.

—Desde la Sri Lanka Broadcasting Corporation, les ofrecemos un boletín especial. Se han hallado los restos de quince cadáveres sin identificar varados en las orillas del lago Beira. Un equipo de forenses de la ONU está colaborando con los patólogos del gobierno para tratar de identificar los restos óseos. Un portavoz del gobierno asegura que los cuerpos parecen haber estado sumergidos en el lago desde antes de 1948, por lo que no tendrían ninguna relación con el actual clima político.

A Jaki le dan un primer tirón de orejas por ofrecer un boletín de noticias no autorizado. Su jefe, un tal señor Som Wardena, dice que ha recibido una llamada del gobierno para darle una «severa reprimenda» y recordarle a SLBC que no tolerarán otra decisión como la que Jaki ha tomado.

Los de la ONU cumplimentan los informes requeridos por las autoridades locales y estos filtran la información para que llegue a oídos del ministro correspondiente, que la comparte con el ministro de Juventud y Deporte, Stanley Dharmendran. Padre e hijo charlan sobre dichas averiguaciones y el primogénito del ministro se las transmite a su compañera de piso. Ambos pasan toda una tarde entera llorando y, después, siguen adelante. Jaki consulta los periódicos durante varios días antes de tomar la decisión con la que se gana el despido.

—Dos de los quince cuerpos han sido identificados. Uno de ellos es el de Sena Pathirana, director del comité organizador del Janatha Vimukthi Peramuna en Gampaha. El otro cadáver es el de Malinda Almeida, un fotógrafo de guerra residente en Colombo. Se sospecha que ambos fueron asesinados a manos de los escuadrones de la muerte del gobierno. La ONU asegura que, tan solo este año, ochocientos setenta y cuatro cadáveres han sido enterrados clandestinamente y mil quinientos ochenta y cuatro ciudadanos esrilanqueses han sido declarados desaparecidos. Este ha sido un boletín especial de la Sri Lanka Broadcasting Corporation.

Jaki comunica la noticia sin demostrar ni una pizca de emoción y no le tiembla la voz cuando pronuncia tu nombre. La despiden en el acto y dos guardias de seguridad mal pagados la sacan del edificio de la SLBC a la fuerza. Una vez fuera, Jaki se sube a un *tuk tuk* que la lleva hasta vuestro apartamento en Galle Face Court y allí se tumba en su cama boca arriba, haciéndole frente al ventilador de techo, mientras pasa las páginas de la agenda de contactos sin parar de llorar.

—Gracias, cariño —susurras—. Ahora ve a buscar al rey y a la reina. Busca a los monarcas.

Jaki no te oye. Sube el volumen de la música melancólica que está escuchando y se toma dos pastillas de la felicidad.

—Los negativos están con el rey y la reina, cielo —insistes—. Es ahora o nunca. Ve a buscar los vinilos. Ya sabes dónde están.

Susurras, siseas, bramas y gritas…, pero ella sigue sin oírte.

—¿Te has enterado de lo de Maali Almeida? Lo han matado.

—¿Quién? ¿El gobierno?

—O los Tigres. ¿Quién sabe?

—¿Qué sentido tiene matar a un fotógrafo?

—Los Tigres se cargan a cualquiera que los critique. Sobre todo si tiene ascendencia tamil.

—Pensaba que Maali estaba con el JVP.

—¿Quién te ha dicho eso?

—Con los tiempos que corren, no sabría decirte.

Son dos periodistas del club de prensa que, a pesar de haber trabajado contigo, no saben nada de ti. Ambos eran corresponsales de guerra que se pasaban el día sentados en las oficinas de

Colombo y redactaban los comunicados de prensa del gobierno. Les lanzas un escupitajo, pero la saliva se evapora antes de alcanzarles la grasienta cabeza. Una vez más, el viento te trae una voz que pronuncia tu nombre, así que te montas en la corriente y dejas a ese par de escritorzuelos con sus reportajes de dudosa fiabilidad.

—Es toda una pena. A Almeida lo lanzaron desde un helicóptero al Beira.

—¿Quién te ha contado eso?

—Mi cuñado trabaja para el ejército.

—Pues se está tirando un farol. ¿Para qué se iba a molestar un presidente en utilizar un helicóptero para deshacerse de un donnadie del JVP?

—No era miembro del JVP. Se encargó de hacer fotos durante el Bheeshanaya, durante la época del terror. Y yo no he hablado de ningún presidente. Todos sabemos quién es el que se encarga del trabajo sucio por aquí.

—Vi a Malinda interpretar a Hamlet en una obra de la universidad. Fue todo un desastre.

—Parece que el chico no sabe hacer nada bien.

—¿Tan mal lo hizo?

Unos hombres a los que no conoces de nada charlan alrededor de un abrevadero. No saben nada de ti y mucho menos saben de lo que hablan. Aunque sí que es verdad que fuiste un Hamlet horrible. Te montas en otra ráfaga de aire.

Hay quien dice que es mejor que hablen de ti a que no te mienten en absoluto. Puede que eso sea verdad para los dramaturgos irlandeses que acabaron en la cárcel, pero no se aplica a los guías muertos de Oriente. La oscuridad se cierne sobre ti y todo cuanto oyes es el escándalo de voces que saborean y maldicen tu nombre.

Te has convertido en el tema estrella de conversación en la embajada india, donde los embajadores han organizado una reunión de emergencia de la RAW para reunir a todos los espías indios y descubrir si alguno de ellos había contratado tus servicios. Todos los presentes salvo I. E. Kugarajah niegan con la cabeza, así que la reunión se suspende.

En los casinos, también eres la comidilla entre los clientes habituales. En el Pegasus recurren a una malla metálica para proteger el balcón del sexto piso y despiden sin previo aviso al camarero que solía meterte mano en la escalera. Los fantasmas del Hotel Leo siguen sin prestarte la más mínima atención, ya que son el centro de su propio universo.

Nunca quisiste ser famoso. A pesar de tener un padre ausente y una madre distante, jamás se te pasó por la cabeza esa típica fantasía adolescente. Nunca perseguiste la popularidad, aunque aquello era justo lo que conseguías cada vez que salías al campo de batalla con ese pañuelo rojo. Por mucho que intentaras mantener las distancias, siempre acababas haciendo migas con todo el mundo. Te preguntas si la noticia habrá volado hasta el norte y hasta el este del país y si los vientos te llevarán allí en caso de que alguien pronuncie tu nombre. Todo en el más allá parece tener un radio de alcance delimitado por una barricada.

—¿Has anunciado lo de Maali en la radio? ¡Todavía no se lo hemos dicho a su madre! —La ira ha conseguido que DD adoptase la cadencia de su padre al hablar—. ¿Has perdido el juicio?

—Hay nueve nombres en la página de la jota de corazones de la agenda de contactos. Todos ellos me dijeron que me había confundido de número. Algunos echaron sapos y culebras en cuanto mencioné a Malinda.

—Vamos a ir ahora mismo a contárselo a su madre.

—Se llevaban como el perro y el gato.

—No quieren devolvernos su cuerpo.

—He oído que solo quedaban cachitos de él.

Jaki se muerde el labio y deja escapar un sollozo.

—Celebraremos un funeral. Exigiremos que abran una investigación. Y vamos a hacer las cosas como es debido. —No hay nada más sexi que oír a DD enumerar una lista con un montón de propósitos que nunca llegará a cumplir.

—Intenté contactar con el rey de tréboles otra vez, pero no contestó nadie. Al segundo intento, una voz ronca me preguntó si trabajaba para las fuerzas especiales.

—¿Para las fuerzas especiales? ¿No mencionó a la CIA ni a la KGB? ¿Tienes la menor idea del embrollo en el que te estás metiendo?

—Estoy tratando de descubrir cómo acabó el cráneo de Maali en el Beira, porque a nadie más parece importarle.

Jaki no se está tomando en serio la situación, pero juega con fuego. Al llegar a casa de tu *amma*, se encuentran a tu progenitora tirada en el sofá. Ha tenido un turno interminable en el trabajo y ya va por su tercera taza de té. Para cuando Jaki y DD terminan de contarle lo que han descubierto, le tiemblan las manos.

—Era inevitable —se lamenta—. Sabía que ocurriría algo así. Qué chico más bruto. Nunca hacía caso a lo que se le decía.

—Bien —sentencia Jaki.

—No digas eso, tía —DD juguetea con otro de los dijes de hueso que penden de su cuello—. Lo han asesinado. *Appa* va a solicitar una investigación.

—¿Para qué? —pregunta tu *amma* sin apartar la mirada de su taza vacía—. No van a encontrar al culpable. Y Maali ya no va a volver.

—Tenemos que confirmar que los restos son suyos.

—Se aficionó a mentir desde bien pequeño, ¿sabéis? Se inventaba cosas sobre el servicio constantemente. Cuando quería que le diese dinero, venía a buscarme y me contaba alguna mentirijilla: «*Dada* dice que eres una tacaña». Y eso solo con ocho años.

Tu *amma* no les ofrece una taza de té, lo cual no es propio de ella. Siempre insiste en poner la tetera al fuego, sobre todo cuando los invitados le caen mal. Da un largo sorbo de té y esboza una sonrisa.

—¿Quién de vosotros dos estaba más unido a él?

Jaki y DD se miran.

—Ella —asegura DD.

—Yo no —le contradice Jaki.

—¿Os contó alguna vez que trató de suicidarse? —pregunta Lakshmi Almeida, arqueando una inquisitiva ceja, igual que hizo cuando le hablaste de la señora Dalreen. Tu amante y tu amiga intercambian una mirada y después agachan la cabeza—. Cuando su padre nos dejó, Maali me culpó a mí. Abandonó todas las clases a las que Bertie le apuntaba: esgrima, bádminton, rugby, los Scouts... Me echaba la culpa de todos los males del mundo. Y un día, durante el desayuno, me dijo: «*Ammi*, si los Beatles acaban separándose, me suicidaré».

—¿Los Beatles? —pregunta DD.

—Pensaba que le gustaban más los Stones —comenta Jaki.

—Era una broma recurrente para él. Decía: «Si el levantamiento del 71 falla, me suicidaré» o «Si el Liberty pone en la cartelera una sola película más de Jerry Lewis, me suicidaré». Siempre andaba buscando formas de llamar la atención y de hacerme daño.

—Eso no es verdad, tía. Te quería con locura. —DD actúa fatal, pero se le da mucho peor mentir.

—Se tomó mis pastillas para dormir, pero no las suficientes como para quitarse la vida, sino las justas para hacerme quedar como una mala madre. Era agotador.

—Estamos todos conmocionados, tía Lucky. No tiene sentido hablar de estas cosas justo ahora.

—¿Nunca le preguntaste por qué lo hizo? —Jaki mira fijamente la tetera y la taza limpia junto a ella.

—No, porque ya sabía la razón. Fue porque su padre lo abandonó y se olvidó de nosotros. Y como solo me tenía a mí, la pagó conmigo.

Levantas la tetera, la revientas contra la cabeza de tu *amma* y le apuntas a la garganta con un puntiagudo fragmento de porcelana para que retire la mentira que acaba de decir. Entonces, sales de tu ensimismamiento con una sacudida y te fijas en que tanto la tetera como el cuello de tu *amma* están intactos; comprendes que, a partir de ahora, tu historia siempre estará en manos de otros y no vas a poder hacer absolutamente nada para remediarlo. Así que te lanzas contra las paredes y gritas a pleno pulmón.

—¿Os habló de mí alguna vez? ¿Os dijo si era una mala madre?

—Era bastante reservado en lo que respecta a vuestra relación —miente Jaki mientras se sirve una taza.

—Voy a hervir un poco más de agua. —Tu *amma* se levanta del sofá.

—Me contó que le echabas ginebra al té —comenta Jaki, que da un sorbito y se estremece—. Yo creía que se lo inventaba, pero parece ser que estaba equivocada.

DD tiene la cabeza entre las manos. Es difícil saber si está llorando o echando una cabezadita. Al final se pone en pie sin levantar la vista del suelo.

—Ahora ya lo sabes, tía. ¿Estarás bien? Yo puedo encargarme del funeral.

—Por lo que tengo entendido, no queda mucho que enterrar —apunta ella, que vuelve a enarcar una ceja.

—Maali quería donar su cuerpo a la ciencia —interviene Jaki después de apurar su taza. Esboza una de sus excepcionales sonrisas—. Es lo que siempre quiso.

Mi queridísima Jaki, piensas. *Eres la única que recuerda lo que le digo.*

—Creo que lo mejor para todos será incinerarlo. Al fin y al cabo, nunca fue un hombre devoto —opina Lucky.

Nunca pedí ser enterrado, piensas, y maldices a tu *amma* por cada uno de los días malos por los que pasaste desde que te trajo al mundo. Ella nunca llegó a saber que, si te tomaste las pastillas aquel día, fue porque descubriste que te gustaban los hombres y ni ella ni nadie iban a poder hacer nada para remediarlo. *Querida mamá: no todo gira en torno a ti y a tu matrimonio echado a perder.*

DD, Jaki y tu *amma* intercambian unas últimas palabras de rigor junto a la entrada.

—¿Os acordáis de cuando se fue a Vanni durante tres meses? ¿Te acuerdas, Dilan? —DD asiente con la cabeza—. Me dijo que nunca me quiso y que todo fue culpa mía.

DD le da un abrazo a tu madre y Jaki se limita a asentir.

—Maali decía un montón de barbaridades, pero nunca hablaba en serio.

—Aquello sí que fue en serio, te lo aseguro —replica tu *amma*.

Una vez que ha cerrado la puerta, regresa al sofá y se asegura de que ni Kamala ni Omath anden por la casa. Entonces, su mirada vuela por la ventana y deja que las lágrimas corran por su rostro. Al principio no deja escapar más que una, pero enseguida un torrente brota sin control y le anega los ojos. Tu *amma*, la que nunca se permitía llorar delante de nadie, ni siquiera delante de ti, está llorando a moco tendido.

En un primer momento, desearías ser capaz de aparecerte ante ella, aunque fuese solo con la intención de avergonzarla. Te gustaría decirle que la probabilidad de sobrevivir a un accidente de avión y de salir vivo de un secuestro de las fuerzas especiales es exactamente la misma: un treinta y ocho por ciento. No obstante, al final decides hacer justo lo contrario. En este preciso momento, días después de tu inesperada muerte (aunque mejor tarde que nunca), tomas la decisión de dejarla tranquila.

Aunque todavía conoces muy pocos detalles acerca del Mundo Intermedio, ya has aprendido a domar los vientos. No todos los espíritus saben dominarlos y por eso encuentras a muchos confinados entre cuatro paredes destartaladas, dándose de cabezazos contra muros invisibles.

La corriente indicada te llevará prácticamente a cualquier sitio, aunque rara vez te dejará justo delante del lugar al que necesitas llegar.

—¿Te has enterado de lo de Maali?

Si el viento fuese un autobús abarrotado, el sonido de tu nombre sería un *tuk tuk* que va de puerta en puerta con ritmo renqueante. Es como un medio de teletransporte, aunque no se parece en nada a los de *Star Trek* o *Los siete de Blake*. Un segundo estás subido a un árbol para poder detectar una corriente y, al siguiente, apareces en la sala de juegos de la embajada británica, donde Jonny Gilhooley está viendo un partido de críquet en una pantalla de televisión gigante.

—¿Ya lo han encontrado?

—Se podría decir que sí. Han hallado un cráneo y unos cuantos huesos en el Beira.

—Madre mía.

Jonny está hablando por una especie de ladrillo. Según dicen, es el último avance en telefonía, pero no eres capaz de concebir cómo alguien estaría dispuesto a llevar semejante armatoste radiactivo en el bolsillo. En la misma estancia, hay otros dos hombres entrados en años a los que reconoces enseguida. Parecen estar discutiendo, pero no eres capaz de entender lo que dicen.

—Lo sé. Es terrible. Estamos todos conmocionados.

Jonny se rasca el muslo, donde tiene el tatuaje de una serpiente que se muerde su propia cola. Te acercas al teléfono. La voz que se oye al otro lado de la línea tiene esa brusca cadencia que reconocerías en cualquier lado; el interlocutor la perfeccionó después de haber pasado años ladrándoles órdenes a los intermediarios en las zonas de guerra.

—Dime que no ha sido cosa nuestra, Jonny.

—No digas tonterías, Bob. Pero ve con cuidado. Yo que tú me tomaría unas vacaciones.

—¿Crees que estoy en el punto de mira?

—¿Te vio alguien charlando con el coronel y el comandante?

—¡Por supuesto que no!

—¿Ni siquiera los otros periodistas se enteraron?

—¿Te refieres a Andy McGowan? Imposible.

Es Robert Sudworth, el corresponsal de la AP que pasó cuarenta y cinco minutos a tu lado, pegado a un arbusto en la zona peligrosa de un campo de tiro de Omanthai. El mismo que sentía debilidad por las jovencitas de las aldeas y que no había escrito ni un solo artículo desde que puso un pie en la isla hace ya años.

—No lo decía por él, Bob.

—¿Entonces iban a por Maali? ¿Quién?

Justo en ese preciso momento, te recoge otro *tuk tuk*, aunque no lo conduce Scotty, el piloto del Enterprise, ni Villa, el del Liberator. De inmediato, apareces en una habitación de hotel, donde una muchachita de piel oscura dormita bajo las sábanas de un desaliñado Bob Sudworth, resacoso y en toalla.

—Solo te pido que tengas cuidado, Bob. Nada más.

—¿Me estás amenazando, Jonny?

—No permitas que tus asuntos interfieran en mi trabajo.

—Yo soy un mero periodista, ¿cómo iba a interferir?

No sabrías decir a ciencia cierta dónde se encuentra la habitación, pero desde la ventana se ve el edificio rojo del Hotel Leo a poca distancia de aquí. Sudworth se está fumando un cigarrillo y bebe una cerveza rubia. La voz al otro lado del teléfono es la de Jonny, con su acento de Geordie aderezado con un deje esrilanqués; de fondo le acompaña el trino aviar de los dos hombres que discuten.

—Venga ya, Bob, que somos mayorcitos. Sé que has quedado para comer un par de veces con los israelíes y que te has reunido con los Tigres. Y sospecho que no buscabas investigar sobre el tráfico de armas.

—¿Tienes algo que confesar, Jonny? Maali era compañero nuestro.

—Nunca he dicho lo contrario.

—Yo solo intento ganarme la vida. Nada más.

—¿No decías que eras un mero periodista?

Se corta la llamada y Robert Sudworth contempla la cerveza que descansa sobre la mesa, así como a la muchacha que duerme entre sus sábanas antes de decantarse por mantener las distancias tanto con una como con la otra.

Los encuentras en un despacho revestido con paneles de madera y decorado con las fotografías de los pilares del UNP, de los líderes del partido a lo largo de los años. D. S. Senanayake, Dudley Senanayake, sir John Kotelawala y J. R. Jayewardene forman toda una clásica colección de imbéciles privilegiados que no contaron con la imaginación ni con la compasión necesarias para llevar este paraíso a la gloria. Das vueltas por la estancia como un tufillo apestoso, te sientas sobre la mesa de caoba y, aunque ardes en deseos de partirles la cara a ambos, te conformas con ponerles de vuelta y media, a pesar de que no pueden oírte. Encima de la mesa hay documentos y sobres, además de una caja de zapatos que no es propiedad de ninguno de los vivos presentes en la sala.

—Supongo que esto es por Malinda Almeida.

—Es por las fotografías que le pertenecen a la CNTR —apunta Elsa Mathangi.

—Las he visto. Tienen suerte de no estar ya entre rejas.

—Lo único que buscamos es recuperar lo que es nuestro, señor. Puede quedarse con el resto de las imágenes.

—Qué generosos. ¿Con quién las publicarán?

—No somos periodistas.

—¿Están totalmente seguros de que son del 83?

—¿De cuándo iban a ser si no?

Según la creencia popular, las revueltas del 83 dieron comienzo en el cementerio, en el Borella Kanatte, cuando se celebraba un funeral por los trece soldados asesinados en el norte a manos de los Tigres durante uno de los ataques más intensos hasta la fecha. La mala suerte que acarrea el número trece parece una minucia frente a los ríos de sangre que han corrido desde entonces. La realidad es que las revueltas se originaron en una oficina muy parecida a esta, donde una panda de airados hombres con corbata copiaban las papeletas electorales por ciclostil para que los borrachos vestidos con *sarong* las rellenasen.

—Menudo estudio fotográfico deben de tener montado, ¿no? ¿Cómo han conseguido ampliar tanto las caras de la gente y todo eso?

—Era Malinda quien se encargaba del revelado. Dijo que tenía un contacto.

—Dejen de intentar engañarme como a un chino. ¿Por qué iba a cederles estas fotografías?

El hombre abre la caja y sostiene los sobres en alto para que queden a la vista. Un as, un rey, una reina, una jota y un diez. Cada una de un palo. Una escalera de color.

Elsa adopta una expresión que conoces bien. Ha considerado la vía diplomática, pero ha preferido dejarla a un lado.

—No se ha ofrecido ningún comunicado oficial sobre los hechos acontecidos en julio del 83. Olvidar el pasado no borrará lo ocurrido. Os bastaría con llevar a uno solo de los asesinos a los tribunales para obtener otra vez la confianza del pueblo tamil. Nunca ganaréis esta guerra sin su apoyo.

El ministro toma el sobre de la reina de picas y lo pone boca abajo para que las fotografías caigan ante Elsa. Son las imágenes que Viran aumentó en la tienda FujiKodak a cambio de una generosa suma de dinero y una mamada de cortesía. Los rostros del demonio danzarín, del hombre del palo, del chico con el bidón de gasolina y de la bestia del cuchillo de carnicero oxidado están lo suficientemente ampliados como para que se los identifique enseguida.

—Si estas fotografías salen a la luz, el país volverá a sumirse en el caos. ¿Es eso lo que usted y su gente quieren?

Elsa recoge las fotografías con la esperanza de que el ministro no le pida que se las devuelva. La mesa está cubierta de impresiones en blanco y negro de personas prendiéndoles fuego a otras. Antes de que Elsa tenga oportunidad de quedarse con todas ellas, el ministro selecciona dos, se reclina contra su carísima silla y las sostiene en alto.

—¿Y qué pretende hacer con estas?

Una de las imágenes es una versión ampliada de la otra. La original muestra a un tamil desnudo rodeado de chicos armados con palos que se burlan de él. Al fondo de la imagen se ve un Benz y, aunque no se le ve la matrícula, el hombre que está sentado en la parte de atrás del vehículo es claramente reconocible. Se asoma por la ventanilla abierta y evalúa la violenta escena. Tiene una expresión indescifrable y la boca cerrada con fuerza. La otra fotografía es un primer plano borroso de ese mismo hombre. El ministro Cyril Wijeratne la sostiene en alto y repite con un gruñido:

—¿Qué pretende hacer con esta en concreto?

—¿Admite entonces que el hombre de la imagen es usted? —pregunta Elsa, que ha tomado la sabia decisión de no sonreír.

—Mida sus palabras, señorita. No es la primera persona que me acusa de haber organizado los disturbios. ¿De verdad me creen con tanto poder! La rabia fue la causante de las revueltas y, por desgracia, los tamiles tuvieron que sufrir las consecuencias. Fue tan sencillo como eso.

—Querrá decir que las sufrieron los tamiles inocentes.

—Fue una gran tragedia.

—¿Y por qué no tomó medidas?

—Su pueblo es el culpable de lo de 1983, no el mío —asevera el ministro—. Quien siembra vientos, cosecha tempestades, señorita. Nunca lo olvide.

—¿Y cómo supo la turba identificar las casas de las familias tamiles?

—No está usted jugando muy bien sus cartas, señorita Mathangi.

—Señorita no, señora.

—Mi intención es devolverle las fotografías. A excepción de estas dos, por supuesto.

—Claro.

—Pero quiero los negativos. ¿Sabe dónde están?

—Puede que los amigos de Maali lo sepan.

—Son familia de Stanley, así que no puedo tocarlos.

—En realidad, solo uno de ellos queda fuera de su alcance.

—Si me consigue esos negativos, podrá quedarse también con las demás.

—Si tuviese los negativos, no las necesitaría.

—Tengo otro favor que pedirle.

Elsa trata de descifrar la sonrisa del ministro y espera a que juegue su próxima carta.

Flotas hasta el techo mientras el ministro Cyril le cuenta a Elsa Mathangi que al gobierno esrilanqués le gustaría ponerse en contacto con un traficante inglés que comercia con armas israelíes, pero que están atados de pies y manos por un contrato que han firmado recientemente con China. Le explica que su idea es hacerle llegar el armamento al coronel Mahatiya, siempre y cuando lo utilice para destronar al líder supremo de los Tigres. El problema está en que el coronel no confía en el ejército ni en los ingleses, así que el gobierno requiere los servicios de un intermediario.

—No le hable de esta conversación a su compañero Kugarajah. Nuestras fuentes aseguran que tiene contacto tanto con los Tigres como con el servicio secreto indio.

—Estaba al tanto de esa información.

—A cambio, podrá quedarse con todas las fotos, salvo estas dos, claro. Además, se librará de la cárcel. Teniendo en cuenta su situación, es una oferta difícil de rechazar. Nadie le hará otra mejor.

—La realidad es que acabaré muerta, ya se encarguen ellos o ustedes.

—Nosotros solo eliminamos a quienes hacen el mal. Entre ellos, a quienes suponen una amenaza para el Estado. En mi opinión, son las personas más ruines que existen.

—¿Y qué pasa con los fallecidos del 83?

—Usted es consciente de que ha transcurrido mucho tiempo desde entonces. De nada sirve ya remover el pasado, salvo que quiera repetir lo ocurrido.

—¿Y si me llevo los negativos a Canadá y le cuento a la prensa que el gobierno de Sri Lanka les está proporcionando armas a los terroristas?

—No se haga la tonta conmigo. Necesito que me comunique su decisión antes de que abandone este despacho.

El ministro podría haber transformado la oración en una condicional, pero no le ha hecho falta. Ostentar el poder te da la libertad de lanzar amenazas sin tener que formularlas de forma explícita.

—Si la CNTR acepta el trato, tendrán que expulsar a la fuerza india del país. Y queremos que protejan a los civiles del pueblo tamil.

—El trato solo le incumbe a usted, no a la CNTR. Tengo la ligera sospecha de que no está teniendo en cuenta lo de Almeida. Nosotros no lo matamos, pero no pondremos la mano en el fuego por usted o por su querido Kuga.

—Nosotros no trabajamos así, señor.

—Pues haber perdido a un compañero no parece haberle afectado demasiado.

—He perdido a muchos compañeros por el camino, señor. Estamos curados de espanto.

—Lo mismo digo, querida —asegura el ministro, hijo de un gran hombre y tío de un joven al que le gusta llevar boas de plumas alrededor del cuello—. Nunca lo olvide.

—Lo intentaré. —Aunque Elsa nunca ha jugado al póker, está claro que se le daría de maravilla.

—Le doy el fin de semana para completar el encargo, ni un día más. Necesito que me traiga los negativos en persona el domingo.

—¿Le importa si me llevo las fotografías ya?

Bajo tu atenta mirada, el ministro se acerca el auricular del teléfono al oído y emite una orden con un gruñido. Casi de inmediato, los hombres armados y vestidos de negro que no trabajan para la policía ni para el ejército entran en el despacho para acompañar a Elsa Mathangi a la salida. Uno de los escoltas se queda atrás para recoger los sobres y Elsa, que pierde la sonrisa, sacude la cabeza mientras la obligan a abandonar la sala.

El ministro cuelga el teléfono y, con un asentimiento, se despide de la mujer:

—A partir de este momento, tiene cuarenta y ocho horas. Deme su palabra de que cumplirá con lo acordado y le entregaré las fotografías en cuanto me haya traído los negativos.

—Como reciba otra llamada más sobre Maali Almeida, te enviaré… Sí, te enviaré a ti personalmente a Jaffna para que les hagas el trabajo sucio a los indios. —Abre la carta con un cuchillo de cocina y por poco se lleva medio dedo con la hoja—. Qué hijo de puta. Seguro que el fantasma de ese mariposón trata de arruinarme el día.

Ay, si él supiera, piensas. *Si él supiera.*

—¿Me has oído, Mendis?

—Alto y claro, señor —confirma la tímida voz aguda del cabo rechoncho que está organizando los archivos en un rincón del despacho.

—¿No me habías dicho que tenía visita?

—Sí, señor. Dos agentes de policía.

—Hazlos entrar. Y no me pases ninguna puñetera llamada más, salvo que sea quien tú ya sabes.

—Por supuesto, señor.

El robusto hombrecillo sale por la puerta que hay junto al archivador. El despacho es rectangular y está hecho un desastre, con armas por las mesas y documentos y mapas por todos lados. Hay un subfusil israelí, una Kalashnikov, un revólver Browning del calibre 38, unas cuantas granadas y balas expansivas dentro de una vitrina cerrada con llave. El escritorio del rincón cuenta con varios teléfonos y una placa identificativa en la que se lee: «Comandante Raja Udugampola». Más de una vez te has sentado ante ese escritorio para pedirle favores al comandante y todo cuanto recibiste a cambio fueron órdenes.

El cabo regresa acompañado de dos policías. Uno es corpulento y se mantiene en silencio, mientras que el otro es un hombre enjuto que habla sin parar. El comandante, que continúa abriendo cartas con el cuchillo de cocina, los mira con el ceño fruncido.

—Subcomisario Ranchagoda. Inspector Cassim. Os he llamado a ambos en concreto porque me han hablado muy bien de vosotros. Parece que habéis estado de lo más ocupados últimamente.

—¡Señor! —Los dos se ponen firmes, pero evitan la mirada de su superior.

—¿Cuánta basura queda por recoger en el Leo?

Cassim se muere por sacar la libreta en la que tiene apuntada la respuesta a la pregunta del comandante, pero se lo piensa mejor; quizá haya recordado que, en cierta ocasión, el comandante Raja le rompió la nariz a un soldado por no estarse quieto.

—¡Setenta y siete bolsas! —anuncia a voz en grito.

—No me vengas con esas. Creía que quedaban alrededor de cuarenta.

—Llegaron más la semana pasada, señor —explica Ranchagoda.

—He solicitado un toque de queda. El ministro llamará de un momento a otro. Vosotros dos os encargaréis de supervisar los traslados y, cuando lleguéis al *kanatte*, las fuerzas especiales os relevarán. ¿Contáis con vehículos de sobra?

—Disponemos de tres camiones.

—*Cha!* —refunfuña el comandante—. Tres no bastarán. Os conseguiré un par más, aunque todavía tendréis que hacer unos cuantos viajes. Me temo, además, que han llegado hasta mis oídos algunos comentarios bastante preocupantes.

—¿Disculpe?

—He oído que hemos contratado a algunos criminales. Se dice que están utilizando los cuerpos como alimento para gatos. Espero, por el bien de todos, que sea mentira.

—Es difícil encontrar buenos basureros, señor. Uno no se puede fiar de nadie. Nuestros hombres no son ningunos santos, pero le aseguro que no hemos contratado a asesinos ni a traficantes de drogas. —Ranchagoda habla y habla, mientras que Cassim clava la vista en el suelo.

—Me alegra oír eso.

—No tenemos constancia acerca de esa historia de los gatos, señor.

—Bien. Ya se verá. Lo importante es que cumpláis con vuestro deber. Ahora, fuera de mi vista.

Según los agentes salen por la puerta, uno de los teléfonos comienza a sonar y te saca de tu ensimismamiento. Estabas fantaseando con la idea de darles el cambiazo con los sobres a los de la recepción. El comandante te invitó a entrar en su despacho en solo dos ocasiones. En tu primera visita, te felicitó por el empeño que le ponías a tu trabajo y, en la segunda, te comunicó que iban a prescindir de tus servicios.

Una lucecita parpadea junto al teléfono y el comandante se lleva el auricular al oído.

—¿Diga?

—¿Sería tan amable de ponerme en contacto con el comandante Raja Udugampola, por favor?

—¿Quién es?

—Un amigo tenía este número apuntado en su agenda de contactos.

—¿Cómo se llama su amigo?

—Malinda Almeida.

¡Clic!

—¡Mendis!

Cuelga el teléfono de un golpetazo y espera a que el cabo entre por el largo pasillo.

—¡Te he dicho que no me pasaras ninguna llamada, pedazo de mandril!

—Le han llamado a su número personal, señor.

—Yo no le he dado a nadie ese número.

La luz junto al teléfono se ilumina de nuevo.

—Está bien, ¡largo!

Espera hasta que el cabo haya cerrado la puerta tras de sí para volver a descolgar.

—¿Sí?

—¿De qué conoce a Malinda?

—Señorita, está usted llamando al cuartel general del ejército de Sri Lanka y este es un número clasificado. Sepa que voy a rastrear la llamada para hacer que la arresten.

—¿Por qué tenía Malinda este número?

—Le habla el comandante Raja Udugampola, miembro del ejército de Sri Lanka. Ya he hecho las declaraciones pertinentes. Almeida trabajó para nosotros como fotógrafo de guerra desde 1984 hasta 1987. Nunca llegué a conocer en persona a ese mequetrefe y no ha tenido ningún contacto con el ejército desde hace ya tres años. Si vuelve a llamar a este número, le haré picadillo.

Cuelga el teléfono bruscamente y decide ponerse a ordenar su escritorio. Coloca las cartas en una bandeja y tira los sobres a la papelera. La luz del teléfono se ilumina por tercera vez y, cuando descuelga, el comandante se alegra de haberse mordido la lengua y no haber respondido de malas maneras como habría hecho por instinto.

La voz que llega desde el otro lado de la línea es tan estruendosa que se oye desde la otra punta del pasillo.

—¡Ah, Raja! No me venga a decir más adelante que no le apoyo en nada, ¿eh?

—Agradezco mucho su ayuda, señor.

—Le he conseguido el toque de queda que pedía. De doce de la noche a doce de la noche del día siguiente. Más vale que con eso tenga de sobra.

—Por supuesto, señor. Es más que suficiente. Muchas gracias, señor.

—El presidente me pidió explicaciones.

—¿Y usted qué le dijo?

—La verdad.

—¿Y?

—Dijo: «¿Está seguro de que veinticuatro horas serán suficientes?».

Se dice que la risa es música para los oídos, pero esa es una de las miles de mentiras que nos tragamos cada día. Algunas carcajadas son agudas, otras son grotescas y unas pocas consiguen que se te hiele la sangre. El sonido de las risotadas que el comandante Raja Udugampola y el ministro Cyril Wijeratne emiten al unísono crea la melodía más desagradable que haya pasado nunca por tus oídos recién revisados.

—Y una cosa más.

—Dígame, señor.

—Tendrán que hacer una última recogida.

—¿A nombre de quién, señor?

—Elsa Mathangi. La encontrarán en…

—Sé dónde está. Se aloja en el Hotel Leo.

—Vigílenla de cerca y estén preparados para recogerla en cuanto yo les dé la orden.

—¿Qué trato quiere que le demos, señor?

—El de invitada de honor.

—¿Interrogatorio o castigo?

—Ambos.

—Entonces llamaré al Enmascarado.

—Recurra al *yaka* que considere oportuno, pero no metan la pata.

CUARTA LUNA

Soy un ángel. No me tiembla el pulso al asesinar a un primogénito delante de su madre. He convertido ciudades en sal e incluso les arranco el alma a las niñas siempre que se me antoja. Y, desde ahora hasta el fin de los tiempos, lo único que podréis dar por seguro en la vida es que nunca entenderéis la razón por la que yo actúo así.

—Greg Widen, *Ángeles y demonios.*

EL TOQUE DE QUEDA

Cuando hay toque de queda, todo permanece inmóvil salvo por el viento, los espíritus y los ojos de quienes montan guardia en los puestos de control. Tú te has pasado la noche subido a un árbol, contemplando la luna creciente y las nubes que la cubren. Te haces la misma pregunta que se plantean tanto aquellos que se proponen alcanzar la budeidad como los treinta fantasmas de Arthur C.: ¿es posible detener el mundo?

Los primeros toques de queda que recuerdas fueron decretados a raíz de la masacre de 1983. Poco después, se convirtieron en algo tan típico como el Poya, la festividad lunar mensual de los budistas. Los toques de queda acompañaban a cada nuevo brote de violencia, al igual que las inundaciones van de la mano de las lluvias. En el sur, en el norte y, aquí, en el salvaje oeste, el gobierno impedía que los transeúntes caminasen por las aceras, que los vehículos circulasen por las calles y que los ciudadanos disfrutasen de sus libertades. Jonny dijo una vez que los gobiernos recurrían a los toques de queda para mantener el orden, atrapar delincuentes y «hacer lo que no tenían permitido a plena luz del día».

El árbol en el que te encuentras se llena de suicidas que hablan entre dientes. Los suicidas son los fantasmas más fáciles de identificar junto a los *pretas*. Tienen los ojos de un color verde amarillento, suelen tener el cuello roto y nunca dejan de parlotear, aunque sea para sus adentros. Dejas que el viento te arrastre de un punto de control a otro y pasas por carreteras vacías y paradas de autobús desiertas. Los gatos patrullan las callejuelas, los cuervos montan guardia en los tejados y las criaturas que ya no tienen pulso caminan a un ritmo más pausado que el resto.

Un camión Ashok Leyland de color azul claro atraviesa la calle principal con un estruendo; es el primer vehículo que pasa en lo que va de la mañana por la que suele ser la zona más concurrida de Galle Road. No reduce la velocidad al llegar al punto de control de Bamba, pero los guardias ni se inmutan. Unos instantes después, paran a un Toyota verde y obligan al conductor a salir del vehículo para registrarlo. El hombre señala la pegatina del parabrisas que lo identifica como miembro del personal médico y lo dejan marchar.

Un segundo camión, rojo y con revestimientos de madera, gana velocidad al dejar atrás el punto de control y los guardias le saludan al pasar. Tú te subes a la parte trasera del camión cuando gira para meterse en Bullers Road. El camino está lleno de baches y el tufillo del cargamento junto al que viajas es indescriptible. No tener nariz no te salva de verte obligado a soportar la fragancia que desprenden los cadáveres congelados en descomposición.

No eres el único que viaja en el techo del camión; otras criaturas carentes de aliento se mecen a la par que tú. El viento las atraviesa y les forma surcos en el rostro. Las sonrisas olvidadas y las miradas desconcertadas revolotean en el aire cuando el camión llega al *kanatte*.

Hay otros dos vehículos, dos camiones de proporciones similares, con la puerta trasera abierta para que los trabajadores saquen la carga, compuesta por cadáveres desnudos y maleables. Algunos siguen congelados, mientras que otros han comenzado a descomponerse. El aire está plagado de moscas que zumban con alegría ante semejante banquete. Los trabajadores se cubren la nariz y la boca con gruesas mascarillas hechas con *sarongs* viejos, como si fueran bandoleros o asesinos (una descripción que, muy probablemente, se aplica a un gran número de ellos).

Matarías por tener tu cámara contigo al igual que matarías por contar con un lugar donde revelar los negativos o por tener a alguien a quien enseñárselos. También matarías por disponer de más tiempo y de algo por lo que velar. Matarías por saber quién te mató. Aquí nadie va vestido de uniforme, aunque algunos de los trabajadores se mueven como si fueran soldados: caminan con la espalda recta y con paso ligero, sin apenas hablar o detenerse.

Ante la verja del cementerio, dos agentes y dos hombres que no forman parte del ejército ni del cuerpo de policía comprueban el carné de identidad de quienes van llegando y apuntan sus datos. Es el único ejemplo de buena organización que se ve en medio del caos de camillas con ruedas y carretillas. Algunos llevan guantes, mientras que otros se cubren con bolsas de plástico. Unos llevan zapatos y otros, pantuflas. Nadie emite sonido alguno, salvo por los gruñidos que se les escapan al colocar los cuerpos sobre las mesas de autopsia para llevarlos hasta las torres del crematorio. Los gruñidos provienen tanto de los trabajadores como de los espíritus que los observan.

Los hombres vestidos de negro gritan órdenes y se aseguran de que los cadáveres estén bien apilados. Si alguna carretilla vuelca, no hará sino frenar al resto de esrilanqueses que están haciendo cola.

Los recién llegados comienzan a descargar el camión en el aparcamiento. Por su parte, los hombres de uno de los otros vehículos ya tienen la mitad de la carga colocada en carretillas, mientras que los del camión restante lo llenan con las camillas vacías que traen de vuelta del crematorio. De camino a ese último vehículo van tres hombres que, a pesar de llevar parte de la cara cubierta, reconoces gracias a la parsimonia que demuestran al andar, más digna de las reses que de los humanos. Balal y Kottu se mueven con la pesadez de un búfalo y Hermanito trota tras ellos con su pierna protésica.

Al límite del pandemonio, los agentes Ranchagoda y Cassim, como sendos semáforos, tratan de poner cierto orden en medio del caos, pero lo único que consiguen es empeorar la situación. La mayoría de los cadáveres van acompañados de sus respectivos espíritus, que se agazapan sobre su antiguo cuerpo como súcubos y lo estudian con pena, como niños que intentan encontrar la manera de insuflarle vida a su antiguo cascarón.

Alzas la vista hacia la enorme chimenea que escupe humo negro hacia el cielo, allí donde las estrellas apartan la mirada y los dioses se niegan a escuchar. Cuántas veces viste cómo el aire de Colombo se llenaba de humo. Tus restos no están entre estas pilas de cadáveres; es un presentimiento que te sacude de pies a cabeza a pesar de que ya no tengas cuerpo. Los trabajadores empujan las mesas de autopsia y las carretillas hasta la torre, hasta el enorme agujero de la incineradora, donde depositan la carga. Las llamas aceptan los cadáveres entre siseos y eructos y los espíritus aúllan lamentos que solo son audibles para aquellos que han dejado de prestar atención.

Fuera del edificio, oyes un rechinar de ruedas y un grito, así que sales volando del crematorio para encontrar al comandante Raja Udugampola agitando los brazos ante la multitud. La brisa está empapada de susurros que se ven interrumpidos por los gañidos cantarines del comandante:

—¿Se puede saber qué demonios estáis intentando hacer, hatajo de brutos?

Si cierras los ojos, el agudo sonsonete del hombrecillo casi resulta cómico, como si estuviese doblando a Bugs Bunny al cingalés. Hasta que no te fijas en su postura de orangután agazapado, no te paras a considerar que esa voz podría reventarte el pecho a puñetazos y romperte las costillas.

—¡Vamos con dos horas de retraso, vagos de mierda! Mis hombres se encargarán de descargarlo todo. ¡Traed el resto de la basura ya u os echaré a todos al fuego!

Se forma un revuelo cuando los hombres vestidos de negro que no forman parte del ejército ni del cuerpo de policía les ladran a los agentes vestidos de paisano. Ranchagoda y Cassim se desquitan con Balal y con Kottu, y ellos azuzan a Hermanito, que maldice al gobierno sin dejar de acatar sus órdenes. Los agentes irrumpen en la cabina de uno de los camiones y se sientan junto al conductor, mientras que los basureros limpian con una manguera el interior del remolque. Borran manchas rojas, marrones, amarillas y azules, todo un caleidoscopio creado a partir de las entrañas de los muertos.

—¿A dónde vamos, señor? —pregunta Hermanito en cuanto pone el motor a ronronear.

Ranchagoda le dedica una sonrisa de dientes torcidos.

—¿Tú qué crees?

El inspector Cassim sigue sin abrir la boca y al subcomisario se le agota la paciencia.

—¿A qué viene esa cara tan larga? No sirve de nada darle vueltas a la cabeza. No eran más que terroristas y maleantes.

—Pero eso no es verdad.

—¿Y tú qué sabes?

—No eran más que críos. No estoy de acuerdo con esto. Nunca lo he estado. Hace ya un año que solicité el traslado y todavía no me han respondido.

—El JVP amenazó al ejército y a la policía con hacer daño a su familia. Estamos protegiendo a los nuestros. Si son lo suficientemente mayores como para matar, también lo son para morir.

—¿Y qué pasa con su familia? ¿Quién los protegerá a ellos?

—Que hubiesen cuidado mejor de sus hijos. ¿Por qué no arrancas, Hermanito?

—Lanka se verá reducida a cenizas. Primero arderá y, después, quedará sumergida bajo una inundación —farfulla Hermanito, que pisa el embrague suavemente con el pie bueno.

—¿Qué has dicho?

—Nada.

Te sientas en el capó del estrepitoso camión cuando este empieza a moverse. La brisa arrastra tu nombre hasta tus oídos, pero, despojada de la teatralidad que, por lo general, la caracteriza, no reconoces la voz que lo pronuncia.

—Me aseguraré de que devuelvan el cuerpo de Maali a su familia —le promete Stanley a su hijo.

—No hay ningún cuerpo, *appa* —responde DD en voz baja y con los ojos húmedos.

—¿Quién te ha dicho eso?

—Los forenses de la ONU.

—¿Has ido a hablar con ellos?

—Fueron ellos quienes vinieron a buscarme.

—¿Dónde os citasteis?

—En el centro cultural.

—No deberías dejarte ver mucho por allí.

—¿Por qué?

—Porque es un antro de drogadictos y sodomitas. La policía no tardará en cerrarles el local.

Tu *dada* y Stanley habrían congeniado de maravilla. Habrían sido como uña y carne. Te los imaginas vestidos como dos señoras mayores que se pasan las tardes charlando sobre el horóscopo, eligiendo trajes de boda para sus hijos y deseándole la muerte con una sonrisa a cualquier maricón que se les cruzase por delante.

—Voy a dejar Earth Watch Lanka —anuncia DD.

—Una decisión acertada. En mi opinión —dice su padre—. Estabais muy unidos. Un descanso te ayudará a aclararte las ideas. Cuando estés listo, siempre puedes volver a la firma.

—He aceptado un trabajo en la ONU.

—Ya veo. ¿Tiene algo que ver con el Programa para el Medio Ambiente?

—Voy a organizar una unidad forense local para identificar los cadáveres.

—¿Con ese tal Rajapaksa?

—No, trabajaremos al margen de los partidos políticos.

—En este país es imposible ser apolítico. Ya es hora de que madures, Dilan.

Stanley se inclina hacia adelante y coloca las manos sobre los hombros de su hijo. Sabes que le hierve la sangre, pero DD no se ha dado cuenta; hay tantas cosas que DD no sabe o no entiende que podrías construir una catedral entera con ellas. Stanley suspira profundamente. Así, de perfil, se parecen tanto que podrían pasar por gemelos.

—Si no nos encargamos nosotros de hacer de este país un lugar mejor, ¿quién lo hará? —pregunta el más joven de los dos.

—Haz lo que tengas que hacer, hijo —murmura el mayor—. Haz lo que consideres oportuno.

Jaki sale con torpeza de la cocina y es entonces cuando te das cuenta de que has vuelto al apartamento de Galle Face Court. En cuanto te fijas en los espacios vacíos que la ausencia de tus fotografías ha dejado en las paredes, comprendes qué era lo que te resultaba diferente en la estancia.

Tu amiga ha roto el momento entre padre e hijo como un miembro del JVP armado con una sirena, como un idiota con un censo electoral. Jaki sostiene la agenda de contactos y una hoja con el nombre de cinco naipes en alto.

—¡Lo he descifrado! Tengo todos los nombres.

DD parece cansado, sobrepasado por la situación.

—¿Qué nombres? ¿De qué hablas?

—Me refiero a los cinco sobres que tenían naipes dibujados…

—Sí, sí, eso ya lo sé. Los mismos dibujos aparecían en la agenda junto a números de teléfono.

—Bueno, pues ya sé a quién corresponde cada número —explica Jaki.

No sabes si alegrarte porque lo haya descubierto o temer por su seguridad. A juzgar por la expresión en el rostro de padre e hijo, ellos tampoco lo tienen muy claro.

Jaki abre la agenda por una de las hojas marcadas.

—El as de diamantes es de Jonny Gilhooley, ese hombre de la embajada que da tan mal rollo. —Jaki rodea el nombre escrito en el papel—. Maali también mencionó a un tipo llamado Robert Sudworth que trabaja para la AP.

—Yo trabajo para la AP y nunca he oído ese nombre —interviene DD—. Creo que te estás confundiendo con el rarito de Andy McGowan.

—¿Sudworth? —Stanley sacude la cabeza—. Uno de los representantes de Lockheed Systems se apellida así.

—¿Qué es eso de Lockheed? —pregunta DD.

—Les venden armas a casi todos los gobiernos de la SAARC, la Asociación del Asia Meridional para la Cooperación Regional.

—Ahora dirás que Maali era traficante de armas.

—Lo dudo —replica su padre—. Esos sí que pueden costearse el alquiler.

Stanley mira a su hijo, pero este evita su mirada.

—La reina de picas es Elsa Mathangi, la de CNTR —continúa Jaki.

—¿Comprobaste lo que te pedí, *appa?* —inquiere DD.

—Ya te lo he dicho, Emmanuel Kugarajah está vinculado con organizaciones ligadas a los Tigres, como la Organización Revolucionaria Elaam de Estudiantes. También colabora con la RAW, el servicio secreto indio. Le arrestaron por cometer una agresión en el Reino Unido, pero retiraron los cargos. Elsa Mathangi recaudaba fondos para los Tigres en la Universidad de Toronto. No solo Canadá y Noruega financian a la CNTR; también reciben dinero del Fondo Estadounidense para la Paz.

Una de dos: o Stanley le ha encargado hacer los deberes a los ministros bajo su mando o se lo está inventando todo porque sabe que su hijo es un inocentón.

—¿Existe un Fondo Estadounidense para la Paz? —pregunta entonces DD.

—¿Comparten el presupuesto con el Fondo Estadounidense para la Guerra? —apunta Jaki, pero nadie se ríe.

—Si la CNTR es una tapadera de los Tigres o de la RAW, poco más hay que añadir.

—¿Sí? —DD suena confuso.

—Ni la una ni la otra tienen problema alguno en silenciar a sus propios empleados.

Jaki se aclara la garganta tras una pausa.

—La jota de corazones va acompañada de los siguientes nombres: Byron, George, Hudson, Guinness, Lincoln, Brando y Wilde. Casi todos me dijeron que me había equivocado y unos pocos colgaron en cuanto mencioné el nombre de Maali.

Algunos de los hombres a los que habías catado te dieron su número de teléfono y, aunque tú te los apuntaste todos, nunca llegaste a llamar a ninguno. Cuando te pedían el tuyo, les dabas un número falso, siempre y cuando te dejasen fotografiarlos.

—A lo mejor eran miembros del JVP. Deben de haberse enterado de lo del cadáver —conjetura Stanley.

DD sacude la cabeza y juguetea con un mechón de pelo.

—Maali se llevaba bien con todo el mundo. Tú y yo lo sabemos mejor que nadie, Jaki. ¿Quiénes son el rey y el diez?

—El rey de tréboles me puso directamente en contacto con el despacho de un tal comandante Raja Udugampola.

—¿Habéis perdido el juicio? —La corbata de Stanley se agita con la brisa—. Udugampola es el jefe de operaciones de las fuerzas especiales. ¿Habéis hablado directamente con él?

—Probé a marcar el número.

—Por favor, dime. Dime que no hablaste con él. —A Stanley le tiembla la mano.

—No —asegura Jaki, que se esfuerza demasiado en sonar creíble.

Stanley contempla con ojos entrecerrados a su sobrina y decide tragarse la mentira.

—Estás jugando con fuego, Jaki. Udugampola no es trigo limpio. Cuenta con torturadores entrenados por la CIA entre sus filas. ¿Has oído hablar del Enmascarado? Si Malinda trabajaba con él, lo mejor será que evitemos llamar la atención.

—¿Sabes si tienen intención de devolvernos la caja de Maali?

—El ministro Cyril me dio su palabra.

—Bien —concluye Jaki.

—¿Qué había dentro?

—Es lo que nos gustaría saber a todos, tío Stanley. ¿Has llamado al ministro?

—¿Cuántas veces voy a tener que repetíroslo? ¿Es que no me creéis? Le llamaré ahora mismo.

—Bien —repite Jaki.

Stanley Dharmendran entra al apartamento, va directo a por el teléfono y marca sin necesidad de consultar siquiera el número del ministro, que está compuesto por muchos ceros. Tener que marcarlos en el dial giratorio pone a prueba la paciencia de Stanley.

—Entonces si Jonny es el as, las fuerzas especiales son el rey, Elsa es la reina y los de la jota son miembros del JVP, ¿quién es el diez?

—Ya te lo he dicho: el diez de corazones aparecía junto al número de nuestra casa.

—¿Y eso qué significa?

—A lo mejor guardaba fotos nuestras —deduce Jaki—. O solo tuyas.

DD le arrebata a Jaki la agenda de las manos y comienza a pasar las páginas.

—Tu nombre aparece junto a la letra jota. Pone Jaki y entre paréntesis también escribió «primo Dilan». ¿Desde cuándo tenía esta agenda?

Sientes un dolor penetrante allí donde solía estar tu pecho y la molestia se extiende por tus brazos invisibles. Piensas en las fotografías del diez de pies a cabeza y comprendes que, a pesar de que son las imágenes con menos valor, son las que más interés tienes por proteger.

TU PUNTO DÉBIL

Regresas al Otters Aquatic Club, a la primera y única vez que formaste parte de una de las reuniones semanales entre padre e hijo. Fuiste a acompañar a Jaki y nunca más volvieron a invitarte a unirte a ellos. Aquello ocurrió durante los primeros seis meses, cuando Jaki y tú os recorríais todos los bares y casinos de la ciudad y os comportabais como una pareja a efectos prácticos, salvo en la cama.

Stanley, que estaba poniendo su mejor cara y había adoptado el papel de anfitrión con entusiasmo, pidió cervezas importadas y bandejas de sepia. Participaste por primera y única vez en un partido de bádminton de dobles mixto en el que jugaste con Stanley contra DD y Jaki. A mitad de partido, se hizo evidente que Jaki era una negada, pero, cuando terminasteis de jugar, se hizo evidente que tú jugabas aún peor que ella. Claro que compensabas lo mal que se te daba atinarle al volante con tu labia.

—DD, creo que he encontrado tu punto débil.

—¿Y cuál es?

—El bádminton.

Aunque fallaste un golpe detrás de otro y, por tanto, perdisteis un set detrás de otro, Stanley no hizo ningún comentario al respecto. Solo se pronunció al final, cuando estuviste a punto de marcar un tanto decisivo de milagro, pero mandaste el volante contra la red y le oíste susurrar un «¡me cago en la puta!» mucho más cargado de rabia contenida que todos los coléricos raquetazos juntos que había dado hasta ese momento.

Te pusiste a hablar de *Norte y Sur*, una miniserie estadounidense protagonizada por Patrick Swayze que os tenía a los tres obsesionados. Stanley adoptó una mirada distante y una sonrisa falsa y aprovechó el momento en que comentaste lo poco creíbles que resultaban las escenas de batalla para cambiar de tema.

—Una vez lanzaron una granada contra mi coche. No fue muy lejos de aquí. En Bullers Lane.

DD te había contado en varias ocasiones que su *appa* había figurado en la lista de objetivos de los Tigres hasta 1987, tras el acuerdo de paz. Hasta la fecha, siguen moviéndose por separado, incluso cuando van al centro deportivo.

—Tu madre es tamil, ¿no, Malinda?

—Mitad burguesa, mitad tamil.

—¿Y tu padre?

—Falleció hace tres años y era cingalés.

—Lo siento mucho. ¿Tú qué eres?

—Yo soy esrilanqués, señor.

—Eso es lo que suelen decir los jóvenes. Espero que tu generación consiga mantener esa mentalidad. Para nosotros ya es demasiado tarde.

—Eso de anteponer tu etnia a tu nacionalidad no es más que una patraña tribal —interviene Jaki.

—En parte, querida, es lógico. Lo del tribalismo —asegura Stanley—. Los cingaleses superan en número a los tamiles. Pero nosotros somos más inteligentes que ellos. Somos más trabajadores. Nos esforzamos por ser los mejores. Pero, al mismo tiempo, nos vemos obligados a ocultar nuestra superioridad. De lo contrario, a los cingaleses les corroería la envidia.

—¿Sigues temiendo por tu seguridad? —Trataste de mantener la mirada fija en él, pero se te iban los ojos hacia su hijo, que se estaba desvistiendo para darse un baño. Se quedó solo con un Speedo azul después de haberse quitado la camiseta y los pantalones cortos sudados.

—Intento mantenerme al margen y pasar inadvertido. Evito apoyar propuestas de ley controvertidas y no me enfrento a los cingaleses, sino que colaboro con ellos. Lo único que queremos es vivir en paz, ¿no es así, Malinda?

Entonces Stanley te soltó un discursito sobre la patria de los tamiles y que si disponían de tierras en el norte era gracias al medievo y al dominio colonial. Jaki le preguntó por qué los cingaleses son tan inseguros y Stanley le respondió que la razón es la misma por la que los estadounidenses blancos temen a los negros a quienes antaño tuvieron esclavizados; DD hace dos largos dando patadas de delfín y después pasa a nadar a braza.

—Pero las etnias no son una realidad, sino un mito —insiste Jaki—. Son chorradas inventadas por el hombre. ¿Conocéis a alguien que sepa distinguir a los cingaleses de los tamiles a simple vista?

—Te equivocas —le contradice Stanley—. Es un hecho que los negros corren más deprisa, que los chinos son más trabajadores y que los europeos tienen una mayor inventiva.

Después se embarcó en un monólogo sobre el debate de la naturaleza y la crianza, durante el cual se las ingenió para mencionar que había formado parte del equipo de natación y de atletismo en el Royal College en los años 50. Su conclusión fue que tu etnia, tu educación y tu familia dictaminan qué suerte te deparará el futuro.

DD regresó envuelto en una toalla y fue directo a por el plato de sepia, aunque no sin antes dedicarte una sonrisa. Asintió con la cabeza sin parar, como siempre hacía cuando su padre daba alguno de sus sermones. Jaki y tú os mantuvisteis impasibles.

Cuando DD se hubo acabado la sepia, Stanley pidió la cuenta y, por primera vez desde el partido de bádminton, te miró a los ojos.

—Somos tamiles de Colombo con una buena educación. Tenemos que andarnos con cuidado y no llamar demasiado la atención. Lo entiendes, ¿verdad?

Pensaste en que nacer en una familia o en otra es una lotería, en que todo lo demás son cuentos que nuestro propio ego nos cuenta para justificar nuestra buena fortuna o explicar las injusticias a las que debemos enfrentarnos. Consideraste morderte la lengua.

—Este país lo heredaron una panda de borrachos que no dudaron en mandar a sus hijos a estudiar a los colegios ingleses. Casi todos eran cingaleses, pero había excepciones. Si algo tenían en común, era que todos eran ciudadanos de Colombo. Y la combinación de vivir en Colombo y saber hablar inglés nos exime del sufrimiento que asola al resto de la nación.

—¡No esperaba que quedase algún marxista esrilanqués! —exclamó Stanley, que te dedicó una sonrisa falsísima al levantarse de la silla—. Dime, Maali. ¿Qué tal se vive de la fotografía?

—*Appa!* —exclama DD, avergonzado y estupefacto.

—No pasa nada, DD —lo tranquilizaste—. Para hacer una pregunta como esa, primero hay que estar dispuesto a responderla, tío Stanley. ¿Qué tal se vive de evitar las votaciones controvertidas?

—Es un tema complicado. Y yo tengo cosas que hacer. Mejor dejarlo para otro momento.

Al padre de DD no pareció sentarle nada bien haberse quitado la careta sin querer delante de su hijo.

—No hay problema, tío Stanley. Si no te sientes cómodo hablando de temas personales, quizá no deberías ir por ahí sonsacándoselos a otros. En cualquier caso, estaré encantado de responder a tu pregunta.

—No me interesa.

Stanley volvió a pedir la cuenta.

—Gano lo que ningún millonario ganará en la vida.

—¿Y cuánto dinero es ese? —inquirió Stanley con una ceja arqueada.

—El suficiente.

Tú esbozaste una sonrisa, Stanley se marchó y Jaki puso los ojos en blanco, porque ya había oído ese chiste antes, si bien en aquella otra ocasión no salió de tus labios.

DD te pasó un brazo por los hombros y te abrazó de medio lado. Cualquiera lo habría interpretado como un gesto fraternal, pero tú no lo sentiste así.

—Me encanta ver a alguien plantarle cara a *appa*. ¿De dónde has sacado a este chico, Jaki?

Jaki apagó el cigarrillo que estaba fumando y se encogió de hombros.

—Fue él quien me encontró a mí.

Esbozó una sonrisa, pero esta no le llegó a los ojos.

Unos meses más tarde, discutisteis durante la cena por culpa de Stanley y su incapacidad para condenar al gobierno por el bombardeo de civiles en Jaffna.

—*Appa* está en contra de la violencia. Siempre lo ha estado.

—¿Ha hecho intención de frenarla en algún momento? ¿O, al menos, de ponerla en duda?

—Él no le debe nada a nadie. No está en nuestras manos cambiar el mundo, Maali. Solo podemos arreglar ciertos detalles aquí y allá.

—Hablas como un puñetero niñato privilegiado.

—Ya empezamos. De vuelta al discursito de la lotería familiar al nacer. Es fácil ir de justiciero cuando tu *dada* te deja un montón de pasta desde Misuri por sentirse culpable.

—Puedes aprovechar tu privilegio para ayudar a los demás o para aumentar aún más la brecha.

—¿Y qué quieres que haga?

—Nada. Tú sigue salvando árboles.

—Es mejor que dedicarse a fotografiar cadáveres.

—Bien, me has convencido. ¿Qué te parece si nos vamos a San Francisco para hacernos ricos y encontrar el amor y dejamos que esta mierda de país se vaya a la porra?

—Se iba a ir a la porra igual, independientemente de que lo inmortalices o no.

—Estoy hablando en serio. Vayámonos. Estoy listo.

—No tienes lo que hay que tener —dijo DD—. Eres un fanfarrón, pero luego te acobardas.

DD llevó su plato hasta el fregadero y lo dejó allí sin cuidado, junto a la sartén que acababa de estropear por haber puesto el fuego demasiado alto y haber echado muy poco aceite. Sabías que iba a enfurruñarse y a negarse a fregar otra vez, por lo que los platos sucios se os acumularían en el fregadero hasta que Kamala se pasase por vuestra casa el jueves para preparar la comida.

—¿De qué habláis? —preguntó Jaki desde la puerta de la cocina.

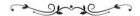

DD te comentó que iba a salir del armario con su *appa* y, cuando tú le explicaste que sería una idea pésima, te acusó de ser un mariquita sin amor propio y amenazó con dejar el trabajo e irse a estudiar un máster a Tokio.

En aquel preciso momento decidiste pedirle algo de dinero prestado; él te preguntó cuánto necesitabas y, cuando le respondiste, quiso saber en qué lo ibas a gastar, así que le dijiste que ibas a pasar un mes en el norte del país, en un campo de refugiados del Vanni, y, cuando DD te repitió la pregunta, le contaste otra mentira.

—¿Cuánto tiempo más vamos a seguir así, Maali?

—Si no tienes dinero para prestarme, prefiero que me lo digas. No necesito que me sermonees.

—¿Te envía la Associated Press o el ejército?

—No puedo darte esa información.

—Entonces no puedo prestarte nada.

—Pues vale. Se lo pediré a alguien que no me mienta diciendo que me quiere.

—¿Por qué no se lo cuentas a Jaki?

—Está más sin blanca que yo.

—Me refiero a lo nuestro.

—¿Qué pasa con eso?

—Jaki necesita que se lo cuentes tú. Te sigue a todos lados como un perrito. Es muy triste.

Te marchaste con la promesa de contárselo a Jaki, aunque no pensabas cumplirla. Él se despidió con excusas para no darte el dinero, aunque acabó prestándotelo. Perdiste una parte jugando a la ruleta, reservaste unas cuantas rupias para que un hombre te hiciera una mamada en la ciudad de Anuradhapura y el resto se lo diste a una familia que huía de un bombardeo en Vavuniya.

Te dio un ultimátum cuando ibais a ver una obra de teatro de algún escritor ruso famoso en la que Jaki iba a actuar junto a Radika Fernando, la presentadora. DD te dijo que siempre había salido con chicas y que tú eras el novio de su prima, así que lo que estabais haciendo no tenía sentido y, además, si su *appa* se enteraba iba a poner el grito en el cielo y DD no quería más problemas. Tú le respondiste que te parecía bien, pero no quitaste la mano de su regazo en lo que duró la representación. Más tarde, elogiaste a Jaki por la enorme química que había tenido con su compañera de reparto y, cuando ella comentó que eso era porque tal vez se había colado un poquito por Radika, tú te reíste y ella añadió: «Ya sabía yo que te iba a dar exactamente igual».

Después de que volvieras del Vanni, la puerta de su dormitorio permaneció cerrada durante una semana. Te pasaste días en el casino mientras Viran revelaba los carretes que le habías dejado. El chico había encargado materiales nuevos a través de la tienda FujiKodak y se los iba a llevar a su casa junto a tus impresiones.

Sentías un zumbido en el oído del que no conseguías librarte, sin importar el humo que tragases o lo que te durase una buena racha en las mesas de juego. Además, cuando cerrabas los ojos, no veías más que niños encerrados en búnkeres que se abrazaban, que escondían la cabecita bajo sus diminutos codos con los ojos abiertos como platos y la mirada perdida.

Una tarde, DD volvió borracho de una fiesta en la oficina y, al encontrarte en el sofá viendo episodios grabados de *Crown Court*, te arrastró hasta tu cama, a pesar de que no habíais comprobado si Jaki estaba en su habitación y nunca hacíais nada cuando ella estaba en casa y despierta.

Y durante uno de los polvos más rabiosos y sudorosos que echasteis en la vida, DD se cabreó porque sacaste un condón de la cartera y te preguntó si tenías sida; tú le dijiste que no, pero que tenías pensado hacerte la prueba, y él quiso saber si te habías acostado con alguien en el Vanni y también le respondiste que no. Porque una mamada no es lo mismo que acostarse con alguien, no es un polvo si no se mira a la otra persona a la cara, y, siempre y cuando pensases en DD mientras estabas con otra persona, para ti no contaba.

Cuando acabaste de hacerle lo que a él más le gustaba y te tumbaste, agotado, en la cama deshecha, él te agarró de la barba, atrajo tu cara hacia la suya, que todavía olía a alcohol caro, y dijo:

—Si me entero de que haces esto con alguien más, te mataré. Te lo digo en serio.

Tú te sobresaltaste al oír que Jaki entraba trastabillando por la puerta principal. Parecía venir acompañada, aunque a lo mejor iba hablando sola, como hacía de vez en cuando.

DD te miró con los ojos entornados y tú le acariciaste la piel de ébano como si fuese el pelaje de un caballo de competición.

—Si Jaki se entera de esto, nos matará a los dos.

Le diste un beso en los labios, que sabían a gloria, pese a tener un regusto a uva fermentada.

Jaki entró con un estruendo en su dormitorio mientras charlaba con otra persona (imaginaria o no), cerró la puerta y echó el pestillo. Estaba claro que tenía mejores cosas que hacer que asesinar a sus compañeros de piso en la cama.

LA LUNA NEGRA

Las gafas del ministro se oscurecen ante la luz del sol, como si lo protegieran del sucio aparcamiento, del abarrotado crematorio y del cementerio lleno de espíritus coléricos, desterrados a morar allí gracias a las órdenes que salieron de los labios del propio ministro.

—No tenemos pruebas de que Malinda Almeida haya tomado estas fotografías, Stanley, así que no podemos asegurar que sean de su propiedad.

Ya viajas a tales velocidades que ni siquiera las naves de *Star Trek* o de *Los siete de Blake* podrían alcanzarte. La sola mención de tu nombre parece transportarte a través de las líneas telefónicas y ahora has acabado dentro de un lujoso Benz, justo al lado del despreciable ministro de Justicia.

El fantasma de su guardaespaldas viaja en el capó y vigila los alrededores en busca de asesinos. En los asientos delanteros, junto al conductor, hay un gorila; ambos van vestidos de negro y se cubren la cabeza con un casco.

El ministro tiene un teléfono en el coche, cuando la mitad de la población no puede permitirse tener uno en casa. Está hablando por esa especie de ladrillo y no te hace falta oír a su interlocutor para seguir la conversación:

— … Ya lo sé. Lo sé. Pero estoy tratando de ser objetivo y de ceñirme a lo que dice la justicia, nada más. A ti este tema te supera, Dharmendran. Hay que ser imparcial y poner los intereses del país por delante.

» … Ya, Stanley, pero la ONU todavía sigue analizando esos supuestos cadáveres. No tiene ningún sentido. Ya les hemos pedido que nos los devolvieran. Cuando los tengamos, me aseguraré de que los identifiquen como es debido.

» … Las fotografías de esa caja son escalofriantes. Mis abogados las están analizando. No quiero dar un paso en falso. Algunas de esas fotografías son material clasificado del ejército. No creo que publicarlas sea bueno para el país.

» … ¿Del 83? Sí, creo que algunas las tomó aquel año. En mi opinión, remover el pasado no hará ningún bien en este momento. Creo que estamos de acuerdo en eso.

» … Mira, Stanley, tengo mucho que hacer. Cuando me devuelvan las fotografías, te llamaré para fijar una reunión y las revisaremos una por una para ver qué podemos hacer.

» … Queremos saber tu opinión, Stanley. Puede que este sea un país cingalés, pero cuidamos de todos los ciudadanos por igual. Esa es nuestra prioridad. Todas las grandes naciones han salido adelante con mano dura: Inglaterra, Francia, Japón, Alemania… mira cómo está ahora Singapur.

» … Ya te he dicho que estoy ocupado. Te diré algo tan pronto como alcance un veredicto. Te doy mi palabra.

» …Ya sabes que Sri Lanka está pasando por su peor momento, Stanley. Mi astrólogo asegura que estamos atravesando una luna negra. Es una fase de *rahu*, de oscuridad. Que la ONU venga a contarnos lo que quiera, pero ¿qué están haciendo con Sudáfrica, Palestina o Chile? Nadie va a venir a resolver nuestros problemas, ¿no crees?

El Benz atraviesa el aparcamiento del cementerio y se detiene en una zona de sombra, a escasos metros de la descomunal chimenea. Unos cuantos hombres de negro salen del vehículo y abren las dos puertas traseras, lo cual es curioso. ¿Acaso pretende el ministro salir por las dos? El conductor se inclina para recoger una caja del asiento y el ministro desciende por la puerta izquierda. Eres totalmente ajeno a la criatura que tienes justo al lado.

— … Tengo que encargarme de un par de asuntos, Stanley. Te llamaré en cuanto me digan algo.

Un escolta que no pertenece al ejército ni al cuerpo de policía abre el maletero y, al verlo sacar un costal de arpillera, sientes como si alguien se hubiese cagado sobre tu tumba. Sena, los estudiantes de Ingeniería de Moratuwa y Jaffna, un par de Tigres muertos y unos cuantos fantasmas a los que no reconoces aparecen a tu espalda. No fue tu nombre lo que te trajo hasta el cementerio a toda velocidad, sino los huesos que hay en el saco.

—¿Vas a ir así vestido a tu funeral? —se burla Sena. Ahora lleva una capa más larga y el pelo de punta y sus dientes han adquirido un borde aserrado—. Unámonos al cortejo fúnebre.

Dos agentes de negro y un demonio envuelto en sombras protegen los pasos del ministro. Uno de los hombres lleva el costal, mientras que el otro carga con una caja que se cae a pedazos, marcada con una escalera de color. A pesar de que es una mano ganadora, esta vez no va a servir de mucho.

Es entonces cuando explotas y te lanzas contra el ministro para tratar de clavarle las uñas en la cara, en la garganta y en la nuca. El demonio se interpone en tu camino y te aparta con tal empujón que te lanza por encima del Benz y caes en los fríos y curiosamente reconfortantes brazos de Sena. El ministro pasa por delante de los tres camiones aparcados y de los hombres vestidos con *sarongs* que los están limpiando con mangueras.

—Yo te ayudaré a deshacerte de quienes te asesinaron —te susurra Sena al oído.

Ranchagoda y Cassim esperan junto a la entrada del crematorio y saludan al ministro cuando llega a su altura.

—¿Todo bien? —pregunta Cyril.

—Sí, señor —confirma Cassim.

—Sí, señor. Ya casi hemos acabado —añade Ranchagoda.

—El toque de queda está a punto de finalizar —advierte el ministro—. Vayan terminando.

El aire está menos cargado de humo y el olor a carne quemada ha sido sustituido por el de los químicos que han echado para enmascararlo. Todo cuanto queda de los setenta y siete cuerpos son unas brasas humeantes, un hedor cada vez más tenue y una sombra que ninguno de los vivos es capaz de percibir. Ante la boca del horno crematorio, hay una mesa de autopsias. Un hombre vestido de negro deposita un saco sobre ella. Otro deja una caja. Uno de ellos la coloca sobre el costal, y luego vuelcan ambos objetos dentro del horno.

El ministro suspira cuando tus huesos y tus fotografías caen al fuego y enseguida se da la vuelta para regresar al coche. Una vez que el demonio del ministro se monta en el capó, te dedica un encogimiento de hombros y se despide con un saludo militar.

TRES RATAS

La imagen del humo que sale por la chimenea te sume en un trance durante el cual pierdes la noción del tiempo. Y no eres el único que se ha quedado absorto. Durante un buen rato, setenta y siente almas contemplan los restos calcinados que una vez le dieron cobijo a su espíritu; resulta tan relajante como sentarse en una silla de mimbre a ver cómo las llamas engullen tu hogar. Los lamentos se han apagado y, por el momento, los murciélagos y los cuervos guardan silencio.

El susurro te embiste justo en el centro de la cabeza, como casi siempre hacen. Sena ha apoyado la cabeza en tu hombro y te habla junto al lóbulo de la oreja.

—Mi más sentido pésame.

—Vete a la mierda.

—Que sepas que se van a ir de rositas porque lo del karma es una patraña.

Un escalofrío te recorre el cuerpo. En su voz se oye un chisporroteo, como si estuviese duplicada y la frecuencia del tono más agudo entrase en conflicto con la de su voz normal.

—¿Me vas a dar otro de tus discursitos?

—¿Sabes cuál es el problema del karma, jefe?

—Sena, no estoy de humor para esto.

—El problema es que se asume que todo está donde debería. Así, para que el karma siga su curso, evitamos tomar la iniciativa. Pero tiene tan poco sentido como decir *inshallah*, «si Dios quiere» u «ojalá».

—¿También han achicharrado tu cadáver?

—Los únicos que se benefician de la apatía son los privilegiados. Aquel hombre de allí es cojo porque le rompió la pierna a alguien en su último nacimiento. Le está bien empleado. Esos campesinos dedicaron sus vidas anteriores al despilfarro, así que ahora se mueren de hambre. Aquel hombre es dueño de una fábrica y antaño fue un budista que basó su vida en la generosidad, así que se merece todas las casas que ha podido comprar. Si le saco brillo a su Porsche, a lo mejor me llevo algo de su *varam* de rebote.

—Déjame en paz. No tengo manera de susurrar a los vivos, de llevarlos hasta los negativos o de encontrar a mi asesino. No eres más que un puñetero charlatán.

Las cicatrices y los cardenales que recorren el cuerpo de Sena de pronto parecen bonitos, como si un tatuador se los hubiera retocado.

—El budismo obliga a las personas con pocos recursos a creer que las condiciones en las que viven son las que les ha tocado vivir. Han hecho que el orden social pareciera algo natural. Son todas mentiras en beneficio propio que buscan mantener a los pobres en la insalubridad.

—Han quemado mis fotografías, Sena. Ya no hay nada que hacer.

Sena levita con una elegancia que no había demostrado hasta ahora. Tardas unos minutos en descubrir cuál es el otro aspecto que te resulta raro en él: ya no te llama «señor».

—Todas las religiones buscan que los pobres se mantengan dóciles y que los ricos no pierdan sus castillos. Incluso los esclavos estadounidenses se arrodillaban ante un Dios que miraba hacia otro lado cuando los linchaban.

—¿A dónde quieres llegar? —preguntas.

—Lo que quiero decir, Maali, es que el karma no equilibra el mundo. Haz el bien y te verás recompensado. Uno recoge lo que siembra. No hagas a los demás lo que no quieras que te hagan a ti. Una mentira tras otra.

—Comunista y ateo. Qué sorpresa.

—¿Qué esperabas?

—Ni los soviéticos ni los chinos ni los jemeres camboyanos creían en Dios. Quizás eso sea lo que nos permite convertirnos en demonios.

—Como si creer en Dios o en el karma te impidiese ser mala persona.

—Coincido contigo, camarada Pathirana. Los humanos somos unos bárbaros, independientemente de la deidad ante la que nos arrodillemos.

—Ahí es adonde yo quería llegar. El universo sí que cuenta con un mecanismo de autorregulación, pero no es Dios ni Shiva ni el karma. —Se lanza en picado hacia uno de los ruidosos camiones—. Ese mecanismo somos nosotros.

Sena asume que vas a seguirle y eso, claro, es justamente lo que haces. Aunque han limpiado el camión con agua, todavía huele a carne. Hermanito está encorvado sobre el volante y tiene un espectro en cada hombro, siseándole al oído. El muchacho arranca el motor y Balal y Kottu se suben a la cabina y se recuestan contra la andrajosa tapicería de los asientos. Suspiran, cierran los ojos y se dan palmaditas en la barriga y en el fajo de dinero que llevan en el bolsillo.

—¿Preparado para castigar a los hombres que te mataron?

—Lo echaron todo al fuego. Todo mi trabajo. Todo lo que vi. Ya no queda nada.

—Harían falta más que un par de fotografías para detener este tren, amigo. Deja de compadecerte de ti mismo y piensa en la razón por la que vivías en el Mundo Inferior, hermano. ¿Cuál era tu propósito? Seguro que tu vida no solo giraba alrededor de las apuestas, las fotos y las pollas.

—Yo nací para ser testigo del mundo. Ni más ni menos. Todos los atardeceres y las masacres que presencié existieron porque yo estuve allí para inmortalizarlos.

—Tienes dos opciones: puedes lloriquear o hacer algo de provecho.

Siete sois los que flotáis sobre el techo del camión: vosotros dos, los estudiantes (uno de Jaffna y el otro de Moratuwa) y tres monstruos a los que intentas no mirar sin mucho éxito. Uno tiene el rostro cubierto por heridas de puñaladas de las que brotan gusanos, otro tiene las cuatro extremidades rotas y el último tiene el color grisáceo de aquellos que han muerto ahogados.

Los tres fueron víctimas del Bheeshanaya de los últimos doce meses, la purga que diezmó al JVP. Por lo que parece, todos ellos siguen a Sena.

—¿Qué miras, *ponnaya*? —pregunta la cosa con gusanos en la cara.

Has recibido más insultos homófobos en el más allá que en los veinte años de vida que pasaste retozando con otros hombres.

Sena se pone en pie y da comienzo a su discurso:

—Camaradas, no perdáis la calma. Trataron de acabar con nosotros, pero aquí seguimos. Formamos parte de algo grande. La violencia de la injusticia a la que nos hemos visto sometidos arrasará esta tierra, tanto en el Mundo Intermedio como en el Inferior. Y lo mismo le ocurrirá a la luz. Ni las mariposas ni Buda ni la justicia están en manos de una fuerza superior. El universo es una anarquía conformada por billones de átomos que chocan los unos con los otros para tratar de hacerse un hueco.

La lluvia empapa la noche del toque de queda en la que nada se mueve salvo el viento, los espíritus y este solitario camión. El silencio inunda los edificios y las calles que por lo general están abarrotados, pero ahora están desiertos. Sena alza la vista al cielo abierto y ríe:

—¡Parece que el universo también está de nuestro lado! ¿Estáis listos, guerreros míos? —Los estudiantes y las criaturas asienten, pero tú te encoges de hombros—. Mientras tú dormías, hermano Maali, nosotros hemos estado bastante ocupados. El Cuervo ha preguntado por ti. ¿No crees que ya es hora de despertar?

—¿Para hacer qué? —replicas—. ¿Escribirte más discursos?

—No hacemos esto por la forma en que morimos, sino por cómo nos obligaron a vivir. Esta noche equilibraremos la balanza.

—¿No decías que la balanza no se equilibra ni siquiera a largo plazo? —preguntas.

Los guerreros que una vez fueron estudiantes de Ingeniería ponen mala cara cada vez que abres la boca.

—El Cuervo me ha enseñado un par de trucos, pero he encontrado una mejor profesora.

—¿Te has unido a la Mahakali?

—Nos aliamos con todo aquel que nos tienda la mano.

Lo que ocurre después sucede en un abrir y cerrar de ojos, como un disparo o un ataque al corazón. Hasta que no te sientas en una acacia mucho más tarde, no logras reconstruir lo ocurrido. Los estudiantes gatean hasta el capó y los tres monstruos se ponen a correr junto al camión para llamar la atención de Hermanito.

Sena pega su rostro al tuyo y no tienes muy claro si va a besarte o a arrancarte la nariz de un mordisco.

—Todos somos pacifistas. Todos rechazamos la violencia, salvo cuando se trata de mosquitos, ratas, cucarachas... o terroristas. Ahí ya es matar o morir. Ya sabemos que algunas vidas son más importantes que otras, claro —apunta con tono sarcástico—. Los mosquitos han acabado con la mitad de la población. A mí no me supone ningún problema recurrir al DDT para matarlos. Y responderé a cualquier dios que me cuestione.

Sena se lanza contra el asiento del conductor para rugir al oído de Hermanito. Su discurso, que es todo veneno salpicado de groserías, hace que el chico frunza el ceño. El camión gana velocidad al tomar la calle vacía que conduce hasta el Hotel Leo, allí donde se aparcan los cadáveres y se entierran los secretos. Este vehículo no llegará a su destino.

Las tres criaturas grotescas se paran en medio de la calle y agarran los huesos que penden de su cuello. Entonan un cántico que no logras descifrar, aunque sospechas que hablan en una mezcla de pali, sánscrito, tamil y alguna lengua demoníaca.

Hermanito contempla la estampa con ojos entrecerrados y sacude la cabeza antes de pronunciar las palabras que viajan desde sus oídos hasta sus labios:

—Responderé a cualquier dios que me cuestione.

El chico se frota los ojos y contempla embobado a las criaturas que lo esperan en medio de la calzada. Da un volantazo, pero uno de los estudiantes de Ingeniería se ha metido entre las pastillas de freno, así que los frenos no le funcionan y, justo cuando el camión colisiona con la parada de autobús que hay junto a un transformador eléctrico, te parece ver a un par de personas sentadas en la parada. El camión impacta contra el transformador y arma un estruendo de mil demonios, aunque solo hayan participado seis de ellos en el accidente.

La estructura se derrumba, de manera que cae sobre la parada de autobús y las personas que hacen cola junto a ella. La cara de Hermanito se estrella contra el volante y los dos gorilas que dormitaban en los asientos traseros salen volando hacia el techo del camión y se despiertan con un ataque de tos. Entonces algo echa a arder y explota y quienes viajaban en el interior del vehículo se ponen a gritar. Sena y sus airados compañeros bailan entre las llamas y corean maldiciones e insultos mientras las tres ratas se consumen dentro del camión.

Miras a tu alrededor y ves ciertas partes del cuerpo que no les pertenecen a los del camión. ¿Cuántas personas esperaban en la parada pese al toque de queda? ¿Tres? ¿Cinco? Sin previo aviso, ves a la madre con su hijo en la zona de conflicto, al anciano con las heridas de metralla y al perro muerto. Todos te dicen algo que no puedes oír. Te piden algo que no puedes darles. Y luego el perro habla y regresas al presente, justo cuando Sena y su séquito de asaltantes hacen algo todavía más desconcertante.

Resulta curioso, dado que acaban de provocar un accidente y hasta hace un momento bailaban junto a los restos ardientes del vehículo. Desbloquean la puerta del conductor, que se abre con un crujido a pesar de que los goznes han quedado destrozados. Hermanito sale arrastrándose entre lloriqueos y las llamas le devoran la pierna prostética hasta que los espíritus las ahogan, sin dejar de entonar cánticos por el camión abrasado ni por un momento. Para cuando Hermanito pierde el conocimiento, las llamas se han apagado.

En general, los desastres no tardan en atraer muchedumbres y eso por la misma razón por la que inspeccionamos un pañuelo justo después de sonarnos la nariz. La gente sale en masa de las tiendas a pie de calle, haciendo caso omiso del toque de queda para lamentarse por el camión en llamas desde cierta distancia. Un par de personas cargan cubos de agua para rociar a Hermanito, al que apartan de la masacre. Unas cuantas personas sangran y gritan, tiradas en el suelo. Otras tantas no se mueven.

Una serie de siluetas vestidas de blanco se alzan junto a las segundas. Por lo que parece, en este país los asistentes son más rápidos que las ambulancias. Alejan a los muertos del accidente, que tienen esa inconfundible expresión desconcertada que tan bien conoces.

Dos figuras se arrastran desde debajo del camión en llamas y Sena y sus espectros se abalanzan sobre ellas. Los estudiantes de Ingeniería inmovilizan a Balal y a Kottu y los conducen hasta un descampado. Ninguno de los dos opone ninguna resistencia; se limitan a contemplar el camión y sus respectivos cuerpos abrasados.

Sena y sus compañeros entonan sus cánticos y guían a los basureros por la áspera hierba, hasta donde los espera una figura de largos cabellos y un collar de calaveras. Desde donde te encuentras, no logras apreciar los rostros que tiene grabados en la piel, pero ni falta que te hace. Sena se da la vuelta y te anima a acompañarlos. Sus ojos ahora combinan tonos rojos y negros. El zumbido que nace en los límites del universo te inunda los oídos ya revisados. Decides no seguir a Sena.

EL ENMASCARADO

No sabes cómo se llama el árbol sobre el que estás posado, pero tiene unas hojas gruesas que parecen captar el viento y los susurros. Observas con atención el humo que se alza desde los tejados en la lejanía y te preguntas si lo que arde son personas o fotografías.

La brisa del este arrastra tu nombre, pero tratas de ignorar la llamada con todas tus fuerzas. Ya no queda nada de cuanto fuiste o hiciste. Los negativos permanecerán olvidados y solo los encontrarán los insectos, que se los irán comiendo poco a poco hasta dejarlos completamente en blanco. Pronto no volverás a oír tu nombre y ese será el fin.

—Solo te pido que te tomes un minuto para recapacitar.

Todo este lío con lo de Malinda te ha hecho entrar en pánico.

—No, el problema es lo del ministro, Kuga. Ya sé que no trabajas para la CNTR. Eso es lo que hace que esté muerta de miedo.

Dejas atrás el árbol sin nombre y apareces en una suite del séptimo piso del Hotel Leo. La sede central de la CNTR ha quedado reducida a un par de cajas de cartón y bolsas de basura. En las paredes no quedan más que rectángulos vacíos allí donde una vez hubo fotografías colgadas.

Kugarajah fuma junto a la ventana mientras Elsa llena una maleta con documentos.

—¿Y qué pasa si te paran en aduanas?

—Les diré que trabajo para la embajada canadiense.

—¿Podemos hablarlo?

—¿Queda alguna furgoneta fuera?

Kuga abre la cortina y disfruta de la vista panorámica de Slave Island. Le da una calada al cigarrillo y sacude la cabeza:

—El toque de queda sigue vigente. Hay tres furgonetas y un Jeep. Escúchame, por favor. ¿Y si les seguimos el juego? Al menos hasta que consigamos que nos den las fotos. Que el gobierno te deba un favor no es moco de pavo.

—Piensa un poco, hombre. El ministro no nos va a dar las fotos. Además, ¿cómo te crees que va a acabar esto? En cuanto los Tigres se enteren de que estoy intercediendo por Mahatiya ante el gobierno, me retorcerán el pescuezo.

—Los Tigres no te harán daño. Te lo prometo.

—¿Seguro?

—Nunca te pondría en peligro.

—¿Entonces por qué no te ofreces tú a hacer un trato con el coronel Mahatiya?

Elsa evalúa el desorden que los rodea antes de cerrar la maleta. Te fijas en las cajas amordazadas con cinta de carrocero y te preguntas si irán de camino a la embajada o a la incinera-dora.

—A diferencia de Malin, a mí no me gusta apostar. A lo mejor está por ahí, buscando venderles los negativos a los israelíes.

—Está muerto.

—¿Sabes quién lo mató?

—¿Lo sabes tú?

—Si murió por sus fotografías, nosotros también corremos peligro.

—Está bien, te compraré un billete de avión. ¿Para dónde lo quieres? ¿Canadá, Noruega o Londres?

—De eso me encargo yo, gracias. Tú limítate a sacarme de este sitio.

Contemplas el intercambio mientras los amantes se tantean el uno al otro. Elsa se acerca a la puerta con la maleta. Recuerdas haber aceptado el cheque que te ofreció. Después dimitiste, aunque sigues sin acordarte de qué te llevó a tomar esa decisión.

—¿Te encargas tú de las cajas?

—Estarán listas por la mañana. ¿Te han dicho algo los de la CNTR?

—No pienso hablar con nadie hasta que no esté fuera del país. Solo he hablado contigo sobre mi decisión y ni siquiera me fío de ti.

—¿Y ya está? ¿Te vas a rendir así, sin más?

—Yo vine aquí a ayudar al pueblo tamil. No serviré de nada estando muerta.

Kuga avanza hasta Elsa, levanta una mano y le aparta el pelo de la cara; ella se estremece ante su contacto.

—¿No me vas a pedir que me vaya contigo?

—Eres libre de hacerlo si quieres.

—Tengo que encargarme de una última cosa.

—Ahí tienes la razón por la que no te lo había pedido.

—¿Qué tienes pensado hacer?

—Un autobús lleno de alemanes va a salir del Hilton esta tarde en dirección al aeropuerto. ¿Puedes conseguirme un asiento?

—Estoy seguro de que tienen ambas salidas vigiladas.

—Pero no creo que hayan pensado en el montacargas.

Kuga sonríe y descuelga el teléfono.

—Dile al ministro que has encontrado una pista y que, si todo va bien, tendrás los negativos contigo el domingo por la noche.

—¿Puedes conseguirme un asiento en ese autobús?

—¿Te he fallado alguna vez?

Elsa toma una profunda bocanada de aire, acepta el auricular que le ofrece Kuga y hace lo que tiene que hacer. En tu última noche con vida, te dijo que las personas con ideas moderadas de esta ciudad acababan montadas en un avión o aplastadas bajo una losa de hormigón.

El toque de queda de veinticuatro horas ha dejado las calles desiertas y ha aireado la ciudad. No queda rastro del hedor del mal aliento en el ambiente y el viento, que sopla a sus anchas, arrastra un olor ocasional a humo y polvo. Frente al hotel, en el asiento trasero de una furgoneta Delica blanca con cristales tintados, está el subcomisario Ranchagoda, que vigila la entrada con esos ojos caídos suyos y un aspecto agotado e irascible.

Un Jeep se detiene justo al lado de la furgoneta y uno de sus ocupantes baja la ventanilla que corresponde a su asiento. El hombre de prominente barriga sentado al volante lleva gafas tintadas y una mascarilla quirúrgica. Junto a él, el comandante Raja Udugampola sostiene un *walkie-talkie*.

El comandante mira al policía, que se sienta recto y alza el mentón en posición de firmes.

—Quiero que vigile ambas entradas. Avíseme en cuanto la mujer abandone el edificio, sígala y asegúrese de no perderle el rastro. No la detenga hasta que yo se lo diga. ¿Ha quedado claro?

—Sí, señor —dice Ranchagoda.

El comandante se lleva el *walkie-talkie* a los labios.

—Sin novedades, pero seguimos alerta.

El aparato emite un chasquido y Udugampola presta atención con el ceño fruncido.

—Siempre hay hueco para uno más en el Palacio, señor.

Tras otro instante de estática, el comandante clava la vista en Ranchagoda y responde:

—Y si no, nos aseguraremos de que lo haya. —No añade nada más tras el último chisporroteo. Deja el *walkie-talkie* a un lado y se dirige con voz pausada al subcomisario—: Tráigame a la chica o los negativos. Si regresa con ambos, me aseguraré de que le paguen las horas extra, aunque me bastará con que cumpla con una de las dos tareas. Si vuelve con las manos vacías, tendrá que atenerse a las consecuencias.

—¿Voy a trabajar solo, señor?

—¿Le da miedo? ¡*Aney*, qué tierno! —se burla—. No se preocupe, viejo. Mi amigo lo acompañará de la manita.

El hombre de la mascarilla se baja del Jeep y, a pesar de que tanto sus ojos como su boca permanecen ocultos, está claro que sonríe de oreja a oreja.

EL PALACIO

El comandante Raja Udugampola era un oficial de oficina. Solo lo viste una vez en el campo de batalla: en Akkaraipattu, en el 87. Primero ordenó cavar tumbas lo suficientemente grandes como para enterrar aldeas enteras y después hizo que los soldados vistieran a los cadáveres con el uniforme de los Tigres para colocarlos según las posturas que les indicaba. Luego, os pidió a ti y a los periodistas de baja estofa del Lake House que inmortalizaseis los cuerpos antes de confiscaros los carretes.

Ninguno de los otros fotógrafos soportó más de dos masacres. La mayoría no fueron capaces de tolerar tanta violencia y muchos se negaron a continuar, porque no les compensaba aceptar unos encargos tan peligrosos por el sueldo mediocre que se les pagaba. En cambio, a ti te había enganchado.

Porque, tonto de ti, estabas convencido de que el problema era que la gente de Colombo, Londres y Delhi no era consciente de la verdadera magnitud de los horrores de la guerra. Y tú te lo tenías tan creído que te veías tomando la instantánea que pondría a los políticos en contra de la guerra. Harías por la guerra civil de Sri Lanka lo que la niña del napalm hizo por Vietnam.

El comandante les ordenó a todos los corresponsales de guerra que le llamasen en cuanto tuviesen la más mínima pista acerca del paradero del líder de los Tigres. Os dictó los seis dígitos de su número de teléfono y os ofreció una recompensa de otras tantas cifras a cambio de que lo condujeseis hasta Prabhakaran y, esa vez, la cantidad no era en rupias.

Aquello ocurrió al principio de la guerra, cuando los dirigentes del ejército eran tan estúpidos como para creer que la nuestra era una guerra que se podía ganar. Al comandante Raja, los periodistas le resultaban más prescindibles que las balas que sus superiores les compraban a los ingleses, lo cual fue otra de las razones por las que muchos renunciaron.

Un nuevo recuerdo te sobreviene como una tos. Es una tos convulsiva que te perfora la cabeza y que te lanza hacia adelante. Te fríe las terminaciones nerviosas que ya no tienes y te devuelve a la estancia que pasaría por despacho y pasillo. Contra las paredes, hay numerosos archivadores y vitrinas y, preservados tras sus cristales, subfusiles, revólveres, balas expansivas y granadas explosivas componen la colección del museo militar privado de un comandante que nunca en su vida ha disparado un arma movido por la ira o el miedo.

Te paraste junto al escritorio y contemplaste la calva del hombretón desde arriba. Trataste de aclararte la garganta, pero lo único que conseguiste fue arrancarte una tos más violenta de lo esperado. El comandante Raja Udugampola, también conocido como el rey Raja, te miró con una mueca de repulsión.

—¿Necesita que llame a un médico?

—No, señor. Es por el tabaco.

—¿Así es como lo llaman ahora? ¿No es por marica?

Te quedaste muy quieto durante el largo rato que te estuvo observando. Había una silla vacía ante ti, pero el comandante no te invitó a sentarte, así que permaneciste de pie. Sobre la mesa, descansaba una carpeta con tu nombre que contenía las fotografías que habías tomado en el frente: todas en blanco y negro, de veinte por treinta y en acabado mate. La primera era la del bombardeo de Valvettithurai, una ciudad costera de Jaffna, donde los morteros hicieron que cientos de cuerpos en llamas salieran despedidos contra los cocoteros. Tiene un buen montón de fotografías e identificas el momento en que tomaste todas y cada una de ellas. Eran de una época con masacres mensuales. Por aquel entonces, ambos bandos se turnaban para diezmar aldeas enteras como represalia por la última matanza del enemigo. El comandante os ordenó inmortalizar únicamente las atrocidades de los Tigres: Kokilai, Kent Farm, Dollar Farm, Habarana, Anuradhapura. Casi nunca os avisaban para cubrir las masacres patrocinadas por el gobierno.

—Hace un trabajo magnífico. Es responsabilidad nuestra dejar constancia de estas cosas; de lo que los Tigres les hacen a mujeres, niños y recién nacidos inocentes. De lo contrario, los tamiles dirán que nos lo inventamos. —Hace una pausa y dejas que sus palabras pendan en el aire—. Es una pena lo otro, ¿no cree?

—¿A qué se refiere, señor?

—Malinda Albert Kabalana —lee tu nombre en la carpeta—. A partir de hoy, dejaremos de renovarle el contrato.

—Pero no vence hasta 1991.

—Correcto. Pero ocurre que su comportamiento viola el artículo 1883 del Código Penal.

—No sé cuál...

—Ha mantenido relaciones antinaturales con los soldados. No toleraremos tal conducta ni ahora que estamos en guerra ni nunca. Ya le advertimos en su día.

Cualquier relación es antinatural en el campo de batalla. Las amistades son forzadas y quebradizas. El miedo, el aburrimiento y la soledad son capaces de crear alianzas inusuales y hasta el abrazo de un desconocido puede ofrecer consuelo. Eras experto en identificar a los chicos guapos con un gusto por los hombres atractivos, independientemente de que vistiesen uniforme, un *sarong* o trajes tradicionales. Independientemente de que fuesen sonriendo o discutiendo con su mujer en el autobús. Solo coqueteabas con los calladitos, con los jóvenes humildes, con los confundidos lobos solitarios, con los que no le hablarían a nadie de ti... o eso creías.

El comandante se levantó, marchó con paso lento alrededor del escritorio y se detuvo a tu lado. Te estudió durante un rato y tú mantuviste la vista al frente. Te pasó la mano por la mejilla y te acarició el cuello con la yema de los dedos.

—¿Es usted maricón?

—No, señor.

Dejó atrás los collares que pendían de tu cuello y que, por aquel entonces, eran más de tres: una llave de la vida, un Om hindú, unas chapas militares, las cápsulas de cianuro y el vial de sangre. Bajó la mano, pasando por tu estómago, hasta presionar los dedos contra tu entrepierna, sin hacer fuerza pero con firmeza. Te tocó como si esperase encontrar algún carrete de fotos escondido bajo la delicada piel. Tenía las manos callosas y sus caricias eran tiernas. No bajaste la guardia ni por un segundo, pero trataste de mantener la calma y no resistirte.

—Ya sabrá que ese no es el único problema. —Permaneciste inmóvil; el comandante no apartaba la mano de tu, por momentos, menguante miembro—. Se rumorea que está enfermo. ¿Me contagiaré de sida por tocarle?

El comandante se apartó de ti, pasó por delante de su escritorio y tomó su gorra, que colgaba de un clavo en la pared.

—Acompáñeme.

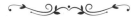

Al volante del Jeep, iba un joven soldado con una pierna prostética que ni siquiera te miró. El comandante Udugampola se sentó frente a ti y violó tu espacio personal al colocar una rodilla entre las tuyas. Si se hubiese echado hacia adelante, te habría aplastado las pelotas.

—No se engañe. Contamos con mejores fotógrafos que usted. Son compañeros leales que dan la cara por su pueblo y que saben cuándo cerrar la bocaza.

—¿A dónde vamos, señor?

—Mis chicos lo llaman Raja Gedara. Puede que sea en mi honor. Significa «la casa del rey». El Palacio. Qué graciosos. Yo ayudé a diseñarlo, por supuesto. ¿Quiere saber por qué hemos prescindido de sus servicios?

—Mi contrato dice que puedo trabajar por cuenta propia.

—Siempre y cuando lo solicite. ¿Pidió permiso para llevar a Robert Sudworth a ver al coronel de los Tigres?

—Trabajo como guía para la Associated Press. Robert Sudworth es uno de sus corresponsales.

—¿Y qué me dice de su guardaespaldas?

—Bob Sudworth es un paranoico.

—Ese hombre es un mercenario que trabaja para el KM Services. Ha metido combatientes no autorizados en el frente.

—Sus papeles estaban en regla.

—Pero no contaba con mi visto bueno. Le di permiso para que llevara a la AP hasta el campamento de Vanni, no para acompañar a un traficante de armas para que se vaya a comer con el enemigo.

—¿Qué traficante?

—He coincidido con Sudworth solo una vez. En el Vanni, para ser más exactos.

—¿Ah, sí?

—Oh, sí. Y usted estaba allí.

—¿Dónde?

—Fue después de que atacaran el campamento y nosotros apresásemos al coronel. ¿No se acuerda?

—Me hirieron durante el tiroteo, así que no me acuerdo de nada.

—¿De qué habla?

—Evito ver lo que no me conviene.

—*Aney!* Mi dulce e inocente muchachito —se lamentó. Se inclinó hacia adelante y te rozó la entrepierna con la rodilla antes de añadir—: Sería de gran ayuda saber de qué lado está.

—Los buenos periodistas debemos ser imparciales.

—Tiene razón. ¿Qué hay de los periodistas homosexuales?

—¿Disculpe?

—Me han llegado quejas de siete cadetes. Dicen que abusó de ellos.

Contemplaste las calles vacías a través de las ventanillas tintadas y te preguntaste si se habría decretado otro toque de queda. *A ver cómo pruebas eso*, pensaste. *¿Solo siete?*, fue el segundo pensamiento que se te pasó por la cabeza. Nunca abusaste de nadie y ambos lo sabíais. Un abuso sería lo que acababa de ocurrir en el despacho del comandante. Repetiste el mantra que te ayudó a salir adelante durante treinta y cuatro años:

—No soy homosexual. Tengo novia.

—Déjese de tonterías. Han sido unos cuantos los que han denunciado su comportamiento. Si viaja con el ejército, está en la obligación de seguir nuestras normas. Un joven cabo de la división de Vijaya ha dado positivo en la prueba del VIH. No puedo permitirme tener a los de su calaña entre mis filas.

—No conozco a ningún cabo.

—Cierre el pico. Yo le contraté y me niego a ser el responsable de que haga enfermar a los soldados.

—No estoy enfermo.

—¿Por eso utiliza los condones de la Cruz Roja? Me he fijado en que tiene tos y marcas en la piel. Es inadmisible.

El Jeep giró a la derecha en Havelock Road y se adentró traqueteando en una avenida de árboles frondosos, donde las casas eran grandes y los muros, altos; donde no se acumulaba basura en las aceras. La calzada dio un par de curvas y el conductor se desvió hacia un callejón.

—Hay unos cuantos rumores más perturbadores, claro. Pero de esos no tengo pruebas. Estamos librando una guerra en dos frentes. No tengo tiempo para andar persiguiendo a un mariquita con cámara.

Una verja enorme al final de la callejuela se abrió por control remoto para revelar a dos guardias con ametralladoras que hicieron un saludo al ver el coche.

—Todavía no está en pleno funcionamiento, pero pronto lo estará.

Los soldados te confiscaron la cámara y la cartera, pero eso no te amedrentó, como tampoco lo hacía recorrer un campo de minas o subirte a un barco con los Tigres. Confiabas en que saldrías ileso de cualquier situación, porque tenías la protección, no de los ángeles, sino de las leyes de la probabilidad, que defendían que casi nunca pasa nada terriblemente malo... hasta que pasa.

A simple vista, el edificio parecía un motel, un lugar al que llevarías a una de tus conquistas de clase media. Habías desarrollado una táctica para colar a tus chicos en los moteles, que consistía en ponerles el burka que encontraste en un tendedero de un pueblo arrasado cerca de Akkaraipattu. Aquella era la única manera de pasar por la recepción sin ganaros alguna miradita.

Unos soldados subidos a un andamio pintaban de verde la parte trasera del edificio, que era la que daba a la verja. El camino que serpenteaba entre camiones aparcados y carretillas abandonadas conducía hasta una escalera de cemento a medio construir. El edificio era de tres pisos y en cada uno había siete habitaciones. Todas ellas disponían de ventanales con cristales tintados (lo cual no era típico de un motel) y una misma configuración: contaban con una mesa de madera, un cubo, una cuerda, una escoba, una tubería de PVC y un carrete de alambre de espino; además, había una llave de agua en una pared y un enchufe en otra.

—Le he traído hasta aquí para dejarle una cosa clara. —El comandante se acercó a ti por detrás y sacó su porra. No te habías fijado hasta ese momento en que llevaba esa cosa colgada del cinturón reglamentario—. Muchos de los soldados que han sido expulsados del ejército y que han presenciado las mismas atrocidades que usted se envalentonan y se hacen activistas. Cambian de bando. Yo no se lo recomiendo.

Aunque no viste ningún fantasma deambulando por las salas vacías del primer piso, sí que sentiste su presencia. Por aquel entonces ni siquiera eras consciente de que existían. Después de haber sido testigo en el campo de batalla de lo fácil que resulta arrebatar una vida con una bala, después de haber visto a cientos de personas convertirse en cadáveres putrefactos ante tus ojos, no podías permitirte creer en algo así. Al menos hasta que visitaste el Palacio, donde sentiste el cosquilleo del miedo suspendido en el aire fétido y oíste los susurros nacidos de entre las sombras.

El hedor a mierda y orines te golpeó tan pronto como subiste por la escalera. El segundo piso era idéntico al primero, pero no estaba vacío. Había una persona en cada cubículo y todos eran hombres magullados de piel oscura. Unos cuantos estaban sentados, abrazándose las rodillas, mientras que otros muchos miraban por la ventana y ni siquiera os vieron pasar.

—Me dejé la mitad del presupuesto en esas cristaleras —comentó el comandante al tiempo que se daba toquecitos en el lateral de la rodilla con la porra—. Son falsos espejos insonorizados. Me los trajeron desde Diego García.

El joven de la última celda te miró a través del cristal, con la boca y los ojos abiertos de par en par. Tardaste un instante en comprender que estaba gritando ante la cristalera insonorizada. Diego García era una isla en forma de herradura al sur de Lanka que los ingleses le cedieron a los Estados Unidos después de que los primeros se quedaran con ella tras las guerras napoleónicas y borraran de un plumazo a los dos mil nativos que vivían en ella. Para cuando llegaron los 80, la isla se había convertido en una base militar que no solo se limitaba a exportar acristalamientos dobles a los aliados de Occidente en Asia.

—Me envían instructores para que formen a mis interrogadores e incluso consiguieron persuadir al gobierno para que me ampliara el presupuesto.

El tercer piso también era idéntico a los dos anteriores: salas rectangulares, cristaleras tintadas, mobiliario escaso y un hedor insoportable. Sin embargo, estos recintos estaban ocupados por más de una persona.

En la primera sala, dos enmascarados le estaban dando una paliza a un joven con unos tubos. En la segunda, un chico gritaba a pleno pulmón, atado a una cama. En la tercera, dos figuras colgaban boca abajo del techo, con la cabeza cubierta por una bolsa. En la cuarta, un hombre que se cubría el rostro con una mascarilla quirúrgica y gafas tintadas se cernía sobre otro, sentado en una silla.

—Ese es el Enmascarado. Él es quien les da la bienvenida a todos los huéspedes del Palacio.

En la quinta sala, una chica desnuda lloraba de rodillas mientras un hombre con el torso al descubierto caminaba a su alrededor. En la sexta y la séptima había mesas y, sobre ellas, descansaban jóvenes inmóviles.

El comandante Raja Udugampola te agarró por los hombros y te empujó hasta dejarte contra la pared más alejada. A su espalda, una de las cristaleras mostraba más cuerpos inertes.

—Le voy a dejar marchar antes de que me avergüence. —Colocaste las manos en su entrepierna y se la masajeaste. El comandante aflojó su agarre y tomó aire antes de apartar tus manos de él e inmovilizarlas contra la pared—. Pero quiero que sepa que, si termina poniéndome en evidencia, perder el trabajo será el menor de sus problemas.

El hombre te dio un beso en la mejilla y otro en la boca. Después, te propinó dos fuertes bofetadas, se rascó una ceja, apretó los puños y te encajó un puñetazo en el estómago. Te quedaste sin aliento y se te desenfocó la vista al prepararte para otro golpe que nunca llegó.

Porque te dejó marchar.

UNA CONVERSACIÓN
CON EL MONJE FANTASMA (1962)

Te marchas de Galle Face Court y te dejas llevar hasta el lugar que nunca habrías vuelto a visitar. En numerosas noches de oscuridad, mucho antes de que la mismísima noche oscura te llevase, solías preguntarte si serías capaz de volver allí, armado con una cámara, y sentarte en el mango que crecía tras el callejón para tomar la instantánea que te aseguraría el Pulitzer.

El comandante no te tapó los ojos porque sabía que nunca regresarías. No te cabe la menor duda de que las veinticuatro habitaciones del Palacio estuvieron ocupadas durante el Bheeshanaya del pasado año. El asesinato de presuntos anarquistas no estuvo tan extendido como en Indonesia, donde se masacró a un millón de comunistas en el 65, así que nadie se molestó en llevar la cuenta de las víctimas. Algunos dicen que murieron cinco mil personas, otros aseguran que fueron veinte mil, cientos de miles, mientras que unos cuantos defienden que no fue para tanto.

Tampoco había nada que hacer; solo los estadounidenses se llevan el Pulitzer. Los mismos que patrocinaron la masacre de Indonesia por medio de la CIA, los mismos que tienen una base naval al sur de las Maldivas y que han enviado equipos enteros para formar a los interrogadores de este mal llamado Palacio en este mal llamado paraíso.

Nunca volviste a poner un pie allí, a sabiendas de que nadie salía con vida del Palacio. Los habías visto devolver cadáveres a las mesas de autopsias de las comisarías y de los barracones del ejército. Todos los «sospechosos» asesinados resultaban útiles a la hora de crear propaganda en la guerra contra insurgentes, agitadores, criminales y terroristas, a pesar de que muchas de las víctimas no encajaban en ninguna de las categorías. De vez en cuando, no era raro encontrar a un periodista o a un profesor universitario en una celda; caras conocidas magulladas hasta quedar irreconocibles. En esas ocasiones, tomabas una fotografía de más, guardabas una copia en tu caja y dejabas el negativo en tu escondite, en un lugar donde a ninguna persona con buen oído se le ocurriría mirar.

Desde tu posición en una de las ramas del mango, ves las luces que parpadean en el segundo piso y oyes los alaridos, los gimoteos y el zumbido de la electricidad. El olor a bilis flota en el aire. El desagradable hedor del vómito ajeno es un rancio popurrí de alimentos ingeridos a la fuerza y de sudor impregnado de miedo. Se encienden unas cuantas luces más, seguidas de otra tanda de gritos. ¿Qué les estarían haciendo? ¿Les estarían metiendo agua por la nariz? ¿Les estarían electrocutando los genitales? ¿Les estarían clavando clavos en los pies?

Nunca volviste a poner un pie allí porque sabías lo que encontrarías y te daba pavor; te daba miedo acabar en una celda tú también. Ahora, después de todo por lo que has pasado, sigues siendo incapaz de atravesar el patio y flotar hasta las luces parpadeantes del Palacio.

—Acércate —croa una voz—. No tienes que mirar si no quieres.

Ves una sombra encaramada al tejado. Es grande e informe y no parece tener ojos, ni siquiera rojos. Un humo negruzco brota desde el tejado, a pesar de que no hay ninguna chimenea, y se extiende como zarcillos que alimentan a la masa negra. Te descubres flotando hacia ella, atraído por la voz.

—La situación es terrible… ¡Terrible! Yo era monje, ¿sabes?

—¿Budista o católico?

—¿Acaso importa? He visto el oscuro corazón del mundo, pero todavía no he conocido a mi creador.

—¿Qué haces aquí arriba?

La criatura toma forma y, cuando la silueta de su encorvada espalda se materializa ante ti, te fijas en que tiene los dientes y los ojos negros.

—Este lugar está cargado de energía. Ven a sentarte conmigo. No hay un Dios al que adorar ni un diablo al que temer. Solo hay energía.

—¿Vives aquí? —preguntas, a sabiendas de que el verbo no es del todo adecuado. Evitas posarte sobre el tejado.

—Cuando yo era monje, solía discutir con los no creyentes. Dios puede querer detener el mal o no. Y puede ser capaz de detenerlo o no.

—Ya he oído ese chiste antes.

De improviso echas en falta a la doctora Ranee y te preguntas cómo es que llevas tanto tiempo sin verla. ¿Sabrá que has estado con Sena, que acaba de matar a cinco civiles solo por castigar a un par de ratas? ¿Estará enterrada bajo una avalancha de almas desorientadas, informes en blanco, revisiones de oídos y argumentos en contra de la luz? A lo mejor te ha dado por perdido, a pesar de las buenas intenciones que tenías en un principio.

—¿Hay algo en este mundo más terrible que el edificio sobre cuyo tejado estamos sentados? —pregunta el fantasma del monje.

—Hay otros edificios como este en el que hombres mayores se aprovechan de niños asustados en cada habitación.

—He pasado por esas estancias. Me he alimentado de sus gritos.

—¿Disfrutas de ello?

—Según Epicuro, Dios debe ser impotente o malvado. Si es capaz de detener el mal y está dispuesto a hacerlo, ¿por qué no actúa? Claro que a aquel gran filósofo griego se le escapó una tercera posibilidad.

La sombra toma forma y adopta un cuerpo enorme y una cabeza aún más grande. La criatura tiene la cabeza de una bestia o un peinado afro desproporcionado.

—¿Que Dios está ausente?

—No.

—¿Que Dios se distrae?

—*Nehi!* —niega en sánscrito—. Dios es un incompetente. Está dispuesto a combatir el mal y puede frenarlo, pero es un desastre organizándose.

—O sea que se pasa el día mirándose el ombligo, como el resto de nosotros.

—Lo que quiero decir es que siempre llega tarde y es incapaz de priorizar.

Una sensación de frío te hiela la sangre y altera el orden de tus células. Es algo que te ha asustado desde siempre, pero nunca has sido capaz de identificar la sensación.

—Tú también la sientes, ¿verdad? La energía. Todo se reduce a ella. Al alfa y el omega. Al universo le da igual que sea positiva o negativa. ¿Te importaría sentarte?

La corriente de aire que sopla desde Mutwal te anima a responder sin miedo, puesto que podrías huir en ella en caso de que los zarcillos de sombra tratasen de atraparte:

—A mí no me torturaron y no soy un espíritu atormentado. Puede que me hayan asesinado, pero ni siquiera estoy seguro de ello. No te alimentarás de mi sufrimiento como hiciste con las almas que han muerto allí abajo.

—¿Estás seguro de lo que dices?

La silueta de la criatura cambia y la sombra ya no recuerda a un monje envuelto en una túnica. El ser se agazapa como un perro de caza y ves que algo pende de su cuello.

—Te he estado observando mientras estabas en aquel árbol de allí, señor fotógrafo. Sabes que no existen leyes. Siempre lo has sabido.

Y, de pronto, el frío se transforma en una sensación familiar. En realidad, no es una sensación sino una ausencia, un vacío que se extiende hacia el horizonte, un agujero negro que te ha acompañado desde siempre. Cuando tu querido *dada* se marchó, tú elaborabas diferentes escenarios en tu cabeza cada noche, mientras tratabas de conciliar el sueño. A lo mejor se fue porque percibió que eras gay, porque quería que te parecieses más a él, porque le recordabas demasiado a ella o porque esperaba más de ti. Revivías cada mala contestación, cada mirada petulante, cada desprecio, cada desaire, hasta que sentías un vacío en el pecho.

—La sientes, ¿verdad? Es energía.

El vacío y el odio no son del todo desagradables. La desesperanza empieza siendo un tentempié que mordisqueas cuando te aburres, pero siempre se acaba convirtiendo en una comida completa que haces tres veces al día.

—¿A quién culpas tú por este desastre de país? ¿Fue cosa de los colonos que nos dieron por culo durante siglos o del mismo poder superior que nos martiriza ahora?

Se oye un alarido desgarrador proveniente de uno de los pisos inferiores y el tejado escupe nuevas sombras que el fantasma del monje no tarda en absorber con lo que parece ser una enorme pajita.

—¿Quién nos dio por culo según tú?

—Los portugueses adoptaron la postura del misionero. Los holandeses nos tomaron por detrás y, para cuando llegaron los ingleses, ya estábamos de rodillas, con las manos a la espalda y la boca abierta.

—Me alegro de que nos colonizaran los ingleses —comentas.

—Mejor eso a que nos masacraran los franceses —coincide el monje.

—O a que nos esclavizaran los belgas.

—O a que nos gasearan los alemanes.

—O a que nos violaran los españoles.

—Cuando me paro a pensar en el embrollo en el que está metido el país, a veces creo que habría sido mejor dejar que los chinos o los japoneses hubiesen comprado la isla, que los yanquis y los soviéticos nos hubiesen dictado cómo pensar y que los indios se hubiesen encargado de nuestro problema con los tamiles y los holandeses, así como con los portugueses.

Te has sentado entre las sombras y dejas que el vacío te inunde los pulmones.

El fantasma del monje se sienta frente a ti y susurra en la oscuridad:

—Esta isla siempre ha estado ligada al resto del mundo. Les vendíamos especias, piedras preciosas y esclavos a Roma y a Persia mucho antes de que se inventaran los libros de historia. Nuestro pueblo también ha servido siempre de moneda de cambio. Y míranos ahora. Los ricos envían a sus hijos a Londres y los pobres mandan a sus mujeres a Arabia Saudí. Los pedófilos provenientes de Europa vienen a ponerse morenos en nuestras playas, los refugiados de Canadá financian la era de terror que vivimos, los tanques israelíes matan a nuestros jóvenes y la sal de Japón envenena nuestra comida. —Es en ese momento cuando recuerdas que deberías estar en otro lugar en vez de en este y que, si te quedas aquí mucho más tiempo, olvidarás la razón por la que viniste—. Los ingleses nos venden armas y los estadounidenses entrenan a nuestros torturadores. No tenemos ninguna oportunidad.

Tu acompañante se ha vuelto más musculoso y se arrastra hacia ti mientras habla. Su voz se duplica y se triplica antes de multiplicarse. Su forma de andar y sus gruñidos se vuelven familiares. Te alejas de la sombra, pero ella te corta el paso.

—Los ingleses nos dejaron con una perla sin pulir y nosotros hemos pasado los últimos cuarenta años llenando de mierda la ostra de donde salió.

Ahora ha pegado su rostro al tuyo y ya no sabrías decir si la criatura es un hombre o una mujer. Sientes que el frío y la sensación de vacío te atraviesan con un rugido. Los ojos del ser están compuestos de un millar de pupilas y la voz de la sombra es un coro de miles de voces. El murmullo que oímos en los límites de nuestra audición no es femenino ni masculino; no tiene género. Es una cacofonía.

—Saborea el hedor de la verdad: nos hemos buscado esta situación nosotros solitos.

Quedas rodeado por los brazos de la Mahakali, de cientos de personas, de todo el mundo.

—Repítelo, pero, esta vez, vocaliza y habla más alto.

Tiene los dientes tan negros como los ojos y, cuando su boca se hace más amplia, atisbas una lengua negra y unos ojos que te observan desde el fondo de su garganta.

—Nos lo hemos buscado. Nosotros solitos.

QUINTA LUNA

Llámame y te responderé;
te revelaré cosas importantes y recónditas
que tú desconoces.

—Jeremías 33, 3.

EN SUEÑOS, CAMINO

Una mujer armada con un portapapeles ha detenido tu descenso hacia la vorágine. El aire se ha convertido en carne a tu alrededor y te ves envuelto por centenares de rostros que suplican morir con expresiones que oscilan entre el orgasmo y la mueca de dolor. Estás a punto de desmayarte cuando un sonido te saca de tu estupor de un golpe.

—¡Disculpa! Este hombre todavía está en su quinta luna, así que no te lo puedes llevar. No te hagas la tonta.

La voz de la doctora Ranee es tan penetrante como la música de un camión de los helados y tú reaccionas ante ella como el niño que juega en el porche de su casa. Te zafas de las garras de la sombra y acabas en brazos de la doctora: sales de las brasas y caes en las llamas. La mujer continúa:

—No puedes ponerle una mano encima hasta que no hayan pasado siete lunas. Ya conoces las reglas. Sé lo que intentas hacer y no nos das miedo. Ni siquiera tú puedes saltarte ciertas normas.

Regresas al mango para escapar de la criatura y la doctora Ranee te empuja hacia una de sus ramas. Cuando miras atrás, la Mahakali se ha vuelto a convertir en una sombra. Serpientes de oscuridad y zarcillos de negrura trepan por el edificio para alimentar su figura.

—¡Vete a la mierda! —La voz de la Mahakali suena como la de un puñado de monjes que intentan crear una armonía. Se oye una risotada seguida de un escupitajo.

La doctora Ranee trepa por el árbol a toda prisa y te arrastra hasta una corriente de viento que sobrevuela los tejados.

—Traeré refuerzos y te obligaremos a marcharte de aquí. —La doctora pronuncia ese aullido de despedida cuando el viento ya ha comenzado a alejaros del edificio. ¿Habrá demostrado el mismo arrojo ante los Tigres? ¿Le habrán dado algún aviso antes de ir a por ella?—. Ya estás en tu quinta luna, Malinda. Dentro de dos días, yo ya no podré ayudarte.

—¿Por qué me duele la cabeza?

—Archivarán tu caso como «perdido» y acabarás en las tripas de esa cosa. ¿Dónde tienes la cabeza? Seguro que el dolor te lo provoca tu propia estupidez al tratar de escapar.

—No sabía que era la Mahakali.

—Sí, sí que lo sabías. Este lugar está infestado de criaturas demoníacas que se alimentan de la tortura. Sabes que Sena trabaja para ella. ¿Por qué crees que se interesa tanto por ti?

—Me ha dicho que me enseñaría a susurrar, pero solo si me unía a él.

El viento te eleva a una mayor altura de lo normal. Los tejados y las copas de los árboles se alejan y tus ganas de vomitar sucumben ante la euforia. Asciendes hasta lo más alto del cielo y la ciudad se convierte en una postal. El aire es más frío y limpio aquí arriba y el viento sopla en todas direcciones. Desde las alturas, Colombo no parece tan echada a perder. La ciudad dormita entre las sombras, decoradas con árboles y luces. Incluso el lago Beira tiene un aspecto medianamente pintoresco.

—Yo puedo ayudarte con eso.

—¿En serio?

—Solo se lo ofrezco a quienes se han comprometido a ir hacia la luz, pero tú me estás obligando a infringir mis propias normas. Odio tener que hacerlo.

—Gracias por haberme sacado de ese edificio.

—No hace falta que me lo agradezcas.

Llegáis al extremo de una nube y tu expresión de asombro debe de resultarle cómica, porque deja de sermonearte por un segundo para soltar una risita divertida.

Ya habías volado por encima de las nubes en algún 747, pero no crees recordar haber visto un paisaje como este. El cielo es del azul de una piscina, de vapor, cálida y sin fondo, y tú eres lo suficientemente ligero como para mantenerte a flote.

Bebes del mar de nubes que te rodea y te fijas en que cada cúmulo presenta en su centro un pequeño estanque de color turquesa, invisible desde el distante Mundo Inferior y cuya superficie está en constante ondulación.

—Aquí es donde residen los sueños. Yo vengo aquí bastante a menudo para verles a él y a mis hijas.

—¿Quién es él? ¿Te refieres a Dios?

—No, bobo —se ríe—. A mi marido. Al padre de mis hijas.

—¿El profesor de universidad?

—Él siempre me apoyó, incluso cuando no estaba de acuerdo conmigo. Abandonó por completo la lucha política cuando morí. Y sigue allí abajo, cuidando de mis niñas. Es un padre maravilloso y le visito mientras duerme para recordárselo siempre que puedo.

Eres incapaz de apartar la vista del nuboso mar azul.

—¿Es posible visitar los sueños de los vivos?

—Siempre que no te pierdas, sí —explica.

—¿Podría visitar a quien quisiera?

—Solo si te permite acceder a sus sueños.

—¿Y cómo…?

—Dame la mano, piensa en esa persona y…

Tira de ti hacia abajo y te zambulles en una piscina de nubes.

Apareces en un dormitorio que reconoces gracias a los pósteres de las paredes y al olor a tristeza. Siempre fue un aroma a lavanda y no entiendes cómo no te habías dado cuenta hasta ahora. Jaki está roncando. Lleva una camiseta de Joy Division que le llega por las rodillas y tiene los brazos extendidos como un Cristo crucificado.

—Acompasa la respiración con la suya. —Oyes la voz de la doctora Ranee, a pesar de no verla en la penumbra de la habitación.

Haces lo que la doctora te indica, aunque es una tarea ridícula al no tener pulmones. Tomas aire y lo dejas ir al ritmo en que se mueven las fosas nasales de Jaki. Se te aparecen imágenes de osos perezosos, de fresales y de arrecifes de coral. Pero se esfuman tan pronto como surgen.

Jaki se levanta y camina con torpeza hasta el baño que compartiste con ella durante siete monzones. No camina sonámbula, pero tampoco está despierta del todo. Oyes que tira de la cadena y abre una puerta que no es la suya para seguir durmiendo, sin querer queriendo, en tu antigua cama. Se abraza a los cojines e inhala el olor de las sábanas.

El dormitorio está tal y como tú lo dejaste: desnudo y bien ordenado. Cuando los ronquidos de Jaki vuelven a tomar ritmo, te tumbas a su lado.

Oyes a alguien reír, ves a DD persiguiendo a Jaki por un laberinto de arbustos y reconoces el hotel y el jardín de vuestro viaje a Nuwara Eliya. Tú los persigues, cámara en mano, hasta que caéis los unos encima de los otros en medio del laberinto. Les haces fotos mientras ruedan por el suelo y DD te dice que le prestes atención a Jaki, que dejes de ignorarla. Tú le respondes que sí que le estás haciendo caso, pero entonces te das cuenta de que habías venido a hablar con ella y que todavía no lo has hecho.

—Jaki, cariño. Jaki, mi cielo. Lo que buscas está escondido...

—No seas tan literal, hombre, o se le olvidará. —Vuelves a oír la voz de la doctora Ranee—. Háblale con indirectas. Con imágenes en vez de con palabras.

Dormiste con Jaki en una misma cama durante un mes entero, hasta que se dio cuenta de que nunca estabas a su lado cuando se despertaba. Después de un tiempo, dejó de intentar besarte y, después de un tiempo, tú dejaste de devolverle los abrazos. Nunca te sentaste a hablar con ella y Jaki tampoco mencionó el tema nunca, así que, después de un tiempo, tus excusas cada vez resultaban menos convincentes. Al final, te mudaste al dormitorio que quedaba libre y la situación mejoró entre vosotros.

Jaki está en una playa de Unawatuna y te observa mientras le haces un masaje a DD, que te fulmina con la mirada.

—Ve a hacerle un masaje a Jaki o me echará sal en el helado otra vez.

¿De quién es este sueño?, te preguntas. *¿Eres mi DD o una versión creada por la mente de Jaki? ¿Y por qué están todos los raritos de la playa mirándome?*

—La gente nunca es quien parece ser en sueños —interviene la doctora Ranee—. Sobre todo aquellos que aparecen en sueños ajenos.

Le haces un masaje a Jaki y le susurras al oído.

—Las imágenes van bien. Las palabras, no —te recuerda la doctora—. Cántale una canción, si quieres.

Te preguntas quién susurrará al oído de la doctora, quién estará susurrando a su vez en el oído de esa persona y qué porcentaje de nuestros pensamientos estará conformado por los susurros de otros.

—El rey y la reina. Encuentra a los monarcas a quien nadie escucha. Ya sabes dónde están.

Estás de nuevo en una habitación y sabes de quién es solo por el olor y el desorden.

—Si es que no puedo ser gay. Mira lo desordenado que soy. Los gais suelen ser muy limpios.

—No uses esa palabra, amor. Te hace quedar como un idiota. —Ambos estáis desnudos bajo las sábanas; él te da la espalda y tú respiras el aroma de su pelo mientras tus manos viajan por su piel—. Yo no soy marica, tú no eres gay, ninguno de los dos es *ponnaya*. Ambos somos hombres atractivos con un gusto por los chicos guapos.

—¿Se lo has contado a Jaki? —pregunta.

—Todavía no.

—Odio este maldito país. Nunca dejamos de cotillear sobre los demás.

—¿Y de qué preferirías hablar?

—De Hong Kong.

Primero fue Hong Kong y, después, Tokio. Cuando empezó a sentirse más cómodo siendo un chico al que le gustaban los hombres de buen ver, pasó a ser San Francisco.

—En Colombo no tenemos ni idea de lo que ocurre en el norte, ¿sabes por qué?

—Porque no nos preocupamos por nada que no nos afecte.

Le mordisqueas el lóbulo de la oreja y gruñes:

—Ayuda a Jaki a encontrar al rey y la reina.

Le convenciste de que sería más feliz si se aceptaba a sí mismo, incluso si tenía que permanecer dentro del armario. Le animaste a dejar su trabajo de oficina para meterse en el ámbito de la legislación ambiental. Cuando volviste de Mannar, después de que te confiscaran un carrete de fotos y te lo descontaran del sueldo, con un esguince en el tobillo, DD te hizo un masaje deportivo y dijo:

—Algún día, añorarás esto. Echarás la vista atrás, recordarás este día de mierda y te darás cuenta de que formó parte de los buenos tiempos.

DD no solía llevar razón, pero, aquella vez, acertó de pleno. Has vuelto a la piscina, donde hay otros dándose un chapuzón. La doctora Ranee envuelve entre sus brazos a un hombre alto de pelo canoso.

—Los sueños están llegando a su fin. ¿Estás seguro de que no te estás dejando nada en el tintero?

Caes en la cuenta de que no has pronunciado una sola palabra, así que vuelves a zambullirte. Esta vez, la piscina se hace más profunda y sus aguas se convierten en un torbellino que te arrastra a un río de fotografías. Acabas en una orilla donde algunos dormitan y otros dejan que los gatos los olisqueen. Te arrastras por una alfombra roja que conduce hasta una carpa donde hay una mujer en un trono, acompañada por un grupo de personas de atuendos curiosos sentadas en banquetas; una banda interpreta canciones de Jim Reeves.

El espacio está decorado con frescos, pintados al estilo de las pinturas de las cuevas de Sigiriya. Sin embargo, estos no representan a mujeres con los pechos al aire; no son como los famosos frescos de concubinas posando desnudas. Estas pinturas muestran a periodistas maniatados, a activistas de camisa desgarrada, a presentadores de las noticias con la nariz rota. Muestran a celebridades que desaparecieron sin dejar rastro después de su detención. Son las fotografías que sacaste para el Rey, el mismo que se quedó con tus negativos sin pagarte ni una sola rupia por ellos. El comandante Raja Udugampola cometió el mismo error que tus otros jefes, Elsa la Reina y Jonny el As. Ninguno de ellos sabía que los carretes de tu Nikon eran de treinta y seis fotos, no de treinta y dos, así que te quedabas con cuatro instantáneas de cada carrete y cortabas los negativos para que nunca se enterasen.

La mujer del trono es Lakshmi Almeida Kabalana, tu querida *amma*. Tiene algo sobre el regazo que parece un animal peludo, pero que, en realidad, es una tetera. Te fijas en los miembros de su corte y descubres a tres turistas europeos vestidos con camisas hawaianas. Al bajar la vista, te das cuenta de que tu chaqueta se ha transformado en una túnica de colores y de que llevas el bastón de un juglar.

—La mayoría de las personas que aparecen en los sueños de los vivos son fantasmas como tú —explica la voz de la doctora Ranee en el momento justo—. Algunos viajan de un sueño a otro y se pierden en el espacio onírico.

Cuando te acercas al trono, tu madre se echa a llorar como nunca hizo mientras vivías. La cosa que tiene sobre el regazo no tiene pelo y no es un animal ni una tetera: es un fajo de cartas.

—Pensaba que las habías tirado.

—Y así fue. —Se suena la nariz con un pañuelo bordado. Ese atuendo tan regio le sienta bien, mucho mejor que la bata que solía llevar mientras recorría la casa como un alma en pena—. Ni siquiera las abrí.

—¿No se te ocurrió pensar que a lo mejor yo las necesitaba?

—Él sabía que debía estar ahí para ti, pero se marchó igualmente. Y, encima, se llevó a Dios consigo. Luego Dios te llevó a ti.

—No llegué a tiempo. Te mentí. Lo único que conseguí con aquel viaje a los Estados Unidos fueron tres llamadas telefónicas y una carta.

Le habías dicho a tu *amma* que celebraste la cena de Acción de Gracias en Misuri con Bertie Kabalana, su segunda esposa Dalreen, y sus dos hijas, que eran tus amigas por correspondencia. Le contaste que tu *dada* te había dicho que estaba harto de ella y que todos os habíais reído a su costa mientras disfrutabais del pavo y una rica salsa de arándanos. Te inventaste una historia diseñada para hacerle daño porque, de haberle contado que tu padre había muerto mientras estabas en el aeropuerto y que su dolida familia no había querido recibirte, tu *amma* habría soltado otra de sus santísimas diatribas sobre la voluntad de Dios.

Al parecer, tu padre te escribía cartas dos veces al año desde que os dejó en el año 73. Encontraste una en la papelera, bajo unas bolsitas de té, en 1984. Tu madre admitió más tarde que se había confiado, que solía tirarlas en la agencia de viajes donde trabajaba.

El paquetito de cartas ha desaparecido de su regazo.

—Podría haberme olvidado de ese cabrón egoísta de no haber sido por ti. —Tu madre solo decía groserías cuando hablaba de tu padre.

—¿Y me culpas por eso?

—Él fue quien se marchó, no yo. —La reina alza la voz y un murmullo se extiende entre los cortesanos—. Me lo pusiste muy difícil, pero yo nunca me rendí. No iba a permitir que jugase a ser el bueno con una tarjeta de cumpleaños después de habernos abandonado.

Te sentaste junto al teléfono a esperar la llamada desde Misuri en tu decimocuarto, decimoquinto y decimosexto cumpleaños, pero, en el decimoséptimo, estuviste tan ocupado enrollándote con un muchachote que ya te dio igual.

—Tu *dada* no va a ver cómo te conviertes en él —grita tu madre; la corte estalla en vítores y oyes un susurro.

—Sé sincera, *amma*. Fuisteis a por un bebé para tratar de arreglar vuestro matrimonio. Todo lo demás son cuentos.

—El tiempo de los sueños llega a su fin. Regresa a la superficie.

Reapareces junto al borde de la piscina de nubes y la doctora Ranee se despide de dos chicas adolescentes y un hombre de pelo canoso. Una canción flota en el aire; es de Jim Reeves, se llama «It's Now or Never» y sabes que es una canción que suena mejor cuando son Elvis o Queen quienes la interpretan. Entonces, regresas al dormitorio donde apareciste en un principio.

—Es de buena educación dejar el espacio onírico tal y como lo encontraste. Es una muestra de respeto tanto para quienes vendrán detrás como para los soñadores.

Jaki se levanta de tu cama como accionada por un resorte. Tararea «It's Now or Never», pero no es la versión de Elvis ni la de Jim Reeves, sino la de Freddie Mercury, esa que incluyó en la cara «B» de aquella canción tan famosa. Entonces, saca la caja de debajo de la cama y revuelve entre los vinilos hasta que encuentra *His Hand in Mine,* de Elvis, y *Hot Space,* de Queen; ambos álbumes son terribles, a pesar de que quienes los compusieron fueron artistas brillantes.

Cuando Jaki abre las fundas desplegables, de su interior salen una nota escrita a mano por ti y una lluvia de confeti hecha de cuadrados negros, algunos con fantasmales siluetas blanquecinas colocadas en posiciones extrañas. Le das un abrazo, aunque Jaki no lo siente, y le susurras una última petición al oído. «Jakiyo, siento mucho todo. Por favor, haz un millar de copias y empapela Colombo con ellas».

LO QUE QUIEREN LOS *YAKAS*

La doctora Ranee levita junto al límite del espacio onírico y se recoge el cabello en un moño al tiempo que trata de disimular que tiene los ojos llorosos. Los espíritus que entran y salen de los sueños ajenos son de todos los tamaños y formas y tienen los ojos de todos los colores.

—¿Ya te has quedado a gusto con lo de susurrar? Vayamos al río del renacimiento. Sigues estando dentro del límite de las siete lunas.

—Pero todavía me quedan dos.

—No, una y media.

—No puedo irme todavía. Jaki tiene que encontrar a Viran y yo tengo que descubrir quién me mató y proteger a mis amigos de los monstruos.

—Todos nos quedamos con algún asunto pendiente, pero casi nunca son importantes.

—Creo que Jaki me ha hecho caso.

—¿Estás seguro de que fuiste asesinado?

—Eso fue lo que dijo el Cuervo. Y tus lectores de oídos le dieron la razón.

—Ya, pero ¿tú qué piensas?

—Si supiera qué me pasó, te lo habría dicho.

—El Cuervo es un embaucador y los *pretas* no siempre aciertan.

—No lo dudo. Dijeron que yo también había matado.

—No, dijeron que era muy probable que lo hubieras hecho. No es lo mismo.

—¿Es la Mahakali el peor demonio de todos? ¿Trabaja para alguien más?

La doctora sacude la cabeza y la sacude y la vuelve a sacudir.

—¿Es que no sabes nada acerca de la historia del país que te dio cobijo durante tantos años? —Independientemente del cargo que la doctora Ranee ostente en el Mundo Intermedio, está claro que sigue siendo maestra en esencia. Las personas como ella tienen tendencia a irse por las ramas y lanzarse a impartir lecciones improvisadas—: No hay un demonio supremo al que vencer. Ya has visto que hay cientos de demonios y miles de *yakas* campando a sus anchas por cada carretera y cada calle.

Tiene razón. En este lugar no se está librando una batalla entre el bien y el mal, sino que hay distintos niveles de maldad que se enzarzan en rencillas con otros grupitos de criaturas perversas.

—En este país, por cada puñetero mal, hay un *yaka*.

La doctora te explica que el Príncipe Negro es el encargado de provocar abortos y dolores menstruales, que la Mojiní seduce en la noche a los conductores solitarios y que el Riri es el causante del cáncer. Técnicamente, el monje del tridente es un fantasma, pero su rabia lo ha transformado en un espíritu maligno.

—Fantasmas, espíritus malignos, *pretas*, diablos, *yakas* y demonios. ¿He acertado con la jerarquía?

—En el caos no hay jerarquía que valga, hijo. Ni siquiera los *pretas* suelen tramar nada bueno.

Dice que existen muchos tipos de *pretas*: por ejemplo, los *mala pretas* le quitan el sabor a la comida y los *gevala pretas* licúan los excrementos. Sin embargo, en su gran mayoría, los *pretas* son expertos en leer los oídos e interpretar el apetito de los fantasmas.

Se te hace pesado escucharla, pero al menos no ha seguido insistiendo en el tema de tu menguante número de lunas.

Continúa con su perorata sobre los demonios que habitan el Mundo Intermedio:

—He perdido la cuenta de las almas que me han arrebatado los *yakas*.

—Pero ¿qué es lo que quieren?

Según la doctora, los *yakas* están obsesionados con los placeres de la carne. Cuando la comida se pone mala, es porque los *yakas* han devorado sus nutrientes. Cuando las relaciones sexuales pierden la chispa, es porque les han robado el placer. Los *yakas* se dedican a vigilar a los vivos y los muy tontos prácticamente los invitan a irrumpir en su día a día.

—Los *yakas* pueden hacer casi de todo, salvo ir hacia la luz o nacer como humanos —continúa la buena doctora—. Pueden hacer travesuras, causar daño a otros y sembrar el caos, pero solo si se les da pie a ello. Y tienen que guardar las distancias con los muertos hasta que hayan pasado siete lunas. A menos que tú le des permiso, ni siquiera la Mahakali puede tocarte.

Añade que los *nagas* tienen un rostro hermoso y la cabeza como la de una cobra y que no se olvidan de lo ocurrido en 1983. También te dice que los *kotas* montan en gato, llevan adornos de perlas y van armados con hachas. El Bahirava nace de los gritos de la diosa Sita y solo despierta cuando los dioses se pelean o cuando el sol se desangra.

—Pero has acertado. La Mahakali es la más temible de todos. No podré protegerte de ella pasada tu séptima luna.

—No necesito más que otra luna para asegurarme de que mis fotos vean la luz.

—Basta ya. Te lo pido por favor. Que te inmiscuyas en los asuntos de los vivos no le hará bien a nadie.

—Sena dice...

—Si vas a citarme a Sena, será mejor que desaparezcas de mi vista y dejes de hacerme perder el tiempo. Ya has sido testigo de lo que es capaz la Mahakali. —Las pupilas de la doctora Ranee son casi blancas, pero te fijas en que tiene motitas amarillas y verdes—. Te quedan dos atardeceres. Te pido que te mantengas alejado de todas las criaturas de ojos negros.

—Los ojos de Sena no son negros.

—De momento. Nadie nace siendo un demonio.

—No me lo creo.

La doctora asegura que los *yakas* no nacen, sino que se hacen. Cada uno tiene una historia que ya no se molesta en contar. El caníbal fue víctima de una bomba que pusieron en el barrio de Pettah. El niño salvaje mató a sus tíos por orden de los Tigres. El demonio marino murió a causa de las brutales novatadas de sus compañeros de universidad. El fantasma del ateo era un concejal de provincia al que los del JVP cortaron en cachitos. La dama del sari negro perdió a sus cinco hijos en la guerra.

La doctora dice que a los *yakas* se les da fatal apostar y que, al igual que les ocurre a la gran mayoría de las ratas de casino, acaban hasta el cuello de deudas que saldan haciendo recados.

—Tu Sena está en deuda con la Mahakali. Los demonios les encargan a los fantasmas que les procuren nuevas almas. Es bastante simple.

La mujer deja de hablar y sacude la cabeza. Te ha atacado con todas sus armas y nada ha surtido efecto. Arranca una hoja del portapapeles y la arruga.

—Gracias por haberme ayudado otra vez, doctora. Prometo que iré hacia la luz antes de mi séptima luna.

—No, no lo harás.

—¿A dónde tengo que ir?

—Al río del renacimiento. Para llegar a él, móntate en la brisa más suave que corra por el Beira y sigue los canales hasta encontrar los tres árboles de arjuna.

—Prometo que cumpliré mi palabra.

—Dos promesas valen menos que una.

—Una vez amé a un chico que decía cosas como esa.

—¿Y mantuviste tus promesas?

—Ni una.

—¿Se enfadó contigo por ello?

—No que yo sepa.

—¿Te hizo daño alguna vez?

Miras a través del visor de tu cámara, pero no ves una respuesta. Te rascas la cabeza y clavas la mirada en tu única sandalia.

—Seguro que me lo merecía. Hasta pronto, doctora. —Te montas en el estribo de la corriente de aire que sopla desde el océano—. Tengo una promesa que cumplir.

La doctora te sigue con la mirada cuando el viento te arrastra hacia arriba. Parece triste y decepcionada, pero en absoluto sorprendida.

LA TIENDA FUJIKODAK

Los negativos están protegidos por una funda de plástico y pegados con cinta adhesiva a tus copias de *Hot Space*, de Queen, y *His Hand in Mine*, de Elvis. Sabías que nadie con un mínimo de oído se decantaría por reproducir esos dos álbumes de entre todos los de tu colección. Por supuesto, como no todo el mundo sabría qué hacer al encontrar los recortes de una tira de negativos pegados a unos discos tan malos, te aseguraste de dejar una nota aclaratoria en la funda protectora interior de los vinilos.

POR FAVOR, TRÁTALOS CON CUIDADO.
SI ENCUENTRAS ESTOS NEGATIVOS,
DEVUÉLVESELOS A MALINDA ALMEIDA,
APARTAMENTO 4/11 DE GALLE FACE COURT,
DISTRITO 2, COLOMBO.
SI MALINDA NO ESTÁ DISPONIBLE,
VE A LA TIENDA FUJIKODAK
DE THIMBIRIGASYAYA ROAD,
NÚMERO 39, Y DÁSELOS A VIRAN.

Jaki se abraza a los dos álbumes y corre hasta el dormitorio de DD.

—¡A dónde vas, pedazo de boba! —gritas, a pesar de que no puede oírte.

DD está durmiendo y solo lleva puestos sus calzoncillos de Calvin Klein. Ha ganado un poco de peso en la cintura y tiene una erección mañanera por estar soñando contigo o, al menos, eso esperas.

—*Aiyo!* ¡No le despiertes! —ruegas.

Jaki le da una sacudida en el hombro a su primo y este se despierta farfullando:

—¿Quién...? ¿Qué?

—¿Quién demonios es Viran? —pregunta.

Una furgoneta Delica sigue al Lancer sin molestarse en mantener las distancias para disimular. Jaki no le quita el ojo de encima cuando se meten en la rotonda de Thummulla. Da tres vueltas y la furgoneta hace lo mismo. También la sigue cuando se encamina hacia el barrio de Thimbirigasyaya, así que hace un cambio de sentido.

—¿Qué haces? —pregunta DD, que va en el asiento del copiloto. Incluso a esta hora intempestiva, lleva la piel de ébano de su mandíbula cuadrada bien afeitada y el pelo de punta peinado con mimo.

—No van de uniforme. Eso es mala señal. —Jaki conduce con los ojos pegados a la carretera y la lengua entre los labios.

DD se da la vuelta para mirar a sus perseguidores.

—No es más que una furgoneta, Jaki. Deja que te adelanten.

Jaki reduce la velocidad y los vehículos que circulan detrás le responden con un coro de bocinas, pero la furgoneta no sobrepasa a tus amigos. Sin previo aviso y sin advertir a los demás conductores de sus intenciones, Jaki se adentra en la laberíntica zona de Longdon Place.

—No tienen ningún interés en adelantarnos.

—Solo es una estúpida furgoneta. ¿Estás cansada? ¿Quieres que conduzca yo?

—Vale —dice Jaki, que pisa el acelerador a fondo y toma una curva cerrada en el laberinto. Jaki era la mejor conductora de los tres y, justo por esa misma razón, también era la más temeraria. Se cuela por el ombligo de Thimbirigasyaya y sale por el orificio nasal de Bambalapitiya. Los coches y los *tuk tuk* se cambian de carril sin avisar y se apartan del camino de Jaki con quejumbrosos bocinazos.

La calzada se llena de vehículos y conductores que echan humo, así como de luces de freno fundidas. La furgoneta ha desaparecido. Van dejando atrás un control tras otro y DD sostiene un cigarrillo entre los labios que no llega a encender en ningún momento, lo cual significa que, técnicamente, no ha perdido la apuesta que hizo meses atrás.

Tienen la suerte de encontrar un hueco para aparcar frente a la tienda FujiKodak. Sigue sin haber rastro de la furgoneta Delica.

El interior de la tienda está revestido de fotografías que inmortalizan a extravagantes hombres y mujeres asiáticos que esbozan sonrisas imposibles. Hay una vitrina llena de cámaras y un expositor de carretes. Pegatinas y láminas en los tonos verde y blanco característicos de la marca Fujifilm. Pegatinas y láminas un poco más pequeñas en el amarillo y rojo de Kodak. Tras el mostrador, hay dos mujeres: una recibe los carretes y la otra reparte sobres. Resulta sorprendente ver lo bien organizada que está la tienda y da la sensación de que los clientes saben respetar una cola. Hay tres clientes esperando, pero DD avanza hasta el mostrador con el desparpajo del que solo un niñato malcriado podría hacer gala.

—¿Dónde puedo encontrar a Viran? —exige saber.

Una de las mujeres señala la puerta que hay a su espalda. Jaki y DD entran en un cuarto oscuro lleno de luces y pantallas donde un chico bajito con gafas está encorvado sobre una hoja de contactos.

—¿Eres Viran?

—Sí, ¿por?

—Malinda nos pidió que viniésemos.

El chico se dirige a Jaki, pero sus ojos vuelan hacia DD.

—¿Ya no está?

—Eso parece.

Viran sacude la cabeza y clava la vista en el suelo.

—¿Porque se ha ido del país o porque lo han arrestado?

DD interviene con un suspiro.

—Dicen que ha muerto, pero ninguno de nosotros ha visto su cadáver.

El rostro de Viran se ensombrece. Se limpia los cristales de las gafas en la camiseta.

—A lo mejor solo está escondido.

—¿Eras amigo de Maali?

—Nos conocemos desde hace años. Siempre venía a revelar sus fotos aquí.

Jaki coloca los vinilos en la mesa. La funda del álbum de Queen se cae a cachos y el Rey tiene cinta adhesiva alrededor de la boca.

—Aquí escribió que tú sabrías qué hacer con estos.

—¿Habéis venido solos?

—Sí, no hay nadie más.

—¿Y nadie os ha seguido?

—Claro que no.

—¿Estáis seguros?

—Nos estuvo siguiendo una furgoneta, pero le dimos esquinazo.

—Entonces más nos vale darnos prisa. Tenéis que ir al centro cultural y hablar con el señor Clarantha. Eso es lo que Maali quería hacer con las primeras copias.

—¿Las primeras?

—Me pidió que revelara las fotos dos veces. Unas son para el señor Clarantha y las otras para otra persona.

—¿Para quién?

Te reuniste con Viran en el New Olympia para ir a la sesión de las diez de la mañana de *Evasión en Atenea*, con Roger Moore, Telly Savalas y Stefanie Powers, porque, a esa hora, en las salas de cine solo había heterosexuales fornicando y parejas de hombres metiéndose mano. Viran medía uno sesenta, pero los dieciocho centímetros que le faltaban de estatura los tenía donde de verdad importaban. También le interesaban las cámaras antiguas, trabajaba en una tienda FujiKodak y tenía un cuarto oscuro en Kelaniya muy bien provisto, heredado de su tío. Era cuidadoso, tenía talento, olía a jabón y polvos de talco y le importaba un bledo la política. Al menos, así era hasta que vio las fotografías de los miembros del JVP que tomaste para la Associated Press.

Le pediste que se llevase los negativos a casa y sacase copias en veinte por veinticinco con baja luminosidad y alto contraste si un chico atractivo y una joven de pelo voluminoso entraban algún día en la tienda preguntando por él con discos de Elvis y de Queen bajo el brazo.

El segundo conjunto de copias era para Tracy Kabalana, tu hermanastra menor, ya que, cuando acompañó a tu padre en una de sus raras visitas a su tierra natal, prometió proteger tus fotografías. Pronto estará en edad de votar, y teniendo en cuenta que le rompiste literalmente el corazón a su padre, no estás muy seguro de si recordará su promesa.

Tu plan empezó a tomar forma después de que un par de fotógrafos de la AP recibieran una paliza a la salida del club de prensa, de que le confiscaran un carrete a Andy McGowan y de que secuestraran y asesinaran al periodista Richard de Zoysa. Preparaste todo tras una borrachera en el casino seguida de un encontronazo con el ejército. Se lo explicaste brevemente a Viran mientras te tocaba junto a las vías del tren y le recordaste a Clarantha la promesa que te hizo cuando acabasteis de fiesta en casa. El tío Clarantha era una de esas pocas personas que cumplen las promesas que hacen estando borrachas.

Te dejas llevar por una corriente de aire que te conduce hasta Colpetty Junction. Pasas flotando por encima del techo de una Delica blanca y aterrizas sobre el Lancer plateado. En esta ciudad, como en casi todas, el viento fluye más deprisa que el tráfico. Jaki agarra el volante con fuerza mientras DD la interroga.

—¿A ti te había contado su plan?

—Nos habló de ello una de esas veces que volvimos a casa con el tío Clarantha tras una fiesta. Nos dijo qué hacer con las fotos si alguna vez tenía que exiliarse. ¿No te acuerdas?

—Yo estaba borracho y tú, medio dormida.

—Entonces sí que te acuerdas.

El bar no está abierto. El servicio de limpieza ha colocado las sillas boca abajo sobre las mesas y está arrastrando la mopa por el parqué. Clarantha se está fumando un cigarrillo junto a la barra mientras lee el periódico. El hombrecillo es una reina del espectáculo regordeta que ha sufrido tres ataques al corazón desde que cumplió los cuarenta. Además, se rumorea que contrajo esa grave enfermedad que Prince mencionaba en «Sign O' the Times». Nunca se lo preguntaste directamente, pero los cientos de conversaciones sobre la mortalidad a las tantas de la noche te hicieron pensar.

—Hola, Jaki. DD —saluda Clarantha, que dobla el periódico—. Lo siento, pero estamos cerrados.

—Viran, el de la tienda FujiKodak, nos dijo que viniésemos aquí.

Clarantha se detiene y deja el periódico sobre la barra.

—Eso es lo último que querría oír. Jesús. ¿Dónde está Maali?

—No nos han dejado ver el cuerpo —explica DD—, así que no sabemos qué le ha pasado.

—Entonces a lo mejor consiguió escapar.

—No —interviene Jaki. Lo mira fijamente, sacudiendo la cabeza, y el rostro de Clarantha se ensombrece.

Hay otros dos fantasmas junto a la gramola, una antigualla que un cantante veterano trajo hasta aquí desde Las Vegas. Se había hablado de venderla para saldar la deuda del centro cultural con los dueños del teatro. Los dos fantasmas aporrean los botones con los puños, pero solo consiguen que la máquina parpadee un par de veces.

—No es un buen momento para hacer esto. Es peligroso —advierte Clarantha.

—Lo comprendemos —responde DD.

—Yo quería escribir obras de teatro que cambiasen el mundo, pero acabé haciendo musicales.

—Los musicales también pueden cambiarlo —interviene Jaki.

—Cállate, Jaki —le ordena DD.

—Hice una promesa y tengo que cumplirla —dice Clarantha—. ¿Cuánto tardará Viran en tener las fotos?

—Mañana estarán listas.

—Imposible. ¿Cómo?

—Por lo que parece, tiene su propio estudio. Eso fue lo que nos dijo.

—¿Las va a revelar todas en una sola noche?

—Eso fue lo que nos dijo.

—Solo tengo veinte marcos de fotos. ¿Por qué tenéis tanta prisa? ¿Cuántas hay que colgar?

—Unas cincuenta.

—¡Qué locura! Voy a necesitar más manos. ¿Podéis traer refuerzos?

—Voy a preguntar.

Los fantasmas parecen europeos y te resultan familiares. Ambos van vestidos con una camisa hawaiana y pantalones cortos. El que es más regordete toma carrerilla y le da un puñetazo a la gramola. Una vibración precede al sonido de un pasador y empieza a sonar «It's Now or Never», de Elvis.

DD parece sorprendido y Jaki tiene cara de susto, pero Clarantha se limita a encogerse de hombros:

—Tenemos un fantasma que se llama Iris —explica con voz divertida—. Quizá haya sido ella.

Jaki escucha la romántica voz del Rey y no te cabe duda de que está pensando en ti.

—¿Estáis seguros de que no ha huido del país? —pregunta Clarantha.

—¿Quién sabe? —responde DD—. Ya nada me sorprende cuando se trata de Maali.

—Bien —dice Jaki, que se levanta, toma su bolso y se va del bar.

Jaki sale del centro cultural, pasando por la galería de arte Lionel Wendt, y se dirige a la calle. Antes de entrar en el coche, recorre la calle con la mirada en busca de alguna furgoneta Delica o de algún hombre que no pertenezca al ejército ni al cuerpo de policía.

Arranca el Lancer y recorre Guildford Crescent hasta que gana velocidad y toma una calle distinta a la que esperabas. Eso quiere decir que no está yendo a Galle Face y tú, que sabes exactamente a dónde conduce el camino que ha tomado, apruebas su decisión a regañadientes.

En cuanto aparca frente al Hotel Leo, se asegura de que no la haya seguido nadie y tú haces lo propio. Después, cruza la recepción, donde dormita un vigilante de seguridad, y toma el ascensor hasta el sexto piso.

Al subir, te das más impulso de la cuenta y acabas asomándote a la ventana de la suite del séptimo piso. Te encuentras con paredes desnudas, cajas vacías y una puerta abierta, pero no ves ni rastro de Kuga o de Elsa, ni de las fotografías enmarcadas que tomaste con la Nikon y que Viran se encargó de revelar. A diferencia del apartamento en Galle Face Court, nadie ha registrado la estancia, pero alguien con un humor de perros ha arrancado las cortinas y volcado las mesas.

Flotas hasta el Pegasus y encuentras a Jaki en la mesa de *blackjack*, donde piensa quedarse toda la noche, bebiendo ginebra y fumando los cigarrillos que regala el casino, los mismos que a ti te encantaría volver a saborear. Tratas de susurrarle al oído, pero ninguno de los dos estáis soñando en esta ocasión. También intentas adivinar en qué estará pensando mientras hace cálculos y cuenta las cartas, tal y como tú le enseñaste, pero de mala manera.

Te dejas llevar hasta la mesa de póker, donde Karachi Kid está apostando fuerte contra los israelíes. Karachi Kid, joven, regordete y con la cabeza afeitada siempre cubierta con una gorra de béisbol, era generoso con sus fichas y solía salvarte el culo cuando jugabas demasiadas manos. Llevaba la cuenta de cada préstamo y te recordaba lo que le debías cada vez que te sentabas a una mesa.

—¿Hay alguna cámara por aquí? —pregunta, mirando el techo y las paredes.

—¿Por qué iba a haber una? —dice Yael Menachem—. Como no lleves tú una dentro de esa estúpida gorra...

Yael Menachem es corpulento y ruidoso; su socio, Golan Yoram, es bajito, fornido y reservado. Junto a ellos, en la mesa hay dos hombres chinos que fingen no hablar inglés. Hay quien dice que son familia de Rohan Chang, el director del casino, y que su misión es espiar a los derrochadores. Tú jugaste una partida de póker con ellos en tu última noche con vida, aunque no recuerdas si ganaste o perdiste.

—Vamos fuera —dice Karachi Kid—. Aquí huele a salsa de soja.

Los dos hombres chinos están demasiado ocupados intentando superar la apuesta del otro como para ofenderse por el comentario. Los israelíes y el paquistaní salen a la terraza a tomarse un trago.

—Hemos visto el último pedido —dice Golan Yoram, que se enciende un cigarro.

—¿Y?

—Haznos una transferencia con un adelanto del setenta por ciento y te lo prepararemos todo.

—¿Todo?

—¿Quieres un misil R-11? Nosotros te lo conseguimos, hermano. —Menachem le lanza una mirada al camarero, que deja un cenicero sobre la mesa, y formula su siguiente pregunta en un susurro—: ¿Alguna vez has hecho negocios con el coronel Mahatiya?

—Cualquier persona que haya sostenido un arma en este país ha hecho negocios conmigo, querido amigo —responde Karachi Kid antes de dar un sorbo de su zumo de naranja—. Puedes contar con ello.

—Qué interesante —dice Menachem—. Nosotros trabajamos en el mundo del cine. Todo esto nos resulta nuevo.

—No seas modesto.

—Te lo prometo. Además, yo nunca tengo problema en presumir de mis negocios. No me gusta la cifra que ofreces, así que necesitaremos un adelanto del ochenta por ciento.

—Joder, me encantó la película de ninjas que hiciste.

—¿Cuál de todas? *¿La justicia del ninja o Ninja III: la dominación?*

—*¿Ninja USA?*

—Esa no es mía —le corrige Menachem.

—En realidad, creo que era *La justicia del ninja*. Magnífica, ¡ah! Unas escenas de acción fantásticas.

—Aquella película era una basura, pero nos hizo ganar un buen pellizco, ¿verdad?

—Le fue bastante bien —coincide Yoram.

Karachi Kid les da una hoja de papel y Yoram la estudia con atención antes de sacudir la cabeza y decir:

—No podemos aceptar esta oferta. ¿De dónde has sacado estas cifras?

—Son los precios de mercado.

—Estos son los que les ofrecemos al Hezbolá y a Hamás. Lo único que puedo conseguirte por ese dinero son trastos rusos escacharrados. Otros te venderán mierdas nicaragüenses. O aumentas el presupuesto o no hay nada que hacer, lo siento.

—Mi cliente necesitará algún tipo de referencia que avale vuestro trabajo, claro.

—Le puedes enseñar esta referencia de mi parte —dice Menachem, que le hace un gesto obsceno con el dedo.

—Si me permites la pregunta. Con todo el respeto. ¿Habéis trabajado en este mercado alguna vez?

—Por supuesto.

—¿Con el gobierno?

—Tal vez.

—¿Con los Tigres?

—Quizá.

—¿Con el JVP?

—Nunca.

—¿Y qué me dices de nuestro amiguito el jugador desaparecido?

—¿Quién?

—Ya sabes a quién me refiero.

—Ese era un *hippie* y un marica. Los *hippies* y los maricas siempre acaban muertos. No ha tenido nada que ver con este asunto.

—Me alegra oír eso —responde Karachi Kid.

UNA CONVERSACIÓN CON LOS SUICIDAS FANTASMA (1986, 1979, 1712)

Flotas hasta el tejado del Hotel Leo, donde el casino sigue abierto a pesar de lo avanzada que está la noche. La bulliciosa oscuridad está abarrotada de coches parados, de perros callejeros que gruñen y de jugadores que descansan en el bar del casino mientras se consuelan pensando que esta será la noche en que ganarán a la casa. Tú sigues siendo un estereotipo con patas, igual que lo fuiste en vida, puesto que deambulas por el lugar donde moriste, como cualquier otro fantasma. Es tan típico como quedarse junto a tu tumba o merodear por tu antigua casa. Y también es igual de inútil.

Jaki está sentada sola a una mesa, en la que el camarero con cara de buey al que cataste en tu última noche con vida le sirve un vaso de zumo de naranja. Ella cree que está sola, porque no os ve a ti ni al grupo de suicidas que ocupan el tejado y contemplan la luna.

La azotea del Hotel Leo está tranquila a las tres de la mañana, salvo por los suicidas que se descuelgan desde las cornisas. La primera es una *drag queen* de mediana edad que lleva un sari típico de la región de Kandy, brazaletes, collares y la cara embadurnada de maquillaje.

—Lo hice porque estaba triste. Es lo que nos pasa a la gran mayoría, ¿sabes? Pero también fue porque era budista. Pensaba que la reencarnación me saldría más barata que la operación que me haría mujer.

—¿Y por qué no has ido hacia la luz?

—He vivido toda una vida entre dos mundos —dice la mujer que una vez fue hombre—. Creo que es aquí donde pertenezco.

Desfila con su sari por la cornisa, se acuclilla junto al borde y evalúa la espectacular caída que podría acabar en el aparcamiento o en el vertedero, dependiendo de las ráfagas de viento. El tejado está abarrotado de espíritus; la mayoría no son de aquí y tampoco son suicidas, como demuestra la tonalidad verdeamarillenta de sus ojos y su incesante parloteo.

Reconoces haber visto a unos cuantos de los espíritus un par de lunas atrás, cuando Sena y la doctora Ranee se pelearon por tu miserable alma.

Una chica con corbata de piel fétida y una figura encorvada que parece haber estado macerándose en el océano desde el siglo xiv, cuando todavía reinaba el rey Buvenekabahu, discuten no muy lejos de donde te encuentras. Te acercas flotando a través del aire húmedo para escuchar a escondidas la conversación. Es lo que mejor se te da últimamente.

Los dos suicidas están hablando sobre el suicidio, lo cual es tan emocionante como toparse con un grupo de sosos hablando de negocios.

—¿Por qué es Sri Lanka el país con mayor número de suicidios? —pregunta la chica, que observa a la figura encorvada a través de unas gafas gruesas—. ¿De verdad estamos más tristes o somos más violentos que el resto del mundo?

—Joder, ¿y qué más da? —responde la otra persona justo cuando una mujer con el cabello recogido en dos coletas se tira desde el tejado como si hiciera un salto de altura.

—Yo creo que es porque nos educan lo suficiente como para comprender que el mundo es un lugar cruel —ofrece la colegiala—, y porque la corrupción y las desigualdades que vemos en nuestro día a día nos hace sentir indefensos.

—Además, el herbicida es muy fácil de conseguir.

Flotas de aquí para allá y escuchas a hurtadillas otras conversaciones. Te topas con cinco niños soldado de los Tigres, que llegaron a Colombo para ser rehabilitados e interrogados. En los terrenos de la prisión encontraron flores de estramonio e hicieron té para cinco con ellas. Les encanta el más allá («Nadie nos grita ni nos da órdenes») y se precipitan desde el tejado con regocijo infantil.

Resulta difícil dudar del altísimo índice de suicidios en Sri Lanka al ver el bullicio que hay en el tejado: jóvenes, personas mayores y de mediana edad, hombres, mujeres y gente entre medias. Hay amantes a quienes les han dado calabazas, campesinos arruinados, refugiados que escaparon de pasados intentos chapuceros de revolución, víctimas de violaciones, estudiantes que suspendieron alguna asignatura y una buena cantidad de homosexuales atrapados en el armario. Todos flotan hasta el borde del tejado y se lanzan al vacío.

Uno de los homosexuales se acerca a hablar contigo, pero a ti no te interesan los chicos que no son guapos, sobre todo cuando tú ya no eres un hombre atractivo. Te fijas en que la figura encorvada te observa con atención, así que vas a su encuentro.

—Me ahorqué en el puerto de Colombo cuando los portugueses quemaron mi navío. Me ahogué en el lago Diyawanna cuando perdí mis tierras. Si no tienes dinero, la vida no merece la pena. Volvería a matarme si pudiera, para acabar con esto de una vez por todas.

—¿Por qué no vais ninguno hacia la luz?

Ofendido, escupe un pegote de hojas de betel masticadas al vacío, pero desaparece en el aire.

—Te podría hacer la misma pregunta.

—Yo no me suicidé.

—¿Estás seguro?

—Lo intenté con catorce años, pero fallé y ahí quedó la cosa.

—Hay que ser constante incluso para suicidarse.

—Por lo que me han dicho, la luz te librará de tus pecados para empezar una nueva vida desde cero.

—¿Eres uno de esos ayudantes? Porque, si es así, ya puedes ir ahuecando el ala.

Contemplas al desconocido cuyo rostro apenas distingues, cuya historia apenas conoces, y le haces esa pregunta que has sido incapaz de formular desde que moriste.

—¿Ayudar a alguien que quería morir me convertiría en un asesino?

—¿Cómo sabías que esa persona quería morir?

—Por el sufrimiento que vi en ella.

—A la mayoría de las criaturas que habitan esta tierra más les valdría no haber nacido siquiera.

—Entonces, si ayudé a alguien a aliviar su dolor, ¿la luz me lo recompensará?

La figura encorvada te mira y se ríe:

—Este no es el lugar más indicado para buscar consuelo, idiota.

Dicho eso, se tira del tejado con una sonora risotada y nunca llega a tocar el suelo.

No te sorprende encontrarte a Jaki acompañada, sino descubrir que quien está con ella es una mujer. Una mujer que conoces: Radika Fernando, la presentadora del telediario. Pasan a beber ginebra y ron y, para cuando empieza a amanecer, acaban fumando en la terraza, con las manos entrelazadas.

Seis pisos más abajo, en el aparcamiento, ves una furgoneta Delica y a un hombre con una mascarilla quirúrgica que le echa la bronca a un policía en la parte trasera del vehículo. El Enmascarado lleva los pantalones y la camisa bien planchados y con la raya hecha, a diferencia del policía, que viste un uniforme todo arrugado. Es evidente que el hombre no durmió en una furgoneta anoche.

—¿Cómo que se han ido?

—Las oficinas de la CNTR están vacías. Desiertas. Se lo han llevado todo —explica el subcomisario Ranchagoda. Las ojeras hacen que parezca una rana toro.

—Pero hemos estado vigilando durante dos días sin descanso. ¿Habéis registrado el edificio?

El *walkie-talkie* del Enmascarado emite un chasquido y el hombre maldice antes de acercárselo al oído. Se oye un murmullo mezclado con estática.

—Sois una panda de imbéciles. Elsa Mathangi partió en un avión a Toronto anoche. Llegó al aeropuerto camuflada en un autobús lleno de turistas alemanes.

—¿Cómo demonios lo ha hecho? —se sorprende Ranchagoda—. No la vimos salir de aquí.

—Tómate todo el tiempo que quieras para resolver el misterio, pero yo necesito una solución ya. El comandante quiere los negativos.

El subcomisario Ranchagoda alza la vista hacia los balcones del hotel y contempla el sol naciente, contra el que se recortan las siluetas de dos mujeres que fuman.

—Creo que tengo una idea —dice el agente.

El Enmascarado sigue su mirada y asiente con la cabeza.

—Es justo lo que necesitamos ahora mismo. ¿Qué se te ocurre?

Ranchagoda abre la guantera para mostrarle un saco de arpillera y una botellita.

—No estoy seguro de que el comandante o el ministro estén de acuerdo con tu idea, pero yo no tengo inconveniente.

Miras en dirección al balcón donde Radika Fernando está apoyada contra la barandilla y juguetea con el pelo de Jaki. La mujer le da un beso de despedida a tu amiga y se marcha, aunque, a juzgar por su actitud, es más un «hasta luego».

Centras tu atención en el séptimo piso, allí donde te sentaste en una silla ahora vacía y le dijiste a Elsa que no seguirías trabajando para ellos. Centras tu atención en los cristales tintados del casino, donde jugaste tu última mano y canjeaste todas tus fichas por dinero.

UNA PAREJA DE JOTAS

Jaki y tú solíais cambiarle el nombre a la mesa del bacarrá, para llamarla en broma «la mesa de la bacanal», aunque nunca os corristeis una juerga desenfrenada de sexo y alcohol sobre ella. Si te limitas a jugar con los porcentajes y cuentas las cartas, con el tiempo irás ganando una buena cantidad. En el casino Pegasus, solo se metían dos barajas en cada dispensador de cartas, así que incluso el cerebro más minúsculo se las arreglaría para llevar la cuenta.

El casino está organizado en semicírculo alrededor del bufé que hay a la entrada, como una herradura que absorbe la buena suerte. Las ruletas a cada extremo de la «U» son las más ruidosas, mientras que las mesas de *blackjack* y bacarrá son las más concurridas y las de póker, en el centro del semicírculo, son las peor iluminadas.

Tú tenías tus truquitos para ganar a la banca en los juegos de cartas, un método para salir ileso de la zona de guerra y una técnica para oler las mentiras. En el *blackjack*, hay que vencer al crupier, cuyas decisiones son fáciles de predecir. En la zona de guerra, saber qué bando lanzaba las bombas y dónde no poner el pie era la clave. Con los mentirosos, el truco era descubrir qué querían de ti.

Te salieron un par de figuras seguidas, la banca no dejaba de perder dinero y te diste cuenta de que todavía quedaban dos horas para tu primera cita y tres para la segunda. Pensaste en la nota escrita sobre papel rosa que dejaste junto a la raqueta de bádminton de DD:

Ven esta noche al bar del Leo. A las once.
Tengo algo que contarte. Un beso, Maal.

En tu último viaje al norte, hiciste una promesa para tus adentros y para quienquiera que te estuviese escuchando: si sobrevivías al bombardeo, lo dejarías todo. Cobrarías tus fichas, te entregarías en cuerpo y alma a DD y lo seguirías allí donde tuviese que ir. Si algo vale menos que dos promesas, son tres.

Haberte desligado de Elsa y de Kuga fue una liberación. Te habían pagado un buen pellizco a cambio de comprometerte a darles los negativos. Y aquella sí que era una promesa que estabas más que dispuesto a cumplir. Pronto te los quitarías de en medio o, al menos, eso esperabas.

Le llevaste el dinero al crupier de la mesa de *blackjack* y, luego, con lo que ganaste, te acercaste con disimulo a tu mesa favorita, la que quedaba justo en la curva de la herradura. Allí era donde se jugaba al póker apostando a lo grande, donde los niñatos ricos, los proxenetas, los traficantes de armas y los sicarios se robaban los unos a los otros.

—Me debes pasta, mi querido amigo *hippie* —dijo Karachi Kid, que tenía una pila de cuarenta de las grandes. Llevaba gafas de sol y bebía vodka, aunque ninguna de esas dos cosas estaban permitidas en esa mesa. Te ofreció una copa, a sabiendas de que la rechazarías—. Pero no pasa nada. Vamos a echar una partidita.

Jugasteis entre seis. Junto al paquistaní había dos chinos (uno bajito y el otro corpulento) y, a su lado, se sentaba un esrilanqués borracho de avanzada edad, flanqueado por dos mujeres maldivas. Al otro extremo de la mesa estaba Yael Menachem, que iba en cabeza, como demostraba su torre de sesenta fichas.

Los dos traficantes de armas sentados a la mesa no dieron muestras de conocerse. China y Pequeña China se mantenían en silencio, salvo cuando cambiabais de ronda; entonces, intercambiaban bromitas en mandarín y se carcajeaban sin explicaros el chiste a los demás. El israelí era el más hablador y también el más hábil.

Daba la sensación de que todos os aprovechabais del esrilanqués borracho, que siempre jugaba manos malísimas o se veía obligado a mostrar sus cartas cuando estaba claro que no tenía oportunidad de ganar. Al final, apostó todas sus fichas a un par de ases y se quedó con cara de tonto cuando Karachi Kid sacó una escalera. Se alejó dando tumbos en dirección al bufé, con la esperanza de que las dos maldivas lo siguiesen, pero no tuvo suerte.

—Ya sabía yo que tenías una escalera —dijo el israelí a Karachi Kid—. Vas a pocas manos cuando intentas cazarnos, pero juegas a lo loco cuando te estás tirando un farol.

El paquistaní se limitó a mirar al frente sin dejar de masticar su chicle.

La situación se calentó cuando Pequeña China subió la apuesta al descubrir el *flop* y Yael Menachem echó la mitad de sus fichas al bote. Cuando resultó que Pequeña China no tenía nada que hacer contra su escalera de color, el israelí montó en cólera:

—¿Quiénes son estos tipos? ¿De verdad saben jugar al póker? ¿Quién subiría la apuesta con una jota y un tres?

Maldijo al crupier y se marchó pisando fuerte con sus fichas. Los dos chinos le siguieron con ojos calculadores e intercambiaron otro comentario jocoso en mandarín.

Tanto tú como Karachi Kid habíais estado jugando en silencio y con agresividad. Tuviste un par de manos buenas, pero todos pasaban cuando subías la apuesta. Quedaba menos de media hora para la cita número uno cuando decidiste hacer la jugada.

Karachi Kid apuró su copa de vodka de un trago y empujó todas sus fichas al centro de la mesa.

—Veamos a quién le toca apoquinar esta noche. Estos amarillos no tienen cojones. Seguro que se retirarán, incluso teniendo un as.

Ambos hombres farfullaron en mandarín, aunque sin añadir ningún chiste esta vez, y fulminaron con la mirada al paquistaní. Uno mordió el anzuelo y el otro se retiró. Con todas las fichas sobre la mesa, te llegó el turno de actuar. Si aquello hubiese sido una película, una multitud de espectadores se habría congregado a vuestro alrededor, mujeres de vida alegre se habrían echado a los brazos de quien hubiese apostado más, los seguratas habrían comunicado por un *walkie-talkie* la palabra de seguridad del casino y los borrachos se os habrían acercado entre tambaleos para prorrumpir en vítores y exclamaciones. Sin embargo, aquel duelo se llevó a cabo en una mesa poco iluminada, solo con el crupier y las criaturas del infierno como testigos.

Nunca te dio por rezar cuando jugabas, cuando entrabas en el campo de batalla, cuando probabas la carne o cuando decías «te quiero». Calculabas las probabilidades, evaluabas tus opciones y hacías tu jugada.

La probabilidad de nacer con dedos de más en un pie es de una entre mil, la de que el piloto vaya borracho es de una entre ciento diecisiete y, según algunos, la de quedar impune tras cometer un crimen es de tres a una.

Tú siempre te ponías en lo peor. Intentabas adivinar por dónde caerían las bombas. Hacías que tus amantes se pusiesen condón. Les rogabas a las leyes de la probabilidad que jugasen en tu favor, que no era lo mismo que rezarle a un dios invisible. ¿O sí?

A Jaki le encantaba que hicieras tantos cálculos, incluso a pesar de haber suspendido Matemáticas dos veces en Londres, justo después de haberle contado a su madre lo de su padrastro.

Hiciste como si Jaki estuviese allí contigo:

—Ay, Jakio. Hasta un dos de corazones valdría más que tus jotas. Con un bote así de gordo, yo me retiraría.

Había tres corazones sobre la mesa, pero tú tenías dos jotas en la mano. Pusiste todas tus fichas en el centro.

Cuando apareció un nueve de picas en el *river*, se hizo un silencio sepulcral. Karachi lanzó una escalera con un rey como la carta más alta, Pequeña China soltó una risita y China mostró un as de corazones acompañado de un gesto obsceno. Dijo algo en mandarín, que sonaba bastante lejos de ser un «Bien jugado, amigo», sin dejar de mirarte.

Dejaste tu pareja de jotas junto a los dos nueves y la jota de corazones que había sobre la mesa y te encogiste de hombros. Un *full* que pasa desapercibido deja por los suelos a las escaleras que se veían venir todos los días de la semana y por partida doble los domingos. Habría estado bien que se te hubiese ocurrido una frase ingeniosa con la que abandonar la mesa, pero solo alcanzaste a dedicarles una sonrisa digna de un ladronzuelo salido de las páginas de una novela de Dickens. Las fichas te llegaron a la altura de los codos cuando las rodeaste con los brazos para reclamar el bote. China se llevó las manos a la cabeza y contempló, asombrado, las tres jotas y los dos nueves.

—Supongo que esta noche, señor Karachi, mi deuda por fin ha quedado a cero.

Te llevaste a Karachi Kid al bar y allí te dijo que se llamaba Donald Duck y que dirigía una empresa de construcción. Cuando le preguntaste cuánto le debías, se sacó un cuaderno del vaquero. Te tenía apuntado como «el *hippie* del Pegasus» y, además de pagarle la cifra reflejada en el cuaderno, le dijiste que se quedase con el cambio.

—¡A esta ronda invito yo!

Saldaste tu deuda con los tres camareros y les dejaste propina, le devolviste al jefe de sala el dinero que te había prestado para comprar más fichas y pagaste por la botella que rompiste en el bar después de haber perdido unas cuantas partidas seguidas. Después, fuiste a buscar al joven y fornido camarero con cuerpo y cara de buey y le diste las mil rupias que le debías.

—He tenido una buena racha en el casino. Esto es tuyo.

—No hacía falta. *Aiye*, ni siquiera me acordaba. —Ceceaba al hablar; era el único estereotipo gay que cumplía.

—Yo no me olvido de ti. ¿A qué hora sales a fumar?

—Cuando quieras, *aiye*.

—Ahora tengo un compromiso, pero ¿te parece que nos veamos después?

—¿Por qué no?

Te juraste que aquella sería tu última aventura. Sería la última canita al aire que echases antes de cortar por lo sano. Conseguiste un par de monedas para la cabina telefónica e hiciste dos llamadas. Primero te pusiste en contacto con tu enamorado. Él le dijo a la policía que esa llamada nunca ocurrió.

—¿Diga? —DD sonaba adormilado.

—¿Leíste mi mensaje?

—Acabo de salir del entrenamiento de bádminton.

—Lo dejé sobre tu raqueta.

—Vale.

—Entonces, ¿vas a venir?

—¿A dónde?

—Al bar del Hotel Leo. ¿A las once?

—Estoy cansado, Maali. Tengo un par de reuniones a primera hora de la mañana.

—Necesito que vengas. Tengo que contarte algo gordo.

—Joder, Maali. Llevamos semanas sin hablar. ¿Y ahora quieres que salgamos de fiesta?

—Nada de fiestas. Te he echado de menos.

—Estoy cansado, Maal. Ya hablaremos mañana.

Clic.

Volviste a marcar el número y el tono sonó y sonó hasta que dio como ocupado. No esperabas hacer una segunda llamada, pero tus dedos marcaron el número que tu *dada* te hizo memorizar cuando tenías cinco años; sabías que respondería, a pesar de la hora.

—¿Sí?

—*Amma*, soy Malinda.

—¿Qué pasa?

—Nada, es que creo que ya va siendo hora de que hablemos. He estado dándole vueltas a la cabeza. ¿Qué te parece si me paso a comer mañana?

—Estoy muy ocupada, Malinda.

—¿Mejor a cenar?

—No tengo tiempo de discutir, si esa es tu intención.

—No es eso, *amma*. Solo necesito hablar contigo. ¿Te va bien cenar?

—No, podemos quedar para comer. Le pediré a Kamala que nos prepare algo.

Colgó, como de costumbre, sin despedirse y sin avisar, muchas veces sin darte tiempo para hacer algún comentario hiriente.

Sentiste como si dos gruesos dedos te pellizcaran el trasero.

—¿A quién llamas, reina mía?

Jonny Gilhooley iba vestido con pantalones de traje y una americana, mientras que Bob Sudworth llevaba una camiseta y pantalones cortos.

—Me alegro de verte, compañero —dijo Bob.

Con razón no recordabas haberte citado con un extranjero en el Hotel Leo durante tu última noche con vida. En realidad, te habías reunido con dos.

Ni a Jonny ni a Bob les hizo ninguna gracia que quisieses dejarlo. El bar se había ido llenando de gente, así que Bob y tú os fuisteis turnando para subir al sexto piso a fumar.

Envolviste el dinero en una servilleta de papel y dejaste el paquetito delante de la botella de ginebra barata.

—Ahí tenéis el adelanto que me disteis por el siguiente encargo. Os lo devuelvo.

—A alguien le ha tocado el gordo en las tragaperras hoy —comenta Jonny con mirada escéptica—. ¿Cuál es tu plan maestro, muchacho?

—DD y yo nos vamos a mudar a San Francisco. Me he hartado de vivir en este agujero.

Jonny se ríe.

—Pues te recomiendo visitar el Área de la Bahía. Pero ¿por qué te llevas a tu amorcito?

—¿Deberíamos irnos nosotros dos juntos, Joniya?

—Hace tiempo que dejé atrás mis días como viajero, chico.

—¿Y por qué no te vuelves a casa?

—Me he comprometido a salvar a este país de sus propios ciudadanos.

—¿Vendiéndoles armas a los Tigres? —Tu mirada se posa en Bob Sudworth al tiempo que formulas la pregunta y él baja la vista hacia su copa.

—No te hagas el santo, que tú trabajas para la CNTR. Adivina quién les paga a ellos las facturas.

—Con ellos también he dimitido. Por lo que tengo entendido, dejar proyectos abandonados es algo que se me da de perlas.

—¿Ocurrió algo durante tu último viaje?

—Lo que pasa es que todos me pagáis por ser guía, pero luego me pedís que haga de espía para vosotros.

—Sentimos muchísimo lo que pasó —interviene Bob.

—¿Por qué hablas en plural?

Bob sacudió la cabeza y salió a fumar. Jonny miró a los agotados clientes del casino que bebían a vuestro alrededor para asegurarse de que nadie prestara atención a sus intrigas políticas. El jefe de sala colocó un cartel de RESERVADO sobre la mesa junto a la barra y se sentó a esperar. Posó sus ojos en ti y asintió.

—Bob trabaja para la Associated Press y yo, para la embajada británica. Tú trabajas para la CNTR y el comandante responde ante Cyril. Todos vivimos bajo el techo que el presidente J. R. Jayewardene construyó sobre nuestra cabeza.

—Tú le proporcionas armas al gobierno y ellos se las venden a los terroristas para que las usen contra los indios. Y ahora quieres armar a una facción escindida. ¿Cómo te crees que va a acabar eso?

—¿Qué ocurrió, Maali?

—Lo mismo de siempre. He descubierto cómo eres y he comprendido cómo funciona la situación, así que he decidido dejarlo.

Bob regresó tras haberse fumado el cigarrillo y Jonny se fue al baño. Ninguno de los dos se guardó el dinero.

—Es comprensible. Ya estás harto. Si quieres marcharte, eres libre de hacerlo. Te echaré de menos, Maali.

—No, no lo harás.

—Tú eres el único que me ha conseguido entrevistas tanto con el comandante Udugampola como con el coronel Gopallaswarmy.

—¿Cuántos artículos has escrito desde que llegaste, Bob? Yo no he visto ni uno.

—Hay siete programados. Solo falta que las autoridades competentes nos los aprueben para publicarlos.

—No te voy a llevar a hablar con Mahatiya nunca más. No fotografiaré su búnker para ti. ¿De verdad crees que un pañuelo rojo me salvará si me atrapan?

—Siento que te hayas tenido que comer aquel bombardeo. No entraba en nuestros planes. Al menos conseguimos sacarte de allí.

—Me dejasteis tirado mientras vosotros os ibais volando en helicóptero. Tuve que comprar un billete de autobús.

—Pero te lo cubrimos nosotros.

—¡Hombre, eso era lo mínimo!

—Mira…

—Lo del bombardeo es lo de menos. Estoy cansado de fotografiar cadáveres.

Bob tomó una profunda bocanada de aire, listo para iluminarte con su sabiduría. Pensaba decirte algo para mitigar tu angustia y calmar su conciencia. El joven de la barra te miró y señaló el reloj que llevaba en la muñeca. Jonny volvió del cagadero, se guardó el dinero y ni siquiera se ofreció a pagar la cuenta.

—Que le jodan, Bob —dijo—. Vámonos de aquí.

Y así lo hicieron.

Fue tu último trabajo en Jaffna. Todos te prometieron que sería seguro, pero nada más lejos de la realidad. Cuando la misión acabó, te enviaron a casa en un autobús. Durante las trece horas de viaje, tuviste tiempo más que de sobra para pensar, pero tu mente había quedado atrapada dentro de un bucle infinito.

Había pasado una hora desde que cayera la última bomba y el aire todavía estaba turbio y apestaba a humo. Según avanzabas tambaleante entre las nubes de polvo, viste los lamentos. No podías oírlos, porque te zumbaban los oídos ante el grave murmullo del fin del mundo, ante la frecuencia a la que bailan los espíritus, el ruido sordo de un millar de gritos. Aun así, veías los gemidos a tu alrededor. Los civiles habían dejado de correr, se habían quedado inmóviles con la vista clavada en los cielos mientras aullaban. Una mujer acunaba a su pequeño muerto, un anciano mostraba heridas de metralla y un perro callejero temblaba bajo el tronco roto de una palmera. Un dedo celestial volvió a subir el volumen del mundo y los gritos te embistieron. No había ni rastro del personal médico o humanitario y tampoco de los soldados, los guerrilleros, los insurgentes o los separatistas. Allí solo había un pobre guía rodeado de campesinos pobres. Cuando la mujer que sostenía al niño muerto te vio, dejó de gritar, te miró fijamente a los ojos y señaló las baratijas que colgaban de tu cuello: la llave de la vida que contenía el vial de sangre de DD, el collar con el *panchayudha* budista y el cordel del que pendían las cápsulas de cianuro de los Tigres. Te autoconvenciste de que la razón por la que las habías robado del alijo de armas del comandante Udugampola fue para usarlas en caso de que te apresasen, independientemente de quién fuese el captor. El gobierno podría tacharte de traidor y los Tigres, de espía. Tu intención era tragarte las cápsulas antes de que empezasen a hacerte preguntas para las que no tenías respuesta. Deberían haber estado ocultas tras el resto de los colgantes, pero fueron unas de las muchas cosas que el bombardeo sacó a la luz. La mujer te habló entre jadeos al tiempo que señalaba las pastillas que llevabas alrededor del cuello y tú contemplaste el cadáver de su hijo, que colgaba como un saco de arpillera. La mujer se apresuró a ingerir las dos cápsulas que le diste y tú te alejaste para obligar al tembloroso hombre de cuyo cuerpo sobresalían numerosos trozos de madera a hacer lo mismo, así como para agacharte junto al perro que resollaba, acariciar su estremecido cuerpo, colocarle otras dos cápsulas bajo la lengua y cerrarle las fauces.

Aquella última noche no tenías ninguna intención de dormir. Jaki tenía turno de madrugada y querías ir a recogerla por la mañana, como siempre hacías. Os iríais a ver el amanecer y ahogaríais vuestras penas en café hasta caer rendidos. Eso sí, esta vez le contarías toda la verdad.

El camarero y tú subisteis a la terraza de la sexta planta y compartisteis un cigarrillo mientras él te acariciaba la entrepierna y tú le contabas cómo te habías llevado un bote de los grandes por primera vez en años. El chico te besó el cuello y te dijo que, en la vida, solo hacía falta ganar de verdad una sola vez para que todas las anteriores derrotas dejasen de tener importancia. Llevaba calzoncillos con abertura delantera bajo los pantalones, así que apartaste la tela y masajeaste su ávido miembro.

Echaste un vistazo a tu reloj y te fijaste en que ya eran las once y diez, por lo que DD ya debería haber llegado si había decidido acudir a la cita. También concluiste que, como aquel sería tu último encuentro con el camarero, más te valía disfrutarlo hasta el final. Sin embargo, ni siquiera el contacto de su lengua con tu piel fue capaz de mantenerte interesado. Quizá aquello fuera señal de que tus días de donjuán habían llegado a su fin. Pusiste al chico de pie, te subiste la bragueta y encendiste otro cigarrillo justo cuando una figura emergía de entre las sombras. Lo reconociste enseguida por sus zancadas; la suya era una forma de andar que conocías muy bien. Tenía cuerpo de nadador y movimientos de bailarín.

Sostenía en alto el papelito rosa en el que habías escrito tu nota. Al ver que el camarero se escabullía, giró la cabeza, pero, en vez de lanzarse a tus brazos y dejar que le convencieras de que habías dejado tus antiguos hábitos para marcharte con él, embistió al joven y, cuando la luna se asomó entre las nubes, su luz reveló la expresión plasmada en su rostro.

SEXTA LUNA

Somos quienes fingimos ser,
por lo que debemos tener cuidado
con la fachada que nos construimos.

—Kurt Vonnegut, *Madre noche.*

EL PANGOLÍN

Un apremiante tirón interrumpe tus pensamientos cuando percibes tu nombre en el aire. El viento lo arrastra como un suave murmullo, como un quejido que escapa de entre los labios de un amor desesperanzado. Tenías razones más que de sobra para guardar tus mejores fotografías en cajas: para evitar que te las robasen, que las destruyesen o, lo que es peor, que las criticasen. Ahora, sin embargo, deben salir al mundo. Y eso te entusiasma y te aterra a partes iguales.

—No puedo creer que nos hayas dejado, Maali. Me niego.

Un cartel de CERRADO cuelga de la puerta del centro cultural. En el piso inferior, en la galería de arte Lionel Wendt, cinco hombres colocan imágenes de veinte por veinticinco en marcos de cartón. Para ser más exactos, solo cuatro hacen el trabajo, porque el quinto se limita a mirar las fotografías mientras sacude la cabeza y pronuncia tu nombre en vano. Los demás trabajan en silencio y a buen ritmo. Viran comprueba una lista escrita con tu letra y le pasa una de las instantáneas a Clarantha, que la coloca en un marco y se la da a los dos ayudantes que DD ha enviado desde su trabajo. Uno pone clavos en la pared y el otro cuelga el marco.

DD está sentado ante el escritorio donde enmarcan las fotos y examina concienzudamente el montón de imágenes descartadas, esas que no dieron la talla para entrar en tu lista. Lleva una camisa almidonada de manga larga, lo que significa que ha pasado la noche en casa de su padre. Tú te encargaste de desterrar esas camisas blanqueadas de su armario.

Está mirando las fotografías de la flora y la fauna de Yala y de Wilpattu que tomaste con él presente. Esas salieron del sobre del diez de corazones, el diez de pies a cabeza, el único de los cinco que no contenía horrores.

Había cigüeñas al atardecer, elefantes al alba, leopardos en los árboles, serpientes en la hierba y la imagen de rigor de un pavo real. Iban acompañadas de un puñado de fotografías de un pangolín que se había acercado a vuestro campamento al amanecer, cuando despertaste a DD con caricias mientras Jaki roncaba. Los pangolines son criaturas nocturnas que se hacen un ovillo hasta cuando se sienten amenazados por una mosca, pero aquel amiguito había decidido trasnochar y se había puesto a mordisquear la yaca que Jaki debería haber guardado.

Conseguiste hacerle unos primeros planos a aquella extraña criatura, ese híbrido evolutivo que hace que los ornitorrincos, con su pico de pato, parezcan normales. El pangolín es un mamífero con escamas, la cola de un mono, las garras de un oso y el morro de un oso hormiguero. Es mitad dinosaurio, mitad gato doméstico. Si el país tuviese un animal como símbolo nacional, tú optarías por el pangolín, porque es una criatura original de la que apropiarse. Como muchos esrilanqueses, los pangolines tienen la lengua grande, el culo gordo y el cerebro chiquitín. Molestan a las hormigas, a las ratas y a cualquier animal que sea más pequeño que ellos. Se esconden asustados cuando tienen que enfrentarse a algún abusón y salen a sembrar el caos cuando se hace de noche. Tienen cientos de miles de años y se arrastran hacia la extinción.

DD ojea las fotografías de los bosques que los humanos no han tenido todavía oportunidad de profanar, bañados por los densos rayos de un sol agotado. Se traga las lágrimas al llegar a la que os hicisteis los dos con Jaki en el lago donde se bañaban los búfalos, al retrato escénico de los tres en una de las colinas de tierra rojiza del parque nacional de Ussangoda. También encuentra aquellas en las que salís vosotros dos solos, tumbados con el torso desnudo junto al arroyo, sonriendo de oreja a oreja o haciendo poses ridículas. DD llora en silencio, con el rostro crispado y los labios apretados, y tiembla contra las palmas de las manos. Viran y Clarantha levantan la vista, pero enseguida vuelven a centrarse en su trabajo.

DD te contó en Yala que lo habían aceptado en la Universidad de San Francisco y que estaba pensando en irse allí a estudiar. Todos los meses la misma cantinela. A menudo se planteaba escapar, decía que Sri Lanka era un país peligroso para la gente joven de ascendencia tamil, pero aquella fue la primera vez que no había buscado huir, sino que tenía un destino esperándole.

—En San Francisco, no tendremos que escondernos. Nadie nos obligará a construir una fachada.

—Nadie nos obliga a cambiar. Yo soy como soy, igual que tú. No tienes por qué escaparte de casa.

—Aquí no soy libre. Me meterían en la cárcel a la mínima de cambio, sin importar quién sea mi *appa*. Si me quedo, tendré que casarme, trabajar para la firma de mi padre y ser quien no soy. Si sigo aquí, es por ti.

Te habló de una vida de arte, panecillos de desayuno, besos en mitad de la calle y bailes en público, te pintó una vida en la que nunca tendríais que volver a esconderos, igual que las estrellas proyectan focos de luz entre los árboles, y casi te lo creíste. Una semana más tarde, aceptaste trabajar para Bob Sudworth durante dos meses en Jaffna porque era un encargo que no podías rechazar, aunque eso fue justo lo que DD hizo con la Universidad de San Francisco.

Siempre repetíais ese patrón sin sentido: DD te contaba que tenía un proyecto entre manos que te dejaba con la boca abierta, te pedía que lo acompañases y tú te negabas, porque en Sri Lanka hacías algo único, pero en otro país serías un donnadie. Entonces él te decía que se iría sin ti y tú le animabas a ello, adelante, pero nunca se iba solo. Reproducíais ese escenario una y otra vez hasta que un día ya no se repitió.

Tu mente se llena de fotografías, del eco de la voz de DD cuando te decía que querías más a la Nikon que a él y de la tuya propia al responderle que quizá tuviera razón.

Clarantha y Viran cuelgan los marcos de cartón en cada clavo con tus mejores fotografías de la flora y la fauna salvaje. De acuerdo con tu lista, han omitido las de DD y Jaki, así como la del prado de flores del monzón de 1988. DD y tú os sentasteis bajo una jacarandá, os besasteis bajo la lluvia y prometisteis seguir otro año juntos. Él salvaría la belleza natural de Sri Lanka y tú destaparías el horror desatado por sus habitantes. Retratarías la guerra para que tardase menos en llegar a su fin. Los monzones y las lunas llenas dejan a cualquier criatura embobada, sobre todo a los tontos enamorados.

DD pasa a estudiar las fotografías del armamento militar. Esas son las que estaban guardadas en el sobre del rey. Nunca llegaste a publicar las mejores imágenes que tomaste para Raja Udugampola.

Había granadas requisadas de los Tigres capturados, lanzacohetes, rifles y botas almacenados en contenedores marcados con sellos hebreos y árabes. Niños asustados vestidos de uniforme acurrucados unos junto a otros en el frente. Los cuerpos de Valvettithurai amontonados para incinerar los cadáveres de forma masiva, una pira que te hizo dejar el cerdo porque la peste de la carne humana asada no distaba demasiado del aroma ahumado de los filetes a la barbacoa.

Gracias al trabajo de Viran, contaban con unas preciosas copias en blanco y negro de las fotografías que mostraban a terroristas atados a troncos, el helicóptero siniestrado de un político tamil de ideas moderadas y el morro destrozado del vuelo 512 de Air Lanka con origen en Gatwick, inmortalizado antes de que sacaran los cuerpos de los turistas alemanes, ingleses, franceses y japoneses de entre los restos.

Entre ellas también estaba el último encargo del rey Raja. No había sido sincero cuando aseguró que no te veía desde 1987. Los soldados nunca tienen problema en tergiversar la verdad; ellos mismos distorsionan su propia realidad cada dos por tres.

Te había convocado en el Palacio hacía tres meses para fotografiar al líder del JVP, Rohana Wijeweera, que seguía con vida pero bajo custodia. La versión esrilanquesa y poco agraciada del Che Guevara rio contigo y charló con los guardias. Solo le faltaban la barba y la boina para parecer un profesor de música. Tres días después, te volvieron a llamar para que inmortalizases su cadáver mutilado.

Además, había un par de fotografías entre los negativos recortados cuya existencia el rey desconocía. La del padre Jerome Balthazar, un cura anglicano y defensor de los derechos humanos proveniente de Mannar, maniatado, amordazado y asesinado mientras estaba detenido, a pesar de que las autoridades habían asegurado que zarpó en un barco hacia la India. La de D. B. Pillai, periodista de Radio Ceylon; le dispararon estando preso y dejaron su cadáver tirado en la playa por haber cometido el crimen de haber compartido las cifras reales de fallecidos en su programa semanal. La del coche en llamas ocupado por cadáveres de tamiles jóvenes que sacaste de entre los documentos privados de Raja Udugampola y te guardaste para ti.

Todas ellas decoran ahora las paredes de la Wendt, como tú siempre quisiste. La idea era orquestar el plan desde el exilio, pero, al final, has movido los hilos desde la tumba. Bravo.

—¿A dónde irás después de esto, hijo? —le pregunta Clarantha a Viran mientras le frota la espalda con un brillo en los ojos. Viran se arquea, sonríe y coloca la fotografía grupal de los supervivientes de la masacre de Kokkilai en un clavo junto a la ventana.

—No sé a dónde ir, señor.

—Yo volaré a Bangkok con mi mujer mañana por la mañana. Tú también deberías desaparecer. ¡En realidad, eso va por todos! —les dice a los otros dos ayudantes.

—¿Y a dónde vamos?

—Volved a casa. Tomaos unas vacaciones. Yo me encargo de haceros llegar la nómina.

DD sostiene la fotografía de las cápsulas de cianuro que retiraron de los cadáveres de los Tigres encarcelados. Están sujetas a trozos de cuerda y aparecen sobre una bandeja en la morgue, como alubias rojas sobre una cama de fideos de arroz. Recuerdas haberte guardado un puñado en la sahariana, aunque, por aquel entonces, no tenías muy claro para qué las ibas a necesitar.

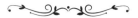

Las fotografías que tomaste para la CNTR ahora están enmarcadas y colgadas en la pared junto al resto. Ya casi están todas colocadas y eso te hace sentir que tu trabajo por fin ha cumplido su cometido, pero también te genera cierto nerviosismo. Muestran la barbarie de la India en el norte en el 89, la crueldad de los tamiles en el este en el 87 y el salvajismo de los cingaleses en el sur en el 83. Incluso las imágenes más grotescas (y esas no faltan), tienen algo que te impide apartar la mirada. Viran ha modificado la exposición de las fotografías y, si bien las ha recortado como él ha querido, no le pondrías ninguna pega ni aunque pudieses hacerlo. Viran ha transformado la trivialidad de tus instantáneas con su arte para convertirlas en algo nuevo y fortuito.

Viran reveló un último conjunto de fotografías y, para tu desgracia, los chicos ya las están poniendo en los marcos. No era tu intención incluirlas en la exposición. Esas eran de uso personal. Viran lo sabía, pero ese es el problema de tratar con artistas: solo oyen lo que quieren oír. Cuando DD ojea las fotos, lo único que te queda por hacer es prepararte para la que se te viene encima.

Cada una muestra a un hombre diferente; algunos están vestidos, otros tienen el torso desnudo y unos pocos no llevan nada de ropa. Si el fantasma de Lionel Wendt estuviese aquí, echaría un vistazo a las fotografías por encima del hombro de DD y te daría su aprobación con un asentimiento de cabeza. Solo conocías a un par de ellos por su nombre; los demás acabaron con un apodo.

Lord Byron, de Kotahena, tenía el pelo largo y la piel grasienta; te lo encontraste en un autobús y lo inmortalizaste sin camisa en un baño público.

A Boy George le hiciste una foto bajo un árbol del parque Viharamahadevi; iba maquillado y canturreaba mientras tú le dabas placer.

DD respira con dificultad porque ha reconocido la expresión que ve en el rostro de esos hombres, la languidez poscoital de pupilas dilatadas y pelo alborotado. Es la misma que a ti él pocas veces te dejaba ver.

Abraham Lincoln, fotografiado junto a las vías del tren, trató de pegarte un puñetazo y quitarte la cámara.

Al camarero del Hotel Leo lo retrataste al amanecer, en una habitación del cuarto piso con alquiler por horas.

DD reconoce a dos de los modelos, a pesar de que estos se cubren con el único objeto de atrezo que llevabas en la bandolera junto a los condones, la baraja de cartas, los carretes y el pañuelo rojo: una máscara de demonio en miniatura. Aquellas fueron las dos últimas fotografías que incluiste en la colección de la sota de corazones; las únicas que mostraban a un hombre al que sí podías llamar por su nombre. En una sale Viran, el chico de la FujiKodak, tumbado sobre tu cama de Galle Face Court; esa la tomaste cuando DD se fue a pasar una semana con Stanley a Ginebra. Tiene la máscara de demonio entre las piernas. La otra es de Jonny Gilhooley, sin camisa en el jacuzzi, presumiendo de sus tatuajes chinos. La máscara le cubre el rostro.

DD se abalanza contra Viran, lo empuja contra la pared y le da un fuerte tortazo. La mano abierta de DD chasquea como un látigo, las gafas de Viran salen volando y al pobre se le inundan los ojos de lágrimas cuando la marca rosada de cuatro dedos aparece en su mejilla.

Cuando DD le agarra del pescuezo, todos profieren un jadeo sorprendido y, mientras que uno está blanco de miedo, el otro está rojo de ira. DD lo abofetea dos veces, le oprime la nuez y observa cómo Viran boquea en busca de aire. DD levanta el puño, pero entonces la ira abandona su rostro, tira las fotografías al suelo, suelta al chico y sale de la galería pisando fuerte. Se sigue moviendo con la gracia de un bailarín incluso cuando está enfadado.

Te inunda el mismo sentimiento que cuando la señora Dalreen te dijo que tu *dada* había muerto mientras tú le gritabas.

La mirada de Clarantha se posa sobre los torsos desnudos que se asoman desde el suelo. Recoge las fotografías desperdigadas y las estudia con deseo, aunque también con cierta envidia. A Rock Hudson lo retrataste en Anuradhapura, después de haberlo recogido en un supermercado y haber tenido relaciones junto a la verja de un templo. El capitán Marlon Brando te metió en el campamento militar de Mullaitivu. Le hiciste una foto a su discreto miembro mientras dormía.

Clarantha mira a Viran y sacude la cabeza con el movimiento lento y arrogante característico de una reina encerrada en el armario:

—Son preciosas.

—Esas no son para la exposición. Son de uso personal.

—Estoy más que harto de eso del uso personal. Las pondremos con las demás. Maali lo entenderá.

No sigues a DD para asegurarte de que esté bien. No lo hacías en vida, así que tampoco lo vas a hacer después de muerto. Oyes el sonido de sus pasos al impactar contra la gravilla de la calle, seguido del rugido del Nissan de Stanley al saltarse el límite de velocidad.

—¿Y qué me dices de estas? ¿Seguro que estaban en la lista? —pregunta Clarantha, que sostiene seis fotografías.

—Sí, esas sí. Lo he comprobado tres veces —confirma Viran. La hinchazón de su mejilla le amortigua la voz; tiene la mandíbula rígida de ahogar un bostezo tras otro. Queda media hora para que la galería abra sus puertas y las últimas instantáneas están a punto de hacer su aparición.

Los dos ayudantes colocan un cartel escrito a mano junto a la entrada. Bajo el mensaje, hay una imagen fotocopiada de mala calidad que muestra un leopardo matando a un pavo real.

«LA LEY DE LA SELVA. LA FOTOGRAFÍA DE M. A.»

Clarantha ha terminado de hacer sus siete llamadas. Siempre que inaugura una exposición, llama a las siete personas más chismosas de Colombo para que difundan la información entre los cientos de asistentes que, más tarde, se agolparán ante las puertas de la galería.

Sostiene en alto seis fotografías. Dos están tan ampliadas que han perdido casi por completo su nitidez y en otras dos aparecen árboles que impiden ver con claridad lo que tratabas de inmortalizar, pero las dos últimas son tan claras como el agua.

En las ampliadas, aparece el ministro Cyril en los disturbios del 83. Las de la selva muestran la granulada imagen de tres hombres sentados alrededor de una mesa de madera dentro de una cabañita de paja. Uno viste de uniforme, otro lleva un traje arrugado y el último se cubre con una camisa ensangrentada. Las fotografías nítidas son retratos de los cadáveres de los periodistas que el gobierno negó haber arrestado. Clarantha no reconoce el rostro en la imagen hasta que no cuelga la última fotografía.

—Serás insensato, pedazo de idiota —suspira.

Tú le das un abrazo y le das las gracias al oído en un susurro. La galería ahora exhibe tus mejores fotografías. Has logrado compartir tu testimonio. Has hecho cuanto has podido. Pronto, todo el mundo verá estas imágenes. Pronto, todo el mundo sabrá la verdad.

Clarantha estrecha la mano izquierda de Viran y le pellizca la nalga derecha.

—Márchate lo más lejos que puedas y espera dos semanas. Se montará una buena y será mejor no estar por aquí para evitar preguntas indeseadas. ¿Entendido?

Viran se inclina hacia Clarantha y le planta un suave beso en la oreja. El joven era un artista del revelado fotográfico y un sinvergüenza ligero de cascos.

—Llévame a Bangkok contigo. Deja a tu mujer.

—Hace cuarenta años que me lo planteo, querido.

Salen por la puerta principal, pero tú te quedas a esperar en la galería, rodeado por el trabajo de toda una vida. Contemplas las paredes decoradas con imágenes de pangolines y pogromos. Se dice que la verdad nos hará libres, pero, en Sri Lanka, la verdad te lleva derechito a una celda. Y, a ti, ya ni la verdad ni las celdas ni los asesinos ni los amantes de piel perfecta te sirven de nada. Lo único que te queda son estos retratos de fantasmas. Tal vez no necesites más.

UNA CONVERSACIÓN CON LOS PERROS FANTASMA (1988)

Todavía quedan un par de horas de oscuridad antes de que tu exposición abra sus puertas, pero un par de cánidos fantasmales se acercan a la entrada para echar un vistazo. Ambos son perros callejeros bien alimentados y ninguno parece estar muy interesado en el trabajo de tu vida. A juzgar por la forma en que la luz los atraviesa, está más que claro que los dos perrillos están muertos y perdidos. Les haces una foto con la entrada de la galería a modo de marco.

—Disculpe, señor, ¿por dónde queda el río del renacimiento? —pregunta el que tiene orejas de lobo.

—Lo siento, no pensaba que pudieseis hablar —respondes, sorprendido.

—Nosotros no esperábamos que los simios fueseis capaces de prestar atención —replica la otra, de mamas colgantes—. Qué condescendiente —le comenta a su compañero.

Entonces, recuerdas lo que te dijo la doctora Ranee:

—Encontrad la brisa más suave que corra por los canales y ella os llevará hasta el río. Buscad tres arjunas.

—Gracias. No podrías haber sido más críptico —responde ella.

—Cálmate, Binky —le advierte el perro lobo.

—Ya te he dicho que no me llamases así.

—Lo siento, no sabía que los animales también os convertíais en fantasmas —te disculpas.

El perro lobo sacude la cabeza y la perra, que te fulmina con la mirada, da tres ladridos secos antes de salir de la galería.

Las palabras que pronuncia antes de perderse de vista son las siguientes:

—Si alguna vez renazco como humana, me tragaré mi propio cordón umbilical.

El perro lobo ladra en señal de aprobación. A la salida de la galería Lionel Wendt, hay un árbol sin nombre de ramas peladas sobre el que descansa el fantasma de un leopardo. Sabes que está muerto porque ves a través de él y porque tiene las pupilas blancas. El animal te mira sin disimulo y sacude la cabeza.

Tiene una voz elegante y ronca, aunque no parece mover los labios al hablar:

—Caí en la trampa de un ecologista que buscaba capturar a un cazador furtivo. El ecologista, abrumado por la pena, trajo mi cuerpo hasta la Universidad de Colombo y trató de suicidarse. Fue toda una sorpresa. Descubrí por primera vez que algunos humanos sí tienen alma.

Los perros se tronchan de risa y el fantasma del leopardo baja con sigilo del árbol sin nombre.

UNA CONVERSACIÓN CON LOS TURISTAS FANTASMA (1987)

Las tres personas que bajan con paso torpe por la escalera llevan camisas hawaianas: una roja, una amarilla y una azul. Recuerdas haber visto al de la camisa roja y al de la camisa azul junto a la gramola del bar del centro cultural. Quien lleva la camisa amarilla es una señora de mediana edad con unos pantalones cortísimos.

Los tres cargan con mochilas y cámaras y revolotean por la galería para ver tus fotos.

Parecen europeos. Los dos hombres de la gramola son corpulentos y tienen la piel rosada; el de azul tiene la piel un poco más oscura y la complexión del delantero de un equipo de rugby. Oyes murmullos de admiración seguidos de gruñidos de disgusto cuando pasan por delante de las imágenes del frente, las mejores fotografías propagandísticas que tomaste para el rey Raja y Jonny el As. Puestos de control, campos de batalla, atentados bomba. Se detienen ante los restos del vuelo 512 de Air Lanka con origen en Gatwick y profieren un jadeo al unísono. De inmediato, se ponen a parlotear:

—¡Mira! Mira, es Frieda. ¿La ves?

—¡Tonterías!

—Oye, mira. Frieda. Eres tú.

—No tiene ninguna gracia, Leon.

Levitas hasta la fotografía que estudian con atención y flotas sobre sus cabezas. Ahí está la cola del avión, arrancada del fuselaje y rodeada de cadáveres tirados sobre el asfalto. Comparas los rostros congelados de la imagen con las caras titilantes que tienes ante ti. Esa fotografía la hiciste cuando el rey Raja todavía te llamaba cada vez que se producía un ataque. Dio la casualidad de que te encontrabas en Negombo aquella mañana, caminando junto a un joven de piel marrón que se parecía a Glenn Medeiros, el cantautor estadounidense. Aquello te permitió llegar el primero al lugar del accidente y así tener la oportunidad de fotografiar los cuerpos antes de que se los llevasen.

—Son tuyas, ¿ja? —pregunta la de la camisa amarilla. Habla con el tono cantarín típico de los alemanes, que acompaña de una pronta sonrisa.

Asientes con la cabeza y te encoges de hombros y los otros dos hombres arquean las cejas, asombrados.

—Despegábamos a las siete de la mañana hacia las Maldivas, *pego* no salimos a tiempo. La bomba debía *explotag* en pleno vuelo. —El ogro de la camisa azul de flores es de la tierra de la *liberté, égalité, fraternité.*

—Hicieron que los extranjeros subiéramos primero. Joder, lo de ir siempre tarde es típico de Air Lanka. Eso les salvó la vida a los esrilanqueses que llegaron tarde. Esos suertudos de mierda se quedaron tan tranquilos en la terminal, disfrutando del alcohol libre de impuestos —añade el de la camisa roja con un claro acento de Cockney—. Mientras tanto, los pobres idiotas que fuimos puntuales nos ganamos una bomba y un asiento en el asfalto durante tres horas.

Los tres asienten con solemnidad.

Los veintiún fallecidos en la explosión del avión de Air Lanka eran casi todos ciudadanos extranjeros que se llevaron consigo los últimos resquicios del sector turístico del país. Nadie se atribuyó el ataque. Todo apuntaba a que había sido cosa de los Tigres, en un intento por sabotear las negociaciones entre el gobierno y el grupo tamil rival. Sin embargo, el atentado se le podría atribuir a cualquiera que buscase usar a los Tigres como chivo expiatorio. Misterios como aquel nunca llegarán a resolverse siempre que las investigaciones recaigan sobre hombres como Ranchagoda o Cassim.

—¿Dónde están los demás?

—¿Quiénes?

—Los otros dieciocho.

—Casi todos esos idiotas regresaron a casa con sus respectivos cadáveres. Otros se piraron hacia la luz. Nosotros decidimos quedarnos —explica el inglés.

—¿Por qué?

—¿Tú sabes cuánta pasta me gasté en estas vacaciones? —pregunta el franchute—. Ni te imaginas el tiempo que estuve *ahogando*. Mi mujer se volvió a casa, así que yo dije *au revoir.*

—Esta isla *ist wunderbar* —dice la alemana mientras ojea las fotografías de la flora y la fauna—. ¡Excelente calidad-precio! ¡Hay tanto que ver!

—¿Cómo os movéis por la isla? —preguntas—. Vuestro cuerpo no llegó a salir del aeropuerto.

—¿Quién necesita aeropuertos o tener un cuerpo? —replica el tipo inglés—. Viajamos con los monzones, colega. Y recorremos el país a través de los sueños.

—Sri Lanka, *c'est magnifique* —añade el *monsieur*.

De eso te sonaban. Estaban comiendo fresas en Nuwara Eliya mientras tú perseguías a Jaki por el laberinto. Estaban tirados en la playa de Unawatuna cuando le dabas un masaje en la espalda a DD. También los viste en el sueño húmedo de DD, abriéndose paso por la selva de Yala sin guía.

Les pides que te dejen hacerles una foto y ellos aceptan encantados. A continuación, recorren la exposición sin dejar de sacudir la cabeza y cuchichear.

—Tu país es precioso. ¿Por qué inmortalizas esta basura? —pregunta la *fräulein*.

—¿Cuánto tiempo pensáis pasar recorriendo los sueños de otros?

—Venga, hombre. Si acabamos de llegar —dice el de la camisa roja.

—Y, en sueños, los lugares que visitamos son mucho más bonitos que en la realidad —comenta la *fräulein*—. Está comprobado.

—Uno de esos asistentes bobalicones admitió que la luz regresaba después de noventa lunas. Tenemos tiempo de sobra —dice el de Cockney. Decides no comentarles que el atentado de Air Lanka tuvo lugar hace mil lunas.

Contemplan fascinados las fotografías del pangolín, pero pasan casi sin detenerse por delante de la colección de hombres atractivos de rostro desenfocado. Se paran ante la última zona de la exposición, la que se oculta tras un pilar a petición tuya.

—No entiendo. ¿Quiénes son estos? —pregunta el francés.

Son las seis fotografías que habían dejado de piedra a Clarantha. Las joyas de la colección. Tomaste todas y cada una de ellas en el fragor de la batalla, con tanta nitidez que la torpeza de la perspectiva se compensaba. Dos muestran los rostros de los disturbios del 83, y dos, los cadáveres de quienes murieron bajo custodia. Y en otras dos aparece un grupo de hombres, sin una buena razón para reunirse, que salen y entran de una cabaña en el Vanni. El objetivo se abre paso entre la muchedumbre para inmortalizar el aburrido y ampliado rostro del ministro. Suaviza la postura de los cuerpos sin vida del cura y el periodista. Zigzaguea entre los árboles y las rejas de las ventanas para resaltar los documentos esparcidos sobre una mesa. Puede que los resultados no sean atractivos, pero no mienten.

—No es que sea tu mejor trabajo, amigo —dice el viejo inglés vestido de rojo.

—Hum. Estas no me *integesan* —murmura el *monsieur* de azul.

Te das cuenta de que unos cuantos espíritus más bajan por la escalera e incluso hay algunos entrando por la puerta principal.

—*Herr fotografin*, ¿son estas las fotografías por las que te mataron? —pregunta la *fräulein* de amarillo.

Bajas la vista y contemplas tu cámara. La Nikon está agrietada, golpeada y manchada de barro y sangre. Te la acercas al ojo derecho y tratas de hacer memoria.

DERROTANDO MONSTRUOS

El *kanatte* está demasiado tranquilo por la tarde: no hay cortejos fúnebres, serpientes o fantasmas inquietos deambulando entre las tumbas. Parece que los demonios están echándose la siesta e incluso el viento está en calma.

—Joder, ¿dónde has estado? ¿Cuántas veces me ibas a hacer pronunciar tu nombre?

Sena está acuclillado junto a la acacia y afila ramitas con las garras.

—¿Se supone que eso son flechas?

—No, son para apuñalar a quien haga falta.

—¿En serio?

—Ya llevas seis lunas muerto, ¿no? —pregunta.

—No llevo la cuenta.

—¿Recuerdas ya lo que necesitabas recordar?

—Han expuesto mis fotografías, así que algo es algo.

—¿Estás listo para ayudarnos?

—¿Ayudar a quién?

—¿Estás preparado para ser de provecho?

—¿Qué provecho pensáis sacar?

Sena echa la cabeza para atrás al reír a carcajada limpia y te fijas en la forma en que los músculos se le ondulan bajo la piel oscurecida. Sus cicatrices se han convertido en marcas de tinta y los patrones de su piel son atractivos a la vista. Tiene los dientes blanquísimos y sus pupilas brillan entre el carmesí y el ébano. La risa de Sena reverbera entre los árboles y rebota contra los silenciosos sepulcros, que, justo en ese preciso instante, abandonan su quietud.

—O te vas a refunfuñar con los suicidas del Hotel Leo o haces algo útil.

La tierra masculla como si hubiese olvidado cómo hablar; emite un suave murmullo entre el si bemol y el si en una frecuencia difícil de alcanzar hasta con un silbido. El balbuceo se convierte en un ruido sordo que va acompañado de una nube de humo que brota del camposanto y ves los rostros, ves los ojos. Es difícil saber cuántos pares hay. Podrían ser veinte o veinte veces esa cantidad. Los que alcanzas a distinguir son rojos, negros, amarillos y verdes. Algunos lucen cicatrices que resplandecen igual que las de Sena y todos sostienen lanzas de distintos tamaños. Por lo que parece, tu anarquista fantasma favorito por fin ha conseguido formar un ejército.

Mientras tú has estado yendo de un lado para otro del Mundo Intermedio, Sena Pathirana ha estado reclutando soldados. Su tropa está formada principalmente por miembros del JVP, Tigres e inocentes asesinados por ser sospechosos de pertenecer a cualquiera de los dos grupos anteriores. Identificas a los estudiantes de Moratuwa y Jaffna, cuyos respectivos cadáveres fueron enterrados bajo el agua e incinerados junto al tuyo. Ninguno de los dos parece haberte reconocido.

Cuenta con periodistas masacrados, reinas de concurso de belleza agredidas, radicales torturados y amas de casa asesinadas. También hay esclavos de la época colonial, víctimas de bombardeos, mendigos asesinados a manos de borrachos y los niños soldado que viste por los tejados.

Como era de esperar, los miembros del equipo discuten, se quejan y maldicen, pero, cuando Sena les da una orden, cierran el pico y obedecen. Vuelan en el viento con la precisión y la rapidez de los soldados. En el barrio periférico de Nugegoda, la unidad se dispersa para repartirse entre los puestos asignados con anterioridad. A ti te toca convertirte en la sombra de Sena, que flota hasta una pensión en Kotahena.

—¿A dónde vamos?

Es un bloque decrépito de cuatro pisos de altura. Pasáis por el hueco de una escalera que huele a orines y atravesáis una puerta de madera contrachapada húmeda. Una pierna prostética descansa contra una pared y, en el suelo junto a ella, hay un plato metálico lleno de arroz y lentejas que huele a cebolla fermentada. Un par de ardillas se están comiendo el arroz y lo esparcen por el suelo. La estancia es más pequeña que una de las celdas del Palacio. Cuenta con un colchón, una televisión diminuta y un montón de periódicos diseminados por todos lados. Apesta a sudor y lágrimas.

Hermanito, vestido con un *sarong*, está sentado sobre el colchón, con el muñón apoyado sobre una almohada y la pierna buena recogida debajo. Tiene un brazo vendado y quemaduras en la cabeza rapada. Bebe directamente de una botella de plástico de Portello. El espeso refresco ha perdido el gas y ha teñido el plástico de un color rojo púrpura. En la televisión, se ve una escena de baile de Bollywood y la protagonista va vestida como una diosa hindú, con calaveras alrededor del cuello. El único elemento que pone un poco de orden en la habitación es el uniforme de soldado colocado sobre una tabla de planchar. Debajo del conjunto hay un chaleco caqui forrado de explosivos.

—¡*Ade*, mis príncipes! —les grita a las ardillas—. Parece que los demonios han vuelto.

Una de las ardillas levanta la cabeza, mientras que el resto continúan comiendo. No hay ninguna duda de que están tan acostumbradas a escuchar a Hermanito despotricar como a comerse su comida rancia.

—¿Cuántos habéis venido hoy? La última vez, fuisteis tres.

Hermanito mira directamente al punto donde os encontráis. Sena se sube al colchón y le sisea al oído:

—Hemos venido por ti. Te traeremos paz.

El rostro de Hermanito se contorsiona en una mueca y se echa a temblar.

—Por favor, alejaos de mí.

Sena regresa al alféizar y te habla en un susurro:

—Es mejor no hablar demasiado con él, porque le vamos a asustar. Además, solo tengo cuatro susurros al día, así que es mejor no desperdiciarlos.

Alguien llama a la puerta y una voz grave dice:

—¿Hola?

—Está abierta —le responde Hermanito. Sus ojos vuelan frenéticamente entre la televisión y la ventana, pasando por las ardillas, la tabla de planchar y la chaqueta llena de cables, antes de susurrar—: Sé que estáis aquí y quiero que os marchéis.

Un hombre de piel oscura, músculos peludos y un poblado bigote entra en la habitación y espanta a las ardillas, que ponen pies en polvorosa y salen por la ventana enrejada. Arrastra la silla que hay junto a la tabla de planchar.

—¿Ya estás hablando solo otra vez, muchacho? —pregunta Kugarajah.

Kugarajah tiene tres fotografías. Una es de una aldea arrasada, otra de unos cadáveres tirados junto a la carretera de Malabe y la última de un diputado de provincia asesinado. Todas las hiciste tú.

—Lo que vas a hacer es digno de admiración, muchacho. El escuadrón de la muerte de Cyril Wijeratne ha matado a miles de personas así. Eres un verdadero héroe.

—Eso es lo que dicen todos.

—¿Vuelves a oír voces? ¿Te has tomado las pastillas que te traje?

—No los veo —dice Hermanito, que toma su muleta y se apoya en ella para ponerse en pie—, pero los oigo. Están aquí ahora mismo. Al menos dos de ellos.

Cuando revoloteas hasta el techo, Hermanito eleva la cabeza y la brisa que levantas a tu paso hace que le recorra un escalofrío.

—¿Qué tal el brazo?

—A veces me olvido del dolor. El Portello ayuda, pero las pastillas no.

—¿Quieres que le dé a alguien un mensaje de tu parte, muchacho? ¿Tienes familia?

—Todos se han convertido en polvo.

—¿Algún último deseo? ¿Comida china? ¿Una mujer rusa?

—¿Me traerías a una mujer?

—Va contra las reglas, pero, por ti, me jugaría el puesto. ¿Qué necesitas?

Hermanito se coloca la pierna prostética y contempla la chaqueta.

—Quiero que esto acabe —concluye.

—¿A qué hora es la reunión? —pregunta Kugarajah.

—Hoy, a última hora de la tarde.

—¿Quieres que repasemos el plan?

Sena no responde a tus preguntas, pero insiste en que lo sigas a través de las oscuras profundidades del barrio de Dehiwala, más allá del zoo y del hospital, hasta llegar a un callejón sin salida lleno de árboles, donde las casas tienen floridos jardines y los niños juegan al críquet en medio de la calzada desierta. Sigue a un hombre con poco pelo que hace las veces tanto de portero como de árbitro.

—He estado buscando a este trozo de mierda por todos lados. Va a saber lo que es bueno.

—¿Te refieres al señor que juega al críquet?

—Él es el próximo monstruo al que hay que derrotar.

El hombre, a quien observas con atención, lanza una pelota de tenis por encima de su cabeza y el niño la lanza contra un cocotero. Lo único que hace monstruoso a ese hombre es el pelo peinado con cortinilla y su protuberante barriga. La sonriente esposa, con el cabello hasta la cintura, sirve platos de arroz con curri, de los que disfrutan con tranquilidad. Cinco espíritus entran en la casa y se dispersan entre las habitaciones. Comprueban las lámparas, los techos y el curri que hay sobre la mesa y escuchan la conversación de los comensales sin ser vistos.

El hombre se cambia de camiseta y camina hasta la parada de autobús. Bromea con el joven que regenta el puestito de cigarrillos antes de montarse en el 134 con dirección a Colombo. Le cede su asiento a una anciana y no hace ningún intento de restregarse contra las colegialas que se suben al autobús en Kirulapone. Sena y sus tropas viajan en el techo del vehículo y, por un momento, te invade la preocupación.

—El autobús va lleno. Si provocáis un accidente, morirá mucha gente.

El ejército de Sena se ríe.

—Tranquilízate, *hamu*. Las colisiones son ya agua pasada. Son un engorro. Ahora somos más profesionales.

—¿Dónde están Balal y Kottu?

—Con la Mahakali.

—¿Y sus siete lunas?

—Los asistentes no mueven ni un dedo por escoria como ellos.

—¿Cuántas personas murieron con la explosión de la furgoneta?

—No tantas como piensas. Nuestra misión es derrotar a los monstruos. Nadie quiere ver morir a personas inocentes, pero estamos dispuestos a sacrificar a unas pocas para salvar a muchas. Así es como funcionan las guerras.

—Suenas como los militares.

—Y tú suenas como un niño.

El hombre se baja en Havelock Town y enciende un cigarrillo para el camino. Cuando se mete por esa larga calle de casas rodeadas por muros altos, enseguida supones a dónde se dirige. Le ofrece un Bristol ya encendido al guardia de la entrada del Palacio y entra por la puerta de atrás. Hace ya dos lunas que visitaste este lugar y en las celdas reina ese mismo silencio sepulcral que, en teoría, debería estar presente en los cementerios, aunque la realidad es muy diferente. Esta vez no se oyen sonidos de maquinaria o gritos. En el tejado, ves una sombra y te preguntas si la Mahakali seguirá viviendo allí, a sabiendas de que no tiene razón alguna para marcharse nunca del Palacio.

El ejército de Sena sobrevuela el parapeto y se asoma por las ventanas, que son enormes y diáfanas, inusuales para las celdas de una prisión. A través de sus cristales, ves siluetas desmadejadas, casi todas consumidas, algunas inmóviles, algunas temblorosas. Es difícil saber qué edad tienen los prisioneros y es imposible determinar a qué etnia pertenecen. A pesar de la multitud de discursos que afirman lo contrario, los cuerpos desnudos de cingaleses, tamiles, musulmanes y burgueses no presentan diferencia alguna. Todos somos iguales ante las llamas.

En el piso inferior, el afable padre de tres hijos de Dehiwela se ha cambiado de ropa y ahora lleva una camisa llena de manchas. Se cubre con una mascarilla, se arma con un tubo de PVC y entra en la celda donde hay un chico colgado de una soga. Se sube las gafas tintadas por el puente de la nariz, levanta el tubo y descarga un violento golpe contra los pies del colgado. Al joven ya no le queda voz para gritar. Profiere un jadeo y deja de moverse.

—Ese es el *gaatahkaya*. El Enmascarado. El torturador más efectivo del régimen. Cientos de personas han muerto a manos de este verdugo y, pronto, nosotros nos encargaremos de ser el suyo.

El Enmascarado sube hasta otra celda donde un tembloroso chico acaba de despertarse. Prefieres no ver lo que ocurre a continuación. Varios miembros del pelotón, tan horrorizados como tú, se alejan flotando de la ventana. Sena os conduce a todos hasta el mango que crece en el patio y habla con un siseo:

—Camaradas, sé que este lugar os genera malestar. Muchos moristeis aquí y algunos tenéis amigos encerrados en esas celdas. La Mahakali se ha afincado en el tejado y se alimenta de la ponzoña que destila este edificio.

—Esta es solo mi segunda luna, camarada Sena, y nadie me da una respuesta. ¿Quién es la Mahakali? —pregunta uno de los estudiantes hechos polvo—. ¿Qué es?

—La bestia merodeadora —interviene un esclavo de la época colonial con la espalda surcada de latigazos—. El demonio de las mil caras.

—La guardiana de las calaveras —añade un radical torturado con el cuello roto.

—El corazón negro de Sri Lanka —se suma un guardia de los puestos de control que tiene un agujero en la cabeza.

—Dejaos de chorradas y leyendas urbanas —dice Sena, cuyos dientes reflejan la luz de la luna—. La Mahakali es la criatura más poderosa del Mundo Intermedio. Ofrece consuelo a quienes sufren y absorbe su dolor. La Mahakali ha accedido a colaborar con nuestra misión. Le hemos dado el nombre de «Misión Kuveni», en honor a la madre repudiada de Sri Lanka.

Los miembros del pelotón hacen repicar las lanzas contra el parapeto y gruñen en señal de aprobación, pero quedan mudos cuando se oye un ruido sordo proveniente de las sombras junto al tanque de agua del piso superior.

—No temáis, camaradas. Voy a explicarle nuestras condiciones. Quien quiera venir conmigo, es libre de hacerlo.

El pelotón al completo ejerce su derecho a rechazar la oferta y Sena flota hasta el tejado y avanza hacia el murmullo y la sombra. Te giras a hablar con el fantasma del niño soldado, sin preocuparte por que se rían de ti al hacer la siguiente pregunta:

—Esta es solo mi sexta luna, muchacho. ¿En qué consiste la Misión Kuveni?

—Es un plan *pakka*, jefe. ¡Un plan perfecto! Es del camarada Sena.

—¡Y una mierda! —lo corrige uno de los periodistas masacrados—. Fue idea de uno de los Tigres.

—El plan lleva listo setenta lunas, señor —se defiende el niño soldado—. Todo comenzó cuando...

El niño te cuenta la historia de un joven recluta de los Tigres, que llegó a Colombo desde Valvettithurai, montado en la parte de atrás de un camión y disfrazado de soldado esrilanqués. El chico había perdido a sus padres y a sus dos hermanos hacía ya tiempo, cuando el ejército lanzó un ataque aéreo sobre Vavuniya. Aceptó un puesto como chófer para Rohan Chang, el director del casino Pegasus del Hotel Leo, quien subcontrataba a sus empleados para que le hiciesen recados en negro al comandante Raja Udugampola.

El nombre del muchacho era Kulaweerasingham Weerakumaran, aunque en su carné de identidad falso ponía que se llamaba Kularatne Weerakumara. Con solo amputar un par de letras del final, resulta sencillo convertir un nombre tamil en cingalés. Aun así, tampoco fue muy necesario, puesto que tanto colegas como superiores lo llamaban Hermanito. El muchacho hablaba un cingalés carente de acento y trabajaba sin descanso. Su pierna prostética hizo que se ganase el cariño de todos aquellos que toleraban sus ocasionales diatribas pacifistas. El Tigre infiltrado acabó asignado a un garaje atestado de vehículos del gobierno.

—Incluso si el país se ahoga en deudas y las guerras empeoran; incluso si las inundaciones arrasan las cosechas y la sequía mata los cultivos; incluso si el PIB cae en picado y la inflación se dispara, siempre reservarán una parte de los presupuestos para que todos y cada uno de los ministros disfruten de tres coches de lujo —afirma el periodista masacrado.

Weerakumara conducía furgonetas para el Hotel Leo, camiones para el comandante Udugampola y una flotilla de berlinas Mercedes-Benz para desplazar al ministro Cyril y su séquito.

Desde el siniestro junto a la parada de autobús, el muchacho ha estado de baja para recuperarse de unas quemaduras de segundo grado y volverá al trabajo la próxima semana. Está previsto que lo releven de su puesto como conductor y se encargará de los trabajos de mantenimiento de los vehículos.

Sena, que desciende de la sombra de la Mahakali para hacerles frente a los cuchicheos de su equipo, se inclina ante ellos y dice:

—Está hecho.

Y el pelotón prorrumpe en vítores.

El Palacio provoca escalofríos, incluso bajo el intenso sol de la tarde. Unas cortinas negras cubren las cristaleras insonorizadas y las sombras y el silencio inundan los pasillos. Huele a baño público, a excrementos humanos, productos químicos y limo. Sin embargo, es el silencio lo que le hiela a uno la sangre, incluso en un día tan caluroso como este.

Sena escoge cuidadosamente a los miembros del equipo que se encargarán de la misión de hoy y los conduce hasta la acacia que hay junto al Palacio para darles las últimas instrucciones:

—Aquí es donde morí. Cuando me asesinaron, el dolor me nubló los recuerdos, así que me senté en este mismo árbol. No sé cuántas lunas pasé entre sus ramas. Quedé cegado por el sufrimiento provocado por mis compañeros de colegio, por la sociedad, por la ley y por mi propio país. Cegado por el tormento que acarrea ser consciente de que siempre habrá algo o alguien más fuerte que tú. Y por saber que este siempre estará en tu contra.

Los murmullos vuelan entre el grupo de espíritus y el viento sopla entre las ramas de la acacia. Sena continúa:

—En las guerras, los de arriba envían a sus peones a matar a otros peones. En esta guerra, los peones conseguiremos derrotar a los alfiles, a las torres y al rey. El comandante Raja se reunirá hoy con el ministro Cyril. El próximo encuentro tendrá lugar en un par de horas y el Enmascarado estará presente. Entonces será el momento perfecto. Nada de víctimas colaterales. Solo agentes de policía.

—¡Qué novedad! —exclamas y los espectros se giran para mirarte.

—Si a alguien no le gusta el plan, que se vaya a tomar viento. Por culpa de los defensores de las causas perdidas como Maali Almeida, esta guerra nunca acabará.

—Lo único en lo que Buda acertó fue en afirmar que nada dura para siempre —le dices al niño soldado fantasma, aunque no te hace ni caso.

—No necesitamos gallinas o socialistas de la «izquierda caviar» entre nuestras filas. Tenemos Tigres fantasma con la habilidad de susurrar, mártires del JVP que saben hablar con los vivos en sueños e ingenieros capaces de canalizar la electricidad. Hermanito ya ha recibido la chaqueta y la utilizará mañana.

Imaginas lagos putrefactos anegados de cadáveres, comisarías donde los ricos encierran a los pobres y palacios donde los obedientes torturan a los insurrectos. Se te vienen a la cabeza amores desconsolados, amistades abandonadas y padres ausentes. También pactos vencidos y fotografías que acaban olvidadas a pesar de haber visto la luz, sin importar dónde hayan estado expuestas. Comprendes que la vida seguirá adelante sin ti y que el mundo olvidará que alguna vez formaste parte de él. Piensas en la madre, el anciano y el perro y en todo cuanto hiciste o fuiste incapaz de hacer por tus seres queridos. Piensas en la maldad y en las causas nobles. En que la probabilidad de vencer la violencia con más violencia es una entre nada, *nothing*, cero patatero.

Te dejas llevar por la brisa hasta el tejado del Palacio, procurando evitar la guarida de la Mahakali. Sena te ve marchar y continúa con su discursito. Te das cuenta de que reconoces las voces que se oyen en el piso inferior. Nunca habías pasado por ese último piso, ni cuando el comandante Raja te dio aquella visita guiada ni cuando viniste por primera vez al Palacio estando ya muerto. Parece que las paredes de estas celdas están más limpias y el suelo no huele tanto a humedad. En el pasillo, encuentras al inspector Cassim, al subcomisario Ranchagoda y al Enmascarado, con sus gafas de cristales marrones y su mascarilla quirúrgica azul. El inspector tiene las palmas apoyadas contra la frente y se mece de adelante atrás como si estuviese rezando. Nada más lejos de la realidad, porque hace todo lo contrario. Está maldiciendo.

—¡Os repito que no es legal! —grita Cassim—. No pienso formar parte de esto. Hacer daño a personas inocentes va en contra de mi religión.

—Ve a la mezquita si necesitas rezar. Este es el lugar menos indicado para ello.

El Enmascarado mira por una de las ventanas y se quita las gafas para limpiárselas. Tiene la mirada despejada y alerta, como si hubiese disfrutado de una noche de sueño reparador antes de haber echado aquel partido de críquet y haber comido con su familia.

Cassim se aleja hecho una furia por el pasillo y casi pasa a través de ti.

—Deja que se vaya —dice el subcomisario Ranchagoda—. Que se encargue él de rellenar el informe para que lo haga pedazos una vez que se calme. Es lo que suele hacer.

—No debe rellenar ningún informe sobre este caso en particular —responde el Enmascarado, que vuelve a colocarse las gafas.

Te asomas al interior de la celda. Hay una cama, una única fuente de luz, unos cuantos tubos de PVC y un par de sogas que penden del techo. Hay una figura aovillada en el suelo como una ardillita, con la cabeza cubierta por un saco de arpillera que apenas le cubre los voluminosos rizos, y no es un Tigre separatista, ni un marxista del JVP, ni un tamil de ideas moderadas, ni un traficante de armas inglés. Es tu mejor amiga, Jaki, el otro gran amor de tu vida.

SÉPTIMA LUNA

—El regalo de Dios —dijo el alcaide—: su violencia [...]
Dios adora la violencia. Lo entiendes, ¿verdad? [...]
¿Por qué si no iba a estar tan extendida? Forma parte de
nosotros. Brota de nuestro interior. Hacer uso de ella nos
resulta casi más sencillo que respirar. El orden moral
no existe. Lo único que importa es si la violencia que habita
en mí derrotará a la tuya.

—Dennis Lehane, *Shutter Island*.

MALAS COMPAÑÍAS

—No tengo tiempo de interrogarla ahora mismo —dice el Enmascarado—. Me temo que vas a tener que sedarla un poco más. Te acercas a ella y compruebas que Jaki sigue respirando. Su pecho sube despacio y baja rápidamente. El aliento le huele al producto que hayan utilizado para sedarla, como a esmalte de uñas mezclado con sirope. Gritas hacia la pared que te separa de los hombres que esperan fuera. Pides ayuda entre alaridos a Quien Sea, pero se mantiene en silencio y ausente como respuesta.

—La interrogaré después de la reunión —decide el Enmascarado—. Es posible que la soltemos si nos dice dónde están los negativos, así que no dejéis que os vea.

—¿Por qué?

—No me digas que ya os ha visto —replica el hombre de la mascarilla.

—No —asegura Ranchagoda—. La atrapé por detrás y llevaba gafas de sol.

—Sha! ¡Eres el maestro del disfraz! Espero que me estés diciendo la verdad. Si nos ha visto, no podremos dejarla ir.

Cassim ha regresado tan apresuradamente como se marchó.

—Estamos hablando de la sobrina de Stanley Dharmendran. El ministro nos hará picadillo —sisea.

—Perdimos a la mujer esa de la CNTR —dice Ranchagoda—. Necesitamos los negativos y esa niña sabe dónde están.

—Fuiste tú quien le perdió la pista a Elsa —gruñe Cassim—. No me cargues a mí con tus meteduras de pata.

Le ruegas a Ranchagoda al oído:

—Déjala ir. Te diré dónde están los negativos. Por favor, por favor, por favor, déjala ir. —No te oye.

El Enmascarado se acerca a Cassim y le pone una mano en el hombro. Aunque son más o menos de la misma estatura, el Enmascarado parece sacarle una cabeza.

—Aquí no toleramos el individualismo, inspector Cassim. Somos una unidad y ahora formas parte del equipo.

—Entonces subiré a redactar mi dimisión.

El Enmascarado le aprieta el omóplato y Cassim se encoge de dolor.

—Redactarás lo que yo te ordene redactar. Después, vendrás aquí y te asegurarás de que nadie ponga un pie en esta planta. ¿Te ha quedado claro?

—Sí, señor.

—Ahora tengo una reunión con el jefe y su superior. Ranchagoda, necesito que vengas conmigo. Cassim, dale más zumito si se pone tonta. Y mantente alerta.

Ambos se encienden un cigarrillo en el pasillo. Ranchagoda se da la vuelta para mirar a su compañero y se encoge de hombros.

Cassim se desploma sobre una silla y contempla a la chica cubierta por el saco de arpillera a través del falso espejo. Se pasa una mano por los hombros y el sudoroso cuello. Pones todo tu empeño en susurrarle al oído:

—La chica es inocente. Por favor, por favor, déjala ir. Tú no estás de acuerdo con sus métodos, inspector Cassim. Nunca lo has estado. Esto va en contra de tu religión.

Cassim se detiene por un segundo, mira a su alrededor y entierra la cara entre las manos con un quejido lo suficientemente estrepitoso como para despertar a un muerto, aunque Jaki no reacciona. Sus colegas lo contemplan con mirada divertida y dejan escapar el humo del tabaco en su dirección.

Decides llamar a la doctora Ranee. Invocas a los ángeles silenciosos y ausentes. Les pides que te lleven hacia la luz, les prometes que firmarás cualquier libro de hojas de *ola* que te pongan delante. Rezas como nunca has rezado. Le rezas a la magia del Cuervo, a los dioses que aborreces, al hechizo de la electricidad y a la mano que lanza los dados. Y, en respuesta, lo que recibes es el quedo murmullo que nace en los límites del universo, seguido de su inmenso silencio.

Sopesas tus opciones y llegas a la conclusión de que no hay más que una salida.

Vas a buscar a Sena y sabes exactamente dónde encontrarlo.

A pesar de que los espíritus han abandonado la acacia, Sena se ha quedado sobre una de las ramas, afilando su lanza. Entona un cántico que está entre un mantra y un rap en tamil. Cargas contra él con todas tus fuerzas.

—Me uniré a tu maldito ejército. Participaré en esa Misión Kuveni o como se llame.

—Has vuelto a perder tu oportunidad, señor Maali. El equipo ya ha adoptado sus posiciones y está listo para actuar. Hoy es el día en que el escuadrón de la muerte acabará frito.

—Un demonio protege al ministro. Le contaré vuestro plan. Con los bíceps que tiene, seguro que podrá batirse contra la Mahakali.

Sena deja lo que está haciendo y te fulmina con la mirada.

—No te atreverás.

—Mi amiga está ahí dentro. Necesito aprender a susurrar y tú vas a ayudarme.

—El Cuervo es el único capaz de darte ese poder.

—Entonces me llevarás hasta él.

La corriente de viento más intensa os conduce hasta la cueva del Cuervo. Llegáis en un abrir y cerrar de ojos y te descubres llorando desconsoladamente. Los recuerdos emanan como torrentes de moco hasta que no queda nada más en tu interior que el miedo que sientes. El primer paso para que te hagan desaparecer en Sri Lanka es que te secuestren. Deshacerse de un cadáver es menos arriesgado que soltar a una sospechosa que te pueda acabar delatando, sobre todo si está emparentada con alguien poderoso. No dejarán que Jaki se marche, ni aun diciéndoles lo que quieren oír.

La brisa te arrastra hasta el techo de la cueva del Cuervo y contemplas las jaulas de pájaros desde las alturas, como una gárgola desde la cúspide de una catedral. Los graznidos de los periquitos y los gorriones se unen al coro de voces que te hablan al oído, como moscas molestas. Observas la cabeza rapada del Cuervo y la mesa que tiene ante él. Te fijas en que hay una llave de la vida de madera que reconoces sobre un taburete. Entonces, oyes una voz familiar:

—Necesito protección. Para mi hijo. Corre más peligro que nunca.

—No salgan hoy de casa —le aconseja el Cuervo—. Un aura impía impregna el aire. Algo grande está a punto de ocurrir.

—La última vez que me dijo eso, ni siquiera ocurrió algo mínimo.

—¿Acaso no los he mantenido a salvo, señor? Me he volcado en cuerpo y alma por ayudarlo. Pero las predicciones para su hijo durante el Rahu no son nada buenas. Le aconsejo que lo envíe fuera del país.

—Nuestro plan. Es ese —coincide su cliente, que le ofrece un fajo de billetes de mil rupias.

—¿Sigue mezclándose con malas compañías?

—Ya no —dice Stanley, que acepta un paquete lleno de collares y amuletos—. Las malas compañías ya no serán un problema.

Ves al Gorrión sentado en un rincón, oculto entre las sombras que proyectan las velas, dibujando trazos en hojas de papel. Pali, sánscrito y tamil escritos en tinta con una caligrafía infantil. Te deslizas entre las jaulas en dirección a su taburete, levantando una corriente que hace titilar la llama de las velas y dispersa las sombras. El Cuervo olfatea el aire y frunce el ceño.

—Jaki está en el Palacio. Díselo a Stanley. ¡Rápido! —le gritas—. Díselo ya. —Es casi como si tu voz reverberase.

El Gorrión deja de escribir y recorre el espacio que ocupas con la mirada. Se le nubla la vista.

—Hay espíritus indeseados en esta estancia —anuncia el Cuervo, sin mirarte a ti y tampoco a Stanley—. Por favor, marchaos.

Te lanzas a por el Cuervo con un rugido. Tu única sandalia desparrama el dinero que hay sobre la mesa. Es la primera vez que mueves algún objeto a tu paso, pero no te detienes a celebrarlo.

—Eres un puto fraude. He hecho los recados que me pediste. He dejado mi pañuelo rojo en tu altar. ¿Por qué no puedo susurrar?

—Solo aquellos que se lo merecen reciben el don de susurrar. Está claro que tú no eres digno.

—Perdone. Está hablando. ¿Conmigo?

La corbata de Stanley se agita con la brisa. Sostiene un frasco de ungüento, aceite de serpiente vendido a una víbora, y alza la vista para mirar al hombre ciego.

El Cuervo toma un puñado del polvo de colores que hay sobre una bandejita de madera. Son polvos místicos del naranja de los ladrillos, del amarillo del sol y del morado de las *drag queens*. Cuando los lanza con un soplido en tu dirección, captas el aroma del curri y el pestazo de las violetas y comprendes que es una mezcla de cúrcuma y lavanda con chile en polvo que hace que te escuezan los ojos y retrocedas hasta el rincón del Gorrión.

—Discúlpeme, señor. Estaba purificando el ambiente. Comencemos.

Vuelves a gritar con todas tus fuerzas y más. Te apoyas en el cuerpo que una vez tuviste y en el alma que nunca creíste tener.

—Jaki está en el Palacio. ¡Díselo a Stanley ahora mismo!

—Tengo la sensación de que una presencia ronda a mi hijo —le explica Stanley al Cuervo—. También la siento a mi alrededor de tiempo en tiempo.

—¿Qué tipo de presencia diría que es? —pregunta el ciego de la túnica mientras les lanza migas de pan a los loros. Tras él, el Gorrión enciende los farolillos que hay en cada altar y regresa a su rincón para seguir transcribiendo letras que no sabes leer.

—Es como una corriente de viento. Una sensación de frío que te cala hasta los huesos. Me entran escalofríos cada vez que estoy con él.

—¿Hay alguien que quiera hacerle daño?

—Sí.

—¿Y esa persona está viva?

—Ya no.

El Cuervo clava la mirada en ti con ojos ciegos.

—¿Ha traído algo que le perteneciera a esa persona?

Stanley le pasa un papelito rosa con tu letra y un cordel del que cuelgan varias cápsulas de cianuro aplastadas.

—¡Enséñame a susurrar o arrasaré tu santuario! —Flotas tras el Gorrión, frotándote los ojos para quitarte los restos de chile en polvo.

—Aquellos que buscan destruir solo consiguen destruirse a sí mismos —sentencia el Cuervo, un vendehúmos que juega a ser ilusionista y que disfraza de metafísica los trucos baratos de salón.

El Cuervo vierte el mejunje que ha preparado en el mortero en una botellita de cristal que una vez contuvo un cuarto de litro de *arrack*. El brebaje te recuerda al *kola kenda*, esas gachas medicinales de color verde y con la consistencia del vómito que tu madre te obligó a tomar cada mañana durante siete años.

—Extiende ese aceite por la cama de tu hijo y sírvele un poco de esto cada noche. —El Cuervo mira en tu dirección y sacude la cabeza—. ¿Siente su presencia ahora?

—Creo que sí —admite Stanley, que envuelve la botella en papel de periódico y la guarda en el bolsillo junto al ungüento de aceite de serpiente.

El ciego deposita la notita rosa y las cápsulas de cianuro dentro de una lámpara de latón. Prende una bola de alcanfor y también la mete dentro antes de entonar un cántico monótono que te recuerda a la música de esas bandas góticas que Jaki solía escuchar en su lúgubre dormitorio. La llama escupe un humo que te hace toser, a pesar de no tener pulmones.

El Cuervo llama al Gorrión, que escribe, ensimismado, ante su escritorio. El hombre señala un palo con un farolillo enganchado a un extremo y el chico va a buscarlo para zarandearlo por la habitación y esparcir el veneno ardiente por todos los rincones. Te fijas en que Stanley deja un par de billetes de mil rupias más sobre la hoja de betel, verde claro sobre verde oscuro. Entonces, un fardo de humo te golpea el estómago y te lanza fuera de la cueva.

Acabas tirado en una cuneta, tosiendo y escupiendo, con el recuerdo de Kilinochchi, del bombardeo y de los tres cadáveres que quedaron con la lengua impregnada de cianuro. Compruebas lo que llevas al cuello: la llave de la vida con la sangre de DD, el *panchayudha* dorado y la Nikon estropeada. No encuentras las cápsulas de cianuro por ningún lado.

—¡Jaki está en el Palacio! ¡Ayúdala! —le gritas una vez más a Quien Sea y a Nadie, y lloras como un recién nacido en la cuna. Stanley sale por el túnel de la cueva al suburbio de Kotahena. Al pasar apresuradamente por delante del altar ante el que cientos se arrodillan cada noche, no se da cuenta de que hay un pañuelo rojo atado a una piña en descomposición entre las flores mustias y los pútridos montones de fruta.

Presidiendo el altar y sin quitarle el ojo de encima a las velas y los farolillos, hay un cuadro, un burdo dibujo pintado en papel de mala calidad, plastificado y enmarcado, que muestra letras en pali, sánscrito y tamil en los bordes, caligrafiadas por una mano conocida. Es la imagen de una bestia hecha de sombras, con la cabeza de un oso y el cuerpo de una mujer descomunal. Sus cabellos son serpientes y tiene las pupilas y los iris negros. La criatura exhibe los dientes y escupe columnas de humo. Sientes un vacío en tu interior.

La figura luce un collar de calaveras y un cinturón de dedos cercenados. Lleva la barriga al descubierto, que cuelga sobre la banda de restos humanos. Los rostros de las almas atrapadas en su interior están grabados en la piel de la bestia.

Una vez más, descubres que te has arrodillado, sin saber cómo has acabado en esa posición.

TRES SUSURROS

—Si quieres aprender a susurrar, solo tienes que pedírmelo.

La voz proviene del altar, pero no es un sonido único, sino que parece una colonia de hormigas que cantan sin llegar a afinar. Una bestia sale del rudimentario cuadro, con los cabellos de serpiente seguidos de un collar de calaveras. Se queda en cuclillas y se alza sobre ti, bañándote en su sombra. Tiene el cuerpo cubierto de tatuajes, letras que conforman alfabetos que conoces pero que no sabes leer.

Las letras se convierten en rostros y estos se dirigen a ti al unísono.

—Si lo que deseas es susurrar, inclínate ante este altar y, tras tu séptima luna, me pertenecerás. Decídete rápido. No te queda mucho tiempo.

Contemplas los rostros en la piel de la criatura. No resulta fácil distinguir cuáles son humanos y cuáles no, pero reconoces dos de ellos. Balal y Kottu te observan con ojos de pez, encajados en el carnoso muslo de la Mahakali.

—Te concederé tres susurros. Utilízalos como mejor te plazca, pero tendrás que unirte a la misión de hoy. Y no intentarás huir.

Las cabezas hablan con una voz que te recuerda a la de Jaki. Eres consciente de que la luna está saliendo y el tiempo apremia.

También eres consciente de que la luz no hará sino darte más quebraderos de cabeza, en vez de respuestas. Y sabes que algunas vidas son más valiosas que otras; cada una es una ficha de póker de distinto color. Tu vida es una ficha de plástico de diez rupias del Pegasus, mientras que la de Jaki es una placa chapada en oro de las que usan en Las Vegas.

Inclinas la cabeza e inhalas la sombra.

—Hazlo ya.

—¿Estás dispuesto a renunciar a tus lunas, señor fotógrafo?

—Quédatelas. Rápido.

—¿Te comprometes a renunciar a la luz?

—Renunciaré a lo que haga falta, joder. Hazlo ya.

Sientes que las cadenas reemplazan tus huesos, como grilletes entrelazados que te recorren la columna vertebral. Es una sensación que serpentea lentamente por tu cuello hasta desaparecer.

—Está hecho —anuncian las voces.

El joven artista que pintó el tosco cuadro del altar sale del túnel justo cuando Stanley se sube al BMW financiado por el gobierno. Al volante está DD, que parece tan distante como el día en que te preparó un café por primera vez y te habló de los bosques autóctonos.

Stanley deja una botellita de líquido verde, un vial de ungüento y un tarro de ceniza sobre su regazo. Extiende un poco de ceniza por la frente de su hijo y le ata algo alrededor del cuello antes de pedirle que arranque el coche.

El BMW comienza a alejarse, pero se detiene con una sacudida al dar un frenazo. El Gorrión se ha apoyado sobre el capó y les corta el paso. Los observa con mirada penetrante y sostiene una nota en alto.

—Pero ¿qué demonios? —exclama DD, que baja la ventanilla.

El muchacho se apresura a rodear el coche, ignora a DD y agita el papel delante de la cara de Stanley.

Este lo acepta y desdobla la nota. Está escrita en inglés, pero presenta las curvas del sánscrito. Son las siete palabras que susurraste al oído del chico, inmortalizadas a boli.

—Jaki está en el Palacio. Ayúdala.

El hombre le lanza una mirada al Gorrión, que articula la palabra «amiga».

—¿Qué es el Palacio? —pregunta DD con voz distante y aburrida, después de leer la nota por encima del hombro de su padre—. ¿Es un club?

Stanley echa chispas y su piel marrón adquiere un color carmesí.

—No es un puñetero club. Arranca. Ve a Thimbirigasyaya Road.

—Todas las calles están cortadas. Deberíamos regresar a casa antes de que empiece el toque de queda.

—¿Dónde está Jaki?

—Salió anoche. Estará durmiendo.

—¿La. Has. Visto?

—No.

—Arranca.

El coche se aleja y se sumerge en las calles cortadas llenas de tráfico. Tienes una pareja de cincos y hay reyes negros sobre la mesa. Te preguntas si Stanley tendrá el suficiente poder como para que le permitan cruzar la verja del Palacio. Si será suficiente para llegar hasta la celda de Jaki y abrir el cerrojo.

Has apostado todo cuanto tienes a cambio de la oportunidad de salvar a la amiga a quien más veces fallaste. Saboreas tus últimos momentos de libertad y te das la vuelta para enfrentarte a la Mahakali.

No temas a los demonios; son los vivos quienes de verdad deberían quitarnos el sueño. Los horrores cometidos por la humanidad superan cualquier invención de Hollywood o del más allá. Tenlo presente siempre que te topes con un animal salvaje o un espíritu errante. Nada es tan peligroso como tú.

Los fantasmas temen a otros fantasmas. También te temen a ti. Y a la nada infinita. Esa es la razón por la que toman malas decisiones, aunque no es la única. Actúan de cierta manera porque ya no pueden comer, hablar o fornicar. La pagan con quienes les arrebataron la vida, con quienes los sustituyeron y con quienes se han vuelto incapaces de pronunciar su nombre. Porque saben lo mismo que tú y todas las versiones de ti que no son tu yo de ahora sabéis. Al final, no quedará nadie para contar tu historia. Nadie te dará una respuesta a tus preguntas. Nadie escuchará tus plegarias.

En algún lugar, la doctora Ranee debe estar sacudiendo la cabeza y haciendo cachitos tu ficha. En alguna oficina del país, un hombre debe de estar dando la orden de bombardear una aldea llena de niños. Viajas sobre la espalda de la Mahakali, que salta de tejado en tejado, en dirección al Palacio. Tiene la piel escamosa y las serpientes de sus cabellos sisean al viento. Los rayos de sol se adentran en la hora dorada e incluso el atasco que hay a pie de calle parece hermoso. Ves que el BMW financiado por el gobierno de Stanley se cuela entre un autobús y un camión y lo instas a moverse más deprisa. ¿Cuáles serán tus últimas cartas ahora que has dejado todas tus fichas en el centro de la mesa?

La espalda de la Mahakali tiene rostros y letras tatuadas. A medida que os acercáis al Palacio, los rostros comienzan a dirigirse a ti. Aunque hablan todas juntas, esta vez no lo hacen al unísono. La mayor parte de esas almas están petrificadas y llevan atrapadas en el interior del cuerpo de la bestia más tiempo del que puedan recordar. Y no todas son humanas.

En un primer momento, parece que unas hormigas armadas con micrófonos en miniatura corretean por un esqueleto, pero el ruido se convierte en el de un monstruito que agita un recipiente de plástico lleno de guijarros. Distingues palabras en portugués, en holandés y en cingalés pronunciadas al mismo tiempo y, luego, las voces comienzan a hablar a distintas velocidades; unas lenguas pisan a otras, los suspiros enmascaran los gritos y los ruegos de clemencia se convierten en maldiciones.

... Si proteges a mi nieta, te entregaré mi alma.
... Los ricos son quienes tienen las llaves de la ciudad, no la
escoria como yo.
... He vagado durante muchas vidas, buscando sin éxito a
quien construyó esta casa.

Cada voz lanza un gruñido entre dientes al éter, le gritan al universo y emiten sus rugidos a las frecuencias más comunes. Las ondas de radio están abarrotadas de espíritus que maldicen y suplican. Están confusos, celosos, enojados y asustados; algunos hacen travesuras mientras que otros piden clemencia.

... «Abandonemos esta vida juntos», me dijo, y, al final, solo
salté yo.
... No funcionará. Ya estamos muertos.
... Hay quien dice que llorar evita que los difuntos se marchen,
así que no derramé ni una sola lágrima.

La Mahakali entra en una calle angosta y sinuosa de la zona residencial de Colombo, repleta de árboles frondosos e inesperados callejones sin salida. La criatura aminora la marcha para navegar por el laberinto suburbano. Abajo los jardines se hacen más grandes, los muros ganan altura y las calles permanecen vacías.

Avistas el Benz del ministro aparcado junto a un edificio de cuatro plantas que tiene el aspecto de haber sido el hogar del gobernador de un imperio que desapareció hace ya tiempo. Tu captora deja atrás el aparcamiento y avanza con fluidez por otras dos calles para llegar a un edificio familiar con guardias a la entrada. Sube de un salto al tejado del Palacio y los rostros de su piel hacen muecas de dolor al tiempo que aúllan. La bestia te lanza una rápida mirada por encima del hombro y sonríe. Tiene el aspecto de una mujer de esas que quitan el aliento.

—Usa los susurros que te he dado y ve a ese aparcamiento de ahí. Luego te necesitaremos. Por favor, no intentes huir. Nunca llegáis muy lejos.

Cassim se ha desplomado frente a su escritorio, con la cabeza entre las manos y el informe listo, enroscado alrededor del rodillo de la máquina de escribir. A juzgar por los quejidos que escapan a través de las cristaleras insonorizadas de los pisos inferiores, parece que se ha retomado la actividad en el Palacio.

El bolso granate de Jaki está abierto sobre la mesa y, como tiene el aspecto tan desordenado de siempre, resulta imposible saber si lo han registrado o no. Aunque está claro que sí lo han manipulado.

Flotas por encima del hombro de Cassim y lees el informe. Dice que Jacqueline Vairavanathan, de veinticinco años, residente de Galle Face Court, distrito 3 de Colombo, filtró información confidencial en la radio nacional, que tenía contacto estrecho con Malinda Almeida, el terrorista sospechoso de pertenecer al JVP, y que estaba en posesión de narcóticos.

Te fijas en el bote que hay sobre la mesa, en el que solo quedan dos pastillas de la felicidad, que está acompañado de su carné de identidad, laminado y de color amarillo. Cassim se muerde el labio con la mirada perdida. Tú te acurrucas a su lado y le escupes un mensaje al oído.

—La matarán y luego le echarán la culpa al hombre que escribió el informe. La matarán y te dejarán a ti con el marrón. Sácala de aquí ahora mismo. —Cassim se pone en pie, sobresaltado, y recorre la sala con la mirada. Comprueba que la radio no esté encendida y agudiza el oído para ver si escucha algo más en el silencio. Tú continúas hablando sin detenerte, por miedo a desperdiciar el primer susurro—: Te dirán que aceptaste un soborno. Que eras un policía corrupto. Pero tú no eres como ellos. Stanley viene de camino. Si salvas a la chica, te lo recompensará. Él te conseguirá ese traslado. Tú nunca has estado a favor de los escuadrones de la muerte. Nunca.

Cassim se vuelve a levantar y camina de un lado a otro de la sala. No sabes en qué estará pensando. A saber qué pedirá la

Mahakali a cambio de la capacidad de acceder a los pensamientos ajenos. En un rincón, hay una mochila que contiene un líquido transparente y unas cuantas vendas y, bajo ella, una caja de mascarillas quirúrgicas, una gorra, una camisa blanca y un par de pantalones negros. El uniforme completo de aquellos que no pertenecen al ejército ni al cuerpo de policía.

El inspector Cassim dobla una venda por la mitad y la empapa del líquido transparente. Huele a esmalte de uñas y melaza cuando se la guarda en el bolsillo. Luego cambia de opinión, vuelve a dejar la venda en la mochila y se encamina hacia la celda de Jaki.

Cuando llega allí, a Cassim se le escapa un grito de asombro. Jaki está despierta y está intentando quitarse el saco de la cabeza, lo cual no es una tarea sencilla, puesto que tiene las manos atadas a la espalda. Tu amiga se contorsiona, rueda hacia adelante y resopla.

Cassim abre la puerta y entra en la celda, con cuidado de no hacer ruido. Jaki le oye y retrocede hasta la pared, asustada.

—¿Quién anda ahí? ¿Dónde estoy?

—Por favor, no te descubras la cabeza. Si nos ves la cara a alguno de nosotros, no te dejarán marchar.

—¿Quiénes sois?

—¿Tienes los negativos?

—¿Cómo?

—Los negativos de Maali Almeida. Los chismes de la caja que desencadenó todo este maldito lío.

—Yo no los tengo —dice Jaki, que decide hacerse la loca—. Te lo juro. Se los vendí a Elsa Mathangi. Es ella quien los tiene. ¿Puedo llamar a mi tío, por favor?

—No te destapes los ojos.

—Soy la sobrina de Stanley Dhar…

—Ya sé quién eres.

—¿Me das un poco de agua?

Cassim sale de la celda y cierra la puerta con llave. Tú flotas hasta Jaki, la envuelves en un abrazo y le cuentas tanto como puedes entre frenéticos susurros y jadeos.

—Te han arrestado, Jaki. Mantén la calma y sé valiente y saldrás de aquí. El tío Stanley viene a por ti. Dile lo siguiente al inspector Cassim...

El inspector regresa con una tacita y una botella de agua. Le da una advertencia a Jaki antes de quitarle el saco de la cabeza:

—Bebe y no me mires a la cara. Quiero ayudarte, pero no me fío de ti.

Jaki baja la mirada y entorna los ojos cuando Cassim le descubre la cabeza y le suelta las manos. Permanece con los ojos cerrados y no hace ni el más mínimo intento de echar un vistazo a sus alrededores ni a su captor. Sostiene la taza con las manos medio dormidas y trata de no derramar el agua.

Cassim la observa mientras bebe.

—Si me das los negativos, te soltaré ahora mismo.

Jaki traga y clava la mirada en el suelo. Sigue un poco atontada y confunde tus susurros con sus propios pensamientos. Dentro de un rato, ni siquiera recordará qué ha dicho ni con quién ha hablado.

—Sé que eres uno de los que registraron nuestro apartamento. Sé que no tienes culpa de que haya acabado aquí.

Tú susurras y ella habla. Tus palabras vuelan desde sus oídos hasta sus labios. No duda ni por un momento de lo que dice.

Cassim permanece en silencio.

—El tío Stanley te lo recompensará. El tío Stanley te conseguirá un traslado esta misma noche. Libérame y serás libre. Te lo prometo.

Cassim se echa hacia atrás y cruza los brazos.

—¿Cómo sabes lo del traslado?

—Sé que eres un buen inspector. Sé que eres un buen hombre. Y sé que cumplirás con tu deber.

Te quedas sin aliento, a pesar de que ya no respiras. Te sientes como si hubieras subido ocho pisos corriendo para saltar desde una azotea.

—¿El ministro Dharmendran tiene poder para cumplir esa promesa?

—Lo tiene y te aseguro que cumplirá con su palabra. Por favor, inspector. Si nos quedamos aquí, ambos estaremos perdidos. Ambos. Ayúdame y nosotros te ayudaremos a ti.

Agotado, te apartas de ellos y observas la escena. Si acabas de gastar dos susurros, ¿qué harás con el tercero?

Cassim deja que Jaki tome dos tazas más de agua y, después, la ayuda a levantarse. Le fallan las piernas y tiene que apoyarse en el hombro del inspector mientras él la arrastra por el pasillo. La sienta en la oficina y saca el informe de la máquina de escribir para metérselo todo arrugado en el bolsillo, colocar una hoja en blanco en el rodillo y ponerse a teclear con furia.

El inspector Cassim saca el nuevo informe y lo firma con un bolígrafo. Luego, se pone en pie y le pasa la caja de mascarillas y el uniforme a Jaki.

—Ponte una mascarilla, la gorra y este uniforme. Voy a sellar tu permiso de salida. No dejes que los guardias te vean la cara. ¡Date prisa!

Corre al despacho para sellar el permiso y lo guarda en un sobre. Cuando vuelve con Jaki, tu amiga ya se ha cambiado y tiene todo listo, con la ropa guardada en el bolso. Los pantalones negros son de su talla, pero la camisa blanca le cuelga como un saco de los hombros encorvados.

Para cuando pasan por seguridad, Jaki ya se puede mantener derecha. El guardia lee con suspicacia el permiso que Cassim ha falsificado con la firma del ministro.

—Rápido, rápido, hombre. Tenemos una reunión. El ministro Cyril ha firmado el permiso, ¿quieres comprobarlo con él?

El guardia sacude la cabeza, dobla el papel y vuelve a sus asuntos en cuanto Cassim saca a Jaki del Palacio.

Un BMW se adentra en la silenciosa calle del Palacio a toda velocidad y se detiene derrapando. Stanley emerge de la nube de polvo que ha levantado el vehículo justo a tiempo para sostener a Jaki cuando se suelta del hombro de Cassim. El ministro fulmina al agente con la mirada al tiempo que le da las llaves a DD.

—¿Está herida?

—No, señor.

—¿Cuánto llevaba ahí dentro?

—Un par de horas, señor.

—¿Figura su nombre en alguna lista?

—No, señor.

—¿Está seguro?

—Sí, señor.

—¡Dilan! Llévala a casa. No le abras la puerta a nadie. —Stanley mira a Cassim—. Vaya con ellos. Quédese en mi casa hasta que yo regrese.

DD parece confundido, pero ayuda a su padre a meter a Jaki en el asiento trasero, donde tu amiga se desploma y se echa a llorar. Profiere largos sollozos interrumpidos por largas pausas intermedias.

—Marchaos ya.

—¿Y tú a dónde vas?

Stanley baja la voz para hacerle un par de preguntas al inspector:

—¿Quién está en el despacho?

—El ministro y el comandante se han reunido, señor.

—Están en el otro edificio, ¿no? ¿En el último piso?

—Creo que sí.

—Vaya con Dilan y Jaki —le pide Stanley—. Asegúrese de que lleguen sanos y salvos a casa. Y que esto no salga de aquí. Ni una palabra sobre lo que ha visto. Deme su palabra.

—Por supuesto, señor.

Stanley deposita en la mano de Cassim el dinero que le ha sobrado después de su charla con el Cuervo.

—Si se va de la lengua, me aseguraré de que le retiren la placa.

— No, no, señor. No quiero dinero. Por favor, señor.

—Acéptelo y váyase —insiste Stanley con impaciencia.

—¿Y qué hay del traslado, señor?

—¿Cómo?

—La señorita aseguró que... Da igual. Será mejor hablarlo en otro momento.

—¿Qué iba usted a decir?

—Nada, señor.

Stanley camina con paso firme hacia el edificio de cuatro plantas que hay a dos calles de distancia; frente a él, estacionado en un aparcamiento financiado por el gobierno, hay un Benz, también financiado por el gobierno.

El inspector Cassim se deja caer en el asiento del copiloto ante la mirada atónita de DD.

—¿Qué demonios ocurre? ¿A dónde va mi padre?

Jaki se enjuga las lágrimas con una de las mangas de la camisa y sacude la cabeza.

—Tuve un sueño horrible y, luego, me desperté con una bolsa sobre la cabeza —dice Jaki—. ¿Ha salido adelante la exposición?

—Ni lo sé ni me importa —responde DD.

—El ministro ha ido a una reunión —explica el inspector Cassim—. Arranca y olvida haber visto este lugar. O haberme visto a mí.

DD da la vuelta al final del callejón y regresa a las calles con semáforos, donde los gritos son más difíciles de ignorar. Lleva a Jaki y al policía de vuelta a la casa de su padre, lejos del apartamento en Galle Face Court donde compartisteis sueños, miedos y pantalones cortos, lejos de esta mazmorra oculta en otra calle sin salida. El BMW toma una curva y se aleja hasta desaparecer y les deseas a los tres ases, corazones y seises.

—Tened cuidado, queridos míos —susurras—. Y que la rueda de la fortuna siempre os sonría.

Entonces, los árboles se congelan y la brisa se detiene. Una voz se desliza entre tus oídos y el hedor de las almas en descomposición te inunda las fosas nasales. El universo respira a través de ti y parece que se le ha olvidado lavarse los dientes.

—¿Estás listo, señor fotógrafo?

Le devuelves la mirada a la Mahakali y a los rostros que palpitan en su piel como venas infectadas. Con un movimiento, te invita a subirte a su espalda y comprendes que la desobediencia ya no es una opción, sea civil o de cualquier otro tipo. Le ofreces un asentimiento de cabeza.

—Creo que sí.

—Entonces es hora de que me sirvas. Ven. Cumple con tu deber.

Te subes a la espalda de la bestia y contemplas a Stanley, que avanza a grandes zancadas por la calle como un corredor de maratón que ha olvidado mantener el ritmo.

Observas desde el cielo cómo Stanley toma una curva y se encamina hacia un edificio de oficinas tras una tapia alta.

Es de cuatro pisos y tiene un diseño austero. Está conformado por cubos de cemento, pintados de gris y apilados en vertical. Las ventanas que no están tintadas cuentan con persianas.

Cuando la Mahakali se detiene, bajas de un salto y ella se funde con las sombras del horrendo edificio.

A los pies de la sombra, descubres el rostro de una mofeta. Te mira con la misma expresión de desagrado que todos los animales muertos te han dedicado hasta ahora.

—¿Y tú qué miras, cara de culo?

—Ya lo capto. Los animales teneis alma. Soñáis, hacéis cosas por placer y sentís alegría o tristeza. Entendéis el dolor, la pena, el amor, la familia y la amistad. Los humanos no queremos reconocerlo porque hace que sea más sencillo trinchar a los que tenéis buen sabor. Tú no entrarías dentro de esa categoría ni ahora ni cuando estabas vivo. Lo siento en el alma.

La mofeta te mira sorprendida, hambrienta, irritada o ¡a saber! Es una mofeta.

—Tu disculpa me la paso por el forro —dice antes de desaparecer en la piel de la Mahakali.

Si los humanos no pueden hablar con los animales hasta después de muertos, es por una buena razón. Los animales nunca dejarían de quejarse. Y eso haría que fuese más difícil sacrificarlos. Eso también se les podría aplicar a los disidentes, a los insurrectos, a los separatistas y a los fotógrafos de guerra. Cuanto menos molestan, más fáciles son de olvidar.

El sol se está poniendo sobre Colombo y no hay ni una sola nube a la vista.

Tu última luna pronto aparecerá en el cielo.

Balal y Kottu te observan desde la pierna de la Mahakali.

—Perdónanos por lo que hicimos —dice Kottu.

—¿Qué hicisteis exactamente?

—Cosas horribles —admite.

—Pero solo éramos unos *mandaos* —añade Balal.

—Pues vaya una disculpa —refunfuñas al tiempo que la Mahakali se baja de la corriente de aire y se posa sobre una acacia.

—Somos basureros. Nosotros no generamos la basura, solo la recogemos.

—¿Qué tal se está ahí dentro? —preguntas.

—¿Dónde? —pregunta a su vez Kottu.

—Ya lo descubrirás —responde Balal.

—¿Quieres que te devolvamos el dinero? —inquiere Kottu.

—¿Qué dinero?

Aquí no hay tanta seguridad como en el Palacio a la vuelta de la esquina, aunque tampoco hay ningún guardia que vea a la

Mahakali o a las almas que lleva encima cuando atraviesa las puertas de un salto y corre escaleras arriba. Te arrastra con ella, tan impotente como cualquier humano que se enfrente a una catástrofe. Nadie podría detener a la Mahakali cuando esta se desliza por estos pasillos impregnados de poder en dirección a una bomba.

MISIÓN KUVENI

Por lo que parece, la bestia se conoce bien el edificio. Sube a la primera planta, sale por la ventana, escala por la pared hasta el tercer piso y, luego, continúa por la escalera hasta el cuarto, donde una secretaria domina un amplio despacho. Es una mujer voluptuosa que ha decorado su escritorio con fotografías de sus tres hijos adolescentes, igual de voluptuosos e idénticos a su madre.

El cartel del vestíbulo reza: Área Administrativa del Ministerio de Justicia. El primer piso se compone de cubículos ocupados por mujeres vestidas con saris, que teclean sin parar en sus respectivas máquinas de escribir, mientras que el cuarto está lleno de hombres con corbata que llevan documentos de un lado para otro. El rótulo que hay junto al ascensor asocia cada piso con un departamento: Contabilidad, Finanzas, Gestión Documental y Recursos Humanos.

Hay edificios como este repartidos por toda la isla, aunque la gran mayoría se concentran en la capital. Son sedes que dan pérdidas mientras declaran beneficios. Aquí debe ser donde asignan los presupuestos para los torturadores, organizan los planes de pensiones para los secuestradores y aprueban las hipotecas para los asesinos. De todas las cosas que te dijo tu padre, solo hubo una que no te hizo sentir escalofríos, a pesar de que sigues sin tener muy claro por qué decidió compartir una reflexión así con un niño de diez años:

«¿Sabes por qué la batalla entre el bien y el mal está tan descompensada, Malin? Porque el mal cuenta con una mejor organización, capacitación y salario. No es a los monstruos, a los *yakas* o a los demonios a quienes deberíamos temer, sino a los grupos organizados de malhechores que piensan estar impartiendo justicia. Esos son los que deberían ponernos los pelos de punta».

Hermanito está en la sala de espera, apoyado sobre su pierna prostética y recostado contra una columna. El chico no deja de sudar y respira entrecortadamente. Piensas en las personas encargadas del papeleo de los pisos inferiores, en Stanley, que intenta abrirse paso entre los guardias de la entrada, y te preguntas si alguna vez alguien llegará a inventar una bomba que sepa a quién dejar con vida. La única característica positiva de las bombas es que no son racistas ni sexistas y tampoco les importa un bledo la clase social a la que pertenezcas.

Sigues a Hermanito por el pasillo hasta alcanzar unas puertas de vidrio esmerilado que conducen a una enorme sala de reuniones con grandes ventanales. La escena que descubres allí te deja con la boca abierta y la sangre helada.

Con el tiempo, se acabó por determinar que los sucesos que desembocaron en la pérdida de veintitrés vidas entre el cuarto y quinto piso del Área de Administración del Ministerio de Justicia fueron producto de la mala suerte y de los maleficios por los que el Cuervo se atribuyó parte del mérito. En realidad, fue obra del equipo fantasma de Sena, que jugó con los vientos y movió los hilos del destino. Mientras tanto, tú mismo podrías afirmar que, como mínimo, ayudaste a salvar una vida en esta, tu última luna.

Los seres humanos se creen los dueños de sus pensamientos y señores de su propia voluntad. No es más que otro placebo que nos tragamos al nacer. Los pensamientos son susurros que nacen tanto fuera como dentro de nuestra cabeza. Son tan fáciles de doblegar como el viento. Los susurros surcan constantemente tu cerebro y tú sucumbes a ellos con más frecuencia de lo que imaginas.

Los fantasmas son invisibles para quienes todavía tienen pulso, invisibles como el remordimiento, la gravedad, la electricidad o los pensamientos. Miles de manos dirigen el curso de la vida sin que nosotros nos demos cuenta. Aquellos que se ven afectados por esa influencia la catalogan de deidad, karma, azar o alguna otra opción menos acertada.

En la enorme sala de reuniones del quinto piso, Sena ha distribuido a su pelotón con una precisión que el ejército del país nunca ha llegado a alcanzar. La Mahakali se posa junto a uno de los ventanales de los extremos, como la productora encargada del set y la directora al mando de la película.

La mujer rociada con ácido susurra al oído de Ranchagoda para confundirlo y asegurar que se le pase por alto cachear a Hermanito antes de que entre en la sala.

Una víctima de bombardeo comprueba el circuito del chaleco bomba para cerciorarse de que todos los cables reciban corriente. La reina de belleza agredida es la primera en llegar y distrae al guardaespaldas fantasma, el demonio del ministro, con una coreografía que había elaborado para un concurso de belleza en el que participó antes de sufrir su trágico final.

Una madre asesinada será la encargada de hacer que Hermanito detone la bomba en el momento justo. Sena ha desarrollado un plan basado en el equilibrio de poderes y cuenta con la meticulosidad y la organización con las que el gobierno de Sri Lanka no podría soñar siquiera. No ha dejado ni un solo cabo suelto.

Hoy, este pelotón de fantasmas anarquistas, separatistas, inocentes y a saber qué más se cargará un escuadrón de la muerte entero de un plumazo. Y tú serás testigo de todo ello, sentado sobre los hombros de la Mahakali.

—No sabía que se veía el lago Beira desde aquí —comenta el ministro, que observa el templo que flota sobre las aguas verdes a través del ventanal—. Parece un paisaje de cuento.

—Solo si no lo hueles —apunta el comandante. Junto a él, sentado en el sofá del ministro, hay un hombre con poco pelo que sonríe, incómodo, y mantiene los brazos cruzados. Lo presentan como el mejor interrogador de las fuerzas especiales; es inconfundible, incluso sin la mascarilla.

El demonio del ministro se recuesta contra una estantería de libros de derecho que nunca nadie ha abierto y se regala la vista con la reina de belleza agredida, que sigue pasos de baile tanto de la era del reinado de Kotte en el siglo xv como de la época disco. La joven le mira a los ojos y arquea la espalda. Contonea los hombros y gira las muñecas mientras hace que sus pechos se yergan y sus caderas tracen sinuosos arcos. Está claro que su altar en la cueva del Cuervo le ha dado beneficios y los ha invertido en una mirada penetrante y una coreografía. Lanza besos al aire y bate las pestañas de forma seductora.

—Quiero que esté presente durante las reuniones de hoy, comandante.

—Claro, será un placer, señor.

—Son tiempos difíciles, comandante. Les estamos dando vía libre a los indios para que nos invadan. Hacemos tratos con los terroristas tamiles y matamos a nuestros conciudadanos cingaleses. Estamos tocando fondo.

—E irá a peor, señor.

—¿Tú también le andas pidiendo amuletos al Cuervo?

El comandante se pone colorado y juguetea con la pulsera naranja que ocultaba bajo la manga. Se la arranca de la muñeca de un tirón.

—Me la dio mi mujer, pero yo no creo en esas patrañas. —La deja en el cenicero.

El ministro se levanta una de las mangas de su camisa blanca para mostrarle al otro hombre una pulsera similar. El comandante pesca de entre la ceniza la pulsera que había tirado y se la guarda en el bolsillo.

—No se pase de listo. Los hombres de nuestro sector debemos asegurarnos de estar bien protegidos. *Ado!* —exclama en cingalés—. ¿Dónde se habrán metido los de seguridad?

Lo que no sabe es que los dos guardias que estaban hoy de servicio han sufrido una intoxicación alimentaria que los tiene pegados al retrete por culpa de un flujo ininterrumpido de diarrea. La secretaria del ministro llega apresuradamente. Acaban de transferir a la joven desde el Ministerio de Pesca y, a juzgar por lo educado que el ministro Cyril está siendo con ella, parece que todavía no se ha quitado la careta.

La chica entra y anuncia:

—Señor, su cita de las cinco acaba de llegar.

Por la puerta, aparece Hermanito, alto, de piel oscura, nervioso y flanqueado por un inquieto subcomisario Ranchagoda. Ambos tienen la prudencia de comportarse con seriedad y evitar el contacto visual a toda costa.

—Agente, espere fuera y vigile hasta que esos inútiles de seguridad aparezcan. Hermanito, ven aquí, por favor.

El policía abandona la sala de reuniones y Hermanito se pone firme; lleva las botas relucientes y el uniforme militar, que es demasiado grande para él y cuelga de su desgarbada figura.

La madre asesinada se pone detrás del chico y se pierde entre las cortinas. El demonio del ministro observa a Hermanito durante un segundo y luego vuelve a centrarse en la bailarina. Ya ha visto a su amo echarle la bronca a otros soldados antes y tiene mucho más interés en ver a la difunta Miss Kataragama de 1970 interpretar una danza que fusiona el *kathakali* con el *electroboogie*.

El ministro y el comandante estudian al tercer hombre que hay en la sala, el que no tiene pelo ni mascarilla. Aguardan a que se ponga manos a la obra con su cometido. El interrogador se acerca a Hermanito y, al oído, le escupe:

—¿Por qué pediste el alta en el hospital?

—Ya me sentía mejor, señor.

—Pues no lo parece —comenta el hombre calvo con la mirada clavada en el cuero cabelludo chamuscado y las mejillas llenas de cicatrices del muchacho.

—¿Cómo es que los otros dos murieron y tú te las arreglaste para escapar de la furgoneta en llamas?

El ministro le lanza una mirada al comandante, que se encoge de hombros. El interrogador le da un tirón detrás de la oreja a Hermanito. Ha sido poco menos que un pellizco, pero consigue hacerle sangre.

—No me acuerdo, señor —se defiende el chico—. Por favor, me hace daño.

—No tienes ni un gramo de grasa, ¿no? —El interrogador levanta una mano y todos los espíritus presentes, salvo Hermanito, se preparan para un puñetazo en el estómago que nunca llega—. ¿Y eso?

El interrogador se agacha para rascarse la rodilla y descubre que tiene una fila de hormigas trepándole por la pierna. Suelta una palabrota y se da manotazos en la espinilla. No sabe que quien ha guiado a los insectos hasta sus pies es el fantasma de uno de los miembros del JVP al que una vez torturó.

El ministro toma el relevo:

—¿Cómo hiciste que la furgoneta chocase contra aquel transformador?

—No lo recuerdo, señor.

—¿Ibas ebrio?

—Yo no bebo, señor. Solo bebo agua de coco.

—¡Que lo haga ya! —ordena Sena entre dientes.

—¡Hazlo ya! —susurra al oído del chico la madre asesinada.

Hermanito lleva el interruptor en el bolsillo del chaleco y, aunque coloca la mano sobre él, no hace ningún movimiento. A pesar de que hay tres ventiladores encendidos en la sala de reuniones, el muchacho no deja de sudar.

—¿Te encuentras bien, hijo? —El ministro se levanta y se acerca a él.

—¡Hazlo ya! —masculla la mujer desfigurada que está sentada en el sofá. El interrogador, que acaba de librarse de las últimas hormigas que tenía encima, siente que una brisa helada le atraviesa el corazón y le lanza una mirada extrañada a uno de los ventiladores.

—¡Hazlo ya! —insiste la madre asesinada. A Hermanito le tiemblan los labios, como si estuviese a punto de echarse a llorar. Sin embargo, su mano permanece inmóvil.

Ves que, al otro lado de la estancia, el demonio del ministro ronca junto a la estantería mientras la reina de belleza agredida le acaricia el poco pelo que tiene entre las puntiagudas orejas. El ministro, el comandante, el interrogador y el conductor están todos en una misma habitación. Te preguntas si todas las coincidencias estarán tan meticulosamente guionizadas como esta.

Piensas en la doctora Ranee, en la teoría que defendía acerca de los escuadrones de la muerte esrilanqueses y en las fotografías que utilizó sin tu permiso. Aseguró que Sri Lanka había sido la primera democracia en engendrar los escuadrones de la muerte modernos en base a los modelos desarrollados por los dictadores latinoamericanos. Aquella fue una de las muchas afirmaciones infundadas que incluyó en su libro, ocultas entre otros argumentos que, sin pretenderlo, justificaban justo lo que denunciaba: «Es posible que la creación de una jerarquía organizada para lidiar con la violencia estructural no sea un salvajismo, sino una muestra de racionalidad ante la barbarie».

—¡Hazlo ya! —susurra la Mahakali, coreada por cada una de las almas que residen en su estómago; las almas que ocupan la sala de reuniones, por su parte, se quedan en silencio.

—Oigo voces, señor —confiesa Hermanito.

—¡Hazlo ya! —mascullan Sena, la mujer desfigurada y la reina de belleza agredida. El miembro fantasma del JVP le inflige al interrogador picores por todo el cuerpo.

Una sensación que se ha estado cociendo en tu interior desde que entraste en este horrendo edificio termina de cuajar al alcanzarte la base del cuello roto e invadir tus sentidos. Tu última luna ha ido acompañada de un amante traicionado, de una mejor amiga al borde del precipicio y, ahora, va a concluir con un final explosivo que se llevará a los malos por delante. Entonces, ¿por qué te pican los ojos y te pitan los oídos?

Te llevas la cámara a los ojos y estudias tanto la sala de reuniones como el rostro de los vivos. El policía, el esbirro, el militar y el político. Contemplas a los espíritus, listos para volar la sala por los aires. También a la Mahakali, que observa el espectáculo tan alegremente desde la cornisa del ventanal.

—¡Parad! —gritas—. ¡Parad ahora mismo!

—¿Qué haces, señor Maali? —Sena aparece desde detrás de la cortina. Le lanza una mirada al demonio del ministro, que ronca al ritmo de la canción de la reina de belleza.

—Hay gente abajo. Tres pisos llenos de personal de oficina. La secretaria tiene fotografías de sus tres hijos sobre el escritorio. El padre de mi amigo está en la entrada y, aunque es un idiota pomposo, no tiene nada que ver con esto. Y también hay que contar con este pobre desgraciado —dices, señalando a Hermanito—. ¿Cuántas personas morirán hoy? ¿Habéis echado cuentas?

Sena se abalanza sobre ti y te empuja contra la pared.

—Estamos a punto de ponerle fin a este guerra, ¿y tú te preocupas por un hatajo de funcionarios? Ellos son quienes sellan los papeles que permiten que estos monstruos sigan en el poder. Que les jodan.

—Dijiste que no morirían inocentes.

—En este edificio, nadie es inocente. Ni siquiera el papaíto de tu chico. Si trabajan para el sistema, se merecen la que se les viene encima.

—Oigo voces, señor —insiste Hermanito, aunque nadie le presta atención.

A las cinco de la tarde, todas las oficinas gubernamentales se vacían como medida para evitar la hora punta, independientemente de las tareas que queden sobre la mesa. Incluso aquellas oficinas que no tengan a un terrorista suicida en el piso superior echarán el cierre a las cinco en punto.

Cuanto más los retrases, menos víctimas habrá. A veces, lo importante no es la apuesta, sino el tiempo que tardes en decidirte cuánto apostar.

Sena y tú intercambiáis unos cuantos insultos mientras Hermanito farfulla para sus adentros algo indescifrable.

Sientes un puño contra la columna vertebral y un cuchillo contra la garganta.

—Déjate de tonterías, señor Maali. La Mahakali dice que te queda un último susurro. Más te vale cumplir con tu parte del trato. Ahora.

—Ya he gastado los tres.

—La Mahakali dice que los vivos solo oyeron dos. Utiliza el último ahora.

—¿Y qué pasa con el secretariado y la gente de contabilidad que trabaja en los pisos inferiores? ¿En qué se diferencia lo que vais a hacer de los bombardeos de los Tigres a civiles? ¿O de las masacres de miembros del JVP a manos del gobierno? ¿Qué conseguiréis con este sinsentido?

Sena te deja frente a Hermanito de un empujón y los espectros presentes corean:

—¡Hazlo ya!

Te fijas en las cicatrices que surcan el rostro de Hermanito. ¿Será esto lo último que hagas antes de que la Mahakali engulla lo poco que queda de ti de un bocado? Reflexionas sobre la fotografía, el periodismo y el tremendo desastre de la guerra. Al final, ¿valió la pena?

Lo más seguro es que la respuesta sea «no», pero, aun así, en la undécima hora de tu séptima luna, decides hacer buen uso de la poca voz que te queda:

—Hermanito, he viajado contigo y he comprobado cómo eres. He estado a tu lado. Me conoces. —El chico levanta la vista por un momento, antes de clavarla en el suelo—. Tú no me ves, pero sé que me escuchas. Estos hombres merecen morir, pero ¿qué me dices de la mujer de la entrada que te preparó un té? ¿Y qué pasa con todas las personas de los pisos inferiores? ¿Y tú? ¿Lo mereces?

—¿Qué estás haciendo? —Sena parece horrorizado. Unos cuantos de sus seguidores intentan ensartarte con sus lanzas. En el rincón tras el demonio durmiente, la Mahakali inhala las sombras. Los rostros que surcan su piel se han transformado en cruces y puntas de flecha.

—Encomendamos a los peones con la tarea de matar reyes. Sin embargo, esos monarcas corruptos acaban siendo sustituidos por otros peores, así que nunca dejamos de condenar peones a muerte. —Tu comentario va dirigido a todos los presentes.

Hermanito suda y se estremece. Trata de ignorar las voces que se arremolinan a su alrededor, así como los kilos de cables que su pierna buena tiene que soportar. Recita una frase que le ofreció I. E. Kugarajah y que memorizó mientras él le daba comida a las ardillas:

—Todo aquel que colabore con el enemigo es su cómplice. Todos merecen morir.

—Estas personas no son tus enemigos, muchacho. Los chicos como tú os voláis en pedazos y ¿para qué? ¿De verdad se merece esta escoria que sacrifiques tu vida por ellos? ¿Se merecen que sacrifiques la vida de esa mujer? ¿O la del resto?

Sena te escupe palabras venenosas a la cara. Te agarra del pescuezo y te arrastra hacia la Mahakali.

—Has desperdiciado tu última oportunidad, señor Maali. A partir de ahora y durante mil lunas, la Mahakali será tu dueña.

Un escándalo ante la puerta de la sala de reuniones ahoga sus malas palabras. Alguien abre la puerta de madera contrachapada barata hasta casi hacerla giratoria y sobresalta a los espíritus que ocupan la estancia.

—¡Chantal! —ladra el ministro—. ¿Es que no sabes llamar?

Pero no es la secretaria de Cyril Wijeratne quien ha abierto. Es Stanley Dharmendran.

La luz de la tarde recorta su silueta ante el umbral de la puerta. Sus amplios hombros y sus calculadas zancadas hacen que te recuerde a su hijo. Aunque eso es hasta que abre la boca.

—Ministro. Necesito hablar con usted. Ahora mismo.

—Estamos ocupados, Dharmendran...

—Han llevado al Palacio. A la hija de mi hermana. Exijo una explicación.

El ministro y el comandante, que parecen haberse quedado sin palabras, fulminan con la mirada al Enmascarado. Él sacude la cabeza y mira al subcomisario Ranchagoda, que sigue en el pasillo.

El escuadrón y los espíritus se olvidan por un momento del chico de la bomba, que continúa sudando y temblando solo.

—Tenemos que interrogar a todo el mundo, Dharmendran —dice el ministro—. No podemos hacer excepciones con quienes tienen contactos.

—¿Y por eso. La lleváis. Al Palacio?

—Lo siento, Dharmendran, pero ahora no es un buen momento...

Sena te agarra con más fuerza. Tú tratas de zafarte de él y le muerdes la muñeca. El cuchillo cae al suelo. Apuntas con tu pie descalzo y lanzas una patada como las que diste cuando jugaste al rugby durante cinco minutos. A diferencia de entonces, esta vez atinas y das en el blanco. El cuchillo sale volando y el mango romo impacta contra la barriga del demonio del ministro, que gruñe y se despierta con un rugido.

El espectro deja escapar un jadeo, Sena grita y la Mahakali flota junto al ventanal, con los ojos encendidos y los rostros despiertos. Hermanito habla para que todos los presentes le oigan:

—La respuesta a tu pregunta es... que no lo sé. Lo he pensado mucho y no hay una respuesta. Solo tenemos esto. Solo tenemos el presente.

Todos contienen la respiración. El demonio del ministro se lanza a cámara lenta hacia el sofá para proteger a su amo. Hermanito repite su discurso y, esta vez, lo termina:

—Todo aquel que colabore con el enemigo es su cómplice. Todos merecen morir. Tal vez esto le dé valor a mi vida. ¿Qué sentido tendría si no?

Dicho esto, mete ambas manos en los bolsillos.

MIL LUNAS

Las fuerzas más poderosas del universo son invisibles. El amor, la electricidad, el viento. Y las ondas que suceden a la explosión de una bomba. Primero llega la onda expansiva, en la que el aire se comprime al máximo y las ráfagas de viento, que vuelan desde el epicentro, rompen la barrera del sonido y destrozan todo a su paso. Esa onda inicial revienta al comandante en tres pedazos y lanza al interrogador contra la pared, de manera que se les concede la muerte inmediata que ellos tantas veces les negaron a sus víctimas.

Después, es el turno de las ondas de choque. Estas son supersónicas y contienen más energía que el sonido de la explosión, que todavía está por llegar. Atraviesan a Ranchagoda y lo empalan contra la puerta.

El edificio se sacude hasta los cimientos y las paredes se resquebrajan. La escalera se llena de funcionarios aterrorizados que se pisan unos a otros para dirigirse al exterior. Los chóferes y los guardias del aparcamiento oyen la explosión y, al alzar la vista, descubren que ha empezado a salir humo por los ventanales del quinto piso.

Las ondas transforman el mobiliario en porras y dagas voladoras que apalean el aovillado cuerpo de Stanley. La cabeza de Hermanito aterriza en el suelo del baño, mientras que el resto de su cuerpo salpica las paredes. Entonces, la sala de reuniones empieza a arder y el viento que arrastra la explosión tira de los ventanales. Arranca los ventiladores del techo y el cemento de las paredes.

En el piso inferior, los pisapapeles y las bandejas se convierten en granadas y morteros cuando los cimientos emiten un ruido sordo y el aire se impregna de humo y aullidos de pánico. Ante tu atenta mirada, el aparcamiento se llena de gente desencajada. Los primeros trabajadores en salir gritan despavoridos y se aferran a sus maletines; la segunda tanda aparece cubierta de polvo y sangre, mientras que a los últimos tienen que sacarlos en volandas.

Las ráfagas de aire dispersan a los espíritus, que salen despedidos hacia el pasillo. Se sacuden el polvo, prorrumpen en vítores y bailan sobre las llamas. Los Tigres fantasma les dan la mano a los mártires del JVP. Se agachan junto al ascensor, observan el humo que emana del despacho y esperan.

Dentro de la sala de reuniones, el fuego avanza hacia los ventanales y deja el baño y la cocina intactos. Tosiendo en la bañera, con un codo fracturado, está el ministro Cyril Wijeratne. Lo único que recuerda es haberse metido en el cuarto de baño de un salto cuando el chófer empezó a hablar. Se dice a sí mismo que vio algo en la mirada de Hermanito, pero, muy muy en el fondo, sabe que una fuerza sobrenatural lo metió de un empujón en el cuarto de baño.

El demonio del ministro se sienta en la bañera y despierta a su amo con un tortazo. La criatura te mira y sonríe cuando Sena emerge de entre las nubes de humo.

—Despertaste a ese desgraciado, Maali. —Sena te agarra del pelo y se arrastra fuera. El ministro sale del cuarto de baño a gatas—. Tú eres el culpable de que ese trozo de mierda siga respirando. —Los fantasmas vitorean ante la aparición de Sena, que levanta un puño y asiente con la cabeza—. Nos hemos cargado a tres, pero uno se nos ha escapado —proclama con una sonrisa, al tiempo que te tira del pelo con más fuerza.

Te fijas en un pie enfundado en un zapato de tacón enterrado bajo los escombros de lo que una vez fue una pared. Ves una corbata, con el cuerpo destrozado de Stanley unido a ella.

—Habéis matado a más de tres personas, malnacido —escupes.

—El señor fotógrafo es mío —interviene una voz desde la humareda. La Mahakali aparece ante vosotros, como un toro a dos patas. Te señala directamente cuando dice—: Ni se te ocurra intentar huir. Nunca llegáis muy lejos.

Sena te tira del pelo y te arrastra hasta la bestia. Procuras zafarte de su agarre, pero eres tan débil como cuando todavía tenías pulso. Tú hacías el amor, no la guerra.

—Lo siento, Maali —dice Sena—. Hasta dentro de mil lunas. O hasta nunca. Cuanto más tarde, mejor.

La Mahakali te agarra con una de sus zarpas de garras afiladas y te atrae hacia los rostros que le surcan la piel. Profieres un alarido, pero los lamentos de las otras almas ahogan tus gritos.

Emergen de entre las llamas y aparecen reptando de la nube de humo. El comandante Raja Udugampola, el Enmascarado, el subcomisario y Stanley Dharmendran. Están cubiertos de sangre, tienen el cuerpo destrozado y sus pies no tocan el suelo.

Los espectros se ciernen sobre ellos y se produce un forcejeo, pero, entonces, el demonio del ministro se abre camino entre el amasijo de fantasmas y se echa encima de la Mahakali, que te libera de su agarre. El demonio del ministro te tira un beso y dice:

—Te debía una. Ya no te debo nada. —Golpea la cabeza de serpientes de la Mahakali contra la pared—. Gracias por haber cuidado a mi protegido. Ahora estamos en paz. ¡No te quedes ahí parado, idiota!

La Mahakali se lanza a por el cuello del demonio y el guardaespaldas fantasma le asesta un puñetazo en el estómago a la bestia. Los rostros de su cuerpo gritan en diferentes tonos de voz.

—Tú no eres la Mahakali. ¿Te creías que no te iba a reconocer sin la túnica, Talduwe Somarama? Te me escapaste cuando asesinaste a Solomon Dias. ¡Pero eso no se va a repetir!

—Entonces el puño del demonio impacta contra el rostro de la Mahakali.

El viento nace entre las llamas, desciende por la escalera de emergencia y sale por los ventanales del tercer piso. Tú te montas en la corriente y dejas atrás al ministro, despatarrado en medio de la escalera. Hay cuerpos inmóviles en la tercera y cuarta planta. No son muchos, pero son suficientes.

El viento te conduce hasta la calle, donde los fantasmas se agolpan junto al borde de la calzada; has hablado con algunos de ellos y has evitado a otros tantos.

Flotas por encima de los tejados que se van desvaneciendo y te fijas en que tu última luna está escondida tras una nube, a la espera de que el sol desaparezca. Vuelas entre cables eléctricos enredados que serpentean junto a antiguas iglesias, balcones destartalados, árboles susurrantes y rascacielos en construcción. Oyes los estridentes chillidos de la Mahakali a tu espalda, que va saltando entre los tejados y las calles.

Sena viaja en una corriente de aire más rápida que la tuya y vocifera insultos mientras te pisa los talones. Tú no dejas de correr, llevándote por delante a los fantasmas que se te cruzan en el viento.

En tu camino hacia los canales, ves al ateo fantasma, que te dedica un saludo militar, y a la mujer serpiente, que ríe junto a su séquito. Pasas junto a los perros fantasma, que aúllan junto a la parada de autobús; junto a los suicidas, que saltan desde los tejados, y junto a la *drag queen*, que te saluda en pleno descenso al vacío. Continúas tu viaje hacia las cenagosas aguas de los canales, en busca de la brisa más suave.

Tienes la esperanza de que la Mahakali no te haya seguido, pero, cada vez que oyes un susurro, te preparas para que aparezca desde detrás de cualquier árbol. Te montas en la brisa más suave, que te transporta delicadamente por los canales mientras escudriñas cada rama que se extiende por encima de tu cabeza en busca de lanzas o colmillos.

El cielo se despeja y el sol estalla como un grano naranja. Es un alivio que todavía no se haya puesto. Tu séptima luna se asoma entre las nubes y se dispone a dejarse ver. Y allí, junto a la orilla, ves una arjuna y también a la doctora Ranee, a He-Man y a Moisés; van vestidos con túnicas de sacerdote y te saludan con la mano. Señalan a una segunda arjuna y, junto a una intersección de los canales, avistas la tercera.

Desde detrás de la última, aparece la Mahakali. Sus ojos echan chispas y exhala humo por los dedos. Es como si hubiera devorado la explosión junto a sus víctimas y, ahora, parece estar lista para engullir el postre.

—¡Métete en el agua! —grita He-Man con esa voz aguda por el consumo de esteroides—. Allí no podrá seguirte.

La Mahakali baja del árbol de un salto y lo último que sientes al zambullirte en el remolino es una garra que te araña la espalda.

Según caes al agua, ves numerosos pares de ojos que te devuelven la mirada; ojos que una vez te pertenecieron y que, al menos por el momento, son completamente blancos. El agua es blanca como las bombillas esmeriladas. Y, cuando atraviesas su superficie, oyes el sonido del cristal al romperse. Ya no te importa lo que ocurra con tus fotografías porque Jaki y DD siguen respirando y, aunque no compensa el resto del desastre, es un consuelo. Desde luego, ese es el mejor cumplido que le puedes hacer a la vida. Es mejor que nada.

EL RÍO DEL RENACIMIENTO

Este río es tan ancho como la piscina del club de natación; solo le faltan los trampolines en los extremos. Su cauce es infinito, como las carreteras que serpentean por el desierto australiano o los campos de maíz de los Estados Unidos que viste en la *National Geographic* pero nunca llegaste a visitar. Ves cómo el río corre entre cocotales y campos de arroz y desaparece tras una colina en la lejanía. Reflexionas acerca de las cosas que ya nunca podrás hacer.

De acuerdo con las indicaciones de la doctora Ranee, la brisa más suave del Beira te ha traído hasta aquí y ya no hay ni un solo demonio a la vista. El río no es demasiado profundo; alcanzas a tocar el fondo con los dedos de los pies. Tiene un lecho fangoso y plagado de rocas. El sol ya se ha puesto y la luna ha ocupado su lugar en el cielo. Mientras que el agua es cálida, el aire es fresco. No estás solo en el río: muchos nadadores luchan contra la corriente y se abrazan a sus orillas.

Pasas por delante de todos ellos, te fijas en sus ojos y prestas atención a sus murmullos, al coro de voces que conforman. Algunos hablan entre ellos, otros farfullan para sus adentros y tú te descubres mascullando en lenguas que no creías conocer. «No eres la versión de ti mismo que creías ser». «Eres la suma de tus pensamientos y acciones, de todo cuanto has sido y presenciado».

Los demás nadadores te observan fijamente o te miran como si no existieras, y lo mismo hacen entre sí. Todas esas personas comparten tu rostro, aunque algunas tienen el pelo alborotado y otras son mujeres o carecen de género.

Nadas hacia el horizonte, pasas por delante de un jornalero tamil que discute con una noble de la región de Kandy y dejas atrás a un maestro holandés que charla con un marino árabe. Rostros similares, oídos idénticos.

¿Y ya está? ¿Esto es la luz? ¿Este es el lugar adonde los demonios no pueden seguirte? Dejas que las aguas te cubran y te sumerges bajo la superficie. No necesitas mantener la respiración, puesto que esta ya no te mantiene con vida.

Te hundes hasta el lecho del río y allí está. Aquello que te ha estado dando esquinazo durante todas estas lunas. Es lo último que hiciste, lo último que te hicieron, lo que no conseguías recordar. Es la verdad que has estado evitando, la respuesta que más temías.

Inhalas el agua limpia, limpias el barro que mancha la lente de la cámara y recuerdas el último aliento que tomaste como Malinda Almeida Kabalana.

TU PRECIO

Cuando aquella figura emergió de entre las sombras del tejado, comprendiste lo mucho que Stanley Dharmendran se parecía a su hijo. La postura altanera, el cráneo simétrico, la piel oscura, los dientes blancos, los andares enérgicos y el contoneo de caderas. Le dijo algo rápidamente y de forma brusca al camarero, el chico con cara de buey con el que acababas de meterte mano. Y, entonces, se volvió hacia ti.

De entre las sombras, dos hombres sacaron una mesa de plástico y dos sillas de formica. Enseguida los reconociste. No eran camareros y tampoco formaban parte del personal del bar; eran los hombres que se encargaban de devolverle la paliza a quienes machacaban a la casa en las mesas del casino o recaudaban el dinero de los perdedores.

Stanley hizo un movimiento para invitarte a la mesa y te dio la opción de sentarte mirando a Colombo o mirando a la escalera y a los dos gorilas que vigilaban desde la sombra. Escogiste plantarle cara a la amenaza y les diste la espalda a las vistas de la ciudad. Stanley se reclinó en su silla y te fijaste en que sostenía un papelito rosa con un mensaje escrito de tu puño y letra.

Ven esta noche al bar del Leo. A las once.
Tengo algo que contarte.
Un beso, Maal.

La habías dejado sobre la raqueta de bádminton de DD y, aunque cabía la posibilidad de que DD hubiese leído tu mensaje y se lo hubiese enseñado a su *appa*, la probabilidad de que Stanley la encontrase primero era de seis a siete.

—¿Te apetece beber algo, Malinda?

—En realidad, he quedado con DD a las once.

—Estaba dormido cuando me marché. Me temo que no va a venir.

—¿No ha visto mi mensaje?

—Te confundiste de raqueta.

—Pero he hablado hace un rato con él.

—¿Estás seguro? Joder, Maali. Llevamos semanas sin hablar. ¿Y ahora quieres que salgamos de fiesta? —Stanley alargó las vocales para que su forma de hablar recordase a la entonación de colegio pijo británico que DD siempre forzaba en público. Padre e hijo compartían los mismos andares, el mismo color de piel y la misma voz acaramelada—. ¿Qué querías decirle a mi hijo?

—No es de tu incumbencia, tío Stanley.

—Muy bien. No tardaremos mucho. Solo he venido a preguntarte una cosa.

Te percataste de que, en el piso de abajo, el bar se había quedado en silencio. Además, era poco probable que alguien saliese al balcón si no era para un magreo ilícito.

—¿Por qué no terminas el chiste?

—En la nota decías que tenías algo que contarle. A mí eso no me interesa. Solo quiero saber una cosa: ¿cuál es tu precio?

—¿Mi precio?

—¿Por cuánto estarías dispuesto a salir de la vida de Dilan?

—Por un millón de dólares, quizá —respondiste con una sonrisa socarrona—, o por la cantidad que te pagaron a ti para que te unieses al Parlamento. Lo que más dinero sume.

Stanley no pareció sentirse ofendido.

—Dime una cantidad realista.

—Si DD quiere darme la patada, prefiero que me lo diga él mismo. En cualquier caso, apenas piso por casa.

—¿Dónde has estado?

—En el norte, informando sobre las fuerzas de paz indias.

—¿Para quién?

—Eso a ti no te incumbe, tío Stanley.

—Dilan cree que trabajas para el ejército, pero, según parece, llevas años sin colaborar con ellos.

– Me llamaron para que cubriese la captura de Wijeweera.

—He oído que te despidieron por tener sida.

—Eso no es verdad.

—¿Te has hecho alguna prueba?

—El resultado fue positivo. Por tanto no estoy enfermo —contaste aquel viejo chiste imitando la cadencia de Stanley.

—Dilan es un buen chico. Un muchacho brillante. Pero se distrae con facilidad. Necesita centrarse. ¿No crees?

—¿Cómo? ¿Trabajando para una firma y ayudando a los ladrones ricos a evadir impuestos?

El tío Stanley se encendió un cigarrillo y te ofreció el paquete. Cómo no iba a fumar tabaco de la marca Benson and Hedges, que tenía un regusto a imperialismo a pesar de salir de la misma fábrica que los Gold Leaf o los Bristol. Aceptaste uno, lo encendiste y la punta se iluminó como un filamento antes de transformarse en ceniza. Aunque Stanley te vio pelearte con las cerillas, no te ofreció su mechero. DD solía presumir de que su *appa* había dejado de fumar dos cajetillas al día después de que su madre estirase la pata y estaba convencido de que tú también podrías dejar de fumar si le hacías caso.

—Pensaba que lo habías dejado.

—Dilan nunca había probado un cigarrillo hasta que te conoció. Solía culparme por el cáncer de su madre. Hemos pasado por unos cuantos baches, pero ahora estamos bien. Solo lo tengo a él. Entiéndeme.

Expulsaste una nube de humo y buscaste la manera de escaquearte de la conversación. Con una escapadita al baño, quizá.

—Estabas manteniendo relaciones contra natura con ese camarero, ¿no? ¿También lo has hecho con mi hijo? —Stanley estaba inclinado hacia adelante y sujetaba el cigarrillo con la mano ahuecada.

—¿Por qué contra natura?

—Estamos hablando de mi hijo, cerdo. No le envié a Cambridge para que un homosexual le pegase el sida al volver a casa. Los guardaespaldas del rincón también estaban fumando. Dieron un paso en vuestra dirección cuando Stanley elevó la voz, pero enseguida se retiraron cuando su jefe levantó una mano.

—Lo criaste para que fuera un niño mimado que no sabe nada de su tierra ni de su pueblo. Yo le abrí los ojos.

—Qué fácil es dar lecciones para Malinda Kabalana. Ya sabes lo que pasa cuando le metes en la cabeza esas ideas políticas a un joven tamil.

—Nunca pondría a DD en peligro.

—¿Por eso le invitaste a que fuera a Jaffna contigo?

—Habría cuidado de él —aseguraste.

—Le mandaste un beso en tu nota. Eso va contra natura.

—El matrimonio va contra natura. Al igual que los cubiertos, la religión y todo lo que haya creado la humanidad.

—¿Qué sabes tú del amor?

—Me preocupo por él más de lo que te preocupas tú.

—Entonces. Acepta este dinero. Y aléjate de él.

Contemplaste la bolsa que había dejado sobre la mesa y los billetes que asomaban de ella.

—Da la casualidad de que he tenido una buena noche. No tengo ni una sola deuda por pagar y les he comunicado a todos mis clientes que he decidido dimitir. Estoy preparado para ir allí donde DD quiera. San Francisco, Tokio, Tombuctú. Estoy harto de esta cloaca. Además, DD estará más seguro en otro país.

Stanley fumó en silencio, sin quitarte la vista de encima. Imaginaste un tablero de ajedrez entre vosotros, tu alfil contra su caballo, mientras los dos tratabais de encontrar la manera de convertir un peón en una reina. Sin embargo, en la mesa no hay más que un paquete de Benson y un fajo de billetes con un coste demasiado alto.

—¿Dejarías que se sacase el doctorado?

—Lo que él quiera.

—¿Y tú qué harás?

—Trabajar como fotógrafo de bodas y bar mitzvás. A lo mejor vuelvo al tema de los seguros. Me da bastante igual.

—¿Y qué pasa con tu afición a las apuestas?

—Eso se acabó.

Aquella vez, no tuviste la sensación de estar tirándote un farol.

—¿Vas a seguir relacionándote así con los camareros?

Hiciste una pausa, consideraste tu respuesta y tomaste aire.

—No, señor. Le seré fiel a DD. No habrá nadie más.

Stanley apagó lo que le quedaba del cigarrillo y sonrió.

—Eso es justo lo que necesitaba oír, hijo. —Levantó la mano y dos sombras emergieron de la oscuridad.

Los habías visto por los casinos varias veces, mucho antes de saber quiénes eran. Desde lo de 1983, Balal Ajith se había afeitado la barba y a Kottu Nihal le había salido barriga, así que no los reconociste por las fotografías que ampliaste por orden de la dama oscura y la apuesta jota. La bestia del cuchillo de carnicero y el hombre que prendía la chispa.

Qué curioso era que el solitario ministro tamil estuviese trabajando con dos gorilas del 83, pensaste cuando se abalanzaron sobre ti y te inmovilizaron. Se te cayó un fajo de billetes de los vaqueros y Kottu se lo guardó, mientras que Balal te agarró de los collares que pendían de tu cuello. Sentiste cómo se te clavaban en la nuca y supiste diferenciar cada uno de ellos. La cuerda negra del *panchayudha* era áspera, la cadena de plata de la llave de la vida estaba fría y el cordel de las cápsulas de cianuro te hizo sangre. Al sentir que se te clavaban en la piel, pensaste en que si de verdad querían estrangularte, deberían estar tirando del otro extremo.

—Le pedí a un sacerdote que echase una maldición sobre tus collares. Ahí fue cuando vi estas cápsulas. ¿Por qué llevarlas al cuello si no eres un terrorista? ¿Por qué te engalanas con veneno si no estás dispuesto a morir?

Podrías haberle explicado a Stanley que eran una medida de precaución por si te capturaban, por si alguien las necesitaba, por si necesitabas recordar que nuestra vida está a una llamada de distancia de acabar con un fundido a negro. Pero Stanley te dio un tortazo, te asestó un puñetazo en la nariz y te vertió el líquido que contenía una de las cápsulas en la boca. Trataste de escupirlo, pero te inmovilizó la mandíbula con las zarpas. Le mordiste un dedo, y él profirió un alarido y tiró de la Nikon 3ST que llevabas al cuello antes de estampártela en la cara. Te reventó un ojo y, al catapultarte la cabeza hacia atrás, vislumbraste de reojo a Kottu y a Balal. Ambos parecían tan sorprendidos como tú.

La cámara impactó contra tu rostro dos veces más. Después, recibiste una patada en el estómago que te dejó mareado, sin aliento y atragantado.

—Dilan es todo cuanto tengo. Todo lo demás me importa una mierda. Tú lo entiendes, ¿verdad?

No podías respirar y necesitabas tomar aire para vomitar; sentías puñaladas en la cabeza, martillazos en el pecho y aguijonazos en las tripas. Habías dejado de preguntarte a quién se refería con ese «tú» o quién era la persona que había pronunciado el «tú». Porque ambos erais la misma persona y, al mismo tiempo, no erais nada.

—¿Os encargáis vosotros de la limpieza? —preguntó Stanley, limpiándose las manos con una servilleta.

—Por supuesto, señor —dijo Balal.

—No le digáis nada al comandante, por favor.

—Señor, esto no fue lo acordado —intervino Kottu—. Habló de un secuestro. ¿Cómo vamos a llevar el cuerpo hasta abajo así?

—Yo tampoco había planeado esto —coincidió Stanley—, pero no me ha dejado opción.

Balal asintió y Kottu negó con la cabeza.

—Sacar la basura tiene un coste más alto, señor.

—Podéis quedaros con el dinero que hay sobre la mesa.

—Ya da igual, señor. Si nos lo hubiera dicho, le habríamos llevado a un sitio mejor.

—Buenas noches.

Oíste el repiqueteo de sus lustrosos zapatos contra el suelo polvoriento de la terraza; arrastraba los pies como su hermoso hijo. No veías nada y temblabas de pies a cabeza. Esperaste a que tu vida pasase por delante de tus ojos, pero no viste más que sombras y neblina. Solo oías la voz de tu padre, que te decía que lo dieses todo de ti; la de tu madre, que te acusaba de estar siempre lloriqueando; la de ese chico bobalicón que te pedía que hablases con su padre, y la de la chica triste, que solo decía «bien». Abriste los ojos y te descubriste flotando sobre la terraza; veías a través de cada planta.

Tus ojos atravesaban las paredes del Hotel Leo como si tuvieses rayos equis, como si la muerte te hubiese convertido en Superman. Viste a los ludópatas del quinto piso, a los proxenetas del cuarto, a las prostitutas tomando té en el centro comercial del piso inferior y a Elsa y a Kuga, que discutían como primos carnales en la *suite* de la octava planta. Luego, en la sexta, viste a dos gorilas que levantaban un neumático enrollado y lo tiraban por la terraza. Era como uno de esos neumáticos que utilizaban para quemar viva a la gente, salvo por que este neumático en particular se desenrolló y resultó ser un cadáver. Te lanzaste en picado junto al cuerpo, trataste de encontrar alguna excusa o explicación y pensaste en las personas que nunca la oirían.

Cada vez que el cadáver chocaba con el lateral del edificio, dejaba manchas de color carmesí y obsidiana, escarlata y ébano, y percibiste un millar de gritos brotando a tu paso. También sentiste algo similar al consuelo, algo que no era del todo molesto. Era invisible y preciso, una especie de mota microscópica en aquel descomunal espacio desperdiciado.

Viste el rostro de DD y comprendiste lo mucho que distaba del de su padre; lo viste montado en un avión que aterrizaba en un lugar soleado, visualizaste una nueva vida para él, libre de ponzoña, y soñaste con verlo sonreír. Te imaginaste a DD dedicando su vida a alguna causa sin sentido, igual que hiciste tú, y aquella idea te hizo feliz. Todos deberíamos encontrar una causa inútil por la que luchar; ¿por qué, si no, íbamos a molestarnos en seguir viviendo?

Porque, echando la vista atrás, ahora que has visto tu propio rostro, ahora que has reconocido el color de tus ojos, que has saboreado el aire y te has regalado con el aroma de la tierra; ahora que has bebido de las más puras fuentes y de los pozos más sucios, ese es el mejor cumplido que le puedes hacer a la vida. Es mejor que nada.

Cuando tu cuerpo impactó contra el asfalto, no hizo ningún ruido; al menos, no uno que se llegase a escuchar por encima del alboroto de la ciudad y el zumbido en los límites del universo. Sentiste cómo tu espíritu se dividía en el tú y en el yo, antes de fragmentarse en las múltiples versiones del tú y las infinitas variables del yo que has sido y volverás a ser. Te despertaste en una sala de espera infinita. Miraste a tu alrededor y llegaste a la conclusión de que estabas soñando, así que, por una vez, con eso en mente, estuviste dispuesto a esperar todo lo que hiciera falta hasta que despertases. Nada duraba para siempre, y menos los sueños.

Al despertar, descubriste la respuesta a esa pregunta que todo el mundo se ha hecho alguna vez. La respuesta era «sí» y también «Igual que allí, pero peor». No te dieron más detalles, así que decidiste volverte a dormir.

LA LUZ

Primero lo supieron las abejas.
Luego, el hielo. Y los árboles.
Después, todas las madres del mundo.

—Tess Clare, a través de Twitter.

CINCO TRAGOS

El agua no te irrita los ojos. Es más, te los calma como una de esas toallas calientes empapadas en citronela y canela que ofrecen en los hoteles del sur que solías frecuentar con hombres ricos. El agua no es azul, verde o turquesa, sino blanca. Es el color blanco que, según un libro infantil que leíste hace años, surge a partir de la mezcla de todos los demás colores. Aunque, cuando mezclabas todas las pinturas en clase de dibujo, lo que obtenías era negro.

El agua se arremolina creando corrientes que te arrastran hacia las profundidades y, en tu descenso, pasas junto a bancos de anguilas y peces y rocas cubiertas de algas. Las piedras adoptan formas curiosas bajo el agua y descubres recovecos que ocultan fuentes de luz. Por encima de tu cabeza, las gotas de lluvia taladran la superficie y crean burbujas que se hunden hasta el lecho. Te sumerges a mayor profundidad y encuentras la boca de una cueva, protegida por corrientes y rocas afiladas.

Las paredes, el techo y el suelo de la cueva tienen el color de los huevos revueltos y la luz te dilata las pupilas. Sigues adelante, porque ya no hay otro camino: hay paredes a los lados, el murmullo de un arroyo a tus pies y luz sobre tu cabeza. Las paredes y el techo se transforman en espejos y cada superficie curva refleja la luz en la siguiente. Si caminas despacio e inclinas la cabeza en el ángulo indicado, incluso consigues ver tu reflejo. Tus iris pasan del verde al azul y al marrón, pero tus orejas no cambian.

—Has conseguido llegar a tiempo, Maal —dice la doctora Ranee—. Te encanta dejarlo todo para el último segundo, ¿no?

—Está sentada ante una delgada mesa puesta, como si fuese a celebrar un banquete ella sola.

—¿La luz sale de los espejos? ¿No tiene nada que ver con el cielo, con Dios o con el canal uterino?

—No pensaba que fueses a conseguirlo, hijo —comenta—. Me alegro de verte.

—¿Y ahora qué?

—Elige un trago.

—No tengo sed.

—Siéntate.

Te sientas a la mesa. En ella solo hay vasos de distintos tamaños y colores. Son cinco: una taza de té con un líquido dorado, un tazón con un brebaje morado, un vaso de chupito con licor ambarino, una botellita de agua de coco con una pajita y un cuenco de gachas *gotukola,* esa panacea que muchas *ammas* esrilanquesas obligan a sus indefensos pequeños a tomar para combatir el resfriado, la tos, los cardenales y las picaduras de mosquito.

La doctora te sonríe y, por esta vez, no levanta el portapapeles ni enarca una ceja.

—Si quieres olvidarlo todo, bebe el té. Si quieres mantener tus recuerdos, escoge el refresco. El *arrack* te da la opción de hacer las paces con el mundo. Es el que yo te recomiendo. Con el *thambili,* se te perdonará todo. El *kola kenda* es para que vayas allí donde debes estar.

—Supongo que de dar un sorbito de cada uno ni hablamos, ¿verdad?

—Supones bien.

—¿Y ya está? ¿Qué pasa si prefiero el café?

—No digas bobadas.

—¿Y si me apetece el refresco, pero quiero que se me perdone todo?

—Ya no puedes hacer una lista de pros y contras. Haber venido antes de la séptima luna.

—Yo era un pro. Mi vida era una contra.

—Tampoco tenemos tiempo para bromitas.

—¿Cómo elijo?

—Creo que ya sabes la respuesta.

Miras a los espejos que te rodean y a la mujer de túnica blanca. Te acercas a ella y la abrazas como nunca abrazaste a tu madre.

—Espero que tus hijas disfruten de una vida larga. Y que tu marido y tú sigáis estando ligados para toda la eternidad. —No tienes ni idea de dónde ha salido ese comentario, pero sabes que lo dices de corazón.

—Agradezco tus palabras, Maal. Ahora, elige una bebida.

Te quitas la sandalia que te queda y la dejas en el suelo. Te deshaces de la llave de la vida, del *panchayudha* budista y del cordel con las cápsulas vacías y los depositas sobre la mesa. Limpias la cámara con el pañuelo antes de dejarlo junto a los collares. Por último, dejas también la Nikon.

Esto nunca fue una competición. No tienes tiempo de andar emborrachándote y no necesitas paliar la sed ni ahogar un antojo de dulce. Es casi imposible distinguir el *kola kenda* recién hecho del que se ha puesto rancio. Otro chiste típico. Escoges el cuenco de gachas verdes y viscosas y las engulles de un trago. Te pellizcas la nariz y aguantas la respiración mientras esperas a que te lleve al lugar donde más se te necesita.

PREGUNTAS

Te despiertas en la única y verdadera presencia de Dios. Aunque la reconoces, no recuerdas su nombre.

No te despiertas, pero tú no sabes que sigues dormido. La mejor parte de estar inconsciente es que no sientes que lo estás.

Te despiertas en el canal uterino de tu madre, nadas hacia la luz y, cuando la alcanzas, te llevas tal decepción que te echas a llorar.

Te despiertas desnudo junto a DD y no sabrías decir qué día es.

Todas las opciones son incorrectas.

Te encuentras ante un escritorio blanco y, aunque no te sientas, tus pies no tienen que soportar el peso de tu cuerpo ni el de tu alma. Sobre la mesa hay un teléfono de disco y un libro de registro. Llevas una túnica blanca y un Om al cuello y, ante ti, hay una muchedumbre que te grita, a pesar de que no oyes lo que dicen.

Te cubres los oídos y, con un parpadeo, el sonido te embiste como una corriente de aire inesperada. Te bombardean con preguntas para las que no tienes respuesta.

—No debería estar aquí. ¿Dónde está la salida?

—Tengo que ver a mis *babas*. ¿Dónde están?

—No digo que sea culpa tuya, pero todos cometemos errores, ¿no? ¿Me puedes enviar de vuelta?

Parpadeas otra vez y el sonido se corta. Contemplas los alrededores y reconoces el lugar. Está infinitamente plagado de almas que gritan e idiotas vestidos de blanco que no tienen manera de ayudarlas. Y, por lo que parece, ahora tú también eres uno de esos idiotas.

Suena el teléfono. La persona que habla tiene una voz familiar, pero no consigues identificar quién es:

—Abre el registro. Si necesitas respuestas, abre el registro. —*Clic.*

Ante ti hay un libro de registro con el dibujo de una hoja del árbol de Bodhi en la cubierta. Lo abres. Solo hay cuatro palabras manuscritas en una hoja de renglones, con una caligrafía que reconoces como tuya. El mensaje destila una sabiduría milenaria, una parte del conocimiento obtenido cuando al universo se le hizo la primera inspección.

El mensaje reza: «De uno en uno».

Estudias los rostros de la multitud, te fijas en que hay ancianos y adolescentes, personas vestidas con saris y camisones de hospital, personas con ojeras bajo los ojos y lamentos en los labios. Y, entonces, reconoces a uno de ellos. Lo miras sorprendido y, mientras la muchedumbre grita en silencio, únicamente oyes su voz.

—Vengo aquí con cada celebración de la luna llena para ver si tenéis algo nuevo que ofrecer —dice el ateo fantasma.

—¿Nombre?

Coloca su cabeza decapitada sobre el mostrador, la inclina hacia arriba y clava sus ojos marmóreos en ti al tiempo que hace una mueca con la ganchuda nariz.

—Ahórrame el numerito.

—¿En qué puedo ayudarle?

—Mis hijos han entrado en la adolescencia. Se han vuelto insoportables y ya no me gusta ir a verlos.

—¿Quiere avanzar hacia la luz ya?

—¿Qué hay al otro lado? Os lo pregunto cada vez que vengo, pero sois una panda de inútiles y nunca me sabéis dar una respuesta.

Él fue el primer fantasma con el que hablaste hace siete lunas. Parece que estos días no le han sentado nada bien.

—Se dice que cada persona encuentra algo distinto.

—Eso ya me lo habías contado.

—Pero, básicamente, es un casino —explicas—. Te piden que escojas una bebida o una carta o…

—¿O una virgen? ¿Te he contado alguna vez mi teoría sobre la virginidad?

—En resumidas cuentas, eliges tu próximo destino.

—Y tú elegiste esto.

—Este destino me eligió a mí.

—No me lo trago.

—Siento darte esa impresión.

—¿Es eso lo que ese libro te pide que digas?

—Sí.

—Entonces, ¿qué me llevo por haber recibido un disparo del JVP?

Tu mirada vuela entre el hombre y el libro de registro que descansa ante ti y decides no pasar la página.

—Tendrá una tirada en la ruleta, porque así va este juego. Es una ruleta esrilanquesa. Los miembros del JVP que le mataron también han muerto. Puede pasar las próximas mil lunas acordándose de todos sus antepasados o puede girar la ruleta. ¿Qué elige?

El hombre se queda pensativo y se rasca la cabeza, como un escéptico que trata de encontrar una explicación para un milagro.

—Que te den. —Y, con eso, se marcha.

Durante esta primera luna, después del accidentado comienzo, envías a ocho almas hacia la luz y a otras trece a que se hagan la revisión de oído. Moisés y He-Man, que son tus superiores, asienten al unísono, aunque apenas te ayudan y tampoco elogian tu trabajo. Todas las personas que se acercan a hablar contigo están muertas, han sufrido y te recuerdan a las mujeres y los niños de las aldeas fronterizas, que se agazapaban y gritaban mientras sus casas eran devoradas por las llamas. La mayor parte del tiempo, sigues las instrucciones del libro de registro, aunque, a veces, te sales del guion.

Como cuando la mujer con el casco de ingeniera te pregunta por qué tuvo que morir en una explosión de los Tigres, si había protegido a cientos de obreros tamiles durante los pogromos del 83. Te pregunta por qué tuvo que morir a causa de un golpe en la cabeza, a pesar de haber pasado toda una vida llevando casco. Abres el registro y lees el mensaje:

«El karma se estabiliza a lo largo de nuestras numerosas vidas. Al ir hacia la luz, aquellos que han tenido una muerte injusta avanzarán hacia un lugar mejor».

«Un lugar mejor» es un eufemismo que el libro de registro vomita con frecuencia. Moisés te dice que es una manera de evitar los debates teológicos con aquellos que tienen preferencias religiosas, aunque estas personas conforman una sorprendente minoría después de morir. Le dijiste a la ingeniera del casco que podía continuar quejándose o avanzar hacia la luz, pero que el resultado sería el mismo.

—Así es como funciona. Recibirás una indecente suma de dinero cuando ya no recuerdes la tragedia que viviste. Y viceversa. Solo queda ser paciente.

La mujer te da la mano y sonríe.

—¿Debería dejarme el casco puesto?

—Yo fui de aquí para allá con mi cámara al cuello durante siete lunas. No fue más que un lastre.

—¿Y si me cae algo en la cabeza? —pregunta.

—Siempre cabrá la posibilidad de que algo te caiga en la cabeza —replicas.

—He trabajado en muchas obras por Kandy. No hace falta que me lo jures.

—¿Y alguna vez le echaste la culpa a la gravedad o a las colinas cuando ocurrieron esos accidentes?

—Si a vosotros os da igual, creo que me quedo con el casco —concluye.

La doctora Ranee te felicita por tus cifras. Invita a He-Man y a Moisés a celebrarlo junto a Galle Face Green, justo al otro lado de la calle donde solías vivir. Tú lo celebras con un amanecer y una suave brisa. Tanto allí arriba como aquí abajo. Y haces caso omiso a cada elogio.

—No fue más que pura suerte. Yo no he reclutado a nadie. No tomé el *kola kenda*.

—Mentiroso —dice la buena de la doctora.

—Tiene que ser una broma que haya acabado aquí.

—¿Qué tiene eso de gracioso? —pregunta Moisés.

—Nada termina —añade He-Man—. Ahora has acabado, pero pronto volverás a empezar.

—Pensaba que estábamos de descanso —le increpas—. Ya basta de sermones.

—Estamos muy contentos con tu progreso —comenta la doctora Ranee.

—¿Puedo dar marcha atrás y elegir otra bebida? —preguntas.

—Prueba —te anima la doctora—. Es como ir al casino y pedir que te repartan las mismas cartas.

Hermanito se acerca a tu mostrador y parece estar hecho de prótesis de pies a cabeza. Tiene el cráneo separado del cuerpo, al igual que las extremidades y el torso. El muchacho no te reconoce. ¿Por qué habría de hacerlo? Te entrega su hoja de *ola* y tú lo envías al piso cuarenta y dos. Cuando regresa, lo hace más traumatizado que antes, así que le pides que cruce la puerta amarilla, tal y como te recomienda el libro de registro.

El chico sacude la cabeza y avanza hasta el final del pasillo, donde una figura familiar vestida con bolsas de basura negra asiente con la cabeza y esboza una sonrisa desagradable. Sena está flanqueado por espectros envueltos en capas y, cuando Hermanito llega a su altura, le dan la bienvenida como a un hermano al que llevaran una eternidad sin ver, lo cual es cierto. Alertas a los de seguridad, pero, para cuando He-Man llega, Sena y los demás espectros hace tiempo que se han marchado, llevándose a Hermanito como la última incorporación a sus filas. Podrías tomarte el fallo a pecho, pero decides no hacerlo.

Los amantes fantasma de Galle Face Court llegan agarrados de la mano y, cuando te ven, sonríen. El hombre te reconoce.

—Tú vivías en nuestro edificio, ¿no es así?

—Eso fue hace mucho.

Se gira a mirar a su compañera y te señala con la cabeza.

—¿Te acuerdas de él, Dolly? Es el que solía tirarse al chico de piel oscura.

Ella hoy va vestida con tela de gasa rosa y parece haber estado llorando.

—Tuvimos una discusión fuerte —dice la mujer—. Hemos decidido que lo mejor es que cada uno de nosotros vaya por su lado. Supongo que, después de cincuenta años, la chispa se apagó.

—Qué triste —respondes.

—Estamos hartos de que todas las parejas sean iguales. Se mienten los unos a los otros, pero no dejan de meterse mano —se queja ella.

—¿Recibiremos un castigo por habernos suicidado? —pregunta él.

Tú abres el libro de registro y lees el nuevo mensaje:

«Al universo le importa un bledo lo que hagamos con nuestro saco de carne».

Se lo transmites palabra por palabra.

—¿En serio?

—No es que haya escasez de carne.

—Entonces, ¿incluso nosotros podremos ir hacia la luz? —preguntan.

—Si eso es lo que queréis, sí.

—¿Es mejor que ver el atardecer desde la azotea de Galle Face? —insiste el hombre.

Piensas en las cataratas del Niágara, en París, en Tokio, en San Francisco y en todos los lugares que no tuviste oportunidad de visitar con DD. No sabrías qué decirle, pero finges estar seguro de tu respuesta. Sacudes la cabeza y la pareja sonríe.

DD hace las maletas para marcharse a Hong Kong tras la muerte de su padre. Se presenta en su funeral con un joven blanco de gafas y reflexionas sobre lo que ya no merece la pena reflexionar. Aun así, te resulta extraño, pero sientes algo muy parecido al orgullo. Si tu misión en la vida fue sacar a ese chico tan guapo del armario, no todo fue una pérdida de tiempo.

Lucky Almeida se une al Frente de Madres para luchar por las madres a cuyos hijos han hecho desaparecer. Le haces una visita en sueños y le dices que no se preocupe, que no le echas la culpa de nada y que lamentas cómo la trataste.

Jaki se muda con Radica Fernando, la presentadora; ambas comparten una vida sexual alucinante y Jaki nunca vuelve a pronunciar tu nombre.

Sri Lanka se desmorona. La guerra sigue adelante y los ciudadanos se consuelan con el hecho de que quienes han tomado el relevo no son tan malos como los anteriores, a pesar de que, en muchos sentidos, son peores.

El gobierno defiende que la explosión que mató a veintitrés personas no tuvo lugar en una oficina pública. El ministro, que se recuperó de sus heridas, asegura que el edificio pertenecía a una empresa llamada Asian Fisheries y que él acudió allí a negociar sobre la exportación marítima. Le da las gracias a su médico, a su astrólogo y a quienes le desearon una pronta recuperación.

El líder de los Tigres, movido por una ira terrible, disuelve la facción de Mahatiya y deja a dos pelotones de traidores maniatados en las cuevas de Vakarai, donde son apaleados hasta que la marea sube y los ahoga. Los Tigres les dan caza a los socios del coronel Gopallaswarmy. Entre ellos, cabe destacar una organización llamada CNTR, afincada en Colombo y con base en el Hotel Leo, que acaba siendo bombardeado a pesar de que las oficinas de la organización están abandonadas.

Le explicas a la doctora Ranee que te gustaría renacer, aunque eso será más adelante. Ahora prefieres disfrutar de un merecido descanso entre lo que fue y lo que pronto será. A pesar de no haber recibido sepultura, descansas en paz. Decides que te quedarás en el Mundo Intermedio hasta que tu madre fallezca y a la doctora Ranee le parece una buena idea.

Adoptas una rutina agradable que te mantiene motivado. Incluso en los días tristes, cuando tienes que tramitar la muerte de un niño o de alguien que deja al amor de su vida atrás, comprendes que toda muerte tiene su significado, incluso si la vida parece no tenerlo.

Has dejado de llamar a tu padre, porque has asumido que no está cerca y nunca lo estará. Incluso si te oyera, incluso si respondiera a tu llamada, no te reconocería, porque ni siquiera te concedió un papel secundario en su vida; solo fuiste un extra. *Hasta pronto, dada. Ni siquiera tuvimos oportunidad de saludarnos.*

Cuando por fin aparece, tiene un aspecto desaliñado y parece perplejo. No sientes ningún rencor hacia él, solo pena. Lo único que quiso fue proteger a su hijo, al chico que nunca llegó a conocer de verdad. Todo cuanto quiso fue luchar por un país que nunca existió.

Va vestido con el traje de su funeral; sus ojos son verdes y amarillos y tiene la cara triste y cubierta de polvo. Stanley Dharmendran parece haberse quedado estupefacto al verte. Entonces, te mira a los ojos e inclina la cabeza.

—Lo siento muchísimo —se disculpa—. Lo hice porque…

—Ya da igual.

—Gracias a Dios que Dilan está bien.

—Ahí te doy la razón. Gracias a Quien Sea.

—¿Puedo hablar con él?

—Para eso tendrías que hacer un trato con tu viejo amigo el Cuervo. Y no te lo recomiendo. Puedo apuntarte a un cursillo de viajes oníricos en el piso treinta y seis. Aunque los resultados pueden variar.

—Ha hecho un nuevo amigo extranjero con el que mantiene relaciones.

—Gracias por ponerme al día.

—¿Y si se mudan a San Francisco? Esa ciudad es un pozo de sida.

—Ya no tienes poder sobre el Mundo Inferior, tío Stanley. Cuanto antes lo aceptes, mejor.

—¿Entonces?

—¿Qué quieres decir?

—¿Qué hago ahora?

—Ahora es momento de que te perdone.

—Pero no sé dónde estoy.

—Eso quiere decir. Tío Stanley. —Imitas sus características pausas—. Que has venido. Al lugar indicado.

¿QUÉ FUE DE LIONEL?

¿Y qué pasó con las fotografías? ¿Pusieron el mundo patas arriba? ¿Les abrieron los ojos a los habitantes de Colombo?

Después de la explosión, permanecen expuestas durante semanas, pero no te atreves a regresar a la Lionel Wendt. Te mantienes bien lejos de los lugares donde tienes más posibilidades de encontrarte con Sena o la Mahakali. La doctora Ranee te asegura que ningún demonio puede tocarte ahora que llevas la túnica blanca, pero no terminas de creértelo.

Cuando por fin te atreves a ir hasta allí solo, no te sorprende encontrar la galería desierta. Aunque tus fotografías han atraído a un buen número de espíritus, con los humanos no ha habido tanta suerte. Puede que sea culpa de los monzones, que hacen que haya una humedad insoportable, o puede que los vivos tengan cosas mejores que hacer que ver fotografías de cadáveres en blanco y negro. Los espectros, los *pretas* y los *poltergeists* se acercan a charlar contigo, pero tú te has hartado de hablar de esas imágenes.

En el sexto día, Kugarajah se pasa por la galería y se lleva las fotografías que tomaste en 1983, las de los asesinatos de las fuerzas de paz indias y las diez fotos de los aldeanos tamiles. Les da un buen susto a los turistas fantasma que contemplan, fascinados, al pangolín de la puesta de sol.

—¡Eh, amigo! ¡Que este tipo os está robando! —le grita el inglés al de seguridad. El guardia, un anciano de uniforme marrón, se acerca sin prisa hasta Kugarajah, que ya está saliendo por la puerta más cercana al cartel que reza: «La ley de la selva. La fotografía de M. A.».

—Estas imágenes me pertenecen —asegura Kugarajah al tiempo que aparta al guardia de un empujón. El anciano de uniforme marrón se encoge de hombros y regresa a su taburete para seguir viendo la vida pasar.

Temes que los fallecidos que aparecen en las fotografías te encuentren y te increpen por haberlos retratado de una forma tan poco favorecedora. Sin embargo, la mayoría de esas personas murieron muy lejos de esta galería. Si estuvieses en su lugar, dejarías que el universo te devorara para que pudieses beberte un trago de ese bendito elixir del olvido y pasar página, de una vez por todas, con esta lotería.

Unos días más tarde, Radika y Jaki entran en la galería y DD se queda en el coche con el chico blanco de gafas. Les dice que no quiere saber nada de tus fotos o de tu muerte, y Radika finge preocuparse por él.

—¿Por qué no te tomas un descanso del trabajo? Así podrás decidir si quieres quedarte en Sri Lanka o no. Si necesitas hablar...

—Limítate a dar las noticias —le espeta DD antes de arrancar el coche y marcharse.

Tratas de seguirlo, pero el hechizo del Cuervo te repele. El aire te aleja de él y las corrientes de viento se niegan a llevarte.

Radika pasea por la exposición con Jaki y sacude la cabeza ante cada enmarcada atrocidad.

—¿En qué estaba pensando ese idiota?

—Creía que la fotografía era la mejor arma para poner fin a la guerra.

—¿Vas a denunciar lo de tu secuestro?

—¿Y con quién voy a hablar?

—Hay que denunciar a esos policías.

—No recuerdo que hubiera ningún policía. Solo me acuerdo del agente que me ayudó a salir de aquel sitio.

—¿Qué tal si nos vamos de escapada este fin de semana? Me temo que no ha sido buena idea venir a ver la exposición.

—Maali quería que los ciudadanos de Colombo viesen lo que ocurre de verdad en Sri Lanka.

Radika evalúa la galería desierta. Ella no ve los fantasmas que abarrotan la sala, solo los espacios entre ellos.

—Me parece que a Colombo esto le importa un bledo.

Jaki se sienta junto a la puerta y le pide a Radika que la deje sola. Por la tarde, unos pocos visitantes van dejándose caer con cuentagotas por la galería. Un desfile de estudiantes, un grupito de artistas, un seminario de profesores y una furgoneta con periodistas. Muchos de ellos se muestran conmocionados y tú sientes una mezcla de orgullo e indignación cuando algunos les hacen fotografías a tus fotos. Para cuando empieza a caer la luz, se ha corrido la voz y se forma un flujo constante de visitantes. Reconoces a unos pocos del mundillo del teatro; a otros, del de la música, y, a unos cuantos más, del de las telenovelas. Algunas personas son más famosas que otras. Algunos visitantes no parecen en absoluto impresionados.

Jonny Gilhooley aparece junto a Bob Sudworth. Sacuden la cabeza y apenas pronuncian palabra. Jonny retira las dos fotografías de la reunión entre el comandante, el coronel y Sudworth. También se lleva algunos de los desnudos que Clarantha colgó después de que DD se marche, a pesar de las instrucciones que dejaste. Byron, Hudson y Boy George. Este otro ladrón tampoco interrumpe la siesta del guardia de seguridad.

Tus conocidos en la prensa se pasan por la exposición y hacen circular tus historias. Jeyaraj, del *Observer*, dice que eras un loco, mientras que Athas, de *The Times*, te considera un genio. Es lo más parecido a un panegírico que te van a ofrecer.

Jonny se acerca a la puerta junto a la que se sienta Jaki y le susurra al oído. Te acercas a ellos lo suficiente como para escucharlos a hurtadillas:

—Sal de aquí enseguida, cariño. Van a reducir este sitio a cenizas.

—Bien —responde Jaki, aunque no se mueve. Salir con la ex del sobrino de un ministro quizá la haya envalentonado. Lo más seguro es que no haya calculado bien la probabilidad de que la advertencia del inglés se cumpla, por lo que le da absolutamente igual. Se pasa la tarde entera allí sentada y la galería comienza a llenarse de gente que se pregunta quién será ese tal M. A.; entonces, una voz aguda taladra el ambiente como si se tratase de una bocina antiniebla, aunque el ministro Cyril Wijeratne no lleva tal aparato encima.

El ministro tiene una pierna vendada y un brazo escayolado. El inspector Cassim, que empuja la silla de ruedas sobre la que va montado, parece haber estado haciendo horas extra desde la explosión. Cuando se fija en Jaki, intercambian miradas. Tu amiga lo mira fijamente como si quisiera decir: «Lo siento, pero ya no recuerdo qué es lo que te prometí y Stanley está muerto». En realidad, el verdadero mensaje que quiere darle es «Gracias por haberme salvado», pero no sabe cómo transmitírselo con un gesto y, además, Cassim enseguida aparta la mirada y regresa a la tarea de empujar al ministro.

Wijeratne gruñe y un escalofrío sacude su débil figura.

—Damas y caballeros, debido a unos alarmantes informes ofrecidos por el servicio de inteligencia, se ha declarado un toque de queda a partir de las nueve de esta noche. Les aconsejo que regresen a casa tan pronto como puedan.

Los visitantes se ponen a parlotear y a gritar y, presas del pánico, no tardan en formar un cuello de botella a la entrada de la galería, mientras que los habitantes del distrito 7 de Colombo van saliendo de su burbuja a empujones, como si estuvieran en uno de los bazares del distrito 10. Nadie se fija en el demonio del ministro, que camina junto a la silla de ruedas. El espectro te guiña el ojo y te saluda con la cabeza.

Los agentes que no trabajan para el ejército ni para el cuerpo de policía se colocan ante todas las entradas cuando el ministro le pide a Cassim que le dé una vuelta por la exposición. Se detiene ante una de las fotografías y la señala con el dedo para que el diligente Cassim la retire. Tú le observas en silencio mientras va eliminando de las paredes las imágenes de los periodistas muertos, los activistas secuestrados y los sacerdotes apaleados, así como las de los aviones estrellados, los campesinos fallecidos y las turbas rabiosas.

Cuando el ministro se marcha con todas las fotografías sobre el regazo, los fantasmas se van con él. No sabrías decir si lo hacen por respeto o por puro aburrimiento, pero acabas quedándote solo ante las paredes llenas de espacios vacíos. Los turistas fantasma han vuelto a centrarse en darle golpes a la gramola del piso de arriba y oyes una canción que solía gustarle mucho a tu *dada,* pero que tú acabaste aborreciendo. Es «The Gambler», de ese gran filósofo llamado Kenneth Ray Rogers.

Las fotografías que quedan en la pared provienen todas de un mismo sobre. Son las que muestran atardeceres y amaneceres, colinas de té y playas de cristal, pangolines, pavos reales y elefantes acompañados de sus crías, además de un chico guapo y una chica maravillosa que corren entre campos de fresas. Todas ellas corresponden al sobre del diez de corazones, el diez de pies a cabeza, y te hace sentir un muy poco frecuente orgullo por tu trabajo.

Aunque las fotografías están en blanco y negro, tienen un brillo incandescente, como una escalera de color. Esta isla es un paraíso, a pesar de estar plagada de idiotas y bárbaros. Y si estas fotografías terminan por convertirse en tu único legado, puede que por fin hayas conseguido un as.

UNA CONVERSACIÓN
CON EL LEOPARDO FANTASMA

—La electricidad es la única deidad a la que me gustaría conocer —dice el fantasma del leopardo, que apoya las patas delanteras sobre el mostrador de tu ventanilla para mantenerse erguido—. Su poder es el único digno de adoración.

—¿Qué sabes tú acerca de la electricidad? —preguntas, sin quitarle ojo a la cola que se forma tras él y que da marcha atrás como si una flatulencia hubiese contaminado el aire—. ¿Y cómo consigues hablar sin mover los...? ¿Esos son labios?

Has recibido numerosas visitas a lo largo de todas las lunas que has pasado delante de la ventanilla, pero nunca antes habías atendido a un miembro del reino animal. Señalas el libro de registro y la bestia se arrastra hacia la izquierda para apartar las zarpas. Abres el registro y lees su mensaje:

«Los animales también tienen alma.
Todos los seres vivos tienen una».

El leopardo te observa con atención y tú das un respingo. No tiene los ojos verdes o amarillos como casi todas las criaturas muertas que has visto hasta ahora. Tampoco son marrones o azules como los de los *sapiens*. Son blancos.

—Cuando completaron la instalación eléctrica de las cabañas en la región 5 del parque nacional de Yala, quedé sorprendido. Pasé una noche tras otra escondido entre la maleza que rodeaba aquellas cabañas para deleitarme con las lámparas fluorescentes. Si un hatajo de monos salvajes fue capaz de crear algo como aquello, imagina lo que podría haber inventado yo.

—¿En qué puedo ayudarte?

—Quiero renacer siendo un *Homo sapiens*. Y tú vas a echarme una mano.

—Ese no es mi trabajo.

—Para crear, voy a necesitar herramientas. Un traje humano suele venir bien equipado.

—No creo que yo pueda decidir algo así.

—Entonces déjame hablar con quien nos ha creado. Yo mismo defenderé mi causa.

—Yo no creo en eso de la figura creadora.

—No seas bobo. Incluso los cerdos criados para acabar en el matadero comparten esa creencia.

—En mi opinión, no hay nadie al cargo.

El leopardo resopla y se chupa una pata.

—¿Acaso necesitas que alguien se encargue de ti? ¿No crees que ya fue suficiente trabajo crearte?

No es algo habitual que un felino te cierre el pico. Parece que este gato salvaje tiene más alma que los muchos *Homo sapiens* que te han aguado el turno en la ventanilla.

—Supongo que todos los seres vivos nos creemos el centro del universo.

—Habla por ti. Nadie es el centro, porque formamos un microcosmos —asegura el leopardo—. Somos una colonia de hormigas que alberga el universo. Pero no somos su centro.

—Cuánta grandilocuencia para algo tan diminuto —comentas, y el animal se ruboriza como un gatito.

—He pasado mucho tiempo observando a los insectos.

—Es cierto que hay quien dice que los insectos tienen una mayor influencia sobre el planeta que los humanos.

Pasas la página del libro de registro y clavas la mirada en el nuevo mensaje:

«No alimentes conversaciones de las que preferirías escapar».

—Los insectos son muy inteligentes. No me cabe duda. Hay miles y miles de especies terrestres y acuáticas mucho más listas que la humana.

—Perdona, pero está siendo un turno bastante movidito.

—Pero ningún insecto ha inventado todavía una bombilla.

El leopardo está demostrando ser difícil de despachar. Hojeas un par de páginas más, pero no encuentras ningún mensaje útil.

—¿Quieres inventar la bombilla?

—He paseado por vuestras ciudades y he observado vuestra forma de vida. Es asquerosa a la par que extraordinaria.

—¿Qué hay de malo en ser un leopardo? Sois los reyes de la selva.

—Deja de tener gracia cuando las selvas comienzan a desaparecer.

—Suenas como un chico que conocí hace tiempo.

—Traté de sobrevivir sin matar. Solo aguanté un mes. ¿Qué le voy a hacer? Soy un animal salvaje. Los humanos sois los únicos capaces de demostrar compasión como es debido. Los humanos sois los únicos que podéis sobrevivir sin ser crueles.

—La mayoría de los herbívoros son inofensivos, ¿no?

—Los conejos no tienen otra opción, a diferencia de los humanos. Quiero saber lo que se siente.

—No hay mucho que sentir.

—Nuestra supervivencia consiste en no acabar en la tripa de otro animal. Necesito tomarme un respiro, lejos de la cadena alimentaria.

—¿Has ido a... a que te revisasen los oídos?

—Claro.

—No hay ningún animal más salvaje que los humanos.

—De eso no me cabe la menor duda. Pero, por lo general, la maldad se elimina desde el interior.

—Cuando seas humano, no recordarás haber sido un leopardo.

—No tienes ni idea de nada, ¿cómo demonios conseguiste este trabajo? No olvidamos nada. El problema es que no recordamos dónde hemos almacenado la información.

—Tal vez será mejor que intercambiemos los papeles —dices.

—Eso es justo lo que trataba de sugerir.

—La mayoría de los *sapiens* se sienten decepcionados consigo mismos. Cuidado con lo que...

—Ya, ya. Eso ya me lo sé. Pero sois capaces de crear luz a partir de unos cuantos cables y un interruptor. Creo que me arriesgaré.

—No estoy seguro de que puedas elegir tu próxima vida.

—Bueno, eso lo tengo muy claro. Todos tenemos la opción de elegir. Si no podéis hacerme renacer como humano, quiero volver a ser un leopardo, pero con la inteligencia de una abeja reina, el alma de una ballena azul y los pulgares oponibles de un mono salvaje, porque los pulgares son indispensables para instalar bombillas.

Sin saber muy bien qué hacer, abres el libro de registro para que te ilumine.

Pasas lunas y lunas sin pensar en DD o en los chicos con los que tuviste alguna aventura. Dejas de prestarles atención a los conflictos de Sri Lanka a medida que se distancian de sus respectivos desencadenantes y se hacen irreconocibles. Te enteras de que Hermanito se ha unido a las filas de Sena; ha llevado su ejército al norte y, la última vez que los vieron, intentaban asesinar al primer ministro indio. Entonces, estando sentado en tu acacia favorita de tu cementerio favorito, oyes tu nombre, que flota en el viento como una hoja seca.

—Malinda Almeida. Era mi mejor amigo.

Te subes a la corriente y dejas que te arrastre por los aires. No te sorprende descubrir que has regresado al famoso apartamento de Galle Face Court.

Jaki lleva pantalones cortos, se ha cortado el pelo y habla por un teléfono inalámbrico.

—¿Llegaste a conocerlo?

La voz que se oye al otro lado de la línea tiene acento estadounidense y suena desconcertada.

—Discúlpame, pero ¿de qué va todo esto?

—¿Eres Tracy Kabalana?

—¿Quién te ha dado mi número?

—¿Recibiste un paquete con fotografías enviado desde Sri Lanka el año pasado?

—Mi padre era esrilanqués. Falleció hace años. No llegué a conocer a mi hermanastro y mi madre nunca nos habló de él, así que no abrí el paquete.

—Me gustaría comprarte las fotografías. El paquete entero.

—No sé dónde lo dejé. Puede que haya acabado en la basura.

—Te tenía mucho cariño, Tracy. —Jaki sabe tirarse faroles como una auténtica jugadora de póker, pero eso no significa que lo que acaba de decir sea mentira.

—Lo siento, señorita. No tengo tiempo para esto. Tengo que colgar.

Clic.

Jaki suelta una palabrota y se recuesta contra el puf. Radika Fernando entierra los dedos en el pelo corto de Jaki y le sacude la cabeza.

—¿Las tenía?

—La pobre solo tiene quince años. ¿En qué estaba pensando Maali?

—Una vez me dijo que habías sido tan tonta como para enamorarte de él —dice Radika. No hay ni rastro de la entonación de presentadora de las noticias en su voz.

—¿Cuándo fue eso?

—En aquella fiesta. Fue la noche que nos besamos por primera vez. Me dijo que te consiguiese una cita con un tamil de buena familia.

—Y tú hiciste justo lo contrario —bromea Jaki, que acaricia los dedos que Radika ha enterrado en su pelo.

Radika le deja a Jaki dos fotografías enmarcadas sobre el regazo.

—¿Estás preparada para guardarlas?

—¿Por qué?

—¿Cuántas veces voy a tener que preguntártelo, Jaki? ¿Quieres que me venga a vivir contigo o no?

—¿No me puedo quedar una por lo menos?

—No.

—¿Por qué?

—Porque quiero que me mires a mí, no a él.

Se habían llevado ambas fotografías de la exposición de la Lionel Wendt. En una de ellas, salís Jaki y tú en una casa del árbol con vistas a la gran roca de Kurunegala, la misma desde la que la reina Kuveni se tiró para dejar al país sumido en una maldición. En la otra, aparecen cuatro cuerpos y la tomaste desde el último piso de un edificio semiderruido. Son una mujer con su bebé, un anciano con gafas y un perro callejero. A pesar de estar rodeados de metralla, esta no fue la causa de su muerte.

Jaki asiente con la cabeza y deja que Radika meta las fotografías en una caja para llevárselas consigo. Jaki suspira, cierra los ojos y no te oye decirle adiós.

La doctora Ranee no está junto al río del renacimiento cuando conduces al leopardo hasta allí. Viajáis en la brisa más suave, pero tú no consigues encontrar las tres arjunas. El río está vacío y en silencio; nadie flota en sus aguas.

El leopardo ruge y se afila las uñas con el tronco de uno de los árboles de la orilla.

—He conocido a osos perezosos más listos que tú.

—Estoy tratando de ayudarte, así que cuidadito con los insultos.

—Soy yo quien te está ayudando.

—Lo que tú digas.

—Conocí a un elefante en Udawalawe capaz de predecir la venida del próximo Buda.

—¿Y eso cuándo será?

—Dentro de unas doscientas mil lunas.

—Una predicción sin fisuras.

—Conocí a unas criaturas hechas de sombras que habitan en los espejos y te observan mientras miras tu reflejo.

—Suena divertido.

—Conocí a un águila pacifista que se negaba a cazar ratones y dejó que sus polluelos muriesen de hambre.

—Aquellos que odian matar suelen ser los asesinos más despiadados. No es más que otra forma de hipocresía.

—He observado a los de tu especie. Tanto a los vivos como a los fantasmas. No entiendo por qué optan por destruir cuando tienen la habilidad de crear. Qué desperdicio.

—Ahí están. Una, dos… tres arjunas. Si saltas frente a la última, el río se encargará de ti.

—¿A dónde me llevará?

—Allí donde se te necesite.

—Pero yo necesito ser humano.

—Si aciertas al escoger la bebida, quizá lo consigas.

El leopardo se acerca a la orilla y sumerge una zarpa en las aguas del río.

—Está congelada. ¿Por qué no saltas conmigo?

—No quiero renacer.

—¿Y eso?

—A lo mejor vuelvo a la vida como leopardo.

—Qué gracioso. ¿De verdad quieres permanecer toda una eternidad detrás de una ventanilla?

—No está tan mal. Por aquí pasa una buena panda de personajes.

—Salta conmigo.

—¿Eres la doctora Ranee disfrazada?

—¿Quién?

Le hablas de la doctora Ranee, de Sena, de Stanley, de DD y de la caja bajo la cama. El leopardo se acomoda sobre una rama y te escucha hasta que la luna está bien alta en el cielo.

Cuando el animal se estira, adopta la pose en la que te habría gustado fotografiarlo si todavía llevases la cámara rota alrededor del cuello igual de roto. Como no la tienes contigo, parpadeas y haces como si con eso bastara.

El leopardo te dedica un asentimiento de cabeza, sacude la cola y se zambulle en el agua. Justo en ese momento, con la luna en el cielo, comprendes que ya no te quedan historias por contar ni personas a quienes narrárselas. Es una conclusión simple que no te causa consternación ni alivio.

Así, decides saltar.

Y, cuando saltas, lo haces teniendo tres cosas muy claras.

Que la intensidad de la luz te obligará a abrir más los ojos. Que harás la misma elección y el *kola kenda* te llevará a un lugar diferente. Y que, cuando tu nueva vida comience, no recordarás nada de lo anterior.